2015年度浙江省社科联省级社会科学学术著作出版资金资助出版（编号：015CBB09）

2009年度浙江省哲学社会科学规划重大项目“越中现代著名作家系列研究”（编号：09JDYW01ZD）子项目成果

当代浙江学术文库
DANGDAI ZHEJIANG XUESHU WENKU

浙东山区世界的审美表现

——魏金枝小说创作研究

刘家思　刘桂萍　著

中国社会科学出版社

图书在版编目（CIP）数据

浙东山区世界的审美表现：魏金枝小说创作研究／刘家思，刘桂萍著．
—北京：中国社会科学出版社，2018.3

ISBN 978-7-5203-2125-9

Ⅰ.①浙… Ⅱ.①刘…②刘… Ⅲ.①魏金枝（1900-1972）—小说研究
Ⅳ.①I207.42

中国版本图书馆 CIP 数据核字（2018）第 037793 号

出 版 人 赵剑英
责任编辑 刘志兵
特约编辑 张翠萍等
责任校对 李 斌
责任印制 李寡寡

出 版 中国社会科学出版社
社 址 北京鼓楼西大街甲 158 号
邮 编 100720
网 址 http://www.csspw.cn
发 行 部 010-84083685
门 市 部 010-84029450
经 销 新华书店及其他书店

印刷装订 北京明恒达印务有限公司
版 次 2018 年 3 月第 1 版
印 次 2018 年 3 月第 1 次印刷

开 本 710×1000 1/16
印 张 18.5
插 页 2
字 数 300 千字
定 价 78.00 元

目　　录

序一　四明山脉的清韵

刘　勇

一个优秀的作家，可能会被人一时遗忘，这里自然会有社会的或人际的种种可知和不可知的原因。但是，他绝对不会永远被人遗忘，总是会不时地要被人记起，去言说他。尤其是他那种独特的艺术创造，总会有人去津津乐道。审视中国现代文学史上的诸多作家，这样的情况真不少，如沈从文、魏金枝、徐志摩、张爱玲等。也许有人会说，是他们的作品写得不好，是历史淘汰了他们。其实，事情并没有这样简单，沈从文被人遗忘的情况就说明了这一点。后来被夏志清发现以后，就开始被人说起。魏金枝也是一位被人们遗忘了一段时间的作家，但他创造了许多优秀的作品，总是不时地要被人们瞩目和言说。摆在我面前的专著《浙东山区世界的审美表现——魏金枝小说创作研究》就证明了这一点。这是刘家思、刘桂萍撰写的一部富于学术价值的专著，填补了一项空白，对于认真梳理和书写中国现代文学史与小说史，具有重要的学术借鉴意义。

魏金枝的小说创作一开始就受到鲁迅的高度评价，中国现代各种小说选本中总是少不了他的作品，这无疑首先就表明了魏金枝作品所具有的文学价值。自然，这也显示了其潜在的研究价值。然而，不知什么原因，魏金枝的作品并没有被学术界所充分关注，而与之并列的一些作家则研究得很充分，一对比起来，自然不能妄论是学术界不客观的态度造成的，但起码可以说是学术界的视野不及所造成的，这应该是一种忽视和偏失。从这一点上说，《浙东山区世界的审美表现——魏金枝小说创作研究》是及时雨，弥补了以往研究中的缺陷，具有重要的学术意义。

魏金枝是“五四”第一代作家，他的创作不仅贯穿中国现代文学三十年，而且贯穿了当代文学十七年，反映了20世纪近50年的文学创作的基本面貌。但是，以往并没有系统梳理，更没有深入研究过魏金枝小说创作的历史，学术界大都将其小说的实绩仅仅定格在左翼小说上。大家都知道，鲁迅先生对魏金枝的小说有较高的评价，强调了他的小说在中国小说史上的重要地位。鲁迅所肯定的魏金枝小说首先是他创作的乡土小说，其次是左翼革命小说，但是学术界并没有认真探讨鲁迅所肯定的魏金枝小说到底是哪一类小说，更缺乏对其小说的深入解读，通常将其当成左翼革命小说家。的确，魏金枝从“五四”时期开始，就致力于中国社会革命。1927年大革命失败后一度被通缉，更姓改名，1930年加入左联，编辑《萌芽月刊》，推进无产阶级文学运动。但是，他的创作并不是这种革命人生的简单化的对应。《浙东山区世界的审美表现——魏金枝小说创作研究》纠正了这种偏失，它全面论述了魏金枝近50年的小说创作发展历程，分别对其乡土小说、左翼小说、国防小说、抗战讽喻小说、现实批判小说和新中国颂歌小说展开了全面深入的研究，不仅把握了魏金枝小说创作的整体风貌，而且论述了魏金枝不同历史时期小说创作的不同特征，揭示了其思想和艺术的发展演变轨迹，给我们以系统的认识。透过魏金枝的创作，我们可以看到中国现代文学发展的历史脉络，深化了我们对于中国现代文学史的认知，彰显了重要的学术价值。在一定意义上说，这本专著丰富了中国现代文学史的研究。

任何作家都有自己描写世界、表现生活和反映现实的独特视角与独特方式。一个成熟的优秀的作家更是如此，不管其创作如何变化，总有其独特的所在。揭示作家创作的独特性，彰显文学的多样性和丰富性，揭示其文学价值和成就，是文学研究的重要任务。《浙东山区世界的审美表现——魏金枝小说创作研究》充分论述了魏金枝小说创作的这种独特性。作者认为，魏金枝小说创作主要以浙东嵊县四明山区的村镇为取材视阈，始终运用人性的艺术视角进行审美观照，进行深层的审美探索和艺术表现。从乡土小说开始，魏金枝就对人性中的善与恶、美与丑、爱与恨、公与私、苦与乐、生与死等一系列命题进行了出色的表现，塑造了鲜活的人物形象，丰富了中国现代文学的人物画廊，表现了中国60余年的历史风云与沧桑巨变。在这里，乡土中国农村的各色人等，凶恶的统治者、开明的知识分子、怯弱的农民、无奈的村民、奸诈的商人、狠毒的高利贷者、觉醒的农民、无私的革命者、诈骗的迷信制造者等，都性格丰满，非常感人。作者对魏金枝笔下的这些人物展开了系统的分析，充分显示了其独特的价值。他认为，魏金枝总是以质朴清新的笔调展现了主人公悲惨的苦难命运，揭示了乡土中国封闭落后的浙东山区乡村世界的沉滞的气氛，显示了深挚沉郁的艺术风格。阅读这本著作，不仅让我们走进魏金枝的小说世界，领略其艺术风致，使我们更加深刻地理解了人、理解了社会，对中国现代社会的历史形态有了更为深刻的认识，而且使我们对 20 世纪中国文学的实绩也有了更为深刻的认识。

文学总是不断被阅读的。读者总是会带着自己的嗜好和偏爱去阅读作品。所谓一千个读者就有一千个哈姆雷特，就是这个道理。然而，这部专著对于魏金枝创作的评价则是保持了比较客观的态度，显示了求真的学术品格。在中国现代文学史上，政治性和社会意识形态对作家的影响非常强劲，对现代文学的影响也非常强大。文学写什么和怎么写，成为摆在作家前面的重要问题。因此，一些优秀的作家总是保持创作的相对自由和独立自主状态，将时代与政治融入个人独特的理解和表述之中，显示了独特的艺术成就。但是，也有不少作家没有走出来，其创作流于概念化，沦落为政治工具和意识形态的传声筒。魏金枝从“五四”走过来，感应着激烈的时代潮流，深受时代政治的影响，也一度自觉地适应意识形态的要求，难免使其创作也遭遇到了一些难以克服的问题。《浙东山区世界的审美表现——魏金枝小说创作研究》中指出：魏金枝的小说创作通常总是能够充分发挥其自主性，独立地、自由地进行创作，追求时代政治与艺术的融合，从而凸显了艺术追求，确保了作品的艺术价值。但是，魏金枝偶尔也被时代政治和意识形态僵硬地牵着走，其创作的自主性和独立性被挤占，因此也有作品艺术价值不高、审美性不强。这种见解不仅新颖而且可信，是作者真正走进了魏金枝的小说世界的表现，显示了客观把握研究对象和严谨地对待学术研究的认真态度。正是这样，这部专著显得更加有价值。

文学创作是人类精神的延承，也是人类文化的表现，更是文学流脉的张展。这里既有个人的天才性的创造，也有对前人经验的借鉴、对他人文学乳汁的吸取。《浙东山区世界的审美表现——魏金枝小说创作研究》深刻地论述了魏金枝小说创作和中外文学的继承与发展的紧密关系。

作者认为，魏金枝的小说一方面深刻地接受了雨果、契诃夫、屠格涅夫等外国作家的小说艺术的影响，另一方面又吸取了鲁迅和郁达夫等人创作的“五四”小说的乳汁，并最终内化为自身成长的营养，形成了自身的创作特色，创造了属于他自己的文学世界，展现了不断创造的能力，富于新意。作者不仅深入地论述了魏金枝在艺术上对前人的继承，而且充分地论述了魏金枝在艺术上对前人的发展，揭示了魏金枝小说创作的文学价值，刷新了人们对于魏金枝小说的认识，显示了很强的学术价值。

总之，《浙东山区世界的审美表现——魏金枝小说创作研究》是一部富于学术价值的专著。全书框架体系科学，结构严谨，逻辑性强。在论述中，立论公允，观点新颖，论证充分，鞭辟入里。全书操作非常规范，引证交代非常清楚，显示了严谨的治学态度。尤其是，作者为了完成此书的写作，翻越了大量尘封的报刊，发现了不少散佚的作品，为现代文学史研究提供了珍贵的史料和小说文本。这又是一个鲜明的特色，也是作者认真对待学术的表现。

在这里我想说几句关于本书作者的话。两位作者都是我的好朋友。家思与我相识甚久，多年前他曾在教育部委托北京师范大学举办的中国现代文学高级研修班学习过，当时我是研修班的班主任，因家思学业突出、为人谦和、勤勉低调，得到了大家的好评，也和我结下了深厚的情谊。此后由于工作的关系，我们交往不断，我越来越多地看到家思的学术品格，他是一个只要能看书写文章，什么都能容忍的人。正因如此，他这些年来学术研究方面的成就越来越大，也越来越形成自己的特色。他连续多次获得国家社科基金课题，文章越写越扎实，尤其在资料的发掘整理方面做出了多方面的重要贡献，有些经他发掘辨析的资料，具有改写文学史的价值和意义。家思长期致力于文学史料的研究，可谓“埋头苦干，淡泊名利”。据我所知，他常常为查找资料四处奔波，有时候为一个小小的资料所下功夫之大之深，是许多人想象不到的。我有时候甚至用心感受过家思，我觉得在家思身上看到了一个真正学者的生活的意义。家思为学术付出的艰辛与努力，对我也常常是一种鼓励，我为有家思这样的学友深感骄傲和荣幸！桂萍老师与我相识不久，我编发过她的文章，她也组织过我的讲座。她的文章犹如她的为人，热情诚恳，质朴真切，但往往也独有新见，在她从容坦然的情态中不乏一种认真仔细、一丝不苟，这一点倒是和家思非常相似。我非常珍视与本书两位作者的情谊，更愿意看到两位学者在学术上不断取得更多更大的成果！

文学史总是在不断研究中发生变化，不断改写，时时呈现出新的面貌。我认为，这本著作不仅凝结着两位作者的心血，更为20世纪中国文学史的书写增添了新质。我将它郑重地推荐给大家。是为序。

2017年10月28日于北京师范大学

序二　浙东山区村镇的诗意书写

王嘉良

中国现代文学史是承前启后、群星璀璨的历史，这其中，文学“浙江潮”的涌动是一道夺目景观。浙江的新文学作家，不是从宁绍平原走来，就是从钱塘江两岸出发，不是从东海之滨起步，就是在浙东山区启程，一个个走向全国、走向世界，成为新文学各路要津的先锋或扛旗者，展现了20世纪浙江文学的活力。在这里，魏金枝就是成就不凡的一个，堪称中国现代优秀小说家。他的小说创作以其扎实的生活作基础，以对浙东山区村镇为描写对象，生动地描写了浙东山区的人生状态，表现了浙东民情风俗，反映了20世纪中国偏远封闭的山区村镇的历史风貌及其演变历程，显示了浓郁的乡土气息，烙刻着深刻的民族文化历史印记，具有很高的审美价值。然而，以往人们谈起魏金枝，通常注意的仅仅是其作为左翼小说家的一个侧面，对于其创作的多方面成就关注很少，至今欠缺对其进行全面的整体性研究。刘家思、刘桂萍合著的《浙东山区世界的审美表现——魏金枝小说创作研究》，分六章对魏金枝的小说展开了系统深入的研究，这无疑是魏金枝研究中的重要突破。

通读《浙东山区世界的审美表现——魏金枝小说创作研究》，我们对魏金枝的小说创作历程和审美特征有了深刻的认识。魏金枝是一个“五四”时期走向文坛的中国现代著名小说家，他的乡土小说“堪与台静农媲美”，表现乡土沉滞之气的《留下镇上的黄昏》《七封书信的自传》都以其出色的描写而受到鲁迅的赞誉。1930年加入左联后，成为左翼前期与张天翼齐名的新人，致力于创作左翼革命小说，以其独特的笔致受到读者的欢迎，赢得了很高的声誉，也得到鲁迅的教诲和鼓励。抗战爆发之后，他以自己的笔积极投身抗日斗争，主要创作讽喻性与暴露性小说，也很有特色，以其先锋性呈现出强烈的美感。中华人民共和国成立后，他以激奋的心情进入新社会，创作了颂歌式小说，但富于民间情调，显现了不懈的艺术追求。因此，这部著作从一个作家透视了20世纪前70年的文学发展概况，对于把握和书写中国20世纪文学史，提供了一个重要的窗口。

魏金枝是土生土长的中国农民作家。他的成功不仅在于他继承了“五四”文学传统，尤其是承传了鲁迅的艺术精神，而且在于他吸收了丰富的外国文学营养，从而形成了自身的文学素养，使他能够创造出属于他自己的浙东山区乡村的文学世界。《浙东山区世界的审美表现——魏金枝小说创作研究》，深刻地揭示了魏金枝笔下这个文学世界的鲜明特色：它与沈从文笔下的湘西世界相比，更加阴郁恐怖；与废名笔下的竹林世界相比，又显得更加粗犷浑厚；与鲁迅笔下的未庄世界相比，显得更加简单野蛮；与老舍笔下的北京城根世界相比，显得更加粗鄙浅陋；与沙汀的四川乡镇世界相比，显得更加深涩阴凉；与萧红笔下的东北生死场相比，显得更加生动明朗。因此，魏金枝的文学世界具有独特的地位，丰富了中国现当代文学的多彩风景，显示中国现当代文学的发展演变轨迹，有利于全面认识和理解20世纪中国文学的生态状况，把握文学的本质特征和创作规律。这部专著对魏金枝创造的浙东山区乡村世界予以了系统深刻的论述，其学术意义不言而喻。

《浙东山区世界的审美表现——魏金枝小说创作研究》最重要的特点体现在创新性上。魏金枝的小说研究很薄弱，成果很少，有新意的成果更少。全书不仅形成了全新的整体框架，而且发现了很多新材料，提出了很多新观点。作者历来重视扎实的史料研究工作，总是在充分收集大量第一手文献史料的基础上进行自己的学术建构，因此常常能够纠正以往的错误，提出一系列新观点，刷新人们的认识。作者在研究中北上南下，奔赴各种图书馆和档案馆，收集和发掘了魏金枝大量的文献资料与小说文本，为全面理解魏金枝的人生和系统探讨其文学创作奠定了坚实基础。该书不仅为我们呈现了一个崭新的小说家魏金枝形象，展现了魏金枝小说创作的崭新面貌，而且透过他的小说可以进一步认识20世纪中国浙东偏远山区村镇从封闭落后走向文明进步的真实的历史情景，为我们把握20世纪现代化进程提供了鲜活的依据。作者采取宏观审视与微观剖析相统一的方式，既从中国社会转型时期新文学发展的历史背景中去认识和把握魏金枝的小说创作，又对小说文本进行深入的解读，以洞烛幽微的眼光去分析和解剖具体问题，因而发现了许多新问题，提出了许多新观点。无论是对乡土小说的新论，还是对于人性化左翼小说的立论，对于国难小说的概括或者是对其新写实小说的阐述以及对当代小说的民间表达等一系列观点，都是以往学界不曾认识到的，十分新颖，而且展开了令人信服的论述。对于具体问题的论述又鞭辟入里，往往新见迭出，给人以许多新的启示。魏金枝的小说创作长达 50 年，经历了中国现当代文学从诞生到成熟的曲折历程，既贯穿整个现代文学史，又是十七年文学的亲历者和推动者，在每一个时期都具有参照系的价值，借助它们可以更好地审视中国现当代文学近 50 年起伏绵延的景况。正是这样，这部专著对于重写 20 世纪中国文学史，具有重要的参考价值。

《浙东山区世界的审美表现——魏金枝小说创作研究》第二个特点是方法得当。文学研究，乃至整个学术研究，方法十分重要，这决定着学术研究的成败。对于文学研究，是否能够准确地认识和评价作品，科学的方法往往起着决定作用。对于魏金枝的小说，以往没有重视系统的整理和研究，只是提到他少数几篇小说，零零散散，脉络不清，不成系统，似乎魏金枝是没有特色、缺乏个性、深度不够的一个小说家。然而，本书作者在研究中不是将魏金枝小说孤立起来看，而是将其小说置于整个中国现当代文学史和世界近现代文学史的视阈中予以系统研究，从相互联系中去评判其思想和艺术成就，其发现的新问题也就有了扎实的根基。例如，论述其乡土小说，就将其放在整个现代乡土小说的创作背景中，因而发现了魏金枝的乡土小说既是以越乡叙事为中心，显示了浙东乡土特色，又在写实的笔调中融入了忧伤的浪漫情调，富于新意。正是对魏金枝小说创作历程展开了系统的整体研究，所以能够发现小说《校役老刘》是魏金枝小说创作重要的界碑，不仅描写的主要对象从乡村知识分子转向了劳动者，由同情知识分子转向了批判知识分子，而且转而同情劳动者，并由社会批判转向了人性拷问。其原因在于大革命失败后，社会各阶层的地位发生了改变，也改变了社会对不同社会群体的评价。如此等等，全书对于魏金枝小说的剖析、评价举重若轻，都很到位，富于新意，克服了分割式局部研究捉襟见肘的不足，避免了思维的定式化偏狭，纠正了不少错误。并且，作者还娴熟地运用对比手法，将魏金枝小说与中外作家的创作展开对比，不仅显示了魏金枝小说的价值地位，而且彰显了它的特色，富于深度。例如书中论述魏金枝另辟蹊径地去描写革命人性时，就与同为左翼作家的侧重人性描写的柔石的创作相比较，从而显示了他的开创性之功；论述《前哨兵》表现精神成长主题时，就与姚雪垠的《差半车麦秸》对比，从而证明了它的审美价值。对比能够展现长短和优劣，可以判断一个作家成就的大小和地位的高低。正是在对比中，我们对魏金枝的文学成就有了更充分的认识。显然，这部专著能够对文学研究提供借鉴。

《浙东山区世界的审美表现——魏金枝小说创作研究》第三个特点就是学风严谨。学术研究既是一种发现问题的知识创新工作，也是一种文化传承的重要工作，必须具有对历史负责、对文化负责、对未来负责的态度，因此认真治学本来是一个基本要求。然而，当下中国学术界既浮躁功利，又受拜金主义的影响，商业化操作使很多人迷失了方向，丢弃了本来应该遵循的学术要求，致使出现许多丑闻，败坏了学术风气。然而，本书作者仍然坚持稳坐学术冷板凳，始终保持严谨治学的精神，树立了纯正的学风。一方面，致力于科学架构，追求卓越，打造学术精品。本书的框架体系就体现了这一点。全书按照总—分—总的结构科学地安排，由引论、正文和结语三部分组成，详略得当，形成了比较科学的框架体系。引论是一个概述，集中论述了魏金枝小说创作的发展历程和审美特征，这是总体把握，提示基本观点。正文六章则对魏金枝小说创作分专题进行了系统全面的论述，立论持重，论证充分，逻辑性很严密。其中前五章按照时间进程和主题思想展开全面深入的论述，第六章则对其艺术渊源进行追问，可视为对其小说创作艺术上的总体特征的把握。结语则是对魏金枝小说呈现的文学创作规律与特征的提升，突出研究的基本目的。可以说，全书的框架体系是比较完美和自足的。另一方面，学术评价客观，操作规范，显示了科学求真的学术品格。全书不仅引证文献交代明白，而且表述规范、评价中肯、阐释适度，既对魏金枝小说创作进行了深刻的剖析，充分评价了他的文学成就，也对他的一些作品的缺陷进行了批评，对他对于中国文学体制的顺从与抗拒都不避讳，显示了历史唯物主义的态度，与那些极端维护研究对象以至护短者有着本质的区别，显示了高标准的学术追求，值得大家学习。

总之，这是一部较有深度的创新性的学术专著，不仅是魏金枝研究的重要成果，而且是中国现当代小说研究的重要成果，也是浙东文化研究的重要成果，对于中国现当代文学史研究和浙东文化研究，具有重要的参考价值。因此，本人愿意向读者推荐，祝作者取得越来越多的优秀成果。是为序。

2017 年 10 月 28 日于杭州

引　论

浙东文化孕育的现代文学精灵

“五四”时期是古老的中华民族从传统走向现代的起步阶段，也是现代意识和现代文化在中国正式发生的时期。“五四”新文化运动催生了中国现代文学，也造就了中国现代文学的第一代作家。这些作家是“五四”新文化的建构者、创造者和推动者。他们创作的文学作品传播着现代思想文化，也深受“五四”新文化运动的影响。尤其是“阵容整齐的新文学‘浙军’”强势挺进，“占据中国新文学的各路要津，或成为新文学的开创者、奠基人，或成为一种文体、一个流派的开创者或代表人物”，为中国现代文学的发生和发展作出了卓越贡献，是非常值得研究的。[①] 魏金枝就是这些作家中的一个。

魏金枝

魏金枝（1900—1972），浙江嵊县人（今嵊州市），原名魏义荣，小名荣佬，笔名凤兮、高山、鹿宿、莫干、牛三等，现代著名作家。他的创作贯穿了中国现代文学三十年以及当代中国十七年文学的发展历程，在20世纪30年代就形成了较大的影响。鲁迅高度肯定他的小说《留下镇上的黄昏》与小说集《七封书信的自传》；苏汶高度评价他的小说《白旗手》；茅盾也非常看好他的小说，将他的小说《制服》收入小说集

① 王嘉良：《地域视阈的文学话语》，中国文史出版社2007年版，第3页。

《草鞋脚》之中。湖风书局在再版《七封书信的自传》时称赞他是“中国最成功的一个农民作家”[①]。中华人民共和国成立后，周而复也说他是“20世纪30年代最活跃的三个青年作家之一”[②]，杨义认为他与张天翼一道是“左翼文坛的前期新人”，他的艺术描写“堪与台静农媲美”[③]。唐弢在论述40年代文学的民族风格时，明确指出魏金枝的小说在中国现代文学民族性特征形成过程中具有重要意义。他说：“中国现代文学史上由鲁迅率先倡导，经刘半农、叶圣陶、朱自清、周作人、废名、台静农、张天翼、魏金枝等不断实践的民族气派和民族风格，在新的历史条件下有了新的发展。”[④] 应该说，魏金枝对于中国新文学的诞生和健康发展作出了较大的贡献。

魏金枝不仅是“五四”新文化运动和文学革命中诞生并成长起来的现代著名作家，也是浙东山区走出来的一个孤独而惨淡的文学精灵。在浙东文化的内源性传统和外源性异域文化的碰撞与孕育下，魏金枝形成了质朴、憨实、坚硬、忠信和进取的文化个性。这种鲜明的精神性格，使他在艰难的人生路途中不妥协、不放弃，而是诚恳做人、踏实做事、艰难行进、不断追求。在中国现当代文学史上，魏金枝以小说闻名。他先后出版的小说集有《七封书信的自传》《奶妈》《白旗手》《制服》《魏金枝短篇小说集》《魏金枝选集》等。此外，他还有不少作品散落于尘封的报刊中，有待进一步发掘。

魏金枝对文学的追求执着而坚韧，他延承着浙东实用主义哲学和人文主义传统，形成了与“人的文学”相一致的“为人生”的文学观。他以深刻的人性描写和深挚的底层关怀、深切的人生体验和深沉的艺术表现，以及清新俊朗与质朴精细的文字，创造了独特的文学风景，丰富了中国现代文学的创作实绩。他不仅在描写宗法制度下“老一代中国人的

---

① 见胡风书局出版《七封书信的自传》时的广告。

② 周而复：《往事回首录（上部）》（《周而复文集》第21卷），文化艺术出版社2004年版，第68页。

③ 杨义：《中国现代小说史》第2卷，人民文学出版社1988年版，第299页。

④ 唐弢：《西方影响与民族风格——中国现代文学发展的一个轮廓》，《唐弢文集》9《文学评论卷》，社会科学文献出版社1995年版，第325页。

人生方式与文化心理上”[①] 有着卓越的成就，而且在描写中国社会由封建向现代迈进的过程中乡村知识分子的孤独处境和悲剧命运上也有着非凡的表现，更在描写无产阶级革命进程中民众被迫走向革命以及革命者崇高的革命理想、自觉的牺牲精神与深层的人性上显示了突出成就，还在描写中华人民共和国成立后社会主义建设中涌现出的人民新形象和新的社会关系上显示了独到的艺术眼光，展示了乡村社会不同历史时期各阶层的生存状态和利益冲突，表现了乡村中国艰难曲折而漫长的现代性进程，揭示了国民心理、性格与精神的发展演变轨迹。

一　魏金枝小说的历史分期

魏金枝的小说创作始于1920年，但1924年起才集中创作小说，直到“文化大革命”开始才结束，前后近50年，表现了20世纪中国60多年的历史巨变。纵观其发展历程，大致可分为五个时期。

1920—1928年，是魏金枝小说创作的第一个时期，可以称为“沉滞的乡土叙事时期”。这时期，他主要创作乡土小说，描写了沉滞的浙东乡土世界。“五四”时期是青春浪漫的时期，魏金枝充满着青春激情，以一个时代的弄潮儿出现在浙江一师，开始了他的文学生涯，不仅沉浸在浪漫的诗国之中，也开始了小说创作，但直到1924年，他才集中笔力创作乡土小说。这时期，他的小说创作以越乡叙事为中心，以乡镇小知识分子为视点，显示了鲜明的浙东乡土特色，开拓了“五四”乡土文学的题材领域，显示了重要的成就。

在创作中，魏金枝以清新的写实笔触融入忧伤的浪漫情调，深刻地描绘了乡村沉滞、沉郁、沉寂的死相，描写了浙东山区底层民众的苦难人生和悲惨命运。一方面表现乡镇小知识分子的悲惨遭遇和清苦的生活，展示社会转型时期浙东山区村镇世界的人生状态和悲凉情景；另一方面暴露封建家族统治者的专制、残忍与野蛮，展示社会的沉闷、黑暗和丑恶。《七封书信的自传》是重要的代表作，它描写彬哥因为反对族长将小学变私塾，招致命案，而被下狱，最后越狱，自发地走向了武装反抗统

---

① 杨义：《中国现代小说史》第2卷，人民文学出版社1988年版，第298、299页。

治阶级的道路，不仅表现了乡村小学教师彬哥的悲惨人生，也批判了以族长为代表的封建势力的垂死性和残暴性，深刻地反映了浙东山区守旧、落后、专制和颓败的社会现实，被鲁迅称为“优秀之作”[①]。《留下镇上的黄昏》展示了山区乡村小镇沉滞、沉郁和沉闷的死寂气氛，引起鲁迅的注意，他亲自编辑发表，并给予充分的肯定；《小狗的问题》也表现了乡土中国黑暗的景象，凝聚着沉滞之气，令人闷气；《香袋》则反映了乡村世界守旧落后的社会心理；《沉郁的乡思》展示了乡镇小知识分子备受生活威逼的凄惨境况；《祭日致辞》通过“我”对亡妻的回忆，谴责了封建专制家族对年轻媳妇的损害以及由此带给漂泊在外乡的小知识分子的痛苦；《裴君遗函》也表现了乡镇小知识分子夫妻分离的漂泊之苦。这些小说，通过乡镇知识分子的人生命运的描写，既揭示了浙东乡镇野蛮与文明、封闭与开放、传统与现代、愚昧与开化、怯弱与坚韧、麻木与清醒、封建专制与自由民主的对立，又揭示了乡镇知识分子情与理、灵与肉、自私与奉献的剧烈冲突，深刻地暴露了浙东乡土社会的现实罪恶。

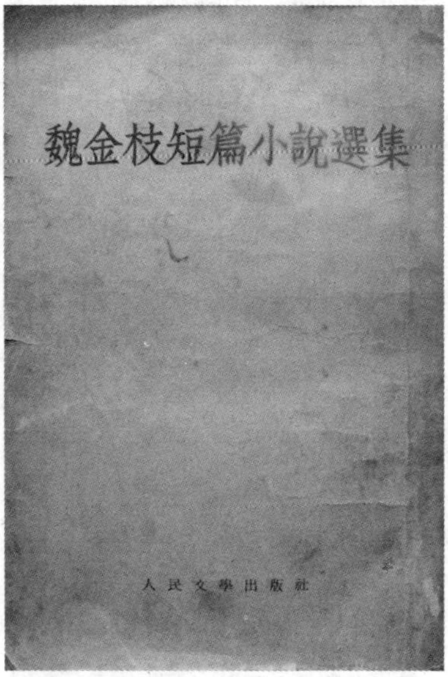

魏金枝短篇小说选集
（人民文学出版社 1954 年版）

在魏金枝的笔下，刻写着对封建落后的浙东乡土社会沉郁的心灵印记与悲愤的情绪，反映了乡村中国向现代转型的艰难。周作人指出：“风土与住民有密切的关系，大家都是知道的。所以，各国文学各有特色，就是一国之中也可以因了地域显出一种不同的风格，譬如法国的南方普洛凡斯的文人作品，与北法兰西便有不同，在中国这样广大的国土当然更是如此。这本是不足为奇，而且也是很好的事。我们常说好的文学应是普遍的，但这普遍的只是一个最大的范围，正如算学上的最大公倍数，在这范围之内，尽能容极多的变化，绝不是像那不可分的单独数似的不能通融的。

① 鲁迅：《我们要批评家》，《鲁迅全集》第 4 卷，人民文学出版社 1981 年版，第 241 页。

这几年来中国新兴文艺渐见发达，各种创作也都有相当的成绩，但我们觉得还有一点不足。为什么呢？这便因为太抽象化了，执著普遍的一个要求，努力去写出预定的概念，却没有真实地强烈地表现出自己的个性，其结果当然是一个单调。我们的希望即在于摆脱这些自加的枷锁，自由地发表那从土里滋长出来的个性。”① 魏金枝的这些作品，就是浙东乡镇世界滋生的，显示了独特的艺术个性。

1929—1935 年是魏金枝小说创作的第二个时期，可以称为“人性化的革命叙事时期”。这时期，他以人性化的革命叙事为主。1928 年，后期创造社和太阳社的共产党员作家倡导革命文学，以此为滥觞的左翼文学主导了 20 世纪 30 年代前期的文学走向。魏金枝感应着这种潮流，于 1929 年创作了小说《校役老刘》。小说细致地描绘了下层人民被侮辱与被损害的悲惨命运，展现了底层民众悲惨的生存状态，揭示了中国民众的文化心理，标志着魏金枝的小说从描写乡镇知识分子到描写底层农民，从同情知识分子到批判知识分子的转向。主人公老刘是学校的勤杂工，相貌丑陋，但心地善良，受尽了侮辱与损害。这种描写笔调忧郁而深沉，显示了作者对底层民众的深挚同情、对小人物的真诚关怀，也对社会不平等表达了强烈的义愤。从此，在魏金枝的笔下，底层农民就成为他描写的主要对象，表现革命就成为他创作的重要母题。但他又始终继承和发展“五四”文学传统，人性描写成为他艺术审美的基本视角，从而创作了独具魅力的人性化革命小说，成为左翼文学中一道绚丽的风景线，显示了艺术上的独到与深度。

魏金枝的这些小说既呼应着左翼文学的潮流，但又有些疏离，避免了当时流行的革命小说或无产阶级文学艺术上简单化的做法，自觉地摆脱了概念化、公式化的弊端，是左翼文学艺术上的丰富和发展。《奶妈》以对革命者的人性描写，写出了革命英雄的人性真实，显示了很强的艺术张力，是对当时革命文学潮流中“革命加恋爱”的概念化模式的突破；《白旗手》也突出了人性描写，通过勤务带领新兵哗变，深刻表现了个体欲望对行为的影响力，也写出了民众走向革命的艰难性；《桃色的乡村》

---

①　周作人：《地方与文艺》，载张明高、范桥编《周作人散文》第 2 集，中国广播电视出版社 1992 年版，第 212 页。

描写了农民暴动的分裂，显示了人性的复杂性；《前哨兵》描写了农民出身的革命战士的成长过程，从庸常性中写出了神性的成长，展示人性在特定情境中正负能量的转换，反映了主体精神自觉的历程；《报复》描写了被损害者复仇的坚决，但又显示了惊世骇俗的人性裂变；《制服》深刻地表现了世俗人生与生俱来的阶级差异，反映了它的不可选择性，也揭示了投降与变节的悲惨下场，展示了人性的弱点，表现出对刚健耿直、坚忍不拔的文化性格的向往。这些小说致力于将社会革命与人性描写统一起来，不仅以其文本的先锋性赋予小说丰富的思想蕴含，显示了自觉的文体意识和执着的艺术追求，而且以鲜活的人物描写和深刻的人性展示迥异于当时流行的概念化风尚。

在左翼文艺运动中，魏金枝与张天翼和沙汀等人齐名。国务院学位办在《同等学力人员申请硕士学位中国语言文学学科综合水平全国统一考试大纲及指南》中就指出："本时期有成就的左翼小说家，还有沙汀、魏金枝、蒋牧良、周文等。"① 在左翼作家中，魏金枝文体上显示了更强的创新能力。"左联"成员金丁说："'普罗'文学运动初期，一些从实际革命工作转到文学战线的青年作者，虽然在创作上力图描绘工农的觉醒和革命斗争的绚烂生活，然而由于片面地强调文学必须为自己的阶级宣传，忽视作品是一定社会生活反映在作家头脑中的产物，忽视文学作品的特点，所以概念化和公式化的倾向在创作上都显得比较突出。到《萌芽月刊》出版时，写革命与恋爱冲突的题材也逐渐少了。柔石、张天翼和魏金枝的小说，给读者开辟了新的视野。"② 应该说，魏金枝对于左翼文学的贡献是很大的，我们不可忘记。

1936—1945 年是魏金枝小说创作的第三个时期，可以称为"讽刺与批判时期"。这时期，魏金枝的小说以讽刺与批判为主，呼应着"国防与抗战"文学潮流。1931 年 9 月 18 日，日本帝国主义侵占我国东三省，抗日救亡成为中华民族急迫的现实任务，从而催生了国防文学与抗战文学。

---

① 国务院学位委员会办公室编：《同等学力人员申请硕士学位中国语言文学学科综合水平全国统一考试大纲及指南》，高等教育出版社 2006 年版，第 540 页。

② 汪乔英、汪雅梅编选：《金丁文集——我仿佛在梦中》，中国文联出版社 2003 年版，第 291 页。

在全面抗战爆发之前，国内已经出现了抗战戏剧，也出现了抗日小说。接着，日寇又步步向华北紧逼，中华民族面临的亡国灭种危机越来越严重，因此国防文学兴起，宣传英勇杀敌，呼唤全民抗战，反对投降变节与暴露社会黑暗，就成为文学界的自觉。不管是著名的还是没名气的作家，都致力于创作这类作品。全面抗战爆发之后，抗战文学成为创作主潮。

魏金枝是最早呼唤抗日的作家之一。他的小说创作自觉肩负起了民族抗战的责任，但又和一般的作家正面描写对敌斗争不一样，而是重在“内审”，重点解剖本民族的病根，揭露毒瘤。一方面，他呼吁积极而坚决的抗战。《磨捐》描写了众志成城，准备与来犯之敌血战，誓死保卫家园的决心，也对国民党政府发出了抗日的呼唤，对其消极抗日展开了批判；《羞明》热情地讴歌了积极投入抗日战争，前仆后继为国牺牲的民族意志。另一方面，他反对投降变节，卖国求荣。《想挂朝珠的三老爷》描写了乡村恶势力蜕化变节，沦落为汉奸，残害村民，并在其焚烧村舍时被乡村教师打死的故事，表现了反对汉奸的主观态度，反映了日寇入侵之后清除汉奸的紧迫性和艰巨性；《政治家》通过对张先生抗战爆发后政治上脚踏两只船，往来于上海和广州两个城市之间的堕落变节行为的描写，不仅批判了那种活动能力巨大的卖国求荣的汉奸，还暴露了堕落变节者的不自觉性和隐蔽性。尤其值得注意的是，魏金枝还创作了喜剧性讽刺小说《王太太的挣扎》等作品。《王太太的挣扎》以喜剧性笔调描写了王先生做汉奸之后给王太太带来的痛苦，无论是在家还是在外面，娘姨们都与她斗气，使她不断地胖起来，充分显示了民众对于汉奸的深恶痛绝，反映了汉奸的末路。小说将人性批判与社会批判结合在一起，在人性拷问中融入社会批判，在幽默和揶揄中展开讽刺，显示了独特的艺术魅力，其讽刺艺术堪与张天翼的《华威先生》媲美。这是魏金枝小说的新发展，也推动了40年代讽刺文学潮流的发展。

同时，日寇入侵后，国民党反动派仍然实行其反动的封建专制统治，对民众实施残酷的压迫和剥削，激起了全国人民的不满，暴露便成为一种创作潮流。魏金枝以犀利的笔锋直指国民党基层官僚，讽刺和揭露了国民党反动派黑暗统治的腐败与罪恶，对文学暴露潮流起了推波助澜的作用。小说《孤鬼们》通过对一个稍稍有点特别的监狱的描写，暴露了国民党的黑暗统治；《凑巧》通过描写悦来杂货店老板王德昌做了保长后一心想上爬的喜剧人生，揭露了国民党兵役制度的腐败，批判了国民党官僚营私舞弊、贪污腐败的丑恶行径，可与沙汀的讽刺小说媲美。这些小说，显示了一种坚韧不拔的精神和意志。应该说，抗战爆发后，魏金枝的小说创作又获得了新的发展。

1945—1949 年，是魏金枝小说创作的第四个时期，可以称为“历史讽喻与乡村暴露时期”。总的说来，他这时期的小说数量不多，但对于艺术创新的追求很执着，在艺术上有了新发展。抗战胜利后，多灾多难的中国又陷入内战的危机之中，这是国民党为了维护其政治独裁而造成的。因此，呼唤和平、争取民主，就成为强大的时代潮流。中国进步文艺界呼应着这种潮流，自觉地进行着战斗。于是，国统区的暴露小说兴起，致力于对黑暗现实进行讽喻与鞭挞。魏金枝的小说创作积极呼应了这种创作潮流。

魏金枝以对历史文化的戏谑式描写来对现实进行讽喻，展开社会批判，收到了很好的效果。《苏秦之死》通过对历史人物苏秦的谑释及谐述式的描写，对他进行了颠覆性解构，有力地讽刺了那种出于个人私欲而自以为是、为所欲为的神经质式的人生方式与取向，从而寄予着对蒋介石的批判。这篇小说具有魔幻现实主义的影子，作品中不乏荒诞、怪异的描述手法，对人物予以夸张和变形，从而更深刻地描绘出人物的精神状况，在 40 年代的历史小说中显示了鲜明的特色，具有重要的意义。魏金枝又借助文学原型的变形来进行讽喻，显示了独特的艺术取向。《独乐乐》通过对《三国演义》第五十三回的小说人物原型的变形置换寄予讽喻，在二元对立的原型模式中进行政治讽喻。他还通过对现实的描写来进行讽喻，《骗子》《喜悦》《复仇》都是这方面的代表作。《喜悦》借助描写“我”和“船”的交往，揭示了世俗社会中捉弄与被捉弄的循环相成，具有很强的符号意义，既揭示了一种人生哲理，也蕴含着一种政治讽喻：国民党愚弄人民，反过来也会被人民愚弄，锋向所指是蒋介石。这种独特的讽喻和戏谑，显示了魏金枝小说艺术的新发展。

同时，魏金枝还对乡村基层统治者的丑恶面目进行描写，进一步暴露了国民党反动统治的罪恶。在《将死的人》《竹节命》《死灰》等“保长系列小说”中，魏金枝描写了国民党基层统治者的残忍无道，展现了黑暗社会将人变成鬼的丑恶现实，反映了作者暴露国民党黑暗统治的用心。魏金枝更为深刻的描写是有关民众苦难的，暴露和批判了社会的黑暗与罪恶。《坟亲》通过对阿乜悲惨的一生的描写，史诗性地展示了20世纪乡村底层民众深重的苦难。但与以往不同的是，它既呈现了全景式的特征，又呈现了电影蒙太奇和特写的特征，深刻地揭示了造成民众苦难的根源，进而对统治者进行了强烈批判。尤其值得注意的是，魏金枝不仅总是表现底层民众坚韧地面对苦难，而且还歌颂了他们面对苦难时的忠义侠气以及舍己为人的品格，如《蜒蚰》。这些描写充分显示了底层民众坚忍的人生态度。这时期，魏金枝的小说无论是政治讽喻还是苦难描写，都获得了发展。

1949—1966年，是魏金枝小说创作的第五个时期，可以称之“新中国颂歌时期”。这时期，魏金枝的小说以追随和歌颂新时代为主，但又不放弃文学的艺术性。中华人民共和国成立后，歌颂成为文坛的主潮，但随之而来的是公式化、概念化盛行，政治标语式的创作泛滥，魏金枝予以了明确的反对。他说：“创作是不应该有什么‘清规戒律’的，有‘清规戒律’的就不是创作，而是‘教条’。创作是不应该有一定格式的，有一定格式的就不是创作，而是公式。……对于这些情况，作家只能用最科学最敏锐最深刻的观察研究，才能得出结论来，决不能用教条和公式来代替它。”[①] 从1952年开始，他任《文艺月报》的编辑，将主要精力用在编辑主业上，作品不多，但具有示范性：既追随着时代，呼应着文学主潮，但又使作品保持了一定的艺术品质，避免了公式化、概念化的弊端。作为一个大型文学刊物的编辑，必须贯彻党的文艺方针，魏金枝无疑绷紧着这根弦。但是，他从“五四”文坛走来，是一个资深的老作家、老编辑，深知文学艺术价值不可偏废，便想方设法追求艺术性，在政治性与艺术性之间寻求一种内在的平衡，从而保证了小说的艺术价值。

魏金枝是“十七年”中自觉寻求艺术与政治和谐统一的作家。他以浙东的民俗风情融入创作中，以民间情调和地方色彩来冲淡作品的政治色彩，强化了作品的艺术感染力。众所周知，中华人民共和国成立后，跟着中国共产党走社会主义道路，是一个总的时代主题。魏金枝敏锐地

---

① 魏金枝：《反对教条和公式主义》，载《文艺随谈》，新文艺出版社1957年版，第39页。

把握着这种时代潮流，在《活路》《跟着他走》《一个危险的计划》中都表现了这种主题，但是他又没有被政治取向淹没，而是凸显主体自我的审美追求。《活路》最早表现了跟着党走、奔向新社会的主题，政治意义很强，但作者用方言体写作，以民间性弱化了政治性对艺术性的遮蔽；《跟着他走》尽管也表现跟着党走的主题，但作者以历史的书写和对嵊县土匪题材的现代变形，消释了感应时代要求的政治性的公式化、概念化的时代病痕。这时期，魏金枝的小说还倾心于表现年轻一代中国人的精神风貌，突出了新社会的新气象，反映新中国的勃勃生机与活力，但他总是以民间情调来形成一种艺术氛围，减弱政治性的主导力。这以《老牯和小牯》《两个小青年》和《礼物》等作品为代表。魏金枝的小说也直接歌颂党和毛主席，如《义演》就是这方面的代表作，但它不是宣讲，而是借助叙述浙东的社戏活动来反映这种政治主题，仍然具有较强的艺术价值。在文学作品中，民间性和地方色彩都孕育着一种陌生化的效果，能够激活文本的艺术性。魏金枝这样做，收到了预期的效果。

在当代小说创作中，魏金枝无疑是紧跟时代潮流的，但他又保持了一定的独立性与自主性，不是简单而肤浅地对党、对毛主席、对新中国进行直接、正面的歌颂与礼赞，而是采取侧面描写，避实就虚，以强劲的民间情调来冲淡政治意味，避免落入政治工具的窠臼，增强了作品的艺术感染力。同时，他既不去写“高大全”的人物，也不去写革命英雄，而是致力于描写普普通通的小人物，具有很强的生活质感，产生了较强的艺术魅力。这种追求小说的艺术价值的路向，实际上对后来茹志鹃的创作产生了有形或无形的影响。

在中国现代文学史上，鲁迅的小说创作主要对越地水乡村镇的世态苍生展开了描写和表现，对于越地山区村镇，虽然《祝福》中涉及了一点，但并没有对浙东山地民众的人生展开书写，魏金枝的小说创作正好弥补了这个缺陷，使中国现代、当代文学对浙东的书写比较完整了，这是不可忽视的，值得文学研究者关注。魏金枝的小说创作贯穿了他的整个创作历程，反映了20世纪中国半个多世纪的沧桑巨变，表现了不同历史时期底层民众的生活状态，具有很强的现实意义和较高的审美价值。

二　魏金枝小说的审美特征

魏金枝的小说“技巧是很高的，生活与思想也同样的很深入”①，它以独特的艺术视野，对20世纪前60余年的浙东山区世界进行了独特的书写，显示了中华民族生生不息的精神底蕴。这些小说叙事圆润，结构严谨，描写细腻，人物鲜活，乡土色彩浓郁，凸显了人性描写的深度，形成了沉郁质朴、平实清新的艺术风格，彰显了独特的审美特征。涂光群说魏金枝“最擅长于短篇小说”，“每篇都是精心构思，又讲求文字技巧，决不草率从事”，作品“质量上乘”。② 这种评价是准确的。应该说，正是魏金枝有着坚定的审美追求，使他的小说显示了独特的创作个性，形成了鲜明的审美特征，艺术感染力很强。

魏金枝小说的第一个审美特征就是以连续性短篇体制创造了史诗性的审美效果。中国现代文学从“五四”文学开始就形成了一个审美传统，就是直逼现实，关注底层的生存状态。魏金枝是“五四”第一代作家，他的小说创作始终体现出强烈的现实主义精神，执着于现实人生的书写，关注底层苦难，显示了强烈的人道主义精神。他执着于描写20世纪浙东山区村镇的底层人生，关注普通民众的命运状态，以此来反映不同历史时期的社会现实。纵观魏金枝的小说创作，虽然都是中短篇作品，但当我们将这些主要作品放在一起予以整体观照时，就可以发现它们比较全面地描写了20世纪前60余年浙东山区乡村社会的现实，深刻地反映了中国山区社会60余年的沧桑巨变，在一定意义上构成了连续性短篇体式，显示了史诗性特征，具有独特的艺术价值。

在现代文学30年的历史进程中，魏金枝的现代小说主要以浙东为取材视阈，描写了20世纪中国前50年的乡村社会发展演进历程，反映了底层民众的悲惨处境。《官衙》描写了辛亥革命之前官衙中幕府寂寞无聊的人生；《七封书信的自传》描写了辛亥革命之后到20世纪20年代之前的

---

① 乐华编辑部编：《魏金枝传略》，载《当代小说选本》下册，上海乐华图书公司1932年版，第389页。

② 涂光群：《上海老作家们——十位上海老作家侧记》，《新文学史料》2004年第1期。

社会生活，展示了封建势力与现代进步力量的殊死搏斗，揭示现代乡村知识分子的不幸命运，反映了现代文明萌芽的嫩弱；《留下镇上的黄昏》描写了20年代前期中国乡村世界沉闷、沉郁、沉滞的氛围，显示了乡村中国在封建专制统治下的死相，也显示了一定的现代气息；《校役老刘》表现了20年代新式学校中的污浊气，展示了底层的校役被穿长衫的肆意损害，反映了底层人民悲惨的人生处境，揭露了社会的不平等，显示了阶级矛盾与派系斗争；《桃色的乡村》反映了20年代农民为了生存而铤而走险的暴动，展示了20年代社会革命原始的自发性状态；《奶妈》反映了20年代后期中国革命失败之后的生活情景，展示了民众与革命的隔膜，歌颂了共产党员为革命勇于自我牺牲的革命精神，也显示了革命的危难境况；《颤悚》《白旗手》《前哨兵》《制服》《野火》等都描写了30年代社会革命进程中乡村世界的黑暗现实，展示了压迫与被压迫、剥削与反剥削的社会矛盾，显示了民众阶级意识从朦胧到觉醒的过程，反映了社会革命的基本情势，表现了农民投身革命之后的成长历程；《家庭琐事》《山地》展示了30年代前期农民对土地的渴望和坚守故土的情怀，反映了农民与土地的扭结关系，显示了30年代前期基本的社会矛盾以及文化心理上传统与现代的冲突；《磨捐》《凑巧》《想抹朝珠的三老爷》《政治家》《王太太的挣扎》《羞明》反映了日寇入侵给中华民族带来的巨大灾难以及由此引发的社会道德和主体精神的裂变，展示了民众对抗战的呼唤和礼赞，暴露了民族渣滓的罪恶，反映了中国人民的抗日意志；《将死的人》《竹节命》《死灰》《客气》对40年代后期黑暗的现实予以了讽刺和鞭挞，表现了呼唤和平、争取民主的时代主题，也深刻地反映了40年代后期底层民众的苦难，对国民党的黑暗统治和血腥罪恶予以了暴露。最集中反映这一点的则是《坟亲》，它独辟蹊径地描写了浙东山区社会底层最卑微的守坟人的苦难人生，深刻地反映了20世纪前50年浙东乡村社会的发展演变历程，反映了中国乡村社会普通民众的苦难命运，史诗性特征非常鲜明。在中国现代文学史上，如此长镜头地扫视半个世纪的社会发展状况，在中短篇小说中罕见。

中华人民共和国成立后，魏金枝像所有的作家一样，由衷地拥护毛主席和中国共产党，他以社会主人翁的姿态兴奋地走进了社会主义社会。于是，他用自己的创作，为新中国的发展历程作出记忆，反映了新中国前17年的社会主义建设的历程。《活路》显示了中华人民共和国成立之初民众走向新社会的心理印记；《跟着他走》表现了20世纪50年代初期民众紧跟中国共产党走的心理；《老牯和小牯》展示了20世纪50年代初社会主义改造初期崭新的社会气象；《两个小青年》和《礼物》表现了20世纪50年代后期社会主义改造之后新中国青年的新形象和社会主义社会的新型人际关系；《一个危险的计划》和《义演》描写了20世纪60年代初中国社会急剧的政治情势，表现了中国共产党在社会主义事业中的领导核心作用，反映了忠诚地歌颂中国共产党、歌颂伟大领袖毛主席的时代激情，显示了中国人民走向社会主义道路后的蓬勃向上的精神面貌。应该说，这些作品虽然不多，但为社会主义新中国的发展轨迹留下了历史的记忆，显示了一个农民出身的革命作家积极的人生姿态和喜悦的心情。

魏金枝的作品对多灾多难的中国向现代化迈进的曲折、艰难历程的书写，比较深广地反映了社会现实情势和民族心理的演变轨迹，具有很强的现实意义和审美价值。不管文坛情势和时代潮流如何变化，他的小说总是执着于现实书写，又在现实主义描写中交织着浪漫主义的主体激情，甚至是现代主义的艺术风致，显示了一定的诗性和先锋性，具有独特的艺术价值和感人的艺术魅力。因此，他的作品不仅显示了中国现代文学的发展历程，而且反映了民族心理的现代演变轨迹，又孕育了比较丰富的艺术养分。

魏金枝小说的第二个审美特征就是对人性展开了深层探索。魏金枝的小说创作始终有一个轴心，就是人物。他总是精心地描写人物性格，真实地展示人物的命运历程，深刻地表现人物的精神状态，塑造了栩栩如生的人物形象，展开了浙东乡镇生动的人物画廊。这里不光有勇于牺牲的共产党员、成长中的革命青年、具有现代思想意识的教师、孤独苦闷的青年知识分子、劫富济贫的土匪，还有贪婪自私的下级军官、腐败的乡长和保长、卖国求荣的汉奸、腐朽寄生的地主、顽固自私的封建家长、传播迷信的信士巫女、到处作恶的保丁、被异化的青年学生、乡镇小店的老板以及历史人物，同时还有更多的备受残害的囚徒、屡遭剥削的士兵、深受压迫的农民、特立独行的农妇、衰老者和残疾者，等等。无论哪一类艺术形象，不管是着墨多的，还是寥寥数笔的，通常都刻画了栩栩如生的精神个性，感染力很强。

在作品中，魏金枝总是逼视人物的灵魂，形成强烈的审美力量，激发读者的审美兴趣。他既用漫画勾勒式的艺术笔法去直击人物丑恶的灵魂，如三老爷；也用细腻的笔法层层烘托与慢慢渲染去彰显人物崇高的品格，如奶妈；还往往用先抑后扬的笔法在特定场域情势中揭示普通民众优秀的美德，如蜒蚰。三老爷是一个由横行乡里的恶霸蜕变为日寇狗腿子的丑恶的汉奸形象，作者写他作恶乡里就是通过勾勒其由偷偷地抽割麦穗到明目张胆地成片横扫，自己挑不了就糟蹋掉的丑恶行为表现出来的。作为革命者的共产党员奶妈，那种坚贞不屈的革命信念、勇于牺牲的革命精神和深藏在心底而最终爆发的母爱，就是通过鹏飞先生和无聊旅客的不断烘托与渲染完成的，显示了一个革命的母亲丰满而光辉的形象，显得真实感人。蜒蚰是一个懦弱得再也没有人可比的可怜人，他老婆夜叉被乡丁强占了，他不敢吭一声，后来又被乡丁捉了壮丁，当了五年兵，抗战胜利后，他跟着两个同乡的同营兄弟老袁和老李开小差逃回家，可最后又为迫于生活急于想卖壮丁而又卖不了的老袁和老李去当壮丁，把卖身的钱分给他们，表现出纯朴的侠义精神，显示了心灵深处优美的品性。这些描写，形成了感人的艺术魅力。

同时，魏金枝总是呈现人性的复杂状态，赋予人物鲜活的姿态。人是社会的，人性是复杂的，是多色调共存的，不仅不同的个体具有不同的色彩，而且同一个体往往也呈现出错杂的色调。美丑、善恶、好坏、强弱……这既是社会环境使然，也是人与生俱来的。魏金枝致力于写出人性的复杂性，旨在对社会进行批判。阿也一生备受屈辱，遭受了无以复加的痛苦。为了生存，他苟且偷安，麻木地应对自己的苦难，尽力躲避强暴者，显示了底层民众的怯懦。“我”弟弟先前与他的妻子有了关系，他和妻子吵架，竟然不记恨“我”弟弟，还说他是好人。后来村子里面的人都上山种植，将他家当成堂子，玩弄他的女人，他丝毫不反抗。再后来，土匪上山要欺负他女人，她不从，被土匪打死了，他也不敢反抗。这一切都显示了他卑怯懦弱的人性缺陷，但是他又能将妻子被杀的地点深深地记住，并埋藏着一些番薯，还期望能度过这个冬天。当“我”上山找他时，他清清楚楚地告诉“我”这个地点。当听到“我”说世道会太平时，他又高兴地说：“我能够过这个冬的。”这种人性的复杂性，显示了他精神个性的丰富性，使这个艺术形象具有很强的审美价值。勤务是孤独的一个人，没有家室，跟着老李招兵多年，鞍前马后，为他做勤务，老李将好处全部归为己有，还霸占了农民乌狗的老婆。勤务眼看自己一点好处都捞不到了，而且心里也想着乌狗的老婆，可是老李看得很紧，丝毫不给他机会，而那婆娘时而吊起他的胃口，但又不让他有实质性的动作，这使他非常气愤。慢慢地，他就与老李公开闹矛盾了。最后，他带领新招来的士兵哗变，投靠劫富济贫的老冯去了。在他身上，友情与爱情，性欲与义气，情感与理性，善与恶，好和坏，都是并存的。而他对爱情生活的向往、对小丫头的怜爱、对新兵的吹牛与教唆以及义无反顾地去救人，呈现了他人性的多色调，使他的精神性格表现得丰富而真实。苏秦为了个人的私欲与权力而不顾一切地左冲右突，藐视天下，无所畏惧，显示了坚强的意志，这是人性的裂变。可是，他最终被刺杀时，他的内心也充满着恐惧与痛苦，使他回到了一个普通人的正常的人性状态。正是这样，这个形象产生了感人的艺术魅力，令人难忘。

魏金枝始终将人物描写的外视角和内视角统一起来，致力于写出人性的深度，展示一种强劲的人性力量在艺术审美中的支撑力，从而获得了艺术上的成功。这些艺术形象，不仅反映了中国社会半个多世纪的风云巨变和世事沧桑，而且显示很强的地域特色，表现了古越大地东部山区村镇中世俗人生的苦难与悲凉。在现代文学史上，始终从人性的角度塑造艺术形象，致力于将人性的描写与时代情势统一起来的现实主义作家，魏金枝无疑是突出的。

魏金枝小说的第三个审美特征就是叙事上的复调性。魏金枝的小说创作反映了20世纪初到60年代中国民主革命、民族解放与复兴以及社会主义建设的曲折历程，显示了很强的文体意识。这种文体集中体现在小说叙事和文本建构上。魏金枝的小说叙事圆润、结构严谨，具有很强的文体创新意识。他打破了传统小说的故事完整单一的叙事模式，以一种先锋性的探索精神展开个性化的叙事，巧妙地将全知全能的第三人称叙事视角与限制性的第一人称叙事视角融合在一起，运用双重或多重的故事讲说方式，往往一个故事中套着另一个故事。因此，他的小说虽然是篇幅不长的中短篇小说，但是小说中总是潜存着双重或多重文本，形成了明显的复调效果。这种叙事方式，赋予了小说文本更大的包容力和思想的丰富性。

纵观魏金枝的小说，单一的平面的叙事是不多见的。从 1924 年正式开始创作小说以来，他的小说就突破了中短篇小说惯常的单一文本的模式，几乎每一篇都蕴含着多个文本，显示了比较丰富的审美意蕴，能够比较广泛地满足读者的期待视野。《七封书信的自传》是一篇书信体小说，写“我”的朋友彬哥，因为反对族长将村校变成私塾而无辜惹来官司，被抓进了监狱，最后被逼当了土匪，走向反抗的道路，但最终自杀了。小说以沉重的笔调表现了传统与现代、野蛮与文明的生死交战，书写了中国从古老的封建专制时代向现代社会进步的艰难历程，展示了封建势力的强大与顽固，也反映了刚刚萌芽的现代文明的稚嫩与脆弱。作者采取的是一种转述的叙事方式，小说一开始用《引》来交代：“我们这位乡村的朋友，他给了我七封信以后，便不再在这世上了！现在我替他串贯起来做他的自传，自然不会使我有附骥的荣耀；可是我们从小便相处过来，知道他，了解他，并且在耿介、勇敢这点私德上，我是佩服他的。就是在交情这点上，我也应该承诺他的要求，以他的言语转告诸位读者。至于他的是非曲直，让诸位读者各自评定吧。”无疑，彬哥写给“我”的七封信自然是彬哥自己叙述的，是第一人称。而“我”在这个小引中交代这七封信也是用第一人称“我”来叙述“这位乡村的朋友”的故事的——“他”的七封信，显然这里讲述的无疑是第三者的故事，是第三人称的。这就巧妙地将第一人称叙事视角和第三人称叙事视角结合在一起了，形成了彬哥自己体验的故事、“我”看彬哥的故事两个文本。同时“我”又说“至于他的是非曲直，让诸位读者各自评定吧”，这又使小说形成了一个隐藏文本——读者在阅读过程中建构的主观性文本。于是，小说不仅叙事上结构非常严密，而且拥有了丰富的审美意蕴。在魏金枝的笔下，这种双重或多重文本叙事，是一种基本形态，这在《奶妈》《自由垃圾桶》《颤悚》等一批作品中都有惊人的表现。《奶妈》“运用第三人称的全知全能的开放性叙事与第一人称的限制性叙事相结合的故事套故事的叙事方式，从而形成了一个三重文本共存的先锋性的文本系列建构”，“形成了一种复调效果”。①

---

① 刘家思、刘璨：《左翼文学中的“另类”风景——魏金枝短篇小说〈奶妈〉的文本解读》，《绍兴文理学院学报》2015 年第 2 期。

在魏金枝笔下，叙事是十分灵活的，显得多姿多彩。他总是根据题材与主题的需要选择不同的叙事方式。其中诗化叙事是他有意的追求。魏金枝最初是一个诗人，是湖畔诗社的成员，1924年之前主要创作诗歌，曾结集为《过客》试图出版，后因经费问题而搁浅。这种诗人的经历，使他在小说创作中，不是常常提炼出具有强烈表现力的审美意象，创造浓重沉郁的审美意境，表现强烈的主观抒情性，寄予着主观的理想期待，就是在传统叙事中融入诗性特征，赋予作品诗的境界或气氛，凸显强烈的主观色彩和抒情特征，强化作品的艺术气氛。[①] 这是魏金枝小说创作中经常出现的一种叙事模式，从《留下镇上的黄昏》到《野火》，从《山地》到《颤悚》都显示了这种审美特征。《山地》描写茂才叔购买马面山上马鼻子上的那块荒地的悲惨遭遇，深刻地描写农民对土地的渴望与期待，悲怆地表现了农民与土地的紧密关系。作者并没有按照传统叙事方式展开情节，而是突出描写了茂才叔购买这块土地后的苦难以及他坚韧的意志和苦苦的追求，那种山地、坟墓、乌鸦、老农，曲折的小路，皑皑白雪等，构成一种意象美，形成了独特的意境，具有强烈的诗意。这种叙事方式显示了魏金枝艺术审美上的执着追求。此外，魏金枝有时还运用民间性叙事来展开审美创造。他喜欢用一种民间风情来营造一种强烈的艺术氛围，强化作品的艺术感染力。正是这样，魏金枝的小说创作为中国现代和当代文学的民族风格的形成作出了重要贡献。

在现代小说史上，魏金枝是一位文体自觉性很强的作家。在魏金枝笔下，有一些作品在叙事上看似非常平常，没有任何技巧，但实际上小说达到了无技巧中显技巧的最高境界。《白旗手》《校役老刘》《苏秦之死》《坟亲》等名篇，在表面上见不到明显的叙事技巧，但实际上叙事上非常严密，十分圆润。虽然我们不能明显地分析出其中蕴含的多个文本，但小说也形成了一种复调效果。这种复调效果，使小说产生了丰富的思想张力。读《校役老刘》，我们不仅感受到了黑暗社会对民众的损害，更感受到了世俗社会欺凌弱小的弊端，更感受到了底层民众的精神觉悟和坚韧的生存意志。因此，小说不仅故事感人，而且思想感人。《白旗手》

---

① 参见刘家思、刘桂萍《论魏金枝五四时期的新诗创作》，《宁夏大学学报》（人文社会科学版）2015年第5期。

是按照时间进程推进情节的，严格意义上说属于小说的传统叙事范畴，可是作者以人物的意识流主导情节的推进，可以说是独具匠心，收到了预期的艺术效果，深受读者欢迎，成为魏金枝笔下的经典之作。因此，黄献文说："魏金枝在小说创作上的先锋性，使他与现代派有几分相近，所以施蛰存把他囊括在'现代之群及其后继者'之内。"① 这实际上就是他小说文体叙事艺术上的多样性带来的效果。魏金枝讲究小说叙事艺术，赋予了他的小说的思想张力。

魏金枝小说的第四个审美特征就是浓郁的乡土特色。著名人类学家列维·布留尔指出："每个图腾都与一个明确规定的地区或空间的一部分神秘地联系着，在这个地区中永远栖满了图腾祖先的精灵，这被叫做'地方亲属关系'。"② 这个论断揭示了地域文化作为一种母胎文化，对人类的深刻影响，这种影响已经浸润到人类的精神底层和心灵深处，影响着人们的日常行为和精神活动。由此，我们也就可以理解作家创作的地域性特征。鲁迅描写的鲁镇、未庄和S城，沈从文描写的"湘西世界"，老舍描写的"北京城根世界"，等等，都深刻地反映了作家的创作所接受的特定地域文化的影响。魏金枝出生于嵊县黄泽镇的白泥坎村，他在这个浙东山区小村生活了17年，这里沉淀了激发其创作欲望与活力的生活源泉。他说："这段生活，还是给我打下了坚实的写作基础，只要我能在相当时期内回家去住上一阵，甚或找些到外地来的同乡人谈谈聊聊，讲一些乡间新发生的故事，讲一些熟人们的生活状况，我就马上能够把家乡的印象复活起来，而且顺当地把它延续下去。因此，在一个很长的时期内，我就靠着这样的一个来源，来从事我的创作活动。"③ 由此，我们也可以看到越文化原型强劲的影响力。

首先，魏金枝小说中的文学原型是浙东山地风光的结晶。魏金枝的小说始终有一个表现中心，这就是浙东山区的乡村世界。读这些小说，我们总是能够感受到浙东山区的乡野之风，这里的山峰梯田、溪水老井、青松修竹、年糕粽子、黄酒番薯、豆荚花生、笋干腌菜、山道田埂、篱

① 黄献文：《论新感觉派》，武汉出版社2000年版，第14页。

② ［法］列维·布留尔：《原始思维》，丁由译，商务印书馆1981年版，第84页。

③ 魏金枝：《谈谈失败的经验》，载《编余丛谈》，作家出版社1962年版，第136页。

笆草囤、土墩坟地、茅屋农舍、村夫农妇、集镇山寨等，显示了浙东山区特有的乡风情韵。《父子》《山地》《家庭琐事》《竹节命》《磨捐》《桃色的乡村》等，都显示了这种特征。《父子》描写天灾人祸给浙东山民造成的生存苦难。在一个大旱年头的冬天，衰老的天兵老叔和疯瘫的儿子阿狗已经绝粮，坐在旷野里四无依靠的茅屋檐廊下，悲伤地落泪。阿狗颓然地坐在门里的一佃草囤内颤抖着，呆钝地看着他父亲。天兵老叔早已饿着，阿狗也只是昨天夜里吃了一根番薯。因为大旱，田禾无收，无钱买米，女儿金华早已不烧中饭了，他的女婿土根知道他没钱了就到田野上去寻觅一些可以果腹的东西，在枯黄的番薯根下寻出一些手指般大的食物维持一家的生命，可挖了几天，后来就难以碰到了，所以他们带着两个孩子去挖掘番薯了。天兵老叔觉得自己和阿狗已是一种堕落的生命了，在这种年岁费粮食去养活它，简直是奢侈，所以在女儿女婿还没有回来时，他就跳井自尽了。阿狗小废物趴到井边，将头伸到井里去寻他，也沉入井里了。作者以典型的山地风情与乡民苦难的生活境况构成小说全篇，一排山地贫穷萧条凄惨的景象，显示了浓郁的浙东乡土特征，呈现了浙东山地原型的影响力。

其次，魏金枝小说中的人物性格充分显示了浙东山区民众刚健风骨的文化个性。古越大地背山面海，故古越初民“水行而山处”，因此刚硬劲直的“山文化”和宁静平和的“水文化”构成了越文化的两极，也形成了越地民众两种不同的文化性格。浙东山区是越文化重要的发祥地，自古以来就形成了一种励志图强、剽悍善斗、宁折不弯、矢志复仇、行侠仗义、劫富济贫、求真务实、稳厚朴诚的主体文化性格。即使是那种外表看来很柔弱的人，其骨子里也包含着刚健任侠的精神品格。晚清以来，嵊县的革命活动风起云涌就反映了这一点。魏金枝的小说不仅反映了浙东山区乡村世界独有的民气心性，而且显示了他们的革命传统和侠义精神。《七封书信的自传》《奶妈》《白旗手》《将死的人》《前哨兵》《蜒蚰》《跟着他走》《老牯和小牯》等，其主人公都显示了这种特点。《跟着他走》描写夜校学员庞大海因为夜校老师老李的老婆在一次爱国运动里被捕了，就偷偷地当了被头，换来两块钱做路费，立即回到宁波乡下，绑了他舅父杜重山的票，分到了500块钱，回到上海就高兴地交给老李，试图让老李去营救其妻子，充分显示了嵊县山民行侠仗义的文化性格。这篇小说显示了嵊县土匪亚文化原型的影响，虽然创作于政治第一、艺术第二的时代，但仍取得了较高的艺术成就，显然与主人公独特的文化个性的塑造关系密切。

再次，魏金枝小说中的艺术情调承传并反映了越地民俗风情的艺术原型。纵观他的小说，民俗文化总是强弱程度不同地成为其中的一个重要元素。在这里，戏剧文化的作用力尤其突出。越地既是戏剧文化非常发达的区域，有“戏剧之乡”之称，又是封建迷信盛行的地方，社日演戏祭神娱鬼的风俗流传久远，影响甚广。嵊县是越剧的发祥地，最初在浙东山区兴起，称为“的笃戏”。魏金枝几乎与越剧同龄，深受其影响。这种民俗风情成为魏金枝小说创作的酵母，催化了他的艺术创造力。他的许多小说作品都显示了这一特点。在他的小说中，对戏剧文化的描写与表现，不仅成为小说重要的情节，而且成为塑造小说人物的重要技巧。《义演》就是通过浙东民间的社戏风俗的描写，以戏剧文化活动去弱化时代政治的强势，尽力坚守了小说创作的艺术取向，收到了较好的艺术效果。越剧是嵊县民俗风情中艺术上的代表，它深深地影响着魏金枝的小说创作，显示了浙东山区文化形态与精神特征，彰显了原型影响力。

最后，魏金枝还时常以越地方言俗语进行创作，显示了鲜明的越地乡土特色，具有独特的艺术魅力。方言的运用不单是一个语言文字工具的运用问题，也是一个涉及思想表现和审美追求的问题。周作人曾经明确指出：“我们说到地方，并不以籍贯为原则，只是说风土的影响，推重那培养个性的土之力。尼采在《察拉图斯忒拉》中说：‘我恳愿你们，我的兄弟们，忠于地。’我所说的也就是这‘忠于地’的意思，因为无论如何说法，人总是‘地之子’，不能离地而生活，所以忠于地可以说是人生的正当的道路。现在的人太喜欢凌空的生活，生活在美丽而空虚的理论里，正如以前在道学古文里一般，这是极可惜的，须得跳到地面上来，把土气息泥滋味透过了他的脉搏，表现在文字上，这才是真实的思想与文艺。”[①] 魏金枝运用越地方言，不光展现了生活的原始美感，而且刻画了人物个性，强化了作品的艺术追求，提高了审美价值。《活路》最具代

---

① 周作人：《地方与文艺》，张明高、范桥编《周作人散文》第2集，中国广播电视出版社1992年版，第214页。

表性，这是一篇全部用嵊县方言创作的优秀小说。在这里，方言的运用，不仅活化了人物性格，而且增强了小说的审美性。在1949年中华人民共和国刚刚建立的初年，政治性抢占了文学的主体位置，这篇小说因为运用方言，使小说作品产生了一种“陌生化”的艺术效应，自然就增强了审美意味，使政治性弱化了。在他的许多小说中，如《白旗手》《校役老刘》《坟亲》等，总是巧妙地运用方言土语，谋求或强化小说的审美性，收到了惊人的艺术效果。

由此可见，浙东山区乡村文化与世俗人生给了魏金枝丰厚的艺术滋养，使他的小说作品呈现了很强的浙东文化特征和浓郁的乡土特色，深深地打上了越文化的精神印记，彰显了越文化的独特魅力，民族风格十分鲜明。

总之，魏金枝虽然说不上是一个伟大的作家，但他完全可以说是一个优秀的小说家。作为“五四”新文学诞生的第一代作家，他忠诚于文学，是一个创作特色鲜明、文体意识自觉、艺术追求执着、文学成就较高并具有一定影响的优秀作家。他创造了浙东山区乡村的文学世界，呈现了鲜明的特色：比沈从文笔下的湘西世界更加阴郁恐怖，比废名笔下的竹林世界更加粗犷浑厚，比鲁迅笔下的鉴湖水域村镇世界更加简单野蛮，比老舍笔下的北京城根世界更加粗鄙浅陋，比沙汀笔下的四川乡镇世界更加深涩阴凉，比萧红笔下的东北生死场更加生动明朗，比柳青笔下的土改世界更加隽永含蓄。在创作中，不管时代情势如何变化，他总是能够尽力保持独立、自主的创作姿态。即使是政治情势非常急迫的时候，他也没有放弃文学创作上的自由精神，始终都坚持文学的艺术价值和审美追求。不管文坛情势和时代潮流如何变化，他的小说总是执着于现实书写，又在现实主义描写中交织着浪漫主义的主体激情，甚至是现代主义的艺术风致，显示了一定的诗性和先锋性，具有独特的艺术价值，产生了感人的艺术魅力，还感动了日理万机的毛泽东主席。毛泽东曾读过他写的小说。“1956年，魏金枝作为上海地区的人民代表和文艺界的代表，曾赴北京开会。毛泽东在会议期间接见过他，与他一边握手，一边说起他写的某些文学作品。这使魏金枝感到意外的高兴。”[①] 周作人指出：

---

① 孙琴安：《毛泽东与中国文学》，重庆出版社2000年版，第247页。

“我们所希望的，便是摆脱了一切的束缚，任情地歌唱，无论人家文章怎样的庄严，思想怎样的乐观，怎样的讲爱国报恩，但是我要做风流轻妙，或讽刺谴责的文字，也是我的自由，而且无论说的是隐逸或是反抗，只要是遗传环境所融合而成的我的真的心搏，只要不是成见的执著主张派别等意见而有意造成的，也便都有发表的权利与价值。这样的作品，自然的具有他应具的特性，便是国民性，地方性与个性，也即是他的生命。”① 这句话用来估定魏金枝小说的成就与价值，是比较到位的。

① 周作人：《地方与文艺》，张明高、范桥编《周作人散文》第2集，中国广播电视出版社1992年版，第213—214页。

第一章

沉郁与窒闷的乡土小说

小说作为中国新文坛的一个大家族，其乡土小说创作显示了最初的实绩。近代以来，中国屡遭西方列强的蹂躏，也使几千年的封建文化遭到西方现代文明的猛烈冲击。中国新文学就是中西文化碰撞的结果，乡土小说就是具有现代意识的进步知识分子反思中国封建文化的独特表现。中国是一个乡土社会，在由封建向现代迈进的历史转折点上，审视乡土中国的历史与现实，描写乡村世界的生存状态，自然就成为新文学共同的艺术取向。“因此，一切具有人文主义启蒙思想的价值判断都在乡土文学领域内得以最形象的体现。应该说，是‘五四’新文学运动反封建的意识首先找到了乡土小说这一现实的‘载体’。作为中国新文学运动的先驱者之一，鲁迅从中国第一篇白话小说起就对乡土小说进行了不懈的探讨。同时，周氏兄弟也鲜明地主张文学的个性在于地方色彩。也是在鲁迅的影响下，20 年代的中国文学创作几乎和世界性的乡土小说创作热同步，形成了具有浓郁民族特色的‘乡土小说流派’，这不仅在中国现代文学史上占有重要地位，同时在世界性的乡土小说创作中也与福克纳式的‘现代’乡土小说有着对应关系。无疑，从鲁迅开始的乡土小说创作无论是作为一种主潮或暗流，它一直是 20 世纪中国小说的主干。”① 作为“五四”第一代作家，魏金枝的小说创作也是以乡土小说开路，并形成影响的。他的乡土小说创作，一直延续到三四十年代以至 1966 年，贯穿其整个创作历程，是 20 世纪乡土小说重要的一翼。在中国现代文学史上，魏

① 丁帆：《文化批判的审美价值坐标：中国现当代文学思潮、流派与文本分析》，北京师范大学出版社 2009 年版，第 168 页。

金枝的乡土小说以越乡叙事为中心，显示了鲜明的浙东乡土特色。他在清新的写实笔触中融入一种忧伤的浪漫情调，深刻地描绘了乡村沉滞、沉郁、沉寂的死相，表现了浙东底层民众的苦难人生和悲惨命运，尤其是突出地反映了乡镇小知识分子的悲惨遭遇，展示了社会转型时期浙东村镇世界的人生状态和悲凉情景，深刻地展现了浙东山区守旧、落后、专制和颓败的社会现实，既揭示了野蛮与文明、封闭与开放、传统与现代、愚昧与开化、怯弱与坚韧、麻木与清醒、封建专制与自由民主的对立，又揭示了情与理、灵与肉、自私与奉献的冲突，揭露了浙东乡土社会的现实罪恶。在他的笔下，刻印着对封建落后的浙东乡土社会沉郁的心灵印记与悲愤的情绪，反映了乡村中国向现代转型的艰难。

一 深刻地描写封建乡镇沉滞的氛围气

20世纪前半个世纪，中国虽然开始迈开了现代的步伐，但主要还只是在东南沿海的几座大都市中有了一些现代性气息，在广大的乡村世界还是沉滞、封建而落后的。魏金枝出生于浙东一个古老的乡镇——黄泽镇的白泥坎村。虽然在他幼小的心灵中，故乡在晚清“潮海老伯那一辈”时充满和谐、自由、淳朴、仁义、厚道的风气，给他留下了美好的印象，使他感觉到那是“黄金的时代”。[①] 这种桃花源式的面貌，应该是得益于天高皇帝远、统治者鞭长莫及的结果，但是这并没有改变乡村世界封建守旧的本质。

随着帝国主义殖民统治的加深，国内封建统治者加紧了对国人的统治和盘剥，这就造成了中国的乡村世界一片死相，毫无生气。魏金枝的故乡白泥坎村和黄泽镇同样是死气沉沉，非常窒闷，不仅封建落后，而且社会不公，充满压迫。这种状况在他心灵中产生了深刻的影响，也渐渐改变了他对故乡的美好印象。这使他一走向文学道路，就直逼这种社会现实，以沉郁的笔调去描写封建乡镇沉滞的氛围气，揭露其腐朽、颓废和落后的社会现状。这不仅集中反映在《留下镇上的黄昏》这篇小说中，而且《七封书信的自传》《野火》《客气》《祭日致辞》等作品也都充分表现了这一点。这是魏金枝乡土小说的一个重要特点。正是这种独

① 魏金枝：《潮海老伯那一辈》，《文艺画报》1935年第1卷第3期。

特性，受到鲁迅的好评。

在旧中国的乡村世界，国民的精神有三个基本内核，一是封建落后，二是愚昧守旧，三是麻木苟且。这使乡村中国长时期沉沦在窒闷、死寂之中。魏金枝在小说中首先深刻地描写了乡村社会这种精神上的沉滞之气。他一开始创作小说就表现了这一点。《天亮了》是他小说的处女作，以沉郁的笔调描写了封建家庭对青年自由恋爱的阻碍，显示了封建势力统治下的乡村中国的沉闷之气。《官衙》描写了“我”睡到傍晚起床后的所见所闻，批判了旧时官场的窒闷所造成的人们慵懒无聊和随心所欲的黑暗现实，表现了乡土中国沉积已久的死寂与败象，显示了一种麻木苟且的心态。1924 年创作的成名作《七封书信的自传》深刻地描写了乡村世界封建专制统治者顽固与保守，展示了乡村知识分子的悲惨处境和悲剧命运，反映出乡村世界封建势力的强大，暴露了浙东山区村镇封建专制统治者的残暴嘴脸，彰显出乡村世界的腐朽及其令人窒息的瘴气。《沉郁的乡思》描写乡村教师永远不曾去怀的“威逼之感”的痛苦，展示了乡村世界的寂寞、沉郁、窒闷、阴冷，显示了一种凄清、悲凉的气氛，反映了乡村社会的愚昧心态。《小狗的问题》通过描写何生秋天躺在床上混乱的思想情景，对现实社会中民不聊生的境况予以了隐喻式批判，揭示了乡土中国黑暗的景象，凝聚着沉闷之气。《香袋》通过描写了封建时代青年爱情的浪漫与辛酸，表现了爱情被物质所玷污，反映了社会心理的守旧与落后。这种种描写，充分显示了浙东乡村世界的落后、郁闷、沉滞、死寂的气氛。

魏金枝致力于描写旧中国乡镇世界死寂的气氛和发霉的气息，其代表作是他的《留下镇上的黄昏》。这是一篇日记体小说，由鲁迅编辑，发表于 1926 年 6 月 25 日出版的《莽原》半月刊第 12 期。这是以作者亲身感受为基础而创作的。1925 年初，魏金枝辞去了上海民国女子中学的教职，回到家乡嵊县黄泽镇白泥坎村。处在军阀混战背景下的故乡是一片死寂，毫无生气，谋生无路，这使他非常郁闷，不得已只好又求堂兄魏颂唐介绍，于 4 月初到浙江省留下镇茶捐局任职。然而，虽然有了一个饭碗，但这里的精神气氛与他的故乡并没有二样，因此他以自己的故乡小镇——偏远的黄泽镇沉滞死寂的生活为基础，将在茶捐局的主体感受融合在一起，写下了短篇小说《留下镇上的黄昏》，在描写乡镇沉郁、窒闷气氛上获得了很大的成功。1935 年，鲁迅在编选《中国新文学大系》小说二集时特别推出这篇小说：“其时所绍介的新作品，是描写着乡下的沉滞的氛围气的魏金枝之作：《留下镇上的黄昏》。”①

这篇小说集中笔力描写了乡镇世界的沉滞之气，其描写的深刻，用笔的力度，是独一无二的。它没有连贯的情节，也没有集中笔力去描写主要人物，而是通过几个场面和细节的描绘来表现沉郁、窒闷之气的。这里的环境非常坏：“一早起来，街上就像夏天的苍蝇一样，喧扰着人声，铁匠打铁声，叫卖声，人走着就得直冲横撞地夹着乱走。”虽然“每个早上看起来，正也和别个市集一样，繁闹也一样了”。这样乱糟糟的背后，正显示了乡村世界的忙乱无序。人人都没有思想，缺乏一种主体意识和精神，像一只无头苍蝇一样，只是条件反射般地在这里乱飞，丝毫显示不出一种主体的自觉，更没有一种精神理性在主导。一切都是由这个窒闷的环境所主宰，并且不自觉地成为这个窒闷环境的构成者。然而这还不算什么，到了黄昏就更加令人窒息。这时散市了，似乎冷静了，可这里一片狼藉，臭气熏天，到处堆着的是稻草废缚，小油火摊上正在臭气熏天地炸着黧黑的绍兴臭腐乳，肉店里铁钩上还挂着流着鼻血的臭猪头和焦黑的猪肝等，茶店里的桌椅是一片狼藉，整个镇上毫无生气，只能听到一些小麻雀在屋檐上孤寂的叫声、店里疲乏店伙们的哈欠声和隔岸树上的乌鸦声，真是一片死寂、沉滞。作者还用电影蒙太奇的手法描写了街狗的懒惰。在这样的市过人散的当口，就连街上的狗也都消散了它一向游走、好斗和争执的癖性，而是无气力地躺在店廊的石板上，闭着眼睛，连头颈都委放在地上；就是被人无意地踏在身上，也并无声息，只是很忠厚地抬起来看两眼，走了几步又躺下来，甚至有的竟公然不惧，不以为意，略略张了张眼，将脚缩进一点，合上眼就算了！街狗的这种慵懒状态，烘托了小镇上沉闷的氛围。

那么，作为社会主体的人，此时又是怎样一种精神状态呢！小说中写道：“有时有几个孤寂的行人，也茫茫然若有所思若无灵魂般走过去。”这简直是没有精神和思想灌注的行尸走肉。就是在最热闹的汽车站，其

---

① 鲁迅：《〈中国新文学大系〉小说二集序》，《鲁迅全集》第 6 卷《且介亭杂文二集》，人民文学出版社 1981 年版，第 250 页。

情景也没有二样。在末班车还未到站的时光，天还没有大黑，无论是那些憩工的汽车夫，还是负手挟着烟筒的老人和放学归来的儿童，或者是那些承受新闻纸彩票号单的商人，都是在那里徘徊。尽管也有所希冀和等待，但对于生命的需要总是可有可无般的，对于万事都是无意识的，因此也就没有欲望，没有期待和希冀，更不知道生命的意义与价值，自然也就没有活力。人是社会的主体，宇宙世界的精灵，乡民如此状态，这就将整个乡村世界的死相深刻地揭示出来了。然而，对此力透纸背的描写还反映在作者对小镇一角乡民围观宰杀鳝鱼的场面的集中描绘上。这个场面深刻地表现出了小镇人生的空虚无聊、生命的空乏死相和生活的沉寂。请看：

每每这个时光，临桥的一家馆子里，总有几个做白心宝的客人，在楼上聚餐，一个二十多岁，养了博士式的西洋发——将发儿一概掠到后面，光光的掩护在大小脑之间——的伙计，老又在临街的一张小方桌上动手杀鳝鱼了。于是那些所有在路上徘徊的闲人，都温文漫斯地踱拢来，消解他们的无聊。起先就是那个管板桌上生意的下等堂倌，他将肩上的抹布抹净了方桌，又到灶梁上坐着灶神的所在，拿出两根三寸来长的竹钉，然后在篮里取出鳝鱼来。他是老得手都起颤抖，眼毛盖没了他的视线，那种苍老衰颓的样子，仿佛觉得他的心肝也被这店里的油腻蒙污了似的。他用发抖的右手，执住那根钉，左手捏住一条鳝鱼的身子，一滑一滑地想去钉住它的尾子。可是这还想挣扎的它，将它的尾子像结儿般扭起来了。于是他几次放下他右手的钉子，想去帮助握紧鳝鱼的身体；等他将身子恰巧摆布妥当，拿起钉子去钉的时光，它的带血和沫的身体，又盘绕在他的手上，死命地用力滑出它的身体。于是他的钉子又放下来了。而那楼上博士式的堂倌，只是点起纸烟在那里吸，眼看他的助手脸上急出大的汗珠，一若无事地昂首冷笑着，时时吹他的烟灰。那些旁观的老人们，眼上罩着一层灰色的沉闷，皱起眉毛在微微地不自觉的摇着头。别的也都一声不响地立着。这些黄昏中的一个，有个小孩子，他很聪明地说："执住头里，钉住头里。"于是众人的眼光，都朝到这孩子的身上去了。这老堂倌才羞涩地换转他的手法，将左手执住那鳝鱼的上身，将钉子正确地“吱”的一声，钉在鳝鱼的头部，然后又钉住那尾子，于是众人把嘴唇掀动着，太阳穴上起了阵酸辣的记号——皱了两皱；又朝那孩子用怨恨似的眼光看了两看。那老堂倌自己觉得自己的笨拙，也羞惭地俯下去了。鳝鱼的突出的眼珠，正圆圆睁睁的发赤，而身体又宛转地想转侧着，口部的咽喉一上一下地冲动着。于是那博士发的堂倌才将他的纸烟头，掉转来塞在竹烟管里，拿出一柄光亮的刀，“嘶”地照准正中解过去，而且一面就敏捷地取出肠胃，把骨脊丢在篮里。为表示他的能干起见，他并不抬起头来，一面杀他的鳝鱼，一面哼着一曲歌。旁边的人，不知是在听呢，还是看，静默的立着发呆。楼上的客人，此时已用了些酒，伸出他紫涨的头，看着这些快要落锅的馔食，向外喷出些烟圈后，喊：“鳝片，炒鳝片，多放些胡椒。”“不，还要多放些油，不要干燥无味。”又一个同样紫涨的头伸出来喊。于是店里的人，老板管账先生伙计们都应起来了。看客们猛然都抬起头，向楼上的食客，在迷蒙的眼光里，发出些羡慕的神气。一个顶老的，他叹了口气，又轻轻地闭了闭唇，咽了口唾液。随同大家相对的发呆了。

这个精彩的场面将小镇上沉滞的生活写活了。作者用电影中的近镜头的特写，精心描绘了小镇上乡民的生命状态，写出了他们徘徊在人生路上怎样无聊地消解他们的时光，从而揭示了他们毫无活气的精神状态。这个场面深得鲁迅小说《示众》中描写看客的场面的神韵，深刻地展示了国人的精神病态。可以说，在中国现代文学史上，描写沉郁的小镇生活气息和民众沉滞的精神状态的，除了鲁迅之外，可以与之并论者罕见。

尤其是到了黄昏，整个小镇上是一片颓废，毫无生机和活力，万物毫无生气。不仅人如此慵懒、无聊和苟且，而且狗都是如此。这就将当时沉滞的社会空气淋漓尽致地渲染出来了。环境影响人、塑造人、改造人，这种令人窒息的环境气氛是令人难受的，自然也使主人公深受影响，因此他说是“每日难过的难关”。然而，主人公与众不同，是一个不甘沉沦的青年，面对“生命浸在污腐的潦水中”的现状，总是能够清醒地反思，因此深深地感到“心胸烦愁”，这实际上表现了叙述人对这种沉闷无聊生活的不满，无疑是对当时社会现实的一种批判。显然，小说没有停止在居高临下地鉴赏看客的神情上，而是通过对这种沉滞、窒闷而闭气的社会气氛的描绘，表现了主人公的郁闷情绪、忧伤情感及其对现实社会的强烈不满。

20世纪20年代的中国乡村世界，封建、封闭、守旧、落后、苟且、麻木、无聊、沉滞构成了当时社会环境的基本特征。魏金枝在《留下镇上的黄昏》集中展示了当时中国农村集镇的沉郁、沉寂、沉滞的气氛，以精细的描写真实反映了当时江南乡镇的人生状况，深刻地揭示了乡土中国当时的精神状态，也表现了作者苦闷的情绪。它告诉人们，虽然“五四”激潮一度以狂飙突进的声威与气势冲洗着中国社会，但中国乡村世界当时并没有实质上的进步；在“五四”退潮以后，中国乡村社会那种沉郁、滞闷的空气仍然森森袭人，窒息着人的活气。这篇作品反映并代表了魏金枝乡土小说沉郁、沉寂、沉滞的基本风格。

中国乡村世界沉滞的氛围，追根溯源，是封建统治阶级残酷压迫和剥削的结果。如果说上述作品只是间接涉及了这个问题的话，那么在《祭日致辞》和《野火》等小说中，魏金枝就直接描写了由于黑暗社会中统治阶级的压迫和剥削，乡村底层民众始终处于不可摆脱的困境中，表现了乡村世界的沉郁气氛。《野火》描写了一个乡镇中有钱的人放高利贷压迫底层民众的故事。“我”（惠林）是一个在外工作的小职员，每年按期寄钱回来，家里的生活也还过得去。当妻子刚生过第二个孩子不久，我高高兴兴回家过年，可是回家就发现了妻子的异样，夫妻之间一度发生误解。后来才知道妻子是因为担保一个贫苦人从老活尸处借了高利贷，到期没有还上，被老活尸频频逼债，弄得心魂不定。因为无法应付，一度逼得“我”（惠林）和老活尸冲突，使“我”的大儿子彬儿因受了惊吓而病死。最后“我”只好带妻子出走，离开这个丑恶的乡村。这篇小说真实地呈现了中国乡村世界黑暗势力——有钱人对贫困的底层民众残酷无情的剥削，展示了浙东乡村世界阴冷而野蛮的鬼魅之气，显得十分阴森恐怖，表现了作者的悲愤与不平。

这篇小说虽然写于左翼时期，作者当时已经感应着无产阶级革命文学的时代潮流，但并不是简单地迎合这种时代主潮，而是在乡村叙事中巧妙地反映时代情势。惠林回家后，妻子不是认真去准备过年的物品，而是魂不守舍地隔三差五就出去了，和炳生阿太老活尸打淘在一起，而炳生阿太老活尸品德上是有劣迹的，她年轻时轧了个有钱的男人，后来又给乡间的浪子们牵线吃甜头，这使惠林对妻子有了误会。于是，惠林就开始悄悄地观察妻子和炳生阿太老活尸的关系，由此就塑造了炳生阿太老活尸这个丑恶形象。炳生阿太老活尸是一个恶势力的典型。她虽然耳聋眼瞎、头秃嘴瘪，久居乡村，但她有着独特的谋生方式，以放高利贷为生，坑害乡民。她整天坐在小桌旁念弥陀，有空时就坐在廊沿下听别人议论，打听些谁个家里要钱用或是死了什么人，以便放高利贷和向邻居们催收重利，总是拄着拐杖到邻舍家去逼利钱。因此惠林一回家，她就来了。她就像阴魂不散的鬼魅，无形地捏住村民们的心灵，总是永不消散地压迫乡民，让人难以逃脱她的剥削，喘不过气来。她虽然没有见过什么世面，但很霸道，总是以中国民间一向传承的“借债还钱”的思想意识作为她压迫和剥削人的依据，甚至凌驾于政治权力和国法之上。她说：“什么县不县，我是一向不知道的，我只知道要还钱。”所以她在年关时，频频逼迫人们还账，残酷无情。她狠毒而有心计，会保护自己。当“我”（惠林）告诉她外面很乱，外边的有钱人都逃了，钱和文契都给弄回了，她是顶要担心的一个，可她却掩护道：“我没有钱，我是个孤老，又没有挣钱的人，我是不怕的。”然而，她一转身就向“我”（惠林）家逼债。无论怎样哀求，她都毫不动情，只要求还钱。本来，“我”（惠林）在外面谋职，“每月总是寄钱回家”，虽然并不多，但“已够开销”，“买点过年的吃食是一定很饶裕了”，这是农村一般人所不具备的优越条件。然而，就是这样一个本来在乡村中称得上“饶裕”的家庭，却被她逼得无路可走、家破人亡。她充分认识到了金钱的魔力，到临死之前也没有做个详细遗嘱，她疑惧地张望了一下她的几个亲戚后又转到床里去了。她不仅是旧社会剥削阶级的一个附庸，也是旧社会乡村世界中邪恶势力的代表，不仅用高利贷害死了很多人，而且还用巫术去害人。凡是读过这篇小说的人，没有人会忘记这个恶魔。正是这个恶魔的存在，制造了乡村中沉滞、郁闷的气氛，令人敢怒不敢言，更不敢公然反抗。即使像“我”（惠林）这样在外面工作、有见识的人对她十分仇恨，也无法将自己的反抗意识转变为直接的强力反抗行动。最后“我”（惠林）被逼得家破人亡，不得不带着妻子出走，自己逃离这个鬼蜮世界。作品对于乡村世界鬼蜮气氛的展示，主要是通过这一个阴森恐怖、恶毒残酷的吸血鬼形象来完成的。作品发表不久就有论者指出，《野火》是比较“真切而深刻的作品，描写靠放高利贷剥削生活的炳生阿太老活尸，如活现着一个可怕的鬼蜮（魊），她深入我们脑中，永远不能忘却”。①

魏金枝通过这个人物的塑造，不仅深刻地暴露了金钱的罪恶和剥削阶级吸血鬼的本性，还深刻地揭露了剥削制度对普通民众的损害。“我”（惠林）所想的：“我知道，放在我面前的是制裁债户的法律，和保护恶人的人道，也并不是我不能或不敢在这些东西中跳出自己来。然而我的妻呢，儿子呢，还躺在床上嘤嘤啼泣的婴儿呢，于是我想到这些，我从正想举起脚去踏破这老活尸的藏得满满的血和肠的肚子的瞬间，忽然去携住妻和儿子走到房里去，我又关上了门。”② 这正是乡村社会黑暗统治和邪恶势力猖獗的根本原因，也是造成乡村世界沉滞之氛围气的根本原因。在乡土中国，天高皇帝远，乡村中的邪恶势力飞扬跋扈、为所欲为，危害乡民，是一种普遍现象。在《野火》中，魏金枝通过对浙东乡镇世界中邪恶者的描写，揭示了中国乡村世界的真实面貌和社会气氛，反映了沉滞的中国乡村世界底层民众的基本生存状况，批判了黑暗的社会制度，表现了受压迫者“哀怜地蹶伏着，期待着天意般的老活尸的病死”③的主观期待和人生理想。

这篇小说的成功，在很大程度上得益于民间话语的叙述方式。

一是中国过年习俗的气氛灌注。春节是中华民族的重大节日，不仅准备时间长，而且过节的时间也很长，甚至可以说，民众辛苦一年就是为了要过一个好年。因此，办年货，穿新衣，一家团圆，喜庆欢乐是基本的状态。在越东乡村，残冬时节，到处洋溢着准备过年的气氛，自制的年货总是挂满屋前场地上。年货的置办状况，反映着乡民一年的收获状况和家庭的殷实境况。因此，惠林怀着高兴的心情回来准备过年。可

① 梁新桥：《带着浓厚的自然主义气味的农民作家魏金枝——作家批评之一》，《现代出版界》1932 年第 6 期。

② 魏金枝：《野火》，《青年界》1931 年第 2 期。

③ 梁新桥：《带着浓厚的自然主义气味的农民作家魏金枝——作家批评之一》，《现代出版界》1932 年第 6 期。

是一回到家里，异常的冷清，他就交代妻去置办年货，添制新衣，准备高高兴兴过年，可是妻却迟迟不去办理。这是违反常情的，使他有了不祥的预感。

二是民间借贷与年关清账。民间借贷是中国几千年来流传的经济生活方式之一，但不管什么时候发生借贷关系，通常一到年关就会清账，不能清账的话，债务人也必须有一个稳妥的交代。而债权人总是会利用年关尽可能地收回债务。浙东地区是中国金融业较早兴起的地区，民众深知钱可生钱的好处，资本运作意识较早形成了，因此民间借贷作为一种潜藏的金融业很早就时兴起来了。炳生阿太老活尸放高利贷，也是一种民间借贷行为，作为债权人，她就在这年关的时候残酷地逼债，而惠林夫妻一时没有钱，只好一再安抚她，给她送去老母鸡。而她发现他们真的没有钱了，也就不来追了。

三是民间巫术与迷信。中国是一个封建迷信的国度，迷信不仅反映了人们的愚昧和无知，反映了社会文明开化程度低的现状，但同时也不得不承认，在迷信叙事中，有时寄托着愚昧国民的一种人生愿望和态度。在旧中国，越东地区迷信活动盛行，我们从其社戏风俗就可以看出这一点。在这篇小说中，作者运用了在中国广为流传的扎人巫术害人的民间话语，表现了炳生阿太老活尸心里的狠毒。老活尸到隔壁王家逼债，曾以麦秆作人形，在其胸间攒簇七枚大针，施魇术害死王家的孩子。惠林虽不信这种“妖术”，但在儿子胸口痛得打滚之时，也幻见麦秆人心坎上扎着大针了。儿子死后，惠林独行郊野，见野火燃烧过的荒坡上又抽出针般的草芽，仰望长空，不能拂去死儿的印象。显然，作品反映了这种传说的巫术对人的影响力，也深刻表现了炳生阿太的残忍。

四是民间生死话语。在中国民间，无论是生还是死，都被看成是大事。如果说生是值得庆贺的话，那么死就是值得人们哀奠的。而死亡时的情景如何，是人们评判一个人的重要依据，死亡中寄予着民间独特的是非评价和道德判断。在中国民间，如果一个人恶性无德，通常会骂他不得好死。如果一个人死时的状况不佳，就会直接判断其生前有不义的罪过。在这篇小说中，魏金枝运用了这种话语，恰恰是取了这一点。小说写了惠林的儿子彬儿和炳生阿太老活尸的死亡。彬儿是病死的，始终有他的父母陪伴在身边，死后又用了一口小棺材，自然是非常正常的。

而老活尸的死就是不好的。不仅死得不利索，拖了两个多月才死，而且死得不风光，“冷静静的放在木板上，而她的亲戚们却在她房里仿佛掘藏般的翻箱倒箧。在我们村里是永没有过这样凄凉的死人。……却因她的死而在我们的心上去了个重磨似的。别人总说女人的眼泪太多太贱，然而总因为心里有几分不自在才哭的，而于她，我们断不哭，让她听不到哭声而用拐杖拄着摸到黑暗的地狱里去吧！”显然，这是对她的强烈批判。然而，正是这种描写，使作品具有了民俗价值和是非判断。

由此可见，魏金枝的小说不像中国现代文学史上某些乡土作家那样对乡村世界充满着眷恋，更不像有的作家对自己的故乡尽情礼赞与讴歌，而是以一个现代知识分子的现代意识致力于批判，着力表现乡村世界封建、守旧、落后、丑恶、愚昧、麻木、苟且等负面性。这种艺术的独特性不光显示了魏金枝思想上的反叛性，而且反映出艺术上的独创性。瞿秋白的夫人、著名作家杨之华在论及20年代的小说时说：“那时的小说作者，除‘莽原’之外，又有‘未名社’的李霁野和台静农以及社外的魏金枝等，也是当年出色的作家。”而“魏金枝的小说，大体上说来，是和‘文学研究会’的农村作家许杰差不多的，如《留下镇上的黄昏》，在题材上，内容上，都充满了泥土的乡村的气息。因此，能够从农民文学中再作细微的伸展的，是魏金枝一人。其时，正是都会的经济日渐澎湃，而农村经济日渐消沉的时候，当时的乡村小镇弥满了沉滞的气氛，而魏金枝的小说，便是反映了这方面的现实生活的。就是后来，他也向着这条路上进发”。① 这个评价是比较准确的。

二　为封建乡镇知识分子立传

20世纪是中国向现代化迈进的世纪，一批一批的民族精英为此展开了艰苦卓绝的斗争，留下深刻的世纪足印。在20世纪现代化进程中，首先是一大批知识分子筚路蓝缕，奋力倡行和努力实践，他们不顾势单力薄勇敢地艰难地向前推进，与中国传统的封建顽固势力展开了坚决斗争，推动着中国社会由传统向现代缓慢地转型，推动着中华民族进步，自觉

---

① 杨之华：《中国现代的小说及其演变》，《文艺论丛》，太平书局1944年版，第38页。

地为国家为民族担负起了沉重的责任。在这里，一大批乡村小知识分子更是直面乡土中国的封建堡垒——乡村世界封建势力的沉重打击，坚韧地匍匐前行，为中国社会现代化进程付出了足以浸润乡村大地的血与泪，与封建势力展开了殊死搏斗，有的甚至为此付出了宝贵的生命，可歌可泣。

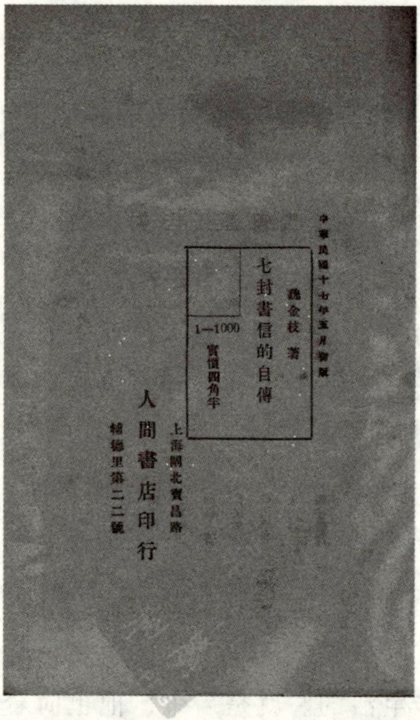
中華民國十七年五月初版
七封書信的自傳
魏金枝 著
1—1000
實價四角半
上海閘北寶昌路
人間書店印行
輔德里第二三二號

1928年出版的《七封书信的自传》版权页

中国现代文学一个突出的贡献就是发现了现代知识分子。鲁迅开创了“五四”小说，首先展开了对知识分子的文学书写。《狂人日记》作为中国现代第一篇崭新的白话小说，就是以知识分子为描写对象的，主人公狂人就是一个深受封建专制统治迫害的知识分子，小说通过描写这个形象，对封建专制统治进行了猛烈的批判。此后，展现知识分子在中国社会变革中的心路历程，批判他们自身性格和精神的弱点，讴歌他们为民族精神的重建和现代思想意识的启蒙作出的重要贡献，礼赞他们为民族复兴和国家进步付出的艰辛努力，揭示他们在推进社会现代化进程中的重要作用，就成为中国现代文学重要的思想指向。从“五四”文学开始，一直到陈忠实的《白鹿原》，知识分子都被书写着，他们为推进中国社会的变革和进步默默地努力。然而，在现代乡土文学中，着力描写乡镇现代小知识分子的悲惨处境和苦难的作家却很少。众所周知，叶圣陶的教育小说是以描写乡村小知识分子为审美取向的，但这些知识分子思想上都存在很大缺陷，并不是那种为民族国家奋然前行的先驱者，他侧重表现的是他们的灰色人生。从《饭》到《潘先生在难中》，都是这样。在“五四”乡土文学中，魏金枝的乡土小说却独树一帜地为乡镇现代小知识分子立传，深刻地描写了封建宗法社会中乡村现代小知识分子的悲惨命运。这些知识分子为社会的启蒙教育与封建势力展开了艰苦的斗争，过着清苦的生活，饱受人生的凄凉和孤寂。魏金枝以其沉重的笔调写出了乡村知识分子苦难人生的血泪史。在他笔下，乡村知识分子不是受迫害入狱（《七封书信的自传》），就是备受生活的威逼（《沉郁的乡思》《香袋》），或者是被迫漂泊在外以致夫妻分离（《裴君遗函》《祭日致辞》），等等，但这些知识分子都是具有现代意识、受到过“五四”新文化运动影响的先进知识分子。这些小说，反映了中国社会转型过程中传统与现代、封建与开明、专制与民主的矛盾冲突，受到鲁迅的充分肯定。

表现现代乡镇知识分子与封建专制统治者的对立和冲突，展示其悲剧命运，是魏金枝为现代乡村知识分子立传的首要内容。写于上海新重庆路的小说《七封书信的自传》为突出代表。1930 年 4 月，鲁迅称它“是优秀之作”。[①] 如果按创作时间来论，这篇作品应该是魏金枝的成名小说。小学教师彬哥因为要坚持办一个新式学校而与族长发生冲突，不仅自己陷入人命案而入狱，而且他的全家都因此被摧折，以致最后不得不越狱，走向自发反抗的道路。小说生动地反映了一个乡村现代知识分子的悲惨处境和悲剧命运，深刻地揭示了封建专制统治者与现代知识分子的对立，显示了黑暗社会中奉公与自私、专制与民主、保守与落后的尖锐冲突，昭示出社会刚刚迈开由传统向现代转型步伐的初始时期乡村封建势力的强大，现代知识分子——小学老师力量的弱小。这篇小说不仅是魏金枝重要的代表作之一，也是“五四”乡土文学之中重要的代表作之一。

小说的主体部分是七封书信，广泛深入地反映了 20 世纪初期越东乡镇社会的基本境况。叙述人“我”收到一个叫“彬哥”的乡村朋友七封信，替他串联起来做他的自传，以他的言语转告给读者，由读者去评价

---

① 鲁迅在《我们要批评家》中说：“这两年中，虽然没有极出色的创作，然而据我所见，印成本子的，如李守章的《跋涉的人们》，台静农的《地之子》，叶永蓁的《小小十年》前半部，柔石的《二月》及《旧时代之死》，魏金枝的《七封书信的自传》，刘一梦的《失业以后》，总还是优秀之作。可惜我们的有名的批评家，梁实秋先生还在和陈西滢相呼应，这里可以不提；成仿吾先生是怀念了创造社过去的光荣之后，摇身一变而成为‘石厚生’，接着又流星似的消失了；钱杏邨先生近来又只在《拓荒者》上，搀着藏原惟人，一段又一段的，在和茅盾扭结。每一个文学团体以外的作品，在这样忙碌或萧闲的战场，便都被‘打发’或默杀了。”《鲁迅全集》第 4 卷，人民文学出版社 2005 年版，第 246 页。

他的是非曲直。第一封信写彬哥为保护学校陷入命案而“无人帮忙”，“成败只可任其所致”，“绝不自悔”；第二封信写彬哥悲惨的家世和接受的传统教育以及成为家族教育的叛逆者和社会的反抗者的心路历程；第三封信写彬哥败诉入狱，与抗租老人关在一起，追忆自己教育学生的情景，决不向强权求饶；第四封信写彬哥谢绝了朋友——叙述人请来为他开说罪责的律师的询问，表示只要自由，对于生死都无所畏惧，并向朋友介绍了老许和老陈两个狱友的情况，揭露了监狱的腐败；第五封信写越狱反抗——彬哥和老许、老陈等三个人在监狱里待不下去了，就杀死了一个狱卒，逃到了老徐的山上朋友家里，被迫计议起事；第六封信写反抗队伍的壮大和反抗斗争的顺利，指出这世界是农人修理的，社会平等有其必要，要替农民说话；第七封信写与官兵交火——官兵来了，他们躲避到一个地势险要的山里人家里，官兵放火烧毁了村庄就走了，彬哥拒绝了一个被称为“猪”的人的500元的贿赂，打死了两个财神后自戕了。显然，小说展示了农村封建宗族权势者对一个具有现代意识的乡村知识分子的骄横跋扈的残酷迫害，反映了封建社会中正直的现代知识分子的不幸命运，揭露了封建社会的血腥罪恶，彰显了底层民众被逼自发反抗压迫的无奈，也表现了“五四”时期知识分子寻找正确的人生道路的苦闷。这是“那时的中国追求进步的青年的思想的痕迹”① 的写照。

彬哥是一个受到“五四”新思潮影响的乡村现代小知识分子形象，是积极推动中国乡村世界从封建向现代转型的乡村先觉者典型。他出身于一个世世代代受压迫、不反抗的贫苦农民家庭，是个不言语的种族的子孙②。他的祖上不善言语，父亲也不善言语。他自小就受到中国封建家庭的传统教育，祖上教育他“仍为人而牺牲了吧”，要求他在人生中“凡事都让人一步”，一直是和平过来的。他的父亲是个家教十分严格、自己十分勤劳的人，有百折不挠的意志，但却保守鄙吝。父亲死后，剩下他的母亲和病弱的弟弟跟着他。然而，家里赤贫，田地在年关时两次就卖光了，这使他开始认识到社会的不公平，对这个丑恶的社会产生了强烈的不满，充满着悲愤和怨气。后来接受了“五四”新思潮和社会革命思

---

① 冯雪峰：《〈七封书信的自传〉序》，《七封书信的自传》，人间书店1928年版。

② 作者突出“自己是个不言语的种族的子孙”，而不是“家族”，赋予了深意。

想的影响，他更加觉悟了，对于封建统治阶级残酷压迫底层民众的反动本性有了清醒的认识。一方面，他深刻地认识到社会的不平等和阶级剥削："这世界是农人修理的，他们用饥饿和辛苦修理的，可是他们只有供富人快乐。"另一方面，他又清醒地认识到黑暗社会司法制度的腐朽性，认为法律是没有用的，监狱是作弊诈骗的教养所。他说："如其去向人陈论是非，正不如和盲人论日，如其向人求福，正不如任性求安。"因此，他坚决谢绝了朋友（小说的叙述人）为他请律师，打破了为其开脱罪责的幻想。作为一个现代知识分子，彬哥显示了"五四"知识分子的精神品格，执着追求自由、平等，追求人格独立和尊严，这是他反封建势力的主体驱力。他认为"博爱固然重要，但社会平等尤其必要"。尽管黑暗的现实将他打压得伤痕累累，但他始终保持自己的人格尊严，绝不向罪恶者妥协求饶。他说："没有一件东西能夺去我的自觉，所以也不因为牢狱，犯罪，贫弱失了我的自尊，卖了我的快乐。"他觉得强权不能随便从他这里去取他们所需要的"耻辱"，而是坚定走自己"必须走的路"；为了自己的人格尊严，他可以以死相拼。他说："除了一死以外，也不能给予人以更苛刻的虐待了。"于是，他批判那些常常以一己比国家、以一己的私财比正义的丑恶现象，呼唤社会的正义和公平。同时，作为一个教师，他拥有现代教师崇高的职业道德，热爱学生，热爱教育工作，抛弃了以往教师的师道尊严，建立了平等的新型师生关系。他说："一个人要别人情愿尊重他，他才是个可以尊重的人。"对学生，他倾注着母亲般的情感，教给他们是非正义和人生经验，所以深受学生的爱戴。

值得注意的是，彬哥也具有"五四"知识分子的共性——有较浓的个人英雄主义色彩。彬哥具有"五四"启蒙主义者的精神品格，自觉承担起社会启蒙的责任。一方面，他创办乡村小学，致力于对年轻一代进行启蒙教育；另一方面，他又奋力进行社会启蒙，要求朋友开口替农民说话。然而，社会并没有为他提供良好的人生舞台，也没有为他创造搏击人生的条件。在古老的乡土中国刚刚抬起现代脚步的时候，先进知识分子作为一种革新的社会力量，在沉积了几千年的封建守旧的顽固堡垒中，实在还很渺小和孤单。彬哥是孤独的，没人知道他所乐者为何，所苦者为何？这恰恰是一个启蒙主义者的人生困境。值得庆幸的是，彬哥深刻地认识到了这种人生处境，知道自己是个无产的孤立的人，但他并没有被击倒，而是勇往直前，敢于担当。他认识到，在黑暗的社会中，只有起来反抗才有出路。在他看来，整个的乡村世界都是谬误的，罪恶的担子压在了每一个人身上，举世只有他是对的。因此，他不仅决心做一个家族的叛逆者，“侧向‘倒行逆施’那一面了”，而且被陷害入狱后也不坐以待毙，而是联合狱友老许、老陈越狱，到了山上老许的朋友家，计议起事，走向了工农武装斗争的行列。他追问人生的终极，常常思考“什么是人生的意义?”“人是在什么意义上活着的?”正是这种探究与拷问，显示了他对人生的强烈追求，使他的人生取向不同凡俗，敢于向封建统治者斗争。当族长要将学校改为私塾时，他坚决斗争；当他为保护学校陷入命案，而“绝不自悔”；当他走向判决的堂上去时，并无丝毫的犹豫。他置生死于度外，认为“成败只可任其所致”。因此，他对剥削阶级的斗争也绝不手软。当他走向武装反抗后，捉住了两个财主，其中被称为“猪”的财主试图通过对他的贿赂而留下性命，被他坚决拒绝，并杀死两个财主。他觉得，在黑暗的社会中，生和死没有什么不同，他认为“死”可以使他逃避不堪而获得一种自由，因此他“对于生死都无所畏惧”。这种生死观，使他具有了勇于自我牺牲的崇高精神，拥有了强烈的是非观念和坚定的斗争意志，显示了一个“五四”启蒙主义者难能可贵的英雄气概和悲壮情怀。

然而，彬哥作为“五四”时期乡村的先进知识分子，他的性格比较复杂。他不是一个概念化的简单的启蒙者，而是一个活生生的人。当他被关进监狱，就牵挂着自己的家，觉得自己死期逼近，想到没有钱为没有奶吃的孩子雇一个乳妈时，他感到很绝望，要疯了；当他越狱准备武装抗争的时候，他也首先想到自己的家，先回家看了他的妻子、孩子、母亲和弟弟。他平易近人、和蔼可亲，有着很强的亲和力，不是那种广场上居高临下的孤傲的英雄，迥异于当时以启蒙者自居的知识分子。正是这样，他被抓进监狱后很快就与一些狱友建立了良好的关系。而且，他也不是那种奋力破坏、不顾一切、不加分别的“五四”文化革命者，而是有着清醒的阶级意识的知识分子。当官府派兵来清剿，他觉得兵和他们是同一阶级，不应当自相残杀，而应该将他们与有产者划清界限。如果所有的无产者团结起来，无产者与有产者对垒起来，就一定会凯旋的。他也不满意这种杀富济贫式的简单粗暴的斗争方式，这不是他所认为的最有意义的人生取向。因此，他杀死两个财主就自杀了。这恰恰反映了“五四”先进的知识分子在没有找到正确的出路时内心的迷茫和苦闷。

在“五四”文学的知识分子书写中，彬哥是一个独具魅力的形象。以往，对于现代知识分子的书写，不是侧重描写小知识分子自我表现的精神苦闷，就是侧重对小知识分子自身作为小市民的精神弱点展开批判。所描写的艺术形象，不是一些善于思想而弱于行动、富于理想而又屈从于现实的幻想型形象，就是一些注重个性解放、婚姻自主和恋爱自由的囿于个人小天地的形象。而且，以往描写的先进知识分子形象，通常都出身中上层阶级，出身贫贱的寒微者很少。而魏金枝这里塑造的彬哥，是一个富于思想、敢于行动、乐于担责、走出了个人小天地的先觉者的形象，是中国现代文学史上较早出现的具有无产阶级意识的知识分子形象，是一个出身很贫贱的乡村现代小知识分子。这个艺术形象，反映了乡土中国社会从封建向现代转型的过程中，处在最坚固的封建堡垒中的乡村世界中的小知识分子的悲惨处境和悲剧命运，具有很强的悲剧意义。这种艺术预设与魏金枝独特的人生状态和社会处境密切相关。在彬哥身上，多少残留着他自己的影子，的确具有“自传”的特色。

《七封书信的自传》展开了深刻的艺术描写，比较广阔地反映了20世纪20年代前后浙东乡村的社会生活，包含着比较丰富的思想意蕴，奠定了作者在乡土文学中的地位。中国现代教育萌芽于辛亥革命前后，但在五四运动之后才全面兴起，而乡村现代小学的全面创办则是在1927年之后的事情。这篇小说描写一个接受了“五四”新思潮的知识分子在家乡创办现代小学的不幸遭遇，不仅反映了20年代创办乡村现代教育的艰难性，也反映了乡村小知识分子的悲惨命运，可以说是一部关于早期乡村现代知识分子的自传。小说略写封建顽固势力对于主人公的迫害，详写彬哥受迫害之后的情景，将此前的情节扼要地穿插其后来的人生举动的叙述之中。虽然只写了他受迫害之后的一段人生，但小说巧妙地将历史与现实、个体与社会、教育与政治、监狱内外、社会启蒙与武装反抗等结合在一起，既批判了黑暗的社会现实，又批判了国民苟且偷生“怙恶”的缺陷；既对人格尊严展开了歌颂，又对女子的恶性展开了批判；既倡导了无产阶级与有产阶级的对垒，又对杀富济贫式的武装斗争方式展开了批判；既揭示了封建专制与现代文明的对立，又揭示了黑暗社会中奉公与自私的尖锐冲突；既礼赞了现代知识分子进行社会启蒙和倡导革命斗争的人生取向，又反映了现代知识分子在没有找到正确出路之前思想上的迷茫；既描写了底层民众的疾苦和不幸，又显示了无产阶级革命必然到来的历史趋势。因此，这篇小说具有深广的社会历史内涵，是对以往乡土小说中人道主义主题的重大突破，显示了重要的文学价值。

描写乡镇知识分子凄苦人生，是魏金枝为乡镇知识分子作传的另一个重要内容。《小狗的问题》《沉郁的乡思》和《自由垃圾桶》都是这样的小说。一方面，魏金枝表现了乡村小知识分子生活的困顿。《小狗的问题》是这方面重要的作品。这是一篇对话体隐喻小说，并没有直接展示其生活的惨状。小说虽然没有明确交代人物的职业，但从小说情境的预设以及人物富于小资情调的对话来看，主人公也是接受了“五四”新思潮影响的乡村青年知识分子。小说没有连贯的情节，只描写了一个生活片段，但曲折地表现了主人公的人生境况，表现了主人公对外在世界的感受。一个秋天的早上，外面刮着大风，何生正在床上思想，其夫人便神色极其欣悦地坐在他的床沿上。因为隔壁杨家生了一窠小狗，她就和他谈论小狗悲哀生命的问题。与其说是谈论小狗问题，实际上是隐指自身无望的生活，表现了当时乡村小知识分子贫苦的人生处境，反映了现实社会民不聊生的境况。小说隐喻地批判了黑暗世界。夫人说，当小狗想看望这个世界的时候，以为这是个锦绣的河山，光明与欢乐所充满的河山，但是它们出生以后，便觉着是静寂的地角，粗的潮湿的泥土，触到的是干空的乳袋；设使它们开眼去看一看，那么尤其要失望了。而小狗为什么要活下去呢？是因为它们希望着，便活着了！何生听到这里很茫然，感到一种无可奈何的沉闷压迫着他了！而此时，他们还没吃早餐。这篇小说应该说是作者当时的自况。魏金枝当时从杭州到上海民国女校任教，是怀着一种美好期待去的，但是一到那里就发现并不如自己想象的好，学校欠薪，生活也没有保障，他很茫然。学期结束，他就辞职了，不久就离开了民国女子中学。这篇小说，可以说正是他当时作出决定时的一种艺术反映。正是这样，所以他用了这种讽喻的形式，以一种陌生化的形式予以表现。然而，小说并不消极和颓废。何生说：“究竟人也是为着希望活着的。设使没有希望，我也愿意逃到阎王那里去。”显然，是人，就不同于狗，不能像狗一样活着，像狗一样等着，而必须积极进取，努力奋斗。这也是一种暗示。但作品并没有停止在此，它同时还批判了小狗的依赖性。小狗从小希望着，一直到老，还是不相信幸福不会降临到它们头上，这是畜生独有的苦痛。另一方面，小说还对社会不平等展开了批判。当何生说小狗没有什么可怜，有很多小孩子喜欢，并用他们的相爱作比喻时，夫人很受刺激，使她想起母亲告诉她的一件事情——女人是比畜生高一个阶级，男人又比女人高一个阶级，这阶级是万难越过的，使她自卑而绝望地想到，女人是男人所爱的，女人之于狗，实在和男人之于女人是一样的。显然，这是对男权社会的批判。因此，这篇小说虽然篇幅简短，但思想并不简单。

值得注意的是，这篇小说虽然篇幅短小，情节简单，但具有较强的审美价值。一是小说将忧伤、悲哀和沉闷融入轻松的书写中，甚至还带有喜剧的轻松气氛，也有性格冲突，使这篇作品具有了较强的审美意蕴。二是人物的性格比较鲜明，何生具有浓郁的“五四”青年知识分子沉郁的个性，但是又没有“五四”小说中的悲观失望的情绪，夫人具有很强的人道主义的慈爱精神，虽然是乡下出身，但与一般的农村妇女不同，还是一个有思想、比较浪漫的人。

短篇小说《沉郁的乡思》[①] 同样是以乡村知识分子为题材的回忆体小说。小说以主观倾诉的抒情方式，描写了乡村世界的封建愚昧，展示了小知识分子的艰辛生活境况，表现了乡村教师的悲惨人生。但它与中篇小说《七封书信的自传》的悲愤沉郁不同，这里写出的是乡村知识分子永远不曾去怀的“威逼之感”的痛苦。主人公“我”在一个天寒岁暮的日子里，百无聊赖地一个人坐在房里喝酒消遣，有人写信来问“可有旧地重游之兴”？就在万事紊乱中回忆起了自己凄苦的人生。“我”和妻都是出身乡村的知识分子，两人自由恋爱，受到妻的顽固而忠诚的母亲的阻拦，亲族与朋友也因此疏远了。他们没有办法，就一同出走，来到一个乡村小学教书，像一只无巢可归的小鸟般用自己的力量衔泥筑巢了，在外边虽然生活着爱着，但总是感到一种沉重的“压逼之感”。他们有理想，有“很强的向上之心”，“用固执的愚忱，想在这

---

① 载1925年2月《支那二月》第1卷第2期。

世上做出一点可以使人信服可以眩眼以消泄我们昔日的抑悒”的事业来，可是却受到社会的诽议和旧法律的箝制，使他们的理想最终成为“可笑可怜的幻梦”；他们不贪图安逸，夫妻同心，共同承担着生活的艰难，“含着泪忍着苦向万马齐驰的人海中跑去，求得生活的维持”。可是，他们这两个用尽心力而后得食的人，总是无可希冀，沉重的生活压力和抑郁的心理压力，使他们的人生一步一步走向惨境。不到三年，“我”的妻就病了，病在一个小小的学校里，时常微微地咳着，焦黄的脸色，间着几点细的黑斑，越见得灰败的神气，这就使夫妻两人艰难的生活雪上加霜，“我”每天上完课，就去买药回来，到床前陪她，但“抑闷充满了房内”。妻感到自己不久将会孤独地死去，时时想念着那毫无理由弃绝她的顽固的母亲。“我”写信告知，可是却没有得到他们的回信，最后妻子客死异乡。“我”只能每天独坐在房里喝酒消遣，打发着无家可归的寂寞。显然，小说通过主人公对妻子的忆念，写出了一个乡村知识分子因为乡村中的封建保守和愚昧落后给他们带来的人生淡淡的悲凉与苦味。因此，虽然表面上是主人公因妻子去世备感寂寞，实际上是沉郁窒闷的乡村社会对他们的损害造成了他心里的阴冷。正是这样，小说显示了一种沉郁悲凉的情调，文中“世比天冷、心比境寂”的描写非常成功①，充分反映了乡土中国向现代转型的初期，作为推动社会转型的先进的知识分子在人生旅途中必然承受的凄苦。

此外，表现乡村知识分子漂泊奔波、沉浮不定的困苦也是魏金枝为乡镇知识分子作传的重要内容。《祭日致辞》和《裴君遗函》即是这方面的代表。出身农村的乡村小知识分子要搏击人生，总是闯荡不定、居无定所、事无恒业，魏金枝对此有着深切的体会。因此，他的小说以沉郁的笔调表现了乡村知识分子这种不幸的人生状况，强烈地批判着不合理的社会制度。这些小说具有强烈的抒情色彩，跨文体特征突出，既可看作小说，又可看作散文，其浓烈的情感、忧伤的情绪和哀怨的笔调，彰显了鲜明的艺术特征，显示了一种悲愤忧闷的风格。《祭日致辞》也是以

---

① 王尔龄：《魏金枝》，载上海社会科学院文学研究所《上海市哲学社会科学“六五”期间重点项目·三十年代在上海的“左联”作家》（上），上海社会科学院出版社 1987 年版，第 435 页。

回忆为叙事方式的抒情小说，但更具有一种亚纪实的自传性特征。我们与其说这是一篇小说，不如说是作者本人生存状态的记录。小说主人公在亡妻祭日对其进行了深沉的忆念，笼罩着强烈的抒情气氛：

> 霉意湿了柱下的磉子，回忆使我的心里酸楚！
>
> 一顶红的轿子，一具黑的棺材，这就是几千百万妇人们的始终两点了！你当然也是的！但在这短短的生命历程中，我知道你自己也曾经过喜怒哀乐来的！

就是在这种浓烈的抒情中，主人公追忆了亡妻悲惨的人生历程，批判了封建制度的罪恶，歌颂了妻子的美好品格，表达了对妻子的深爱，也表现了凄清的孤独情绪。小说塑造了鲜活的人物形象，主人公有“五四”时期乡村知识青年共同的性格特征：忧郁、矛盾和痛苦，对封建社会家族专制的愤怒与不满，但他又没有一般知识分子与家庭决裂的胆量和决心。他深爱着自己的妻子，又孝敬母亲，始终无法调和她们两人之间的关系；他既对家族专制不满，又对于祖母和其他家族成员对妻子的刁难，敢怒不敢言，他夹在母亲、妻子和封建家族之间，是一个痛苦的乡村知识分子形象，显示了一个漂泊外乡的乡镇小知识分子的不幸命运。《裴君遗函》也是一篇书信体小说，描写来到杭州的“我”，在病中临死前写给自己爱人的信函。“我”“屡屡忧愁无聊”，“闷极不堪”，思念着自己的爱人，向往自由的世界，可是他在这里生病了，没有任何人关照。“我”是个穷汉子，连夹衣也典当了。在“我”的人生中，无论都会和乡间，到处都是颓废的，没有正义大道，没有朋友六亲，只求不受苦痛。人生的根本如浮沙，虽有圣手也筑不上坚固的城堡。“我”心中笼罩了沉重的担子，真比杀戮战争还普遍得可恨。虽然“我”年纪还轻，恐怕等不到“我”年老的时光，便压死在这大的忧虑之中。天地虽然广大，但没有“我”的立足之地。主人公是一个寻求人生出路而不得，被黑暗的封建社会所威逼的青年知识分子形象，从而控诉了黑暗的社会现实，鞭挞了封建制度。应该说，小说反映了“五四”退潮之后，青年知识分子处在人生十字路口时内心的苦闷。

魏金枝的早期小说在表现知识分子不幸人生时，写于 1924 年 12 月

17日的《香袋》[①] 也是一篇重要的作品。这也是一篇追忆式小说，反映了青年知识分子在婚姻爱情上的浪漫与曲折，可以视为对青年知识分子的自我批判。小说以第一人称“我”展开叙事，讲述了香袋先生失败的爱情故事。“我”和香袋先生是中学二年级的同学。香袋是他和W姑娘的关系的见证物，就给他取了一个“香袋先生”的外号。他成绩本来是排在最后的，可是挂了香袋之后，学习很努力，每天晚上10点钟睡觉，早上4点钟就起来在树下读书做习题，成绩排在全年级第九名了。即使身体渐渐不行了，劝他看医生也不同意，后来竟然做了学生自治会评议员了。他又向“我”学作诗，因为伊说他的一个朋友会作诗。所以，他一段时间后竟然在宿舍里朗诵自己的诗，还有人和他通讯了。可是后来伊变了，他就萎靡得不成样子。在颁发文凭的前一天晚上，伊将戒指寄还给他了。后来，他们到小学教书了，“我”选择了升大学，并到国外走了一圈，十年后回来时，他仍然很穷，只剩下一个香袋了。而他的那个伊，也流落了，憔悴了，老了，堕落了。小说描写了青年知识分子在爱情生活中的浪漫与辛酸，歌颂了对爱情的坚贞不渝，批判了爱情被物质玷污的现象，呼唤真挚的爱情。

由此可见，魏金枝的乡土小说几乎都是关于乡村现代知识分子的思想情绪和人生命运的书写，倾力为乡村知识分子呐喊，形成了鲜明的艺术特色。这些小说充分描写了社会转型时期越东乡村社会中底层知识分子苦难命运，不是讲述主人公和封建家族统治者搏斗的故事，就是讲述乡村知识分子凄清穷困的人生处境，或者是倾诉他们漂泊与相思之苦，深刻地揭示了乡镇社会的封建愚昧、落后与无聊，从而展现了封建专制统治者与乡村知识分子的对立，揭示了封建统治与现代文明的冲突，显示了鲜明的反封建的思想指向。从总体上说，这些作品“以忧郁的含泪的文笔，写出了古旧的农村在衰老，在灭亡，在跨进历史的坟墓里去”[②] 的状况。他为什么要这样写呢？原因恐怕主要来自两个方面：一是与魏金枝个人的生活经历有关系。因为魏金枝出身乡村，对于乡村社会状况

---

① 载《民国日报·觉悟》1925年2月3、5日。

② 湖风书局广告词，参见杨义《中国现代小说史》第2卷，人民文学出版社1988年版，第298页。

有充分的了解，这时期最熟悉乡村学校和乡村封建家庭的生活。同时，魏金枝又是一个“五四”新文化运动和无产阶级革命运动的积极参与者，对当时先进的知识分子非常熟悉，对他们的人生和命运理解很透，对当时中国社会的现状也有比较深刻的认识。冯雪峰就曾指出过：“这几篇小说，至少照我现在看来，恰正是表现出五卅前一年至二年之间的那时的金枝的生活经验——同时是那时的中国的进步的青年的思想的痕迹。”[①]这种优势显然便于把握和表现，从而为这些小说获得较高艺术成就奠定了基础。对其艺术性，冯雪峰予以了高度评价，他说：“这几篇是真实的纯粹的艺术品，它的价值也还是在‘这是真实的艺术’的一点上。我不过表明金枝的小说是在什么的时代和环境里产生的。这种取‘社会的见点’的观察是一种公式，即对于唯美派的文学都可适用的。”[②] 冯雪峰的这种把握是到位的。二是与魏金枝求学时遭遇的心灵创伤有密切关系。魏金枝出身贫苦家庭，在他的求学生涯中，有几件事在他的心灵中形成了创伤。其一，因为祖父供他读书，大家庭长期闹矛盾，使他一度辍学，形成了心灵创伤。他说：“我觉得人世没有意思，不过是一种无意识的蠕动罢了。我有全大的家庭，但觉得没有使我站脚的余地，我也不甘住在这种傀儡的场所。”其二，他的出生地没有新式小学，只有几个同族财主合资办的一个私塾，10 岁时进私塾陪读。其三，魏金枝 14 岁后到离村 15 里的新式小学——东明小学插班四年级寄宿学习时，因为校长要在由祠堂改建的小学多开些窗子，使光线好一些，却被村中的老民和绅士痛打了一顿，后来还要起诉。这给目睹这场暴行的魏金枝心灵上带来了深深的伤害，使他感到在封建专制统治下的落后乡村，小学老师多么弱小与悲惨！其四，1917 年秋后入浙江省立第一师范学校学习，听到同学们聊天时总说小学教员是最没有趣的职业，是人生的绝路。这种心理暗示，使魏金枝从小遭受的心灵创伤再次被灼痛，使他不敢去做小学老师。他说：“第四年的前半期，我的心居然变了；我以为我决不是小学教师的身段，所以也绝不想去当小学教师”，“竟堕入了沉闷之路了！”[③] 其五，

---

① 冯雪峰：《七封书信的自传·序》，《七封书信的自传》，上海人间书店 1928 年版。

② 同上。

③ 魏金枝：《心变》，《学生》1922 年 9 月第 9 卷第 1 号。

1922 年下半年，魏金枝又不得已到了孝丰县高小任教，但学校屡屡欠薪，生活极其苦难，后来不得不辞职，再次使他感受到了小学教师的艰难处境。[①] 正是这种心灵创伤，灼热了他的情绪，激发了他的创作冲动，要为乡村知识分子——小学教师呐喊。在一定意义上说，这些小说是魏金枝基于心灵创伤而创作的，宣泄了他悲愤而沉郁的情绪，自然对越东乡镇封建统治阶级的罪恶进行了强烈批判，具有较强的现实意义。

三　国民劣根性描写与批判的突破

鲁迅小说开创了国民性描写的先河，表现了国民劣根性批判的主题，成为中国现代文学的一个基本母题，在一批批的作家笔下得到传承和表现。魏金枝的小说也表现了这一主题。其中《校役老刘》就是他卓越的创造，发展了鲁迅开创的描写国民性的文学主题，具有重要的文学意义。小说通过对一个地位低下、相貌丑陋、受尽侮辱与损害的学校勤杂工的描写，细致地展示了乡土中国底层人物的人生方式和文化心理，不仅表现了国民精神的愚弱与麻木，也表现了国民精神的觉醒，充分地体现了作者对于不平等社会的不满，更体现了作者对于底层不幸者的同情、关怀与尊重，彰显出独特的艺术风格。这篇小说足以代表魏金枝前期创作的艺术成就是现代小说史上应该重视的优秀中篇小说。

这篇小说创作于 1929 年，1931 年 8 月收入湖风书局出版的《七封书信的自传》中。如前所述，魏金枝乡土小说基本上都是从教育界切入社会的，几乎都是从他所熟悉的学校生活中取材的，长于对乡村教师展开描写，直面现代青年知识分子的人生。这篇小说还是以教育界作为取材视域的，但他的审美视角已经发生了重要的转变，是魏金枝小说创作重要的界碑：

一是描写的主要对象，由以往的乡村知识分子转向了底层卑微的人物。如前所说，此前取材教育界的几篇小说，其主人公都是乡村教师，这篇小说的主人公则是学校的一个勤杂工老刘，是一个为学校师生服务的最底层的人，但他并没有受到人们的尊重。小说以老刘从事校役时的

---

① 参见刘桂萍、刘家思、周桂华《魏金枝传》，中国社会科学出版社 2016 年版，第 53 页。

人生遭遇建构文本的中心情节。故事发生“在那里是训练着预备去教养数千百儿童们的师资的地方”。老刘是个乡下人，在那里做校役，住在一间废了的厕屋，隔壁堆着破的尿壶和便桶，只开了一个小窗，黑暗而郁闷。他的工作就是上午忙着倒粪，下午到校园里工作。小说集中笔墨描写了老刘一次次被捉弄和侮辱的遭遇。当他第一次去执行事务时，一个闲散的学生看见他奇异的脸，就说成是“好一个像尿壶的脸”。在学校里，他很孤独，仿佛一颗地上的砂粒，虽然和旁的一些挤着，却也只是挤着，和他毫不相干。只有他代学生管理的未耜们仿佛是他的朋友。在学校里，他不仅被师生打骂，还遭到同辈的打趣和欺负。学校来了女学生，她们的欢乐、香气、大胆、放肆都使老刘惊异，而教员室里女太太们最难弄，总是责备他。所以他一看见女人就生气。后来因为校长开除了自由恋爱的学生，引起学潮，军警包围了学校，将学生赶到操场上，老刘从窗户里目睹着操场上发生的一切，呐喊了一句“真要杀人了”，遭到军警殴打，连睡了四五天没起来。接着，新校长来了，急于稳定局势，召开师生见面会，接受条件，但要开除老刘和傅先生。当得知学生是借了他的名来闹罢课，就决定立即离开。他说：“有些人留我既为自身，不留我的也为自身，我不过是具磨，你推我挽的，终有天会给他们弄碎，所以不如早点走。”他挑着行李走出去，学生问他为什么，他说他受够了。他告诉这些学生，校长坏，他们以后会比校长更坏，“你们会变禽兽会变奸臣”。他飞快地走出了校门，全副的怒恼使他变成了一只强健而凶猛的熊，会咆哮也会爬山越岭与吃人。小说在广阔的时代背景和社会生活中展示了老刘的人生浮沉和命运遭际，笔调沉郁而悲愤，对底层民众表现了人道主义关怀。这反映了魏金枝小说创作思想艺术取向的转换：由对底层知识分子的同情转向了对于劳动者的同情。这也许是大革命失败以后，“五四”启蒙知识分子的英雄光环逐渐暗淡，民众革命作用被提升的时代潮流影响的结果。因此，这篇小说具有很强的艺术穿透力。

二是由以往注重社会批判转向了人性拷问，将社会批判融入人性思考之中。与以往的创作侧重社会批判不同，这篇小说是以人性拷问为指向的，又将人性批判与社会批判统一起来。这是在塑造老刘这个类似于俄国文学中“小人物”的立体化形象的过程中表现出来的。老刘是中国现代文学史上不可多得的艺术形象，非常典型而真实。魏金枝将他置身于一个特定的艺术情境中，一方面展示其精神与灵魂，一方面显示在场的背景人物的主体心性，从而对人性展开了透视。老刘是一个外貌与心性不对应、性格丰富多彩的形象。他没有一副好的外貌：细眼、塌鼻、突嘴。而就是这样一幅外表掩盖下的心魂则是美好的：很善良，乐于助人。当他在老李授意下想用百脚来惩罚窃贼时又担心伤害他们，便早早地准备好解药，立即送去。他真诚待人，与人无求，有着一颗金子般的心。无论是对学生还是对老师，对庶务还是对窃贼，他都很诚恳，没有丝毫的虚假之象。他看见那个抑郁成疾的痨病患者，就要他去吃药，并且亲自采来草药，送来赤糖，熬成药汤端过去。他为人宽厚，善待生命，善良、仁慈而好施。当窃贼偷了东西还狂妄地留下字条时，他并不怨恨。钟楼塌后，他奋力去救人，一连挖出来两个尸体，不顾其血迹流在自己的身上，将其弄好放在门板上；当患痨病的学生死后，别人都不敢接近时，他则去收拾其尸体，将它放到棺材里去；当撞钟者被罚半个月工钱时，他说就算他的账好了。他虽然饱受侮辱和损害，却任劳任怨地履行自己的岗位职责。正是这样，校役老刘在一个灰色黑暗的世界当中显现出人性之光，与雨果的《巴黎圣母院》中的加西莫多相似。相反，他周围的一些人，则显得人性灰暗和晦涩。首先是学生扭曲的人性。在一个以貌取人的世俗社会中，老刘不佳的外貌首先使学生产生一种鄙夷的心理，被学生惊呼；他放走了三个邻校盗贼后，他们却回来用气枪打他；他给他们解毒后，他们又回来挖粪坑陷害他；那些准备去报复的园艺部学生不仅没有帮助解决问题，反而拿老刘取乐。这显示了年轻学生人性的污点。其次是老师们的恶性。面对学生偷瓜还张狂时，庶务李先生不是从正常渠道去帮助解决问题，而是要老刘想出一个报复的办法；而当老刘被小窃贼陷害掉进粪坑，他去警告邻校庶务无效时，就唆使学生去报复；老刘好心指导学生种番薯，却遭到老师的打骂；而其同辈面对老刘经受欺侮和玩弄时，不仅不同情、不帮助，反而也去捉弄他。所有这一切，都是人性中恶性的显示。作者致力于对人性善恶进行拷问，目的是张扬人的善良、诚恳、宽厚、友好和质朴的优美人性，批判了作恶从丑的人性负面。这是其创作的发展。以前的小说，虽然在描写知识分子的思想情感和苦难人生中也多少涉及了一点人性问题，但主要是通过描写乡村知识分子的人生状态和悲剧命运来批判黑暗的封建社会。而这里，则是通过描写底层人物悲惨的人生遭遇来审视世俗人生的人性状况，在人性批判的视角中展开对社会的批判。从而，赋予了作品更加深厚的审美韵味。

三是由对封建社会及其统治阶级的批判转向了对于现代知识分子的批判。魏金枝以前的小说，总是对封建社会的黑暗及其统治阶级的残暴和腐朽展开评判。《七封书信的自传》《沉郁的乡村》《小狗的问题》《香袋》等都批判了造成底层知识分子苦难的黑暗社会，对乡村底层知识分子寄予了深切的同情。然而，《校役老刘》则是对现代知识分子的尖锐批判。这里的师生都不是积极进取、奋发有为的人。一到冬天，无论教员或学生，谁都愤恨这早钟，后来便慢慢地迁怒到撞钟者，在碰到撞钟者时，就狠狠地将他盯视两眼。作为师范学校的学生并不是正面的形象。他们只是不事稼穑、沉溺于运动的轻浮、浅薄、无礼之辈，既不懂得尊重人，也不会做事，并没有实际工作能力，而且不务正业。学生自治会决定由园艺部来解决问题，可学生到了园里后不仅没有完成任务，却从老刘身上取乐。当钟楼倒塌砸死人时，学生只是一个劲叫老刘去搜救，将不断寻找尸体的老刘辱骂成“牛！牛！牛！牛快！快！”他们华而不实，有的人甚至还有很强的私心，并为满足自己的私欲而不择手段。所以小说最后借助老刘的话，对这些学生进行了尖锐的批判。而学校的老师也没有一个是健全的。庶务李先生不仅世故、奸猾，而且顽固、落后，又不负责任。他对上级唯命是从，对下级则根本不尊重，是一个没有明确是非观念的人。傅先生则是一个利令智昏、唯利是图、无所坚持的人物。因为家庭经济很紧张，就想以女儿来攒钱，公开声称要拣个好女婿，导致学生之间争风吃醋、互相倾轧。历史教员金先生是一个没有修养、脾气暴烈、十分懒惰的人。农桑教员王先生是一个自以为是、唯我独尊、穷凶极恶的暴徒。这里的老师连村野匹夫都不如，毫无理性，文明丧尽，个个如狼似虎，是一群既野蛮又凶恶的暴徒。老校长是一个不能控制局势、缺乏能力的人，最后给免职了。新到的校长也是一个唯我独尊、没有原则、不讲是非、急于求成的功利主义者。他办事只凭个人好恶，他看到外貌丑陋的老刘到校长室办事，恐惧极了，马上就开除他；他急于稳定局势，召开师生见面会时接受一切条件，完全服从。可以说，这里从学生到老师，从职员到领导，都是一些既没有职业技能、又无道德修养，既不理性、又不文明的人。显然，这是对知识分子的尖锐批判。

为什么魏金枝会出现这么大的转弯呢？其原因自然很复杂。如果要探究，恐怕还得到当时的社会环境、政治情势和创作潮流中去寻找。1927年大革命失败以后，改变了社会各阶层本来具有的地位，也改变了社会对不同社会群体的评价。在“五四”时期作为社会的启蒙者，知识阶层被全社会尊重和关心，因此，魏金枝的小说对他们的遭遇和命运展开描写，寄予同情和关怀。大革命失败以后，思想启蒙的任务已经渐渐弱化，代之而起的是社会政治革命。而政治革命是要以工农群众为基础的，知识分子失去了自身的优势，那种擅长思想和宣传的长处就退避了。当时，左翼思潮急涨，革命文学勃兴，以鲁迅为代表的“五四”文化先驱被批判。这种时代潮流自然而然影响了魏金枝，使魏金枝对知识分子的态度发生了改变，他的创作也就发生了转向。但是，值得我们注意的是，魏金枝并没有一味跟着当时的革命文学的主张者激进，概念化地去表现时代中心话语，而是继承了鲁迅所开创的“五四”新文学的启蒙传统，并发展了鲁迅所开创的艺术路向，这就是他坚持在鲁迅所开创的批判国民性的文学道路上行进。从这个方面说，《校役老刘》就具有了重要的文学价值。他不仅在概念化的革命文学浪潮中塑造了性格丰富生动、真实感人的艺术性形象，还深化了鲁迅所开创的国民性主题，在描写国民的精神与性格上有了新的发现和突破。因此，《校役老刘》这篇作品，不仅仅是魏金枝个人创作的一个里程碑，也是中国现代文学中一篇富于文学史意义的重要作品。

这篇作品艺术上的成功，就是人物塑造上获得了最大的成功。首先就是塑造了立体化的老刘形象。在作品中，魏金枝不是简单地对老刘进行颂扬，而是立体地写活他。老刘作为乡土中国最底层的一个受损害者形象，其真实性和生动性还在于作者深刻地揭示了他因袭的民族精神和性格的根性，正视了老刘的性格缺陷。老刘比较愚昧蠢拙，这不仅反映在他当初以为校园西瓜的失盗是狐狸精在作怪这一点上，还反映在把逃到他房间里的白鹭说是妖怪这一点上，更反映在他不知道读书有什么用的疑问上。尤其是，他不知道漂亮的女生是什么变成的，就根据曾经听说过狐狸迷人的故事来推断，认为只有狐狸才幻得出这样的美貌。在他的意识里，狐狸是害人的，因此他就有了朦胧的惶惑与恐惧。老刘像所有的乡土中国的老子民一样，思想因袭重，有着较强的守旧心态，他讲究“男女大防”，指责学唱情歌的同事是“淫棍”。在半封建半殖民地的乡土中国，民众在封建主义和帝国主义的双重压迫之下，养成了一种习惯性的卑怯顺从心理，这在老刘的身上也留下了深深的印痕。他心理非常怯弱。当学生自治会议决由园艺部想办法捉贼时，他就害怕了，觉着祸难来了，担心他们真的会设法弄死他。他顺从邪恶，当他被三个窃贼陷害跌入粪坑时，为求他们把自己拉起来，便不惜把粪便涂在脸上。他遇事也习惯性地忍让退避，也有些麻木健忘，阿Q的精神胜利法在他身上很突出。当他被同辈们架在椅背“上档子”动弹不得，一放下来就觉得胜利了，“现在且饶了你们”；当他看到傅光先生窗前梧桐树下的人少了，他以为自己的注视成功了。然而，老刘又有不同于阿Q的性格特征。他质朴诚恳，具有明确的是非观念。当他知道学生中的三十六号自修室的督军团和三十五号室的省长团，为着傅先生选婿而激烈斗争，他认为这是不对的，感到“真比野兽还坏”；当时学生们联合起来反对校长开除自由恋爱的学生时，他认为这是对的，就很赞赏，并怀了畏服的心理，到窗外去看，心里祝愿他们再胜利一次，而且觉得自己已经站在了胜利的这一边了，从而以博大的胸怀容纳他们了。尤其迥异于阿Q的是，老刘对现实世界的认识日益清楚，并具有与时俱进的思想。当他得知患肺病的学生是因包办婚姻抑郁而死时，就清醒地认识到，在这样的社会中，摆在青年面前的只有两条路：冲上去和死去；当他被军警殴打时，就认识到痛苦所代表的是丑恶的世界给予他的一切而已。特别是，老刘对于人类相互玩弄和损害有很深的认识，并由此产生了一种在死以上的恐怖；他怀疑自己“恐怕不是一个人类，人类从不会这样被玩弄的”；当新校长要开除他，学生们想借挽留他而闹风潮时，他清醒地认识到：“有些人留我既为自身，不留我的也为自身，我不过是具磨，你推我挽的，终有天会给他们弄碎，所以不如早点走。”因此不顾人们劝阻，他毅然离去。可以说，老刘的身上刻印着中国民众的精神基质，有他自身的弱点，但又不乏闪光和耀眼之处。老刘对自己人生位置的认识，是一种自我意识的觉醒。而他不与污浊社会合流的人生意向的萌发，显示了主体精神的复苏和回归。魏金枝作出如此的描写，这是对中国底层民众的血性基质的独到把握，是对国民精神的重新发现，具有重要的文学意义。在“五四”

文学中，对于国民性格的描写，通常都只是发现其负面和落后的层面，从鲁迅的乡土小说创作到叶圣陶的教育小说，都是执着于掘挖中国底层民众的性格与精神的缺陷，而对于其精神性格的正面则把握不足，不是有意遮蔽就是避而不论。中华民族能够生生不息几千年，屹立于世界民族之林，作为民族支撑底座的普通民众，其深层实际上还是灌注着正能量的。在中国现代文学史上，写出中国底层民众从麻木愚昧的精神状态中觉醒过来的作品后来也有，如作为乡土文学的大家沈从文短篇小说《丈夫》就塑造了一个精神觉醒的丈夫形象，非常感人。但《丈夫》写于1930年4月，而且只写了人物精神某一方面的觉醒。《校役老刘》不仅时间上早于《丈夫》，而且在展示人物精神觉醒的宽度上也强于《丈夫》。因此，魏金枝这篇小说不仅具有了重要的文学审美价值，而且具有很强的文学史价值。

这篇小说的成功，还在于思想意蕴的丰富性上。从《狂人日记》开始，20世纪20年代的现代小说创作，主要表现的是农民和知识分子。从人道主义出发去表现农民的苦难人生和悲惨命运，从个性解放出发去表现知识分子的人生苦闷和探求出路的酸辛，从而进行社会启蒙，是基本的思想取向。魏金枝的早期小说，与一般的乡土小说描写封建统治下农村的贫苦、破产以及农民的精神苦痛不同，他着眼的大多是乡村中国“文明的高地”——学校呈现的败落和凋零的景象，从而洞察乡村中国社会的异化状况。《校役老刘》所选取的就是这种审美视角。因此，这篇小说虽然创作于革命文学兴起的潮流中，但它却显示了与革命文学倡导者们不同的创作路向。他不是简单而片面地将文学视同革命宣传品，从思想观念出发，先念式地去表现一种阶级意识，主观地想象中国的乡村世界和农民，忽视艺术的真实描写，而是执着于观照乡村中国人的精神风貌与生命状态，因而摆脱了革命文学思想的肤浅和贫乏。

首先，写出了社会转型时期人性的异化与精神的变形。一个“训练着预备去教养数千百儿童们的师资的地方”，人们的思想精神应该是脱俗的，引领人们前行的，但是这里的师生心智都并不健全，是非颠倒，美丑不分，善恶不辨。小说对于社会转型时期国人的精神状态予以了一次深入骨髓的镜照和批判。杨义指出：“在描绘老一代中国人的人生方式和文化心理上，魏金枝身手不凡，上承鲁迅的传统，堪与台静农媲美。他的眼光是忧郁而又深邃的，善于在社会的‘文明’中看到野蛮，在人的愚拙中看到生命的光辉，从而以深挚的感情和坚韧的自信心，透过社会、文化和心理的丰富层面，谛视中国乡村和城市劳动者苦难的生活、顽强的挣扎和朦胧的觉醒。”① 这个评价是准确的。

其次，小说还深刻地揭示了社会转型时期，新旧搏斗和交替中民众思想转变的艰难及其所付出的惨重代价。“五四”时期是一个提倡婚姻自主、恋爱自由的时代，图书馆的傅光先生作为一个知识分子，却逆时代潮流，不仅一意包办自己女儿的婚姻，还将她当作商品予以买卖，以致学生为此争斗，扰乱学校秩序，败坏风气。而患肺病的人有了心爱的人，要与家里包办的婚姻分裂，要离婚，可是其父亲却坚决不同意，最后使他抑郁成痨，悲惨地死去，才使他父亲明白自己的错误，开始了忏悔。学生反对封建包办婚姻，进行自由恋爱，结果被校长开除了，引发了学潮，军警包围了学校。被带到楼下空房里的老刘，从窗户里看到学生都被赶到操场上，目睹着操场上发生的一切，不由自主地呐喊着：“真要杀人了。”于是被军警殴打，四五天没有起床。同时，“五四”时代是一个倡导劳工神圣的时代，可是兢兢业业的老刘却得不到尊重，他基本的权益得不到保障，人格得不到尊重，常常被人辱骂和殴打。就是新来的校长，本来应该垂范师生，引领时代潮流，推动社会进步，可是他只有封建统治者的专横和伎俩，丝毫没有民主平等的思想，更没有尊重劳工的意识，他仅仅因为老刘丑陋的外貌和肮脏的背影就开除了他。民众的权益在他心里丝毫不存在。所有这一切，不仅显示了民众思想转变的艰难性，而且表明了社会进步是以民众牺牲为代价的。

再次，小说通过底层民众生存状况的描写，对丑恶的社会予以了深刻批判。虽然小说中的视域只是一个学校，反映生活的面不如《阿Q正传》那么广阔，但小说的思想性是深刻的、丰富的。小说还对中国底层民众的悲惨人生进行悲愤的描写，对他们不屈的生存意志进行了张扬，进而对社会进行了批判。中国是一个等级森严的社会，底层民众总是悲惨地生存着，他们的生命意识、生命欲望和生命意志，总是被压抑和摧残着。在这篇小说中，作者不仅通过老刘这个艺术形象的塑造深刻地揭

① 杨义：《中国现代小说史》第2卷，人民文学出版社1988年版，第299页。

示出中国底层民众的悲惨人生，而且还在对撞钟者的描写中表现了这一点。老刘的悲惨人生前面已经有所论述，无须赘言。撞钟者是个次要人物，他家里妻子儿女有五个要他养活，而他自己又生病，没有钱医治，一直带病工作，可是却因老刘帮忙敲钟被扣半个月工钱。这种飞来之祸，显示了底层民众无力把握自己人生的悲惨情状，实际上对社会的黑暗进行了批判。

最后，小说通过对老刘这一形象的塑造，揭示了底层民众普通的生存状态。一是孤独的生命意识。老刘是个十足的没有见过世面的乡下人，为着不挨饿便从故乡里流浪出来在这高深而神秘的学校里做校役，但在学校里他十分的孤独。叙事人说：

> 他是这样的孤独，仿佛一颗地上的砂粒，虽然和旁的一些挤着，却也只是挤着，和他毫不相干。于是他把上午剩余的时光，消费在自己房口的门跟上。坐着，喷他的烟，让那一圈圈的白烟冲起来又消散去，同时计算着那些代替学生修理的耒耜们，他想趁此把他们修理起来。
>
> 耒耜们仿佛是他的朋友，他和他们谈天议论，也叫得出他们的名字。

老刘孤独一人，没有一个说得来话的朋友，只能和他管理的农具谈天议论，足见其孤独的程度。他和他管理的农具做朋友，足见其强劲的孤独的生命意识。在封建等级森严的中国，这实际上是底层民众普遍拥有的一种生命形态。

二是无助。在小说中展示的底层民众的生存境遇是极其险恶的，他们始终处于无助无望的困境中。在黑暗的社会中，底层民众被剥夺了一切权益，拥有的只是听别人的指使和摆弄。他们总是处于一种人生的无奈、尴尬和可怜的境况之中。老刘的一生是在饥饿中流浪，在被愚弄中前行，在被利用中旋转，就像一具磨，被推着或被拉回，都是别人主使的，是为别人的。然而，值得我们注意的是，老刘在种种磨难面前，始终都有一种坚持，一种顽强的生命意志。虽然屡次受难，由此也时而会不自觉地冒出卑怯、妥协、顺从的心理，但是他能够辨析和思考，他不是阿 Q 式的没有思想。他常常怀疑，甚至怀疑一切，这恰恰表明他遇事善于思考。随着阅历的丰富，他对黑暗的社会、丑恶的世界、丑陋的人心一步一步有了更深刻的认识。因此，他并不被现实的困境所击倒，而是坚持走自己的路，这正是小说的深刻之处。请看他对被开除的态度：

> ……庶务主任又来偷偷地和他说：
> “为了你，又闹了这样大的风潮呵！我给你几块钱快点走吧？”
> “为什么要给我钱呢？”老刘茫然地问。
> “呵，为什么吗？因为可怜你。”
> 老刘摇着头应道：“我会走的，我不要钱。”

由此可以看出，老刘是不为金钱折腰的。老刘不明白庶务要他走的原因，当撞钟者告诉他，学生是借了他的名来闹风潮时，他就决定走。尽管撞钟者劝他不要走，反正学生要闹，闹好了就留下来，闹不好就再走，可老刘执意要走。这是觉醒以后的老刘的精神状态，没有求饶，没有媚骨，显示了一种坚强的生命意志，一种独立、自主、自尊和敢于斗争与反省的精神的觉醒，表现了底层民众不屈的生命意志，是一种朴素而崇高的人生境界。这是小说的思想意蕴的重要方面，在“五四”以来的底层书写中，显示了前所未有的亮色。因此，《校役老刘》既是对“五四”以来社会启蒙的文学传统的承继，也是一种发展。

《校役老刘》是魏金枝独特的创造，是他小说创作的重要代表作，也是 20 年代中篇小说的精品，是他对中国现代文学的重要贡献。如果说，鲁迅在《阿 Q 正传》中塑造的阿 Q 形象揭示的是国民精神的弱点的话，那么魏金枝的《校役老刘》则是在学习继承鲁迅艺术取向上的一种新发现、新创造和新发展。他塑造了老刘这一个独特的艺术形象。他是一个开始从愚昧、麻木、落后中蜕变出来，精神开始觉醒的形象，显示了潜存于老一代中国人身上的人性之光和精神亮点，也彰显了社会发展演变的时代特征，展示了魏金枝小说创作的个性特征和艺术风格。显然，他丰富了中国现代文学的人物画廊。在魏金枝的小说创作中，

《校役老刘》是一篇承上启下的作品，将他的小说艺术成就推到了一个新的高度。

四 农民苦难人生和悲惨命运的极致书写

在乡土中国，最底层的民众就是千千万万脸朝黄土、背朝天的农民。长期以来，以自给自足为基础的自然经济支撑着民生，实际上都是广大农民的奉献。尽管统治者并没有关心过农民的生活处境，人祸天灾压得农民直不起腰来，但他们还是百折不挠地艰难地生存着，坚韧地活着，默默地承受着社会的压迫和愚弄，循环往复地遭受着自然灾害的威逼和损害，自觉不自觉地担负社会责任，用自己的血和泪推动社会的进步。魏金枝是中国最成功的农民作家，出身于浙东农村，对农民的疾苦十分理解。在革命文学的浪潮中，他是最深切地表现农民苦难的作家。他站在农民的立场，以强烈的人道主义精神，对农民遭受天灾人祸的双重损害进行力透纸背的深刻描写，深切地表现农民的苦难人生和悲惨命运，寄予了满腔的同情。《父子》《做肚仙的人》《客气》等作品都进行了集中表现。

在旧中国，造成农民苦难人生的原因，除阶级压迫和剥削等人祸之外，还有三条：一是疾病，二是衰老，三是自然灾害。《父子》通过对农民天兵老叔一家悲惨遭遇的描写，深刻地表现了“残废”“衰老”和自然灾害是将农民推向生存绝境的重要因素，生动地反映了靠天吃饭、自给自足的自然经济能力的脆弱，揭示了农民与生俱来的悲惨命运。衰老、疾病和旱灾是几千年来困扰农民的难题，到今天也没有解决好。因此，这篇小说至今仍然具有极强的现实意义。天兵老叔年轻时很能干，他身体健壮，气力过人。他给人做长工，而妻子包揽了家务和农活，生活比较富裕，可是他们添了疯瘫的儿子阿狗后，就开始走向困顿。一方面，他们到处找郎中看病，花费显然不少；另一方面，阿狗日益长大，饭量大，又不诚实，还脾气不好，很磨人，致使他母亲得了极其厉害的痨损症，几年后就去世了。天兵老叔遵照妻子的遗嘱，给女儿金花入赘一个女婿土根，使这小废物有个依靠。这时，天兵老叔过了中年，很有些老态了，不受主人欢迎了，他便回到家里，不久家庭矛盾渐渐出现。因年成接连歉收，寅吃卯粮，他们到初夏时就吃粥了！可又遇大旱，田禾无收，米已完了，金花不烧中饭了。天兵老叔将自己藏的三十块钱分两次交给女婿去买米。土根知道丈人没钱了，到田野上去寻觅果腹的东西，在枯黄的番薯根下寻出一些手指般大的食物，但天兵老叔知道这并不能维持生命，觉得自己和阿狗已是一种堕落的生命了，在这种年岁费粮食养活，简直是奢侈，所以当女儿女婿带着两个孩子去挖掘番薯了，他就跳井自尽了，阿狗小废物趴到井边，将头伸到井里去寻他，也沉入井里了。这里没有描写阶级剥削和兵灾人祸，只是写“残废”和“衰老”将一个本来殷实的家庭推向贫困，在遭遇旱灾后就走向了绝境。作者坚持现实主义创作原则，深刻地揭示了脆弱的农业经济无力为“残废者”与“衰老者”提供生存保障的重大现实问题，显示了一个正直、善良、博爱的知识分子对底层农民自觉的人道主义关怀和怜悯。

对于这篇作品，当时就有论者认为写得“相当成功”①。的确，这篇小说在构思和叙事上十分精密，确保了小说的成功。它以第三人称全知全能的叙事视角来建构文本，运用了打乱时空的倒叙方式来讲述故事。一开始，小说就写65岁的天兵老叔已绝粮，坐在他那旷野里四无依靠的茅屋檐廊下，悲伤地落泪，觉得自己和儿子阿狗的生命已经走到绝境。他疯瘫的儿子阿狗颓然地坐在门里的草囤内颤抖着，呆钝地看着他父亲。他们从太阳升起到落地一直静默着，天兵老叔早已饿着，阿狗也只是昨天夜里吃了一根番薯。在他们两人之间只一个问题：“是暂时这样活下去，抑是立刻去寻死。”天兵老叔想，自己是65岁的人了，活下去也没有几多年月，去死也不费多大气力，可是这小废物怎样处置呢？因此叙述人出来说话：“所以问题完全集中在他儿子的身上。”这样小说就从小废物的出生讲起，叙述了天兵老叔一家如何一步一步走向赤贫、无以维持生活的悲惨命运进程。最后，女婿土根只能逐日到地里去挖掘番薯，金花带着两个孩子也去帮忙，家里只剩下他和阿狗。于是，小说就回到了文本的开头。接着，他们就相继沉入了水井中。显然，小说主体并不是按天兵老叔的人生历程来写的，而是以小废物的成

① 梁新桥：《带着浓厚的自然主义气味的农民作家魏金枝——作家批评之一》，《现代出版界》1932年第6期。

长和生命历程为主体，从父子关系入手，打乱时空，将天兵老叔及其妻子的故事穿插其中，做到了转换自然、收合有度，具有很强的审美价值。可以说，这是一个叙事逻辑非常严密的文本，达到了自足的完美程度。

这篇小说写于1929年1月，正是革命文学勃兴的时候，但魏金枝没有刻意地去迎合时代潮流，从政治观念出发，违背生活真实去添加进一些革命的因素，作概念化的描写。相反，他只是致力于把握特定情境中人物的思想情感和性格心理，作一种最本色的艺术描写。1936年10月，启明书局在编辑《小说二》收录此作品时指出："魏金枝的作品带着沉郁的乡土气息，他描写乡下的忠厚老实人物，非常逼真。这里的《父子》可以窥见一斑。"[①] 的确，小说中刻画的人物都是十分朴实的，又十分可信。在小说中，农民天兵老叔始终守着靠天吃饭的本分，以自己强壮的体力和辛勤的劳动维持生活，不求人，不求社会。面临疾病和衰老，遭受自然灾害，也不怨天，不怨地，而是默默地承受苦难，任生命遭受威胁，始终没有对不合理的社会发出一句怨言，只是固执地认命。其女儿和女婿也是本分做事，本分生活，朴实得不能再朴实。这样正如有论者指出的那样"奴隶终久屈服着做奴隶"[②]，就是天兵老叔一家的人生状态的高度概括，也是对中国农民性格本色的准确判断。这充分显示了魏金枝严谨的创作态度。当然，在小说中，无论是天兵老叔还是其妻子，无论是金花还是土根，他们各自又性格鲜明。天兵老叔的自尊、忠诚、无私与无奈，其妻的慈爱、忧郁、耐劳与坚定，金花的善良、博爱与悲伤，土根的沉郁、暴躁与自信，都是非常突出的。就是小废物也有一些小聪明，似乎不诚实，但他并无坏心，不失朴实的品性，是一个十分可怜的人物。此外，土根的两个孩子也是活灵活现的。因此，这篇小说以真实生动的人物谋求着艺术上的成功。

在传统的农业社会里，自然灾害给农民造成的损害是巨大的。它周而复始，就像不散的阴魂，纠缠在农民的头上，不仅造成了自然经济状

---

① 钱公侠、施瑛：《小引》，《小说二》，启明书局1936年版。

② 梁新桥：《带着浓厚的自然主义气味的农民作家魏金枝——作家批评之一》，《现代出版界》1932年第6期。

态下的农民赤贫，冲击民众正常的生活，而且还会毁灭民众的生命，也会扭曲农民憨厚淳朴的人性，从而使农民始终处于万劫不复的苦难之中。魏金枝的《客气》和《做肚仙的人》对此予以了深刻的描写。《客气》描写旱灾摧毁了民众的正常生活，对农民的苦难命运寄予了深切的同情。“我”回家，顺路去看一下多年未见的老同学——一个村校的校长，趁便到他那里去吃餐中饭。可这里已是赤贫如洗，根本没有招待客人吃饭的能力了。因为发生了大旱灾，河里连一个喝水的孔都找不到，庄稼全部枯死，山上也看不到绿色了。为了度过灾荒，全村形成了不准留客吃饭的公约。“我”不知道这一切，毅然来到村校，使老同学很尴尬。最后，这位老同学绞尽脑汁，撒谎说县督学来了，违反村里公约，招待“我”吃了中饭。吃完饭后，“我”告别他赶路，在村边看到了不准留客的公约，才明白为什么这顿饭不仅差而且来得慢的缘由了，心里感到很自责。小说深刻地反映自然灾害对农民的巨大伤害，对农村的穷苦寄予了深切的同情，显示了魏金枝自觉的底层关怀意识。

如果说《客气》是写灾荒中对人性中美善的坚守的话，那么《做肚仙的人》则是写灾荒对美好人性的损害。这篇小说发表于《现代》1934年第5卷第5期，1935年入选中国小说年选社编选的《1934小说年选(普及版)》。小说通过描写农民洪焕叔在遭遇虫灾、水稻无收、濒临绝境后，被迫走向装神弄鬼害人的歧途，以致招来血案。这个悲剧深刻地揭露了农民在天灾人祸的逼迫下铤而走险的悲惨命运。洪焕叔和儿子蹲在稻田里耘禾，发现虫灾，稻谷成了白漂子，连鸡鸭都不吃了，为了活下去，他逼出了一条妙计——装神道，扮成所谓的神道“王先生”。先是在田间装腔乱念，接着是喝田水，用更大的声音念，被背回来继续装，人们就认为他得了神道，成肚仙了。这时见林太婆死了儿子野猪，就问王先生可见过野猪，洪焕叔很清楚野猪，就唱他走过马面山就见到野猪了，这使人以为他真入了仙。这样一闹，他醒来时，老婆把米和钱都借到了。于是，洪焕叔就去买了红纸，立了一个牌位，歪歪斜斜写着“王先生”，供在祖宗牌位的木主边，于是就做起肚仙来了，使用各种手段去骗人，但到夜里总是做着噩梦。后来他们的把戏被见林太公识破了，正当他在做仙的时候，见林太公跑到他家里，拿起龙头拐杖向洪焕叔头上打去，又拖出见林太婆，洪焕叔头上流血不止。小说深刻地描写了“谷贱税重”

的旧社会，农民在遭遇虫灾、颗粒无收的绝境中，人性被扭曲和异化的程度，揭示了自然灾害对农民的巨大损害力，也对浙东乡村浓厚的迷信风气作了深刻的反映。

这篇小说的精妙之处就在于将农民苦难人生的表现与越文化紧密地结合起来，反映了很深的民间文化底蕴。魏金枝以稻虫害为背景，以越地民间宗教信仰为艺术切入点，以越地一度风行的巫术活动为具体抓手，凸显自然灾害对农民的巨大损害以及连带催生的人祸。水稻遭受虫灾，颗粒无收，还有重税要负担，这就使洪焕叔一家生存面临绝境，根本就没有活路可走了。在这样的情势中，靠诚实劳动不可能活下去，因为田里已经不可能有产出了。这就将如何活下去的问题僵硬地摆在洪焕叔的面前了。为了一家的生存，他必须想办法。要找到一个立即能够奏效的营生办法，首先必须是这个方法低成本，不要投入，上手又快；其次是具有很强的世态民情的基础，让它能够迅速地红火起来。这就逼迫洪焕叔挖空心思去想。在旧中国，越地民间鬼神观念影响深广，迷信神鬼的风气浓郁，巫术神道昌盛。古籍中所记载的"楚人鬼而越禨"（《列子·说符》）、"荆人畏鬼而越人信禨"（《吕氏春秋·异宝》）和"越俗，祭防风神"（《述异记》卷上）等①，都证明了越地迷信鬼神的风气由来已久。而东汉时期，王充在《论鬼》中首先批判"世谓人死为鬼，有知，能害人"的"有鬼论"，也从反面证明了当时越地的鬼神信仰。而且越地长期广泛流行的社戏风俗以及目连戏演出，都显示了越地民间鬼神信仰深入人心。在这种鬼神信仰的主导下，巫术活动就十分昌盛。越地旧时有所谓的"五殇"概念，泛指非正常死亡现象。当这种现象发生，就要举行巫术活动，以驱鬼消灾。我们从绍兴目连戏表演形式中的"起殇"等场景中，可以看出这种被赋予"神秘的交感"功能的巫术活动在越地所具有的广阔市场。在封建时代的嵊县，农民被逼无法生存的时候，有两种基本的人生选择，一是落草为寇，做强盗；二是做戏，这两者都是民众出于求生存而作出的无奈选择。然而，沿门卖唱的做戏乞讨方式，对于地里颗粒无收的洪焕叔来说，要维持一家人的生计，让全家人生存下来，

---

① 蔡丰明：《绍兴目连戏与民间鬼神信仰》，载寿永明、裘士雄编《鲁迅与社戏》，江西人民出版社 2005 年版，第 165 页。

还是有些困难。因为这种沿门卖唱，“主人们便给以每人年糕一片，有的没有年糕，就给以一种较小的粽子，也是每人一个。其大小分量，和市上卖的年糕粽子十分相仿”①，所得到的东西太少。显然，这不是一条好路。而去做强盗，落草为寇，打家劫舍，杀富济贫，毕竟是冒险行为，名声又不好，不到万不得已的时候，也是不能去的。然而，生存意志是主体意志的核心，活下去是生命意识的基本内涵，也是世俗社会对于生命的基本意识。所以，洪焕叔说：“当然要活下去，就是做强盗也要活下去。”可见，对于“要活下去”的洪焕叔来说，做强盗是最后的一个选择，只要还有其他办法，就不会去铤而走险。所以，他绞尽脑汁去想了一段时间，终于从迷信盛行的民风中找到了一条路，就是利用浙东民众深广的鬼神信仰，去做肚仙装神道，迎合民众愚昧迷信的心理期待，靠装神弄鬼、胡说八道去哄骗钱财度日。在他看来，这是人们普遍认可的，有市场。因此他就要心机，装起能够通神鬼的“王先生”来。显然，小说在这里深刻地揭示了自然灾害所具有的强大的损伤力，不仅使民众物质上沦为赤贫，无法生存，而且使民众的精神裂变，人性异化，道德损毁，逼迫他们去干损人利己的歪门邪道。魏金枝非常重视民间情调的艺术化提炼，使之成为文学创作中的活性因素，激活本体，增强艺术魅力。

然而，小说更深刻的是呈现了浙东民间长期以来潜存的迷信与反迷信的冲突。迷信活动是一种愚昧落后心理的反映。但是，在越地历来存在一种反对迷信的力量。从王充到鲁迅、刘大白等“五四”文化先驱，唯物主义哲学思想作为一种思想力量一直潜存着，与唯心主义迷信思想展开对垒。王充认为，“灾变时至，自然为之”（《自然篇》），“人，物也，物，亦物也；物死不为鬼，人死何以独能为鬼？人之所以生存者，精气也，能为精气者血脉也。人死血脉竭，竭而精气灭，灭而形体朽，朽而成灰土，何以为鬼？”（《论鬼》），对迷信鬼神观念予以了大力批判。这篇小说显示了这种文化冲突。洪焕叔装神论道很快获得成功，米和钱都有了，洪焕婶也养得胖胖的。他们忘记了稻田里的虫灾，将民众推向了一个更加贫困的境地。但骗局毕竟是要被识破的。见林太公骂道：“见

---

① 魏金枝：《做肚仙的人》，《现代》1934 年第 5 期。

鬼，你还相信那个贼秃的鬼话；他是饿昏了，造来骗钱的！”当迷信发疯了的见林太婆为了还要见儿子野猪一面，竟偷出见林太公从祠堂里拿回来的鹅头颈做洪焕叔的工钱，求他作法时，见林太公拿起龙头拐杖向正在做仙的洪焕叔头上打去，把他打得头破血流。这显示了唯物主义者与迷信者的坚决斗争。“文艺底效果是在暗示，不是在老老实实的表白”。[①]显然，这是对社会的一种深刻批判。既对搞封建迷信者展开了斗争，又对民众的愚昧迷信予以了批判。在小说中，与其说作家重点表现了洪焕叔骗人的伎俩，还不如说它惊奇地表现了广大民众对于这种迷信活动的深信不疑。信徒们将钱放在洪焕叔面前的桌子上，有的说只要能见死人的面，自己肯饿几天肚子；有的说只要把儿子的病治好，宁可将我的性命去换。这就深刻地反映了农民思想的愚昧迷信是迷信制造者生存的现实土壤。因为民众非常愚昧迷信，失去理智，精神痴狂，所以搞迷信者才有市场。尤其是小说还塑造了见林太婆这个独特的艺术形象，她也是一个靠民间宗教迷信来营生的愚昧落后的形象。她自己会念佛，经营着一个锡箔店，靠给别人念佛经，将佛换钱来维持自己的生计。在她的心里，不管是水、旱，还是虫咬，都不会影响她的生活。到七月半就可以销售一大批佛经。在这里，民间宗教既是施教者的生活依靠，也是愚昧的接受者的心灵寄托，迷信使民众稀释了人生苦难，销蚀了人生志向，显然是危害极大。小说最后写洪焕叔被打得鲜血直流，痛苦不堪，显然是对他利用民众愚昧迷信的心理不择手段骗取钱财的批判与惩罚，也是对信徒们的警示。于是，这篇小说显得风味独特，深深地叩击着人们的心魂。

这篇小说在人物描写上很成功。当时有人说魏金枝将灾荒年中无可奈何的农民“写得活现了”，“无论心理或动作，都是真实细致”。[②] 的确，他以一种极端的艺术手段表现了灾荒年中底层民众的精神邪相，创造了性格丰富的形象，无论是洪焕叔、洪焕婶还是见林太婆，都是栩栩如生的，甚至就是他的儿子和见林太公也是非常鲜活的。苏汶说：“时常从文艺创作底技术方面想起了人物底典型这问题，我固执地感觉到，大

① 苏汶：《读〈三人行〉》，《现代》1932 年 5 月 1 日创刊号。

② 匿名：《魏金枝满纸荒唐言》，《每周评论》1934 年第 137 期。

多数够得上说到成功的作品，是往往把人物底描画融化在整个故事里，融化在这故事四周围的每一件琐碎的叙述里。”①魏金枝笔下的这些人物形象是从故事中活脱出来的，都是艺术的，摆脱了当时左翼文学中流行的公式化、概念化的病端。洪焕叔本来是一个诚实的劳动者，但是在天灾人祸的逼迫下，为了求生存不得不走向损人利己的道路，以散布和传播封建迷信骗取钱财，维持着自己的人生。可是，他并不是一个坏人，他知道自己做的是亏心事，心里很虚，总是想方设法要阻止人们不断的问话，以免露出马脚。一到夜里，洪焕叔和洪焕婶总是做着噩梦。见林太婆总是纠缠着他要再见一面她的野猪时，他也知道这是骗人的把戏，劝见林太婆不要常想着儿子，自己也快没饭吃了呢！这显示了他善良的一面，并不是一个坏人。他做肚仙弄钱，内心是不安的，当洪焕婶问他到底有没有鬼时，他说鬼是自然有的，“有的拖了我要钱，说我打破了他们的好事，把铁丝样的头发甩在我身上”，这显示了他内心的不安和负罪感。最后，他被见林太公打破头，血流不止，也只好关起门来隐痛吞声。他之所以搞迷信，是因为天灾人祸逼得他没有退路，不得已而为之。因此，他对黑暗的现实社会充满憎恨。他说：“还有，土豪鬼，强鬼，将军鬼，司令鬼，都是凶凶的，会张开斗那么大的嘴，会吃人。我总有一天被他们吃了的。”可见他对统治阶级、剥削阶级的愤慨。应该说，洪焕叔这个艺术形象是魏金枝给中国现代文学中创造的一个独特的艺术典型。人物描写的成功，使这篇作品显得耐读。

由此可见，在描写农民苦难命运时，魏金枝既不像“五四”时期杨振声等一些作家那样，沉迷于《渔村》等作品体现的那种简单的二元对立的阶级剥削与压迫的艺术表现，也不像一般的左翼作家那样，先念式地设定民众被迫走向阶级斗争的反抗道路，而是扎根于农村的现实生活，准确地把握和表现农民身上承载的各种不同的苦难，真实地描写农民的思想情感与主体心理，寄予着深切的同情。这些小说既具有审美价值和文学意义，又具有很强的实际意义，充分表明魏金枝是一个真正的农民优秀作家。

---

① 苏汶：《读〈三人行〉》，《现代》1932 年 5 月 1 日创刊号。

五 展示农民与土地的深层关系

在中国现代文学史上，比较早地描写农民与土地关系的是刘大白的诗歌《田主来》，而集中笔力描写人民与土地关系的则是艾青，但都是诗歌创作，前者是描写土地租佃关系，揭露社会压迫和剥削；后者表现的是民众与祖国的关系，表现出强烈的爱国情感。在小说家中，描写农民与土地关系的，突出的恐怕还属魏金枝。如果说艾青的诗歌最深刻地描写了人民与大地母亲的亲密关系、最充分地表现了一种爱国主义热情的话，那么魏金枝的小说最出色地揭示了土地与农民生命相联的紧密关系。这在《山地》这篇小说中表现得最突出。

土地问题既是一个政治问题，也是一个民生问题。对农民而言，这是一个命运攸关的问题。因为土地是人类赖以生存和发展的物质基础，是社会物质财富的原始表征。马克思指出，在农业中，各个连续的投资是会有成果的，因为土地本身是作为生产工具起作用的。[①] 正是这样，全世界人对于土地都充满期待，充满欲求。对于乡土中国而言，那种自给自足的自然经济形态本身就说明，土地就是农业生产本身，就是人的生命资源，因为土地（经济学上也包括水）最初以食物，现成的生活资料供给人类，它未经人的协助，就作为人类劳动的一般对象而存在。[②] 可见，土地是不可替代的。因此，在中国历史上，土地兼并和反兼并的斗争贯穿始终。从西汉的“限田制”，到王莽的“王田制”以及北魏的“均田制”，从太平天国的“有田同耕”的理想到孙中山“平均地权”“耕者有其田”的思想再到中国共产党第一次全国代表大会通过的没收地主的土地“归社会公有”的纲领，都是致力于解决土地分配不公的问题，也充分显示了土地问题在我国各个历史时期存在的突出问题。在旧中国，突出的问题是农业生产的主人——农民几乎没有土地，而生产又不可能离开土地，因此土地成为农民的命根子，农民对土地充满着强烈的渴望。中国现代文学发现了农民，以鲁迅为先锋的现代作家都致力于对农民苦

---

① 参见马克思《资本论》第 3 卷，人民出版社 1975 年版，第 879—880 页。

② 参见马克思《资本论》第 1 卷，人民出版社 1975 年版，第 202—203 页。

难的人生进行独特的描写，但是从农民与土地的关系入手去描写的不多。由此可见，《山地》这篇小说在现代文学史上的重要意义。

《山地》写于 1934 年，发表于《现代》1934 年第 5 卷第 1—3 期。1935 年被朱益才选入《当代小说创作选》，是一篇地地道道写农民的乡土小说。作者以独特的笔致，惊心动魄地描写了农民深深的土地情结，深刻地展示了农民对土地的渴望与深厚情感，揭示了农民与土地的命根子的关系。这篇小说同时也是为批判国民党出台的土地制度而写的。在第一次国内革命战争中，"打土豪，分田地"不仅是一种口号，也是一场声势浩大的革命行动：没收土豪劣绅的土地分给农民。但是，国民党 1927 年叛变革命后，竭力维护地主阶级的封建土地所有制，于 1930 年 6 月颁布了所谓的《土地法》，宣称土地"属于国民全体"，把土地分为"公有土地"和"私有土地"两类，以维护国民党政权掠夺"公有土地"和地主阶级占有"私有土地"的利益。1932 年 10 月，又以"鄂豫皖剿匪总司令部"的名义颁布了《剿匪区内各省农村土地处理条例》，规定凡被国民党军队攻占的已实行过土地革命的地区，均组织"农村兴复委员会"，对已被"分散之田地及其它不动产"，"一律以发还原主确定其所有权为原则"。[①] 这个制度不仅完全违背了孙中山的土地思想，违背了时代发展潮流，而且不利于社会发展和进步。《山地》就充分地表现了农民对于土地的渴望，暴露了国民党统治下土地制度的不合理性。

茂才叔买了马面山上马鼻子上的那块荒地，第二天就带了痨病鬼儿子去开山。儿子在前面割柴，茂才叔在后面掘地，但儿子说将来分家，地大拿去卖都不好办，茂才叔气急了打了儿子两个耳光。可回家后儿子的脸发肿，一病不起死了，埋在马鼻孔边上的洼地里。接着，老婆又死了，再去葬在马鼻孔边的洼地上。从此，他欠下了六店王二十块钱的债，六店王要马面山那块地还债，八年后茂才叔在当契上画了圈，答应暂时卖给他，但要对方答应他回赎，六店王骂着夺了他手里的钱。第九年还没到期限，六店王就要茂才叔还钱，要茂才叔到县里银行里去押，茂才叔只好答应了。他每天两次到马面山和六店王家里去，六店王除了第一次把上城的事说了一下，以后就不理他了，他还是天天上六店王家里去。

① 王桧林主编：《中国现代史》（上），高等教育出版社 1997 年版，第 227—228 页。

六店王儿子病得最厉害的那一夜，六店王用门栓子打伤了茂才叔的手，发誓不会谋了那块地，但茂才叔又遇到了钱的问题。天冷了，整天刮着西北风，乌鸦们又来了，吃刚种下的麦，被他叱咤着也还不走。他把稻草人插在地上，但对乌鸦无用，只看见一个黑黑的世界。想到死去的儿子和老婆，还有押着的卖契，他不能让乌鸦们吃他的麦子，他穿上蓑衣，戴上箬帽，拄着棒要上山去。正当他快要上山的时候，结果跌死在雪地里了。小说用惊人之笔，悲怆地描写了农民与土地的生命扭结关系，深刻地揭示了土地是农民的命根子这一哲学主题。

小说深刻地描写了农民对土地的渴望与期待。茂才叔之所以执意要买下马面山上那块荒地，不仅是因为捡了一个便宜，更重要的是他幻想改变自己的命运。对于农民而言，有了土地，只要自己勤劳，就能长出庄稼，生计就有了希望，自己未来的命运就可以把握。这样，尽管这块荒地有一个像坟的土堆子，在坟地上挖挖铲铲会使鬼不安宁，会招来灾难，对于相信鬼神的越地人来说，本来都是不愿意碰的，但茂才叔想改变自己的命运，哪里管得了这么多呢？所以，他就偷了茂才婶藏的钱冒险买来了，然后买了福礼去请了地主子。茂才叔从来舍不得吃肉，那天却高高兴兴地吃了散福肉。因为有了土地，生活就有了基础，就可以过上比较好的生活。因此，他第二天就带着儿子去掘荒，他想种些玉蜀黍，将来干的、鲜的都可以吃，生活就有了保障。土地是财富的象征，是生命的依靠，茂才叔有了村上最大的一块地，显然就能够把握自己了，可以立足于世了。因此，必须守住这块土地。守住了这块土地，就拥有了一切生活资料和名誉地位。可儿子说地大了，将来分家或卖都不好办，这使茂才叔绝望了。俗话说，人穷不卖祖。守住祖宗家业是中国人基本的文化心态。因此，他气急了打了儿子两个耳光，儿子从此一病不起，茂才婶以为中了邪气，要卖掉那块地，可茂才叔就是不卖，还是上山掘荒。因为只要将山地开掘出来，种上庄稼，就会有收成，就会彻底改变自己的命运。所以不管儿子病情如何，茂才叔还是去开他的山。在他心里，土地比儿子重要。儿子死了，茂才叔还是掘着荒地。后来茂才婶病得很厉害，茂才叔也只是想将那个坟移到别处去，“无论如何也不愿丢了那块地”。在他心里，这块地与他老婆的命一样重要。所以他一边要保住老婆的性命，一边要保住那块地。后来，茂才婶死了，茂才叔从此欠下了六店王二十块钱的债，但“茂才叔可不怕”，他还有马面山上这一块垦熟了的地。可以说，茂才叔对这块土地不仅充满了期待，而且充满了信心。因为有这块地，就有希望，有了摆脱困境的可能。农民，只有拥有了土地，才会有他自己出色的人生舞台。茂才叔买了这块地后，尽管子亡妻死，但并没有使他丢掉那块地。这在鬼神信仰十分突出的越地乡村中是违背“常情”的。正是这样，作品更加充分显示了茂才叔对于土地的渴望，它告诉人们：土地是农民的命根子。

中国历朝都没有解决好土地问题，农民种地而没有地，这是社会极度不公平的表征。农民以耕地为职业，土地就是农民人生的依托。没有了土地，就没有了一切。魏金枝自己就说过类似的话：“农人所爱的就是田。”[①] 历史上，中国农民长年累月租种地主的田地，饱受欺压和剥削，他们的人生愿景就是能够种上自己的田地。因此，旧中国的农民总是一年一年积攒一点血汗钱，想要买得属于自己的土地。然而，有钱人更是以占有土地为聚财捷径，常常通过买卖土地获取盈利，这是古今一体的社会现实，因此农民要买地，好地买不起，只能买一些旱地或无人问津的边角料，或者路途不顺和遥远的荒地。而买完之后，常常不是负债就是赤贫，要保住土地是一件不容易的事情。魏金枝出身于贫农家庭，他曾亲眼看见他的祖父准备向田主买一坵靠村的田，家里所有的钱不够这个数目，于是把自己的田拿去当了，凑足了再买。可是，他们准备买田的那一天，等了很久以后，田主的老婆才来敲后门，“说是别人还有出价较高的，于是一概散了场，祖父因此气得脸上脱色，足足有两夜睡不着觉”。[②] 茂才叔虽然买到了马面山上马鼻子上的那块无人问津的荒地，但是用去了全部的积蓄，儿子和妻子双亡后欠下了六店王二十块钱高利贷，但六店王看上了茂才叔那块山地。从此，围绕着还债与保地，茂才叔与六店王纠缠着，但他绝不松口卖掉这块地。这就更加深刻地揭示了农民获得土地的艰难性，反映了他们希望获得土地的强烈意愿，显示了农民保护自己的土地的意志力，进一步表现了农民与土地的复杂关系，并对社会的黑暗与不公平给予了批判。

---

① 魏金枝：《故乡风光》，《芒种》1935 年第 3 期。

② 同上。

土地是广大农民的心灵寄托，是他们的梦。但是，土地要真正成为农民人生的保障，发挥其生命资源的功能，还必须有附带条件，那就是没有自然灾害。魏金枝出身农民家庭，对农民不幸的命运有深刻的体验，对于自然灾害给农民造成的损害非常清楚，因此，他反复表现着自然灾害对农民造成的巨大损害。在《山地》中，魏金枝进一步揭示了农民饱受天灾人祸的不幸命运。在以往，因为自给自足的农业生产方式本身的缺陷以及科学技术的落后，农民抵御自然灾害的能力极其脆弱，强大的自然灾害总是周而复始地侵袭和危害农民。因此，往往会出现春种无数、秋收无几，甚至颗粒无收的状况。魏金枝不仅与其他乡土作家致力于描写农村落后的习俗与专制状况不同，也与茅盾等左翼作家关注农村小手工业者的不幸命运不同，他直面农业生产的灾害问题，《土地》仍然表现了这一母题。在作品中，没有描写农民失去土地的困苦，而是描写了他们对于守护土地的意志化行动；既没有突出有产阶级对他的土地的掠夺，也没有停留在描写茂才叔守住这块土地的坚毅与艰难上，还进一步描写了茂才叔所面临的难以克服的自然灾害——乌鸦的损害。茂才叔在这块土里种下了麦子，可是黑压压的乌鸦吃着他刚刚播下的种麦，他先是叱咤着，然后抡起锄头掠过去，接着把稻草人插在地上，但都对乌鸦无用。这时，西北风紧吹，乌鸦越来越多，茂才叔只看见一个黑黑的世界。他就靠着这块地里明年的庄稼有个好收成，以赎回那在银行押着的卖契，如果乌鸦将种麦吃掉了，明年就会没有收成，地也保不住了。他必须保护那些种麦不被乌鸦吃掉，来年才有收入，才能保住这块山地。因此，天寒地冻、狂风暴雪也阻止不了他去驱赶乌鸦的行动，他向着风雪冲去。风雪一次次把他冲回来，但他还是往前冲；他一次次不是陷在山坳里，就是踏了空，但他还是朝着那块地往上爬。他仰起头，看见一只乌鸦从树上飞下来，用头一甩一甩地冲开雪在寻觅泥中的麦子，于是就咬住牙，提起身上所有的热力，想一脚跨上山冈去，但他把一切注意力都放在那只乌鸦的身上了，他只捏住了一把雪，就跌了下来，死在雪地里了。这样，茂才叔走完了他艰难的人生旅程。因此，作品深刻地表现了农民与土地生死纠结的关系。

农民失去土地根本不行，而有了土地不一定就行，还必须有强大的防灾能力，土地才会真正成为农民的依靠，成为农民的生命资源。小说为我们展示了中国农民不仅要与压迫者斗，还要与天斗、与地斗、与一切灾害斗的苦难命运。因此，小说在更深的层次上揭示了农民与土地的命运关系，充分显示了中国农民无所依傍的无助境地和悲惨命运。

六　表现固守乡土与脱离乡村的冲突

魏金枝小说不仅描写了农民与土地的深层关系，而且还表现了脱离乡村的艰难。社会的文明与进步，城市化进程是一个重要的权衡指标。乡土中国从传统走向现代，城市的崛起是重要的表现形态。城市改变了乡土中国的子民的生存状态。然而，乡土子民要从乡村进入城市，面临着很多问题。姑且不论进入城市后必须调整的生存状态导致很多的不适应，仅就进入城市世界的乡土子民来讲，与乡村世界也还有着割不断的千丝万缕的联系。魏金枝也对这个问题作出了书写，主要体现在他的小说《家庭琐事》之中。

《家庭琐事》是我们先发现的一篇小说，发表于《第一线》1935 年第 1 卷第 3 期，署名魏金枝。这篇小说在张惠达的魏金枝年谱中没有提到，在魏德平的著作年表中也没有提到，是一篇散佚的作品。这篇作品具有跨文体特征，即可当小说来看，即散文化小说，也可当散文看，传记色彩很浓，很多内容的描写与作者自己的生平事迹有密切关系；既显示了很强的文学价值，也具有传记的纪实性特征，还具有很强的民俗学和文化学意义。这是一篇不可忽视的佳作。

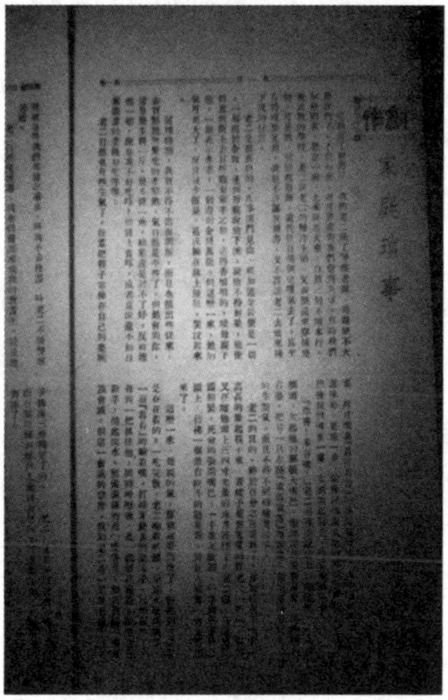

家庭琐事

小说以第一人称“我”来叙事，讲述了一个母亲对长大的两个儿子到外地工作由失望到认同的艰难而曲折的转变过程的故事。“我”和老二到外地工作了，一个到上海教书，一个到杭州做了警察，都成了城市人。但父母亲在乡村。因为不在母亲的身边，所以母亲不爱我们了，对我们失望了。母亲希望我们在家里种田，孝顺她，可我们一是田少，没田可种；二是身体病弱，不适合种田。后来她召开家族会议，试图说服我们放弃自己的工作，回来种田。没有结果之后，她就不和我们说话了，我们走时她就躲到亲戚家去，这使我们走后不敢回家了。后来，母亲生了一个小弟弟，又复活了。她总是教他长大以后要跟着父亲种田，养母亲，孝顺母亲。小弟弟很听话，从小就帮着去放羊。六年后母亲特地叫人带了信来，我们才回去一趟，母亲高兴地要小弟弟叫我们，我们在家里住了一段时间，天天跟着小弟弟去牧羊。这次我们走时，母亲就不再躲避，殷勤地料理我们出门的行李，而且特意携着小弟弟送到大路边。可是，小弟弟后来得传染病死了。母亲又疯了，天天跑到小弟弟的坟边去哭泣，头也不梳，饮食也不进。我们在年底回家，她一见我们，便伤心地大哭起来了。家里没有过年的准备，她就叫我们去杀了那只羊。因为我们不忍心，她就叫来杀羊人杀了，但因“我”看到这羊尸就恶心和呕吐，就要老二背着母亲将羊尸埋了，母亲也装作不知道，只是常常疑问地幽静地看着“我”和老二。当我们故意暗示快要出门时，她竟简截地要我们走。于是，一过了年，“我”和老二又出门了。实际上，这篇小说表现的是固守乡土与逃离乡村的冲突。母亲既是乡土的象征，也可以说是乡村固守者的隐喻，显示了对乡村的留恋与依赖，哪怕是田地不够种，养活不了一家人，也不愿意儿子们离开；哪怕是儿子们没有能力种田，也希望他们回来种田。因为，种田是乡土中国子民们看得到的牢靠生活，儿子们出走了，不能在家里种田，生活没有依靠，心里不踏实，因此儿子离开家乡进城工作后，母亲就不喜欢他们了。儿子实际上是乡村逃离者的象征。儿子们进城工作，一方面是无地可种，另一方面是无力种田，不会种田，不进城工作，就无法生存。可是，母亲总是将远离乡土的儿女们的心拉扯着，但是他们又不得不违背母亲的意愿到都市去谋生。尤其是小说吊诡地表现了小弟弟从小听母亲的话，跟着母亲固守乡土，可最终还是去世了，母亲几乎疯狂了。这似乎告诉读者，年轻一代固守乡土就是死路一条。显然，小说就将对乡土的固守与逃离的文化冲突生动地表现出来了。

应该说这篇小说显示了魏金枝短篇小说文本的基本特征。魏金枝说：

“短篇小说所负担的任务，只能限于有代表性的有限人物，只能截取最能表现人物的精神面貌的某些情节，自然也只能选定最接近于主题或最具有故事的高潮性的某一时间。”[①] 这篇小说充分显示了这一点，形成了一种精致严密的文本。小说总共只有五个人物，集中描写的就是母亲这个形象，其他人物，如父亲、小弟弟、“我”和老二都是次要人物，都是为了描写母亲这个形象而出场的，而描写母亲又集中描写她现在的情形。这就使小说情节非常集中。而且，小说在描写母亲“现代”的一段中，也让读者看出了她的过去，显示她的人生进程中的历史印痕。这充分体现了魏金枝的艺术主张：“应努力刻划的固然是作品中的主人公，但也应该着重于主人公的现在的这一截，而且要求从现在的主人公身上看出他的历史环境。”[②] 同时，小说是以第一人称叙事，但“我”不是一个纯粹的叙述人，而是小说中的一个重要人物。这种方式不同于鲁迅小说中的第一人称“我”侧重于叙事而表现功能弱化的做法，“我”置身于事件之中，有深切的体验和感受，性格非常鲜明。正是这样，小说通过“我”的叙述，使文本故事显得更加真实，而且形成了情感的张力和情绪的影响力，产生了引人入胜的艺术效果。而故事的讲述又是从“我”做了教书匠、老二做了警察老爷后开始的。这时，母亲已失望了，不那么爱我们了。这是矛盾之中的一段，是“最近也是最具有故事的高潮性的一段”。而文本讲述的故事，其情节则是截取了“我”和老二的三次回家的情形。因此，小说以其“极其巧妙而经济的艺术技巧”，使结构很匀称，成为一个有机的结合体[③]，显示了鲜明的艺术特点。

这篇小说塑造了一个独特的母亲形象，丰富了中国现代文学的人物画廊。小说中的母亲形象是非常真实而生动的。她是乡村中国从传统向现代转型的过程中的一个老中国儿女式的母亲形象。和所有的中国乡村老人一样，生子养老是他们基本的人生期待。在她看来，只有儿子在家种田，才能赡养自己、孝顺自己。所以，自从她的长子“我”当了教书匠，次子“老二”做了警察老爷，她便对他们感到失望。他们年终回家，

① 魏金枝：《编余丛谈》，作家出版社 1962 年版，第 2 页。
② 同上书，第 5 页。
③ 同上书，第 6 页。

聚在一起谈天，“我”谈学校，老二谈鸦片和土娼，她就皱起眉头独自叹气。有时埋怨父亲不该让“我”去读书和让“老二”去做那种下流的行当。她召开家族会，叫“我”和“老二”留在家里，不要去教书，不要做警察了，根本不考虑家里田少，只够丈夫一个人种的情形，以及两个儿子不宜做农活的实际。当没留住时，她就消散了自己的希望。她尤其对“老二”的工作不满，说他下流。可以说，在思想上，她是一个封闭、落后和自守的人，因此她很固执，也有自己的坚持。因为她对兄弟俩在外工作不满，所以当“老二”买来鸡果荤辛哄她，她就躺在床上饿着，并哭泣起来。后来，她就沉默，不和他们说话，只是呆呆地注视，使儿子们不敢再回家去。后来，她生了一个小儿子，她对他悉心教导，要他长大跟父亲种田，他很听话，因此变得十分开心。然而，当他们凑些钱，买了补品和玩具回家，小弟弟将玩具一件件地搬到她手里去时，她就忧郁了，失神而迷惘地问道：“你喜欢那些东西，你就同哥哥一同去好不好?”她用镇静而严厉的眼光凶凶地逼迫着他，把他的欢悦完全扫去了。当他微微地摇着头，她就高兴了。于是，儿子们临走的那一天，她殷勤地料理他们的行李，不再避到亲戚家里去了，并特意携着小儿子送到大路边，故意叫他跟他们一路往杭州上海去，但他摇头，表示愿意和她在一起。于是，她消除了担心，微笑着送儿子们上路。

小说既描写了母亲性格的发展性，更描写了母亲性格的丰富性。在家里，她是一个很强势的母亲，两个儿子的婚姻都是她包办的，娶的都是农家女。本来次子可以讨到一个漂亮而有陪嫁的粮户人家的女儿，可给她反对掉了。这既显示了越地妇女解放的状况，但也显示了她的保守性以及中国农民不慕富贵的可贵品质。她很节俭，当“我”买来她爱吃的东西调解她和“老二”之间的矛盾时，她听到价钱就说太贵，就埋怨一顿，说是并不好吃，还不如自家园里的菜蔬好吃。其实，她也和所有的母亲一样深爱自己的孩子。当“老二”有意惹她生气而使她高兴时，她咬着下嘴唇，高高地举起筷子来，想重重地打一下，但又在离他头上三四寸的地方停住了，于是大家一齐大笑起来。她一见他们在整理行李就霎时沉默起来，不再和他们说话了，但又替他们预备些路菜，交给家人，塞在他们的行李里；并趁儿子们不在家时溜到亲戚家去躲避。当小儿子得赤痢死了，她发疯了，头也不梳，饮食也不进，天天跑到坟边去哭泣，喉咙哭哑了，还天天代替他去牧羊，但睹物思人，一看见羊就又哭了起来。可以说，她深爱着儿子们，甚至显示了有恋子情结的痕迹，时时想将儿子留在身边，因而对他们出去工作不满。这又使她缺乏一般母亲所具有的望子成龙的心理。

小说深刻地揭示了她固执的个性，显示了人类本性中原有的自私性。她总是企图从自己的见地出发，在她所认为安全的幸福之下，强迫并支配别人。但她也不是一个顽固不化、不能自拔的人。小弟弟死后，儿子们在残冬时节回了家，她一见到就又伤心地大哭起来了。但这时她思想也随之变了。她虽希望着“我”们在家里种田，不再到都市去漂泊，但也毫不提起这事，而只是哭泣、沉默，用着偶然的轻缓的一瞥，说着说不尽的言语。而且，她最后自己叫来杀羊的人将小儿子放牧的羊杀了。这是一种绝望后的清醒。当“我”们暗示快要出门时，她直接地说去好了，显示了坚强的意志力，也反映了思想的进步。魏金枝的小说总是在写出人物落后面的同时，尽力彰显其性格的亮色，这个人物的描写充分显示了这一点。因此，这个母亲既有一般母亲的情感和心理特征，却又与一般母亲迥然有别，既不同于曹禺和巴金笔下的母亲形象，又不同于丁玲和张爱玲笔下的母亲形象，更不同于赵树理笔下的母亲形象。她有自己鲜明的个性特征，是中国现代文学中一个独特的艺术形象。

这篇小说通过对母亲这个形象的塑造，实际上对浙东女性的社会地位予以了审美表现。在民国时期，中国女性的社会地位总体来说是低下的。我们从鲁迅的小说《祝福》就可以看出这一点。然而，有一个不可否认的事实是，浙东是近现代以来妇女解放开始比较早的地域。这不仅在辛亥革命时期绍兴出现的鉴湖女侠秋瑾和嵊县护卫孙中山的两姐妹尹锐志、尹维俊人生中得到了体现，更在何芙霞与刘大白的恋爱结婚上，还体现在绍兴女子很早就开始剪发上。[①] 正是这样，民国时期的绍兴女性虽然在社会的地位还不是很高，但是在家庭中的地位是比较高的。甚至，有的家庭里是女主人说了算的。就是在《祝福》里，我们也可以看出，指挥人到鲁四老爷家里来捉回祥林嫂的，是她的婆婆。在《风波》中，

① 参见刘家思《刘大白评传》第四章第四节和第六节，中国社会科学出版社 2013 年版。

也是七斤嫂说了算的。魏金枝的小说反映了这种文化现象，这在《祭日致辞》《父子》中都有表现。这篇小说也表现了这样一种文化现象。在“我”们家里，母亲是家长，家里的事情她说了算，父亲一切都听她的。为了说服“我”们放弃自己的工作回家种田，她主持召开家族会议。可以说，作者表现了浙东女性解放的进程。在中国现代文学史上，女性解放是一个重要的母题，许多作家都进行了描写。从鲁迅的《伤逝》到许地山的《春桃》都表现了这个主题，但是他们都是表现都市女性或已经进入都市谋生的女性人生的，而魏金枝是表现传统乡村世界中的女性的，无疑显示了独特的价值。

这篇小说显示了魏金枝小说创作的独特性和发展性。这篇小说，既不同于当时流行的左翼文学中宣扬无产阶级革命的简单化叙事，也不同于他自己在左翼文学潮流中描写底层民众的苦难人生以及由此激发的反抗行动，而是一改从政治出发来编织故事的俗套或者是描写底层人不幸人生的取向，从人性的视角来讲述世俗人生的故事，反映世俗社会中人的思想的守旧与顽固，以及这种顽固背后的自私性。虽然小说的最后说“我们把卖了羊肉得来的钱放在一只古旧的箱底里，作为一个久远的纪念品，纪念那个用生命的力量换得这金钱的幼年劳动者”，但从全篇的行文来看，作者主要不是礼赞幼小的劳动者，而是表现母亲对于儿子在身边尽孝道的强烈期待。实际上，这是对乡村中国旧的思想传统和落后心理的一种描写与展示。杨义指出：“在描绘老一代中国人的人生方式和文化心理上，魏金枝身手不凡，上承鲁迅的传统，堪与台静农媲美。”[①] 这个评价用于这篇小说是准确的，小说充分地反映了母亲的传统的思想意识，表现了20世纪30年代中国社会思想意识上传统与现代、封闭与开放、保守与求变、自私与利人、尽孝与进取、落后与先进、愚拙与文明的矛盾和冲突。可以说，这篇小说表现了呼唤亲情常随的主题，反映了“父母在，不远行”的中国传统文化心理，但同时描写了世俗人生复杂的人性及其以自我为中心的基本特征。尤其有意义的是，小说最后描写了母亲思想的转化和突变。她在小弟弟死后逐渐从悲痛中清醒过来，她说：“放心吧！除了这一次，我不会再伤心了！”并

---

① 杨义：《中国现代小说史》（二），中国社会科学出版社2007年版，第213页。

要儿子们去杀了小弟弟从小放牧的那两只羊："一切都完了，只要杀了这两只羊，我或者就可以不再伤心了！"这是一种绝望之后的清醒。所以，当儿子们故意暗示快要出门的意思时，她不仅不再留两个儿子在身边了，而且简截地说："去好了！我留不住要死的，自然也留不住要走的！"应该说，这里是一种符号化的书写，赋予小说一种有关人生的哲学意蕴。在世俗人生中，人们一旦陷入某一事情或境遇中，迷蒙不知，唯一使他清醒的就是让他绝望，置之死地而后生。这是富于人生启示意义的。显然，小说的艺术描写从母子关系入手，所操持的审美视角还是人性的视角。对于人生和人类的探讨，是魏金枝小说创作上一个常见的母题，这篇小说显示了这种独特的审美取向及其多样化的风格形态。

作为一个小说家，魏金枝是以乡土小说为开端的，但他的乡土小说贯穿着他整个的创作历程。总起来看，他的乡土小说以 1929 年的《校役老刘》为界可分为两个阶段：第一个阶段是"五四"时期，集中的时间是 1924 年到 1926 年，这一阶段的创作与一般乡土小说作家以描写乡村的气象及农民的悲惨命运不同，他侧重表现乡土中国封建落后的沉滞氛围以及知识分子在乡村世界的悲惨遭遇，表现了忧郁的思想情绪，对知识分子充满了同情，对社会寄予着批判。应该说，这是乡土文学中的独特景致。第二个阶段是从 1929 年开始，他的乡土文学与一般的无产阶级左翼作家习惯于从政治性和阶级性的观念出发作空洞而枯燥的公式化、概念化想象不同，而是以悲怆的笔致去描写乡土中国农民的悲惨命运及其成因，深刻地揭示了农民与土地的深层关系，力透纸背地表现了农民与土地的生命纠结关系以及自然灾害对农民的损伤，寄予了强烈的同情，通常在人性的描写中融进社会批判，以民间风情的描绘来增强艺术氛围，强化艺术效果。而作为《校役老刘》则是承上启下的界碑。一方面从描写题材上说，延续了第一阶段的教育题材和知识分子书写，但对知识分子展开了强烈的批判。另一方面从审美视角和思想取向上说，致力于人性批判，在农民的庸常性中写出亮色，在国民性主题表现上取得重要突破。这既显示了与革命文学的呼应，又显示了与革命文学的疏离。然而，必须指出的是，不管是前期还是后期，魏金枝的乡土小说都显示了现实主义与浪漫主义，叙事与抒情结合的艺术特征，既不同于一般乡土作家介入时代的现实主义，又不同于沈从文等人理想化的浪漫主义，显示了鲜明的个性色彩。这些创作是现代乡土文学的重要实绩，丰富和发展了现代乡土文学的艺术风景。

第二章

人性化的左翼革命小说

中国现代文学进入20世纪30年代，以革命文学运动为滥觞的左翼文学主导了文学走向，形成了“无产阶级文学与民主主义文学、自由主义文学各自发展、演变”[①] 的繁荣态势。早在无产阶级革命文学萌芽的“五四”时期，魏金枝就形成了一种初步的革命文学观念，指出“在文学方面，相信非战思想的文学极少，也应该跟着国家所处的境遇，而明白地定个界限，看清楚战争的目标，而产生以下的两种文学：一种非难不义之战的，一种鼓吹革命战争的”。[②] 他的这种文学观念，在他早期的诗歌创作中有所实践。1928年开始，革命文学兴起；1930年3月2日，“左联”成立，无产阶级文学运动成为主潮。魏金枝1930年到上海，参加左联，编辑左联机关刊物《萌芽》，投入到左翼文学的潮流中。他感应着这种时代潮流，但又不同于一般的左翼革命作家，“仅仅从思想观念和革命意识上去把握时代”[③]，以一种割裂历史与文化的主体状态，跳跃式地进入30年代，简单化地面对生活，先念式地进行创作，既不去虚假地想象那种充满浪漫情调的革命与恋爱的文学故事，也不去肤浅地建构有产阶级与无产阶级决然对立、殊死搏斗的二元对立式的革命故事，而是始终继承和发展着“五四”文学传统，追求艺术描写独到的深度与力度，塑造切合时代与生活的人物，深刻地展示人物的思想、情感与心理，创作独具魅力的人性化革命小说，自觉抵制了流行于文坛的概念化、公式化

---

① 钱理群、温儒敏、吴福辉：《中国现代文学三十年》（修订本），北京大学出版社1998年版，第148页。

② 魏金枝：《非战文学的原理与革命》，《民国日报·觉悟》1924年9月21日。

③ 陈继会：《中国乡土小说史》，安徽教育出版社1999年版，第118页。

的弊端，丰富了30年代绚丽的文学风景线，显示了左翼作家文学创造的实力与水平，具有重要的文学价值。因而，他成为左翼文学的重要代表作家。正如有的论者所说："三十年代，左翼小说以丁玲、胡也频、柔石、魏金枝、叶紫、欧阳山等为代表。"① 这些迥异于当时流行风尚的小说具有比较丰富的思想蕴含和较高的艺术成就，不仅以其鲜活的人物描写和深刻的人性展示显示出深厚的艺术功底，而且以其文本的先锋性显示了开拓进取的艺术创造力，彰显出自觉的文体意识和执着的艺术追求。

一　人性描写的张力与流行模式的突破

1930年上海联合书店《奶妈》初版本封面

在革命文学的潮流中，有一个风靡30年代的流行模式，就是公式化、概念化的"革命的浪漫蒂克"模式。这种先锋性的文学模式虚构革命者的恋爱故事，或写革命战胜爱情，或写革命为爱情所拖累，或写情感在革命中升华。这种模式最初是由蒋光慈创造的，以他的《野祭》为滥觞，在文学界开创了一个蒋光慈时代。而后，左翼文艺界竞相模仿，就是巴金、茅盾等文学巨匠也都受到影响，形成30年代左翼文学初期一个重要的景观。这种模式"一方面反映了大革命前后的青年知识分子面临个人与革命冲突的普遍问题，其中孕育着三十年代知识新人的最初形象，另一方面也暴露出某种对生活的片面理解"。② 1928年"革命文学"兴起时，魏金枝尚在杭州，但他敏锐地感受到了这样一种文学潮流，也开始了自己的革命文学创作。然而他一向不

① 周成华主编：《现代文学观止》，吉林大学出版社2010年版，第96页。

② 钱理群、温儒敏、吴福辉：《中国现代文学三十年》（修订本），北京大学出版社1998年版，第228页。

盲从别人，始终坚持自己独立创造的艺术追求与创新精神。这使他匠心独运地以人性描写植入革命书写中，增强了革命文学创作的艺术表现力，突破了“革命加恋爱”的公式化、概念化的流行模式。这主要体现在《奶妈》《颤悚》等作品中。

《奶妈》写出了革命英雄的人性真实。这篇小说创作于1929年10月6日，1930年1月1日发表于《萌芽》月刊创刊号上。1954年，人民文学出版社出版《魏金枝短篇小说选集》，《奶妈》为10篇小说中的第一篇。[①] 这篇小说描写了一个女共产党员为革命舍弃亲生儿子，到当教师的鹏飞先生家里做保姆，以此为掩护，从事革命工作，最后英勇牺牲的故事。作者不是将革命者奶妈的革命活动作为描写的重点，而是通过鹏飞先生的回忆以及同住在小客栈里的失业者的反映来描写革命，显得卓尔不凡。这是一篇以丰富的想象力为基础而虚构的写实小说。其核心文本是讲述奶妈故事的文本。对于这个文本故事，作者采取第三人称的全知全能的开放性叙事视角来讲述，叙述人是作品中的人物鹏飞先生。鹏飞先生讲述了奶妈如何来到他家里做孩子的奶妈，又如何利用这种特殊身份从事革命工作，如何对待他的孩子，如何离开他家，如何离开他家后又回来看他的孩子以及被捕后又要见他孩子的情景。由于采取的是小说人物的全知全能叙述方式，不仅保持了描写奶妈革命人生和命运的广度与深度，而且增强了故事的真实性和感染力。

小说描写革命故事，歌颂革命烈士，并没有去描写革命烈士在硝烟弥漫的战场的英勇奋斗，也没有描写他们在法庭上大义凛然的正面斗争，而是以人性为视角，采取先抑后扬、避实就虚的笔法，塑造了一个崭新的革命英雄形象，既充分地表现了中国共产党党员视死如归的革命精神，也表现了党员的儿女亲情以及对人民深沉的爱。无疑，《奶妈》的主题思想，最突出的是对革命的中国共产党人进行礼赞和歌颂，但小说摆脱了公式化、概念化的弊端。魏金枝采取了虚写其革命活动、实写其人性的策略，塑造了一个真实感人的艺术形象。奶妈既是一个革命者，更是一

① 《魏金枝短篇小说选集》收入10篇小说，都是关于革命与底层书写的小说，但有的作了一些修改。杨义说“仅存1933年以后的作品八篇”，显然不准确。见杨义《中国现代小说史》第2卷，人民文学出版社1988年版，第298页。

个平凡的人，是一个慈爱的母亲，在她身上显现了一个母亲所具有的人性之光。作为一个革命者，奶妈具有坚贞的信仰且为革命而献身的精神。为了便于从事革命工作，她和丈夫毅然将自己的孩子送给了育婴堂，从此不知下落；为更好地从事地下革命，她隐姓埋名，只身来到中学教师鹏飞先生的家里当奶妈。她以此身份作掩护，积极从事革命工作，总是会找出合理的理由，“照常地一礼拜二三次地出她的门”。当她革命的丈夫因告密被捕，她也有暴露的危险时，急忙以母亲亡故为由撤退，然而她留下一个字条：“请你们另外去雇一个奶妈吧！虽然我和丈夫并不和睦，但终归是夫妻，定要被累的。只得和你们分离了，再会!”她决心与丈夫共生死，为革命献身。丈夫去世后，她仍然积极投入到革命工作之中。她被捕之后，并不向敌人妥协，在法庭上坦承自己是共产党，是以做奶妈的身份秘密进行革命工作，最后为革命献出了自己的宝贵生命。无疑，她是忠诚的革命战士。在这里，作者深情地歌颂了革命英雄。然而，这一切都不是作者描写的重点，更不是从正面描写出来的。作者描写的重点是她作为鹏飞先生孩子的奶妈的一系列行为，是她作为一个奶妈、一个母亲的情感心理与行动。作为奶妈，她对鹏飞先生的孩子是充满爱的。小说这样写她来到鹏飞先生家的情景：

> 妻将孩子递给她，用微睨的沉默的神情打量着。这孩子立刻摇动他的头，挤进那女人袒开的胸间的乳房，拼命地一上一下鼓动他的小项颈，哭即刻止住了。只听见一种急速的“啜啜”的快乐的声音。看见这样，无论是谁都会觉到一种放下心肠来的满足。[①]

她一来就履行作为一个奶妈的责任，毫不羞涩，显示了她作为一个母亲独特的情怀。然而，由于革命工作的需要，她又不得不出去活动，因此就要常常请假，这使作为主人的鹏飞先生非常不满，认为这个奶妈是一个品行下流的人而加以鄙视。尽管如此，但并没有减弱她对孩子的爱，她将一个母亲对于孩子的爱全部放在这个孩子身上了。她和丈夫一

① 本文摘录的小说《奶妈》的原文，均录自1930年1月1日出版的《萌芽》月刊第1卷第1期的初刊本。

起爱抚着孩子。因为要撤离，自己不能再照顾这个孩子，临走前还留下字条，要他们另请一个保姆，在自己的生命面临危险时，她首先还想到孩子要人照顾，这显示了她对孩子的深爱。她离开后，还是放不下这个孩子，就找到客栈里来看这个孩子。请看：

“宝宝！你还认得你的奶妈么？”她敏捷地放下手上的纸包，将孩子抱了起来，一屁股坐在鹏飞先生的床上，一手去打开纸包，取出一些糖果蛋饼……一样一样地放到孩子的手上。她哄着他爱抚着他，也不向鹏飞先生来寒暄。

这种情状，犹如一个母亲，不是深爱着这个孩子，何尝会有如此表现。她哄着他，爱抚他，热烈地吻他，充满着媚悦的神气。这正是一个母亲看到久别的孩子的情感。这样的母爱直到她生命的最后时刻还被强劲地表现出来。法庭宣判第二天要处决，她向法官要求再见见自己养过的孩子。她接过孩子，还是那样的亲他、吻他。尤其深刻的是，她看着这个孩子，还是忘不了自己那个不知下落的孩子。作品这样描写：

“……我自己也有过一个孩子，然而为着工作的便利起见，夫妻两人协议将孩子送给育婴堂，我们以后一直没有看见那孩子了。为着事实上的便利起见，我来养你们的孩子。现在是一切都已完了！……我的工作……我从心底里想起了那失落在人间的孩子，再也没有象这样的时候，我心痛我的孩子得利害……我们为着要救被压迫的人们……现在是一切都已完了……”她忽然悲伤起来，断续地说，眼泪粒粒地滚了下来，滴在我孩子的身上。“为的是，我要见见这孩子。”她这样说了，声音是有些啜泣了，还将孩子吻着。

哪个母亲不爱自己的孩子，哪个母亲不会惦记久别的孩子，何况是一个被自己送走的已经不知下落的幼小的孩子。作为一个母亲，奶妈虽然为了革命事业，将自己的孩子送走了，但是，在她心里是至死也不会忘记孩子的。她深爱着鹏飞先生的这个孩子，实际上是将他当作了自己的亲生孩子来看待。她想到从此不能再想自己的孩子了，自己的孩子不会有人惦记着了，她怎么不会悲伤和痛哭！至此，一个慈爱母亲的形象就活生生地呈现在读者眼前，活在读者的心中。小说以人性的表现显示了艺术的魅力。

在小说中，作者将时代潮流下的革命性与人类永恒的人性紧密结合在一起塑造了这个形象。我们注意到，奶妈将鹏飞先生和孩子叫到法庭来相见的时候，特地将自己与他们的关系在法庭上予以告白，她的真情吐露和恳切陈词，感人至深。在当时那个“什么都可以算是犯罪的世界”，鹏飞先生和他的孩子与奶妈有了这种关系，实际上是潜伏着危险的。为了不给他们带来麻烦，她义正词严地申明：

> “朋友！没有你的事。”她镇定地说：“虽然我是个×××（共产党——笔者注），难道×××就没有亲戚，朋友，以及一切人情事么？现在一切都已说明了，我说我曾经养过你的孩子，所以要见见我养过的孩子。”

这是对国民党反动派的提醒和告诫，也即是对鹏飞先生及其孩子的保护。这种申明，警告了国民党不要滥杀无辜，消除了鹏飞先生精神上的紧张感，体现了一个共产党员对人民的深爱，显示了崇高的党性观念，然而她在即将为革命而献身，坚守一个革命者的价值取向时，她又想起自己的孩子，要看看自己养过的孩子，显示了一个母亲和奶妈的个体情感牵记状态。她最后对孩子的父亲说：“好好地去养着吧！像你们，像你们，难道还有希望么？让他们长大起来！”这自然寄予着一种革命的理想与愿望，令人回味与深思。这样，奶妈作为一个为中国革命而英勇牺牲的中国共产党党员的崇高形象和人类的慈爱的母亲形象，就融合为一体，真实生动地活在读者的心中。

奶妈这个形象体现了伟大的母爱和崇高的革命理想的精神统一，在平凡中显示出伟大，在崇高中呈现质朴，显示了革命文学乃至左翼文学中少有的人性美与人情美。当时，不少革命文学的创作者将革命的共产党人描写成不食人间烟火的冷面英雄和蜡像形象，魏金枝以自己对文学的独到感悟和把握，塑造出这样有血有肉、鲜活生动的共产党员形象，无疑是对当时创作流弊的一种纠偏，也是一种艺术化的呐喊与批判。魏金枝用自己的创作实践充分证明，描写革命者、讴歌革命英烈，充分发掘其“人性”和“人情”，是摆脱公式化、概念化的政治宣传品的病症，保持审美价值和艺术感染力的关键。这篇作品警示人们，革命文学创作不应该将人类正常人性和人情列为禁区。30 年之后，周恩来同志 1961 年 6 月 19 日所说的我们无产阶级有无产阶级的人性，我们讲无产阶级的功利主义、人性、友爱和人道主义①，恰恰是魏金枝 30 年前的创作中所体现的。魏金枝以自己的创作实践表现了周恩来同志 1962 年 2 月 17 日所说的“革命的人情”②，在当时赢得了广泛的好评是很自然的。

《奶妈》将革命故事当成一个传奇式的故事讲述给旅馆中的民众听，实际上也构成了一个讲述的小客栈里所有人故事的文本。这个文本是由小说的全篇构成，它包含小说的核心文本，主要展示民众对革命者奶妈的态度，从而丰富了作品的思想意蕴。作者采取的也是第三人称全知全能的开放性叙事视角，讲述这个故事的就是小说预设的叙述人。小说一开始就呈现了一个由黑暗社会制造出来的沉滞的毫无生气的庸常世界：

> 住在这小客栈里的，差不多都是些没有职业的客人。有一小部分虽是机关里的小职员，如科员以下的事务员之类的脚色，但有时也领不到他们恰恰够一人生活的月薪的，这实在可以说是一种有职业的穷人。此外，或是退了伍的下级军官，或是来受检定的小学教师，或是已被辞歇的店伙。他们盘据着，仿佛一群全没有秩序性的狼，或者赤足，或者袒胸，从早到晚，一直俯下头不作一声地彷徨在静肃又狭窄的走廊上，有时只将右面或左面的一只眼，斜上去看看太阳，打一个喷嚏。此外便去躺在床上吸吸烟，或者喝杯浓郁的茶。自然有时也去打几个铜子的白烧来，慢慢地剥着花生的红衣，喝着喝着，消磨他们的时光。
>
> 这没有纪律的颓败的生活，正比夏天时疫病菌还容易传染到旁

---

① 参见周恩来《在文艺工作座谈会和故事片剧作会议上的讲话》，载中共中央宣传部办公厅、中央档案馆编研部编《中国共产党宣传工作文献选编：1957—1992》，学习出版社 1996 年版，第 223 页。

② 周恩来：《对在京的话剧、歌剧、儿童剧作家的讲话》，载张炯主编《中国新文艺大系 1949—1966 理论·史料集》，中国文联出版社 1994 年版，第 46 页。

人身上去。许多新来的客人，在新来时自然也非常象一个人，至少他们也有一顶帽子，一个铺盖，一只箱子，一件长衫的。然而不久之后，便慢慢跟着那些前辈们的样子了，起初是将袜子长衫除下来，只预备舒意一下子的，但终于便成了习惯，竟也将长衫之类不常应用的东西，叫茶房送到当铺里去，成为不得不然的落拓了。这样，便当作一个合格的伙伴，添到这般闲散人里去了。虽然有时也有找着一个恰恰够一人吃饭的小差的人，从这伙里退了出去，但社会总始终在那里把人们排挤，并且选择，将这种格式的人送到这小客栈里来的。换句话说，在这小客栈里的循环簿上，永远循环着这一类人的名字。

这是一个没有任何希望的世界，不能给人任何的生命激情，更不能催人奋发，它拥有的力量，就是摧毁人的意志，将住在这里的人们一步一步引向沉沦。住在这里的都是源源不断的卑怯的底层人，他们无法把握自己的命运，也没有什么人生追求，而且思想保守落后，自甘任人宰割，他们所思想的就是每天怎么打发时光。在这样一个世界中，自然是没有意义的。

这里住得时间最长、资格最老的是鹏飞先生。他在一年前抱着他的孩子搬进以后，一直就住到现在。鹏飞先生因为空闲，常常和住客们谈论这个客栈的小史，而他的小孩又使人们喜欢，因此住客们总是在夜间或是星期日，便聚集在较大的然而也散发着湿气的鹏飞先生的房里，对大饼、油条、纸烟、白烧那些他们所最切要的东西发表各自的意见。一半借以讨论哪家的东西便宜、靠得住，一半自然借以消遣他们自己的无聊。当然有时候他们也谈到和他们不相关联的政治的问题，并且激烈地辩论起来，趁着他们喝了不久的白烧的力量，涨起紫红的脸，互相断断地咀骂着。但他们只是为着毫不紧要的一种空想的问题争执，并没有明确的政治意识，也没有正确的政治是非和政治原则，更没有切实的政治思想，甚至还有一种自我欣赏的“卖国”主义，虽然他们对现实拥有不满情绪，但总是生活在无可奈何的幽怨中，得过且过地喝着浓郁的苦味的茶，发出“拨”的声音。“第二天，同样地他们又谈论着各人自己的意见，循环着，只要客栈老板不将他们赶出去，就永远地保住了他们的循环，好象社会已将他们决绝地撵了出来，他们也便决然地安心住着，将这客栈的四周，用他们自己的意识，圈筑了堵圆圈的厚的墙壁”。他们虽然心里寻求美好的世界，追求美好的人生，但他们对自己生存境况没有清醒的认识，只是日复一日地等待，没有谁去与这个现实环境搏斗，不仅不起来革命，还对共产党有着模糊不清的认识。

为什么民众是一种这样的精神状态呢？这个文本带着读者去追问了其中的缘由。这就是国民党反动派实行的白色恐怖对人民的威胁与影响的结果。在中国革命的发展历程中，国民党反动派为了独裁统治，总是以莫须有的罪名屠杀革命者，制造白色恐怖。这使许许多多的民众面对革命时做旁观者，甚至是逃避者。小说中写道，过了多少天，又有人在账房里问十八号鹏飞先生在不在。于是，旅馆中又出现了骚动，住客们立刻竖起耳朵，去留心这新鲜的消息，自然以为是奶妈来了，可来的并不是女人，而是两个着了司法制服的警察。住客们马上从门帐里躲了进去。当他们看到鹏飞先生就抱着孩子，哭丧着脸被押走了后，旅馆住客们的情绪发生了陡转：

住客们惊呆了很久之后，这才小心地，脸上一青一白失了血色，从门帐里探了出来，头儿向着前面，像一群竖着长嘴巴的兔子。

“恐怕又是犯了和他所说的那男子的同样案件了！”民政厅书记李先生开始了他的推测。住客们立刻在他们脑子里将鹏飞先生所叙述的那男子的印象提了出来，玩味着鹏飞先生话语的气味，大家不期而然地点了头，忽然觉得不安起来。甚至茫然地幻想到他们亲眼见过的所谓杀人的情景，仿佛鹏飞先生的头，正红红地滚在地上。

“现在，我们真该来想想自己和他的关系了！”然而先生，不单只会结论，也会提议。在这种什么都可以算是犯罪的世界，然而先生说的，也并不错。可是怎么办呢？立刻全客栈里都不安起来，那一些常到鹏飞先生房间里去坐去闲谈的人，更觉得非有个办法不可。于是，有的便将略略贵重一点的东西，包了起来，拿到当铺里去，预备到别处住几天再说；有的忙着将唯一的几封毫无关涉的信件，付之于一根洋火；有的频频地打电话，探听着消息。

住客们的这种惊恐和逃避状态，实际上就是国民党反动派制造的白色恐怖活动给民众造成的影响。也正是国民党实施的白色恐怖，使民众远离革命；他们的血腥屠杀使民众力求自保。进而，也就使民众对中国共产党人的革命行动产生一种误解。显然，这样就对中国的革命力量产生了分化稀释甚至是孤立瓦解的负面作用。无疑，这就使中国革命增加了阻力，使之要经受更多的曲折。

这些客栈里的人的故事构成了全文本的主体。自然，在这个全文本中，还包括核心文本在内。但核心文本与这个全文本的主体是不一致的。奶妈为了中国革命，隐姓埋名，开展地下工作，不惜牺牲自己。可是，构成全文本故事主体的庸常者，当他们发现奶妈，并听到鹏飞先生讲述的奶妈的故事后，对奶妈的隐蔽工作是极端的不理解，产生种种误解。他们从各自平庸卑怯的人生和灵魂出发去幻想着一个为受苦民众积极从事革命工作的共产党员是下流的女人，发着愤慨。小说写道："住客们过着他们照旧的生涯。义形于色地谈论着，咬着他们的大饼，喝着他们的茶，自然有时候也想起那可恶的女人，以及那女人的一切薄行，不免望她再来，可以使他们侮辱她。"在这个故事文本中，一个英勇的革命者被民众理解为一个道德败坏的荡妇，尽管有的人物有一些文化，但他们的思想是落后的，他们对于奶妈的革命行为始终没有理解，更不知道其社会意义。也正是误解，形成了密云蔽月、烟笼雾锁、疑阵重重的艺术效果，显得含蓄蕴藉，"令人回味无穷"。[①] 当最后听到鹏飞先生讲到奶妈临行前的表现之后，"住客们被沉没在鹏飞先生所叙述的奇特而有悲剧性的那女人的追想中，一边想在心里幻想那女人的形态；一边在耳里却响起了那女人的'让他们长起来'的话。他们从悲苦中来凝视着鹏飞先生所抱着的孩子，想在他身上看出一些奇异的东西来"。这就充分表现了革命与民众的隔膜和革命的艰难性。

这个全文本呈现的是客栈住客与鹏飞先生及其孩子的一致关系，是为核心文本而推出的一个烘托性环境，也可以说是一个前提与基础。这个文本表现了革命与民众的隔膜与疏离。它暗示，中国革命若要获得成功，有一个非常艰巨的任务要完成，就是发动起民众，进行思想启蒙，

① 杨义：《中国现代小说史》第2卷，人民文学出版社1988年版，第302页。

消除民众的误会。脱离民众的生命，其生存的土壤就不深。只有民众都发自内心向往革命，支持革命，投入革命，中国革命的曙光才在前照耀着。可以说，后来，中国共产党人正是这样走过来的，赢得了革命的胜利。这篇小说来源于生活，但又超越生活，引领了时代前进的步伐。在这里，我们又能够看到鲁迅小说对于魏金枝产生的影响。从这个层面上说，《奶妈》与《药》具有了思想上的传承关系。

《奶妈》呼应着革命文学的潮流，但又延承着“五四”启蒙文学的传统，不仅关注着中国革命者披荆斩棘、英勇奋斗的革命意志，更关注着中国革命的艰难性和复杂性。这是核心文本和全文本赋予的思想意蕴。而将两个文本联系起来的是小说的“中介文本”，它讲述的是鹏飞先生与奶妈的故事，这个故事是住客观察到的，由鹏飞先生自己讲述的。因为是鹏飞先生向住客们的讲述，因此核心文本就和全文本发生了联系，也就产生了形而上的意味。这个文本，渗进了鹏飞先生的主观情绪与情感，将一个革命的共产党员的光辉形象转换成了一个灰色形象，染上了一层不洁净的污垢，是一个不可理解的奇怪的形象。

在小说中，叙述人总是操纵着话语权的。在《奶妈》中，这个中介文本的话语信息与指向，自然是直接由讲述人鹏飞先生掌控的。作为讲述人，鹏飞先生自己对奶妈印象如何，决定奶妈这个形象的性质好坏。鹏飞先生认为奶妈好，接受者就认为奶妈好；鹏飞先生认为她不好，大家也就认为她不好；鹏飞先生认为她不可理解，大家也持这样的看法。鹏飞先生住在客栈 18 号，突然一个女人来找他，住客们猜她不是他的弃妇，就是他的情妇。鹏飞先生气得脸上铁青，满肚子涨着要发的火。其实，这是他家两年前请的一个奶妈。为了澄清他们的认识，他不得不向住客们说清楚。在他眼里，奶妈来到他家后表现很不好。他说，奶妈来到他家还没多久，她就说兄弟有病，向妻子请假走了，让他的孩子在家里哭着，妻子抱着他在屋里打旋，这使鹏飞先生很生气。以后，她还常常请假，说是不久便会回来，可是“有几次是直到天黑，也还是见不到她的影子。于是妻又抱着哭着的孩子在哄，用忧愁的神情时时探首到后门去望”，这使鹏飞先生很气恼。可是，“那女人却照常地一礼拜二三次地出她的门”。这使鹏飞先生不断地责怪妻子。后来又来了她的丈夫，“那男子便很和气地走前了一步，向我鞠了一个躬，说请我原谅他的年青妻子的无知”。然后，便略略地侧转了头，对着他妻子说：“你拿了人家的钱，就该尽你的义务呵。可是你却常常跑出去，虽然主人宽恕你，你可不虐待了这孩子了吗?”这使鹏飞先生“几乎感激得滴下了眼泪”，“也被他的真挚的礼貌所软化”。于是，鹏飞先生不自觉地向他鞠了一躬说：“很感激，现在就请自便吧!”本来，他们夫妻常来是可以的，可是这个奶妈是不能原谅的。“她自己便暗暗地告诉我妻子，说她有一个情人。她是一个不贞节的可耻的女人”。一个傍晚，“我看见我们的奶妈开了门出去了。从那半开着的门里，我看一只着皮鞋的男子的脚。我想，大约是她的丈夫来了吧？预备立起来去欢迎，但接着只是女人独自掩了门进来，而且一直到楼上去了。我忽然想，不知又出了什么鬼，一定又到妻子面前去告假，要幽会她的情人去了。”紧接着，她就来请假，说老娘死了，要去奔丧，请三天假，于是与鹏飞先生发生了冲突：

> “似乎不见得有什么重要吧!”我冷冷地讽刺着。
>
> “答应不答应，是你们的主意，我可不能不走。”那女人简直地接应着了。
>
> “那么两天可以么？孩子是不能长久地吃着牛奶过活的。”我简直感到莫大的压迫。对于这淫荡的说谎的女人，冒起了心火。但因为孩子的缘故，终于用了差不多恳求似的口气。
>
> “很好!”她答应了。然而很奇怪，她急速地从妻子手里抱过孩子去亲他，吻他，现出异样的爱护的，和今朝差不多的神情。我几乎想叫出来——“你这淫荡的妇人呀，你在发狂了！这孩子可还不到年纪呢!”我马上走过去，将孩子从她的手里夺了过来了。
>
> 妻将工钱给了她，她急速地，几乎慌张地拿了她的包袱，在后门跳上了车，大约当夜就去会她的情人去了。

由此可见，奶妈是一个我行我素的淫荡得发疯的妇人。这样的妇人自然是令人厌恶的。事实上，她是党组织被破坏了，急需转移。可是，在鹏飞先生的眼里，她已经是一个淫荡至极的下流女人。尤其可恶的是，第二天早上警察就找上门来了，说她的丈夫是个×××，被人告发拿住了，还说到他的女人，来搜查她的房间。鹏飞先生说：“‘那女人，那下流东西，难道她也配有×××的嫌疑么?’我简直有些愤慨。接着我便将她的淫荡的行为告诉了T君。”他疑心她的丈夫的告发人，一定是她和她的那情人，就愤慨地说：“那去告发的人，一定就是这女人了。”接着，那男子被结果了，而奶妈“在丈夫死了不久之后，我就在一条马路上看见，和一个武装的军官并肩地走着，穿得象春天的蝴蝶，笑着谈着，公然地向我走来，熟视着走去了，一点不觉得脸红。……我想，那军官一定便是密告人了。——‘那贼!’我那时曾回转头去，这样重重地骂了一声。”鹏飞先生又说：今年他又在这里的马路上看见她和另一个纨绔子弟照样地并肩走着，“我真没有胆量再去看见她，我远远地避开了。今天，今天真不知又怎样会到这里来。她真仿佛是一个鬼，专门来扰乱我的心胸。你们想，这样的女人，我会和她发生关系么?”就这样，奶妈是一个怎样的形象就都明白了。小说写道：“鹏飞先生用眼瞭望着四周，看见同伙们正同样地发着愤慨，他就胜利地笑起来了。”这就将全文本链接起来了。

然而，奶妈与鹏飞先生的关系还没有结束。过了一些天，又有人在账房问18号鹏飞先生在吗，住客们立刻竖起耳朵，来留心这新鲜的消息，以为是那个女人，结果却是两个警察。不久鹏飞先生就抱着孩子被押着走出去了。两个钟头后，鹏飞先生好好地抱着他的孩子安然地回来了。客栈里立刻便又兴旺起来，住客们的脸上有了光彩，一齐闯进了鹏飞先生的房里，将房子挤得密密的，包住了鹏飞先生的四周。鹏飞先生颓然地报告：“仍旧是为着那女人的事情。”而住客们猜度着：“从被窝里捉了去，要你去做保人，是不是?”鹏飞先生说：“谁也不会相信，她乃是一个×××呀!”住客们发出了惊呼声，立时肃静了下来。鹏飞先生告诉他们：“她被捕了，明朝就要执行，她要求法官要看看我的孩子，也见见我。这样我便被带了去，在法庭上见了她来了!”于是，鹏飞先生又给大家讲述奶妈在法庭上的表现：“至于那女人呀！她还会笑，她还会笑，照样地穿了那天穿来的衣服，始终安闲地望着我。我却可有些昏了，也不知她怎样地将孩子接了去，她怎样地在那里亲他吻他。”当时他心里恐惧、渐惶，也有些昏乱、感动，不知道究竟是怎样一回事，奶妈就兴奋地高声说：“我是个×××呀!”又说：“我从来就干着这工作，在你家里，我瞒着你们，一切真相；你们都没有知道。你记得，一切你以为可耻的我的行为，这都是我的工作。然而现在，现在我被捕了。你是一直总当我是个下流的不贞的女人呀！”她告诉鹏飞先生说：“不要紧，这是我自己要走到地狱里去的缘故。我走入了你们所不能见不能闻的地狱的底层里。我想救起那些人类！”鹏飞先生只是无意识地叹息着。她又告诉鹏飞先生说这个不是她要求你们来的原意，她不一定要鹏飞先生知道，而“为的是，我自己也有过一个孩子”，为的是要见见这个自己养过的孩子。她悲伤地告诉人们，他们夫妻为着要救被压迫的人们，为了革命工作，就将自己的孩子送给育婴堂，以后一直没有看见那孩子了，她从心底里想起了那失落在人间的孩子，心痛得厉害；也是为了便于做革命工作，她来当奶妈。她断断续续地说，眼泪粒粒地滚了下来，滴在我孩子的身上。最后，她将孩子递还鹏飞先生说：“好好地去养着吧！大半的人类都已没有希望，象你们，象你们，难道还有希望么？让他们长起来！你们呢，领受着你们的苦痛吧！”至此，奶妈作为一个地下革命者的形象才得到了呈现。鹏飞先生说：“我重新清醒了转来，知道我是被带到一个决定杀人罪名的法堂上的。”小说最后写道：“住客们被沉没在鹏飞先生所叙述的奇特而有悲剧性的那女人的追想中，一边想在心里幻想那女人的形态；一边在耳里却响起了那女人的‘让他们长起来’的话。他们从悲苦中来凝视着鹏飞先生所抱着的孩子，想在他身上看出一些奇异的东西来。”这样，中介文本与核心文本就连成一体了。

《奶妈》的蕴含是丰富的。这个中介文本告诉我们，民众对革命者的认识，取决于话语权的把握者。当时，国民党污蔑中国共产党是“共匪”，就是试图借助国家话语权的把持者的身份，对民众进行思想和精神的影响，控制其人生行动的方向，实际上是阻止革命事业的发展，巩固其专制统治的话语策略。因为，匪徒是暴虐的，反人性的，人人惊惧、鄙视和疏远的。文学是一种话语形态，掌握这个话语权的是作家。在革命文学的时代潮流中，革命文学应该把握好自己的话语权，塑造出真实可信，可亲可敬的革命者形象，向民众发出正确的信息，这样才会对中国革命作出一些贡献。《奶妈》这一个层面的意旨，当时的评论者没有注意，恐怕当时作者本人都还朦胧不清。

在20世纪30年代的革命文学潮流中，就是在整个左翼文学的创作中，可以从形而上展开多层次形式意味的文本分析的小说并不多见，《奶妈》这种多层次的文本建构，呈现出魏金枝的艺术创造力，也打造了艺术精品的特质。这三个互为依存、互相衬托的文本，形成了艺术上的复调效果，产生了启人深思的思想张力。因此《奶妈》问世以后，产生了强烈的社会反响，"外面的舆论相当好"[①]。也正是从这一点上看，在中国现代文学史上，无论是王鲁彦的《黄金》还是老舍的《断魂枪》等，都是不可比拟的。当时有人指出："第四篇《奶妈》，是最代表着他的结构上的技巧的。他拥着侧面的，反衬的笔法，写出一个女革命者的伟大，使读者惊惶的感动。在技巧上，不亚于日本林房雄的《公开的秘密》，都是惊人的成功的作品……就是技巧也不是以遵循老手法为满足的。"[②] 从此，魏金枝走向了"革命者的人性"书写之路，创作了一批具有很高的思想与艺术价值的优秀作品。

在左翼文学时期，梁新桥说："好像从前蒋光慈，曾期望着要有像他所译的俄国小说《冬天的春笑》一书中的某篇（书不在手头）一样有结构有技巧的作品产生，我们拿魏金枝的《奶妈》一篇去比较衡量，可以说技巧与内容都已超过他的期望而有余了。虽然我们现在对于《奶妈》一篇，简直将认为是过去的东西了，然而这不能不说是我们相当的收获，成为我们创作的阶梯哟！"[③] 这种评价自然是很到位的。后来，杨义指出："在前期的左翼文学新人当中，魏金枝是较早地把急进的社会政治倾向和自己成熟的艺术个性结合起来的作家之一。即便是描写热门的题材，他也往往能够别出机杼，于朴实的描绘当中显示出一种不落窠臼的创造性。"[④] 这个论断，用在《奶妈》上尤其准确。左联时期老作家金丁在回忆左翼文学时指出："柔石、张天翼和魏金枝的小说，给读者开辟了新的视野。"[⑤] 然而，总体上说，魏金枝以《奶妈》为代表的人性化革命文

---

① 魏金枝：《有关鲁迅先生的几件旧事》，《中国青年》1956 年第 20 期。

② 梁新桥：《带着浓厚的自然主义气味的农民作家魏金枝——作家批评之一》，《现代出版界》1932 年第 6 期。

③ 同上。

④ 杨义：《中国现代小说史》第 2 卷，人民文学出版社 1988 年版，第 302 页。

⑤ 汪金丁：《有关左联的一些回忆》，原载《新文学史料》1980 年第 1 期。汪乔英、汪雅梅编选：《金丁文集——我仿佛在梦中》，中国文联出版社 2003 年版，第 291 页。

学并没有引起文学界应有的重视，没有产生其在文学环境正态化状态下本来可能产生的影响。其原因在哪里呢？自然是被当时狭隘的文学创作主流思潮所淹没的喜剧性结果。自1928年以来，革命文学在上海文坛蔚然成风，当时最流行的是一种“革命+恋爱”的创作模式，作家们总是不遗余力地要在作品中直接去宣传革命，鼓动革命，描写革命者悲壮的人生，大都采取正面描写的方式。这样的革命浪漫蒂克的故事，给人的感觉总是虚假的、不真实的，常常流于概念化、公式化的套路之中，甚至沦为标语口号式的政治宣传品。《奶妈》则是与众不同的佳构，既摆脱了这种流行的浪漫套路，也革除了革命文学中将文学降格成纯粹的政治宣传品的弊端，避免了公式化、概念化和标语口号式流弊，坚守了文学品格。但是，魏金枝的这种创作路向，显然是疏离主流取向的。因此，虽然《奶妈》是革命文学潮流中诞生的真正的艺术精品，但并没有引起文学界高度的共鸣。当时，即使是肯定《奶妈》的评论者在文章中也不得不批评它“犯了缺乏阶级意识的毛病”，“只使人对于革命的惊奇，尊敬，而仍然一点没有知识革命的主旨之所在，结果只是一篇内容贫乏，而完全以技巧取胜的东西”。[①] 实际上，这是被当时狭隘的革命文学主流思潮和陈旧的文学观念所主导的偏狭的认识。对此，一些专家提出了精辟的论断：“魏金枝式的‘革命文学’并没有对后来的阶级主题文学产生什么影响，流行理论下的创作是不赞赏表现革命者的个人感情和个人意识的。如果我们站在历史发展的前列，敢于肯定我们已超越了狭隘的资产阶级目标，要求的是‘几万万人民的个性的解放和个性的发展’，那么，以阶级解放为主题的文学，又恰恰淘汰了个性发展个性解放的内容，恐怕不能算是完全正常的现象。”[②] 重读《奶妈》这篇小说，审视魏金枝文学创作的遭遇，使我们不得不油然而生一个想法：还原文学现场，正视文学史的局限和偏失，重新把握文学的审美价值，正确处理时代性与审美性，坚持文学自身的正路，恐怕是

① 梁新桥：《带着浓厚的自然主义气味的农民作家魏金枝——作家批评之一》，《现代出版界》1932年第6期。

② 许志英、邹恬主编：《中国现代文学主潮》上册，福建教育出版社2001年版，第218页。

文学史的写作者不能不正视的问题。

在革命文学潮流的影响下，魏金枝也创作了“革命+恋爱”模式的作品，《颤悚》与《我们的狗和人》就是这样革命浪漫蒂克的作品。然而，值得注意的是，魏金枝在这里仍将革命性与人性统一起来。与《奶妈》不同的是，这些小说侧重于表现人的原欲所具有的诱导力，描写革命者作为普通人所具有的人性的弱点，其创作指向自然还是一种人性批判。《颤悚》发表于《朝花旬刊》1929年第9期，1930年11月10日，收入小说集《奶妈》。这篇小说应该说是感应了当时革命文学的潮流，显然受到了“革命+恋爱”模式的影响，讲述了一个革命者如何自觉抵制女性的性诱惑的痛苦经历，在革命者浪漫的恋爱故事中表现了一种人性的裂变与人生的虚幻，是当时流行的“革命+恋爱”创作模式的一种变异。小说以第一人称叙事，写出了人的本能欲望在特定的情境中会失控的一种盲目状态，批判了人性本能的弱点，但作者创作指向不是张扬青年革命者的浪漫的爱情故事，而是致力于表现如何避免沉沦于两性关系中，保持健康的思想情绪，为革命努力工作，对于当时的革命青年具有警示作用。然而，作者并没有落入公式化、概念化的窠臼中。当时的评论者指出：“这一篇文章特别美丽，比较他其余各篇的作风，有些不同，很有些浪漫主义的风味。看了这一篇，会使我们联想到田汉从前的作品‘南归’等上面去。”[①] 强烈的主观情绪、浓郁的抒情色彩、优美的自然风光和清新的诗意，构成了小说的一种浪漫情致。

这篇小说文字十分优美，蕴藉着清新的诗意，显示了鲜明的艺术特点。这是值得我们注意的又一个方面。这种特点既体现在人物描写上，也体现在环境描写上。在人物描写上，我们既可以从小说对H先生的妻子的描写中感受到，也可以从小说中对那个小女人的描写中看出来。在环境描写中，也是十分清新而充满诗意的。请看小说中对于近视先生家里那块山的描写：

> 我茫然地走向一条岭，是的，就是我们这座山上的，他从山顶

① 梁新桥：《带着浓厚的自然主义气味的农民作家魏金枝——作家批评之一》，《现代出版界》1932年第6期。

上挂下去，一直达到山麓。然后那里平平的展开去在两个山麓的环抱之间，夹着一个二三十亩大的平原，那里有树木，有池塘，有山涧，有翠竹，呵！好个天堂哪！

我从迂岖的林木中走下去，一面自语着。然后我在一丛浓浓的小草上坐下来，上面是盖着密密的松树的荫子的。在那里可以望见许多正在腾起炊烟的村落。一条迂曲的溪，它绕来绕去的经过不少村子的身边，良田竹林的错落点缀着，简直是个桃花源。

从这两段景色描写中可以看出魏金枝十分清新自然的语言特色。而且，这种清新的语言中还灌注着强烈的主观情感，又显示了诗性特征。

其人物描写也是比较成功的。人物的性格比较鲜明而丰满。无论是近视先生还是他父亲，无论是小娟妇还是她的母亲或婆婆，甚至是H先生的妻子和近视先生家里的女佣人，都给人留下了深刻的印象。当时有的论者说："他在一篇极短的小说中，个人追述故事的文字，都占据了全篇中的四分之三以上，因而对于前面的描写太少，缺乏宏观的力，而尤其对于前面一点没有写出那种近视眼光的对于女性的引诱力如何的想克制住，他只在收梢时轻轻一笔：'几天后，这位近视眼先生因他的要求而被派到别处工作去了。'这样自己也未用过克制功夫而先退避开了革命者的勇气，虽然祝他健全起来，恐也健全不出什么的。"[①] 显然，这个论断是以革命文学的观念性来权衡作品优劣以及对于小说文本特征缺乏深入把握而作出的，具有一定的片面性。

这篇小说还值得我们注意的是故事套故事的双重文本。第一个故事，是由"我"给读者讲述的故事。我们革命时期的一个叫近视先生的同志为抵抗女性的性诱惑，以保持自己的革命灵魂和意志而要求调到别处工作。因为在革命的艰苦环境中，我们经常在一起工作，也在一起生活、看电影、打牌等。不管是男的还是女的，大家用脚在桌下拷着、撞着，冬天里简直将腿互相搁过去取暖，总是很克制，保持了和平。其间H先

① 梁新桥：《带着浓厚的自然主义气味的农民作家魏金枝——作家批评之一》，《现代出版界》1932年第6期。

生的妻子使人烦恼着，她跟着她的男人，既有意与大家拉开距离，又不时用糖果、媚眼勾引你。这使我们爱她并且妒忌她，并且也使我们颤悚。近视先生对女性的肉体诱惑缺乏自制力，他有一次看电影的时候，因为前座的女人的肉体诱惑，他的嘴和鼻子竟触到那女人的头上去而遭到指责和骂声。近视先生看到 H 先生的妻子，感到一定又要堕落了。因此他要求调到别处去工作。在这个故事中又套着两个故事：一个是近视先生父亲的故事，一个是近视先生如何逃脱小娼妇引诱的故事。这两个故事都是近视先生给“我”讲述的，是循环与超越的关系。他的父亲整天嫖赌，不管琐碎而繁杂的家务，并遭到女人的遗弃，很快家里破产了。这个故事衍生了近视先生与小娼妇的故事。童年时，小娼妇和他同住一个学校里，是那个离弃他父亲的女人的女儿，他被她迷住了。后来，他到她家里去，碰见了自己父亲和那女人喝酒取乐。那女人便带着他们到了园里，要他照应她的女儿。后来他姗姗地走出来，他父亲已经走了。不久，他父亲就将他送到城里学校读书了。后来小娼妇嫁人了，住到了近视先生家里的庄屋里去了，然后做了寡妇。后因家已败落，父亲死了，近视先生决定卖掉所有家业，分一部分给家里的女佣人，因为她提出要那块山，因此他又记起了那小娼妇，茫然地走上这座山，受到小娼妇的热情款待和勾引，想到父亲的样子，他说发了胃病，用力地挣扎出来了。后来，他就参加了革命。显然，近视先生讲述的故事突出的是人的原始欲望以及由此导致的人抵抗原欲的乏力，也就是个体生命中对于性的一种渴望以及被其主导的迷茫状态。“我”讲述的近视先生的故事突出的是革命者在被女色诱惑的时候，如何自觉抵制这种干扰，以保持革命的本色与意志，自然就是通过组织措施。可以说，这是为中国革命者如何抗腐拒变用文学的形式开出的一剂良方。这两个文本相辅相成，使它摆脱了当时革命文学中流行的公式化、概念化和简单化的缺陷。

与《颤悚》相比，《我们的狗和人》则更加符合“革命 + 恋爱”主题模式。这篇小说写于 1930 年 9 月，讲述了“我”和几个女人之间的故事，描写了一个农民出身的革命同志走向革命道路之后曲折的恋爱历史。“我”爱过一个资产阶级小姐，爱了十年最后分手了，没接过一次吻，没拥抱过一次，纯粹是精神恋爱，只是书信往来，都接受了各自家庭的包办婚姻而没出岔子。后来生了儿女，就不常写信了，只是藏着写有诗句

“但教心似金钿坚，天上人间会相见”的旧照片。可是后来这照片丢了，“我”急得满头大汗，生怕被父亲拿了闯大祸，原来是姐姐拿了，这个女子是姐姐的老同学。姐姐告诉“我”那小姐已经属于她表哥了，“我”不相信，后来他们订婚了。真是“侯门一入深如海，从此萧郎是路人”，她自然消失了。后来“我”病了，父亲为“我”死了，姐姐也为“我”为父亲为她自己死了。“我”病好了，狗仔活起来了，变成了一只孤鸟，在公园里散步，躺在草地上，却碰见了那小姐摇摇摆摆走来，她把手放在“我”头上，“我”恼怒地走了。于是，“我”开始不加选择地关注女人，很快看中了宣传部的女干事，可是宣传部长也与她有交情，但“我”还是放胆去追，她说爱“我”，可是“我”很快就在勤务老陆的引导下，在后园的竹丛里看见了她和宣传部长赤裸裸地在一起。过了 6 个月，“我”自己部里来了一个又胖又媚的女人，“我”又饥渴地和她好起来，到山上玩起来，享受到了从未有的快乐。显然，作者执着表现和探索的是人的原欲所拥有的一种主体生命力量，描写一个失恋者正常的性欲被压抑之后的一种本能需要和宣泄表现。这还是写人性的主题。只是说，这里重在展示的是人性本能的弱点。应该说，这是符合弗洛伊德心理学的解析范畴的。这篇小说后来收入短篇小说集《白旗手》。当时有论者认为这篇小说“最失败，它象一篇琐碎的流水账，没有结构描写之可言，作者的态度也很猥亵”。[①] 其实，论者是没有看懂小说，也没有理解作者的创作意图。这篇小说专注于人性本能的展示，与当时流行的“革命 + 恋爱”的浪漫蒂克小说创作模式不是完全一致的。它偏重于人物自我心理与情绪的暴露，显示了郁达夫《沉沦》的艺术风格。

应该说，无论是在革命文学的潮流中，还是在左翼文学运动中，魏金枝都致力于对革命者展开人性的描写，显示了另辟蹊径的开创之功。他是左翼文学中描写革命者人性的第一人。在左翼文坛，致力于描写人性的自然不是魏金枝一个人，他的同学柔石也是一个致力于描写人性的左翼作家。他的《二月》和《为奴隶的母亲》都是反复表现人性主题的。然而，柔石尽管深刻地展示了人性的复杂性，但他不是描写彷徨中路的知识分子，就是描写备受苦难的底层妇女，并未涉及革命者的普通人性

---

① 黄照：《读〈白旗手〉》，《大公报 · 文艺副刊》1935 年第 12 版。

的主题。正是从这个意义上说，魏金枝的左翼小说，首先以革命者的人性表现而显示了突出的文学意义，展示了左翼文学界的创作实绩，彰显了他在左翼文学中应有的地位。

二　官逼民反与人性驱力的特写

左翼文学作为无产阶级革命运动重要的宣传和舆论载体，内容上着重揭露阶级矛盾，表现工农斗争，描写社会革命，反映社会各阶层的历史命运，以推动无产阶级革命运动，提高广大民众的革命觉悟。但是，当时左翼文坛存在着简单化和粗俗化的不良倾向，一味注重巨大的现实题材，注重对阶级斗争作正确的理解，注重对集体行动开展的描写①，不少作品"往往盲目地歌颂城乡暴动"，"画面变得粗暴、怪厉"②，不仅艺术上很粗糙，而且脱离了生活真实。魏金枝追求革命，作为一个有坚定的革命立场的左翼作家，他也以积极的姿态去描写工农运动，展示底层民众的反抗斗争。然而，与一般的作家习惯于着力展开英雄化的描写不同，魏金枝则着力描写了一系列傻子式的人物。他不仅以敏锐的艺术触觉捕捉到了底层民众走向反抗道路的复杂心理，致力于彰显民众投入革命时艰难的心路历程，而且着力从民众怯弱的性格中发掘其潜存的反抗力量，在庸常性行为惯性中推出其英雄壮举，在痴傻的精神状态中发现其异常的灵光，写出了这些傻子的智慧，产生了大智若愚的效果，显示了越地民众特有的知性特征。

魏金枝一到上海，立即受到左翼文学的影响。"左翼文学促使广大知识分子关注底层，批判强权，呼吁社会公平和正义，产生了比新文学第一个十年更多的具有批判现实主义成分的作品。"③ 在这方面，魏金枝有独到的文学成就，他坚持从熟悉的农村去取材，主要描写底层民众不堪压迫和损害，艰难地走向反抗和斗争的道路。5 万多字的中篇小说《白旗

---

① 参见冯雪峰《关于新的小说的诞生》，《冯雪峰选集·论文编》，人民文学出版社 2003 年版，第 7—8 页。

② 钱理群、温儒敏、吴福辉：《中国现代文学三十年》（修订本），北京大学出版社 1998 年版，第 228 页。

③ 刘勇：《现代文学讲演录》，广西师范大学出版社 2009 年版，第 243 页。

手》以及《桃色的乡村》《行路遇险记》就是代表作。

对于《白旗手》，施蛰存在推介这篇小说集时指出：“仍以农村和农村中的人作描写的对象，简朴的风格，深挚的态度，头脑简单的农民的天真和可爱，经济破产后的农村惨状，都从作者笔下绘出了极深刻的姿态。尤其是《白旗手》一篇，更是作者近年稀有的力作。”[①] 可见，《白旗手》这篇小说的艺术成就及其在魏金枝小说中的重要地位。

这篇小说将艺术的朴实性与内容的传奇性融合，形成了引人入胜的艺术效果。小说故事以军阀混战为背景，以个人情仇为基础，将自然灾害与社会压迫交织在一起，在通俗性中融入传奇性，显示了独特的艺术魅力。小说故事以人的原始情欲为基础，设置了三重的爱情三角关系，构建了独特的艺术情境，推动故事的发展。小说的三重三角关系是：乌狗——婆娘——老李、勤务——婆娘——老李、乌狗——婆娘——勤务，这种三重三角关系，推动了小说矛盾冲突的发展，也显示了民众走向革命的艰难性。勤务随招兵委员老李第十次到天上镇招兵，仍然驻扎在镇末梢上的白塔寺里。前面九次老李都发了财，没有给勤务一点好处，老李答应这一次给他一些，可又招不到兵，心里很委屈。老李一来到这里，就霸占了隔壁农民乌狗的婆娘，生的女孩都快周岁了，勤务最初是抱不平，指责老李。春种时节，勤务招兵回来，看到老李帮婆娘摘桑叶饲蚕那副十分应和的样子，觉得很隔膜而孤独。他去逗小丫头，夜间送回给婆娘时，勤务产生了对婆娘的欲望，可她又不给机会，他很痛苦。后来想到自己不该调戏朋友的妻子，对老李霸占朋友的妻子就更加不满，便鼓动乌狗反抗，可乌狗先说随他去，使他不满，因此他常和老李闹矛盾。立夏那天，老李在饭桌上对婆娘挤眉弄眼，招兵时又要花招，勤务便与老李扭打起来。五月十六那天，天上镇演社戏，老李演讲叫农民去当兵，把安家费五元脱口报了个实数，勤务听了后，有意对人重复：“我们说的是招兵，安家费是五块。”好不容易招来三个新兵，勤务知道老李又从每人身上剥削了三块，鼓动他们反抗，可乌狗要他多招几个，“联合世界上的无产阶级”。因为天旱，乡村里年成不好，本来不愿当兵的豸虫们因为饿，又去求勤务要当兵。勤务存心给老李收点臭货色，三天内就收了

① 载《现代》1933年11月第4卷第1号。

二三十人，其中有一个叫王国治的老兵。乌狗知道老李又扣了饷，不仅暗中挑起矛盾，而且当老李和女人躺到床上去时，偷了老李放在女人箱里的钞票和洋钿，在勤务帮助下逃到外边去寻老冯了，老李急忙回家取钱填漏洞。可他一走，勤务在老王的引导下，就带着招来的新兵袭击了警察局，拿到了所有的家伙，开上山里去投奔劫富济贫的老冯了。作者以朴实平易的笔调，细密圆润地叙述故事，娓娓道来，缓缓推进，将庸常性的展示与传奇性的彰显紧密结合在一起，刺激读者慢慢品味，收到了强烈的艺术效果。因此，虽然小说基本上是按照时间进程顺序发展的，但并不使人感到沉闷，反而形成了很强的艺术感召力。杨义先生指出："中篇小说《白旗手》在结构的灵巧上不及《奶妈》，但在叙写的细致绵密、浑厚坚实上，则有过之而无不及。"[①]不讲究叙事技巧而能收到如此强烈的艺术效果，充分显示了作者的叙事能力和艺术功底，反映了他的创作水平。"《奶妈》和《白旗手》艺术上的独到之处，使魏金枝成为前期左翼文坛引人注目的作家了"。[②]

这篇小说的艺术成就，首先在于从人性入手描写了民众反抗压迫的艰难的心路历程。小说不仅描写了一群农民遭遇自然灾害之后不想当兵而又不得不当兵的悲剧人生，而且集中描写了底层民众遭到统治阶级压迫，由迟迟不敢对抗到最终走向反抗道路的悲剧故事，充分反映了人性力量在推动底层民众走向反抗统治者压迫与剥削过程中的巨大作用。勤务是老李的把兄弟，当了五六年兵，一直没有升级，反而丢了缺，便帮老李去招兵，当勤务，打茶打水，烧饭挑水。老李在这儿招了九次兵，每次发财后总是说下次给他一些，但下次又推下次，总不给他钱。而这次答应给他弄一些钱，兵又招不到了，他心里很委屈，但并没有与老李分裂。

造成勤务最终反抗老李的一个重要原因是老李霸占了乌狗的老婆。小说详细地描写了勤务的性意识从萌发到渴望再到绝望的心路历程，表现了他从挑动乌狗起来反抗到自己与之决裂，最终实施兵变的行动过程。勤务看到老李和婆娘仿佛夫妇般调和，觉得孤独，心里也不自主地起了

① 杨义：《中国现代小说史》第2卷，人民文学出版社1988年版，第303页。

② 同上书，第304页。

无目的的需求。在夜间，勤务看到婆娘松散的头发总盖在微红的额角上，那形态比日上要风韵许多。而她来接孩子时微鼓鼓的嘴，眼睛媚媚，勤务觉得有点意思，便对这个婆娘有了对象性的冲动。他不自知地送过孩子，同时不免心里跳了跳，而手在婆娘的胸脯前轻轻地接触了一下，看着那婆娘袒露开的丰满的胸和乳，紧紧地凑在孩子脸上，同时身体微微地摇动着，和着孩子咽奶的声音，他久渴的欲望使他躁急起来。勤务觉得，倘使老李不在眼前，而女人又不会有什么反抗的话，他准会扑过去，或者投到女人的胸脯里去。于是，他心里计算如何能把婆娘弄上手。可是，老李贴在婆娘的身边寸步不离，勤务始终没有机会而苦恼极了。他知道自己并不是会使婆娘动心的人。这情绪侵蚀了他的心，他就一天天憔悴起来，丧失了灵魂似的胡乱行走，从寺到乌狗的家，从乌狗家回寺，一天就得走个百十趟，把婆娘哀怨地盯上几眼，想说些话，却终于走了。虽然想到自己是乌狗的朋友，不该调戏朋友的妻子，然而那婆娘的影子还是黏在他的记忆里，常从醉眼中看见那红嫩的皮肉，与她高耸在胸前的两只奶，一幌幌的在酒杯中，甚至在板壁上天空里荡漾，这使他昏迷而又糊涂，以至于忍不住这苦恼。他想把自己救出这苦境，然而一站在婆娘面前，什么铜筋铁骨都又软下来了。而婆娘也早已看出勤务的神情，时时躲避，这使他很难堪，甚而有些觉得悲哀。他绝望了，便走向了反抗的道路，先是动员乌狗反抗，然后是自己与老李决裂。立夏那天，勤务和老李在乌狗家里过节时打起来，从此明确反叛了。最后，他趁老李回家取钱时，发动了兵变。可以说，勤务的反抗之路，一是情仇促动，二是基于正义感的同情心的促动，但前者是转变的关键。因此，这部小说仍然坚持着对人性的探索。正是基于一种性意识，使勤务对老李越来越反感和不满，也是因为道德的觉醒使他对老李霸占乌狗那婆娘非常愤怒，要为他打抱不平，从而使他走向了坚决反对老李的道路。小说充分而深刻地展示了勤务在原始欲望的推动下，在人类的同情心、正义感和打抱不平的侠义心理的共同作用下反目相斗，最后组织新兵哗变，发动革命暴动，走向新天地的全部心理过程。对勤务性心理的描写，实际上揭示了他走向反抗道路的心路历程。

在小说中，乌狗从屈从、忍让、麻木、苟且中走向反抗，也是从人性的视角切入的。他只要还有一线希望自己可以种田过日子，就不愿意跟老冯去，就不会走向反抗道路。他对樱桃这样说："你道我会去跟老冯么？你知道，我和他们是另外一种人，倘使我可以种田过日子，那末，我是不会跟了去的。"不是因为旱灾，田稻早已晒死了，没有了生路，面临要饿死的危境，而老李与婆娘不变本加厉，他绝对不会偷了钱去投老冯。可以说，这种人性中的退让、妥协，是阻止民众走向反抗的内在原因。小说通过描写乌狗的忍耐力和怯弱性，充分揭示了民众忍受屈辱的限度，只有统治阶级的剥削与压迫超越民众所能忍受的极限，他们才会起来反抗。可见，魏金枝从人性视角探讨革命问题是很深入的。

小说高潮是写士兵哗变，这在当时属于热门题材。如果从这一点上说，并没有太多的意义。但是，魏金枝以细腻沉实的人性描写显示了艺术上的独到性，这是很有价值的。正如杨义说："他比同类作品更能潜入事态的演变和心理的转折之中，写得层次明晰，底气充实。"① 从小说整体情节来看，小说以东南军阀混战为大背景，以江南农村闹灾荒、农民歉收、饥荒四起、民不聊生的现实作背景，致力于描写底层民众自发式的反抗行动，展示了多种社会力量的对抗与较量、分裂与转化的过程，揭示了30年代中国农村破产，农民因走投无路而走向反抗压迫的现实，这自然也有官逼民反的政治意味。但是，小说不仅没有张扬革命英雄主义，而且没有张扬革命的浪漫蒂克主义，并且没有流于革命文学或左翼文学的俗套——反抗者既没有崇高的革命理想和明确的革命目标，又没有无产阶级的革命组织。作者将民众的破产和男女之间的情仇怨恨交织在一起，表现了基于本能欲求的损害而产生的报复行动，也可以说是以复仇为基本架构的故事。因此，小说反映了30年代无产阶级革命的时代特征，但并没有展示革命者的光辉，只是表现了一个人性化的普通故事。因此，小说有了自己迥然不同的陌生化效果。应该说，小说故事是一个沉实而浑厚的文本，作者讲述时十分细腻而绵密，整个故事情节是层层推进，步步紧逼，因果关系十分鲜明。不仅情节的发展与人物描写高度统一，而且人物的性格刻画、心理演变、思想发展与故事情节的核心元素——反抗行动的生成也完全一致，成为故事情节发展的内在驱力。最后士兵的哗变就水到渠成了，不仅十分自然，而且非常真实。当时，一

① 杨义：《中国现代小说史》第2卷，人民文学出版社1988年版，第303页。

位读者指出："作者虽然在这篇上费了很大的心血，但所收的效果简直等于零，因为处处不经济，于实际毫无补益。总之，故事结构松散，进展延缓，背景零星模糊，以及人物来路不详，关系暧昧，性格做作气味太浓等等弱点，都是这作品的致命伤。这些问题范围太广，本文不能一一胪举。"① 这显然是没有理解作品的结果，也显示了他小说观念的落后，反映了他严重的主观偏见。

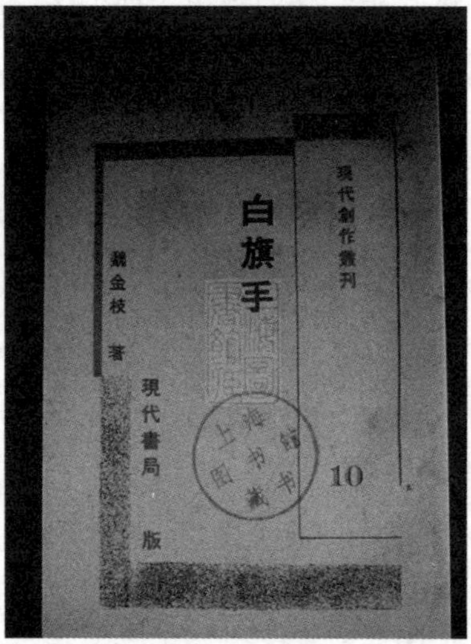

这篇小说将对共产党的歌颂隐喻化，以地域文化背景稀释其政治指向，模糊其无产阶级革命的特征，收到了较好的效果。首先，这篇作品的构思受到了嵊县土匪文化的影响。《白旗手》的故事由明暗两条线索串联起来，一条是勤务、乌狗正面对老李的反抗，一条是除富安贫的老冯在山上对虫豸们的影响和召唤。前一条是明线，后一条是暗线，两条线索交织，形成一种艺术的合力，推动情节发展。小说开始不久，勤务招来第一个新兵凌樱桃的时候，就将老冯这条线引出来了，凌樱桃原来投过老冯，是别人叫他去投老冯的，因为他走路慢，他们就不要了。他们不要他后，他就来当兵。听他这样说，勤务说："难怪当匪的都是好汉，而我们都是些笨虫，用笨虫打好汉，所以次次吃败仗。"土匪干的是除富安贫的营生，其生活是不正常的，"白天在人家里偷偷地睡觉"，"夜上又走路，百里二百里，黑簇簇的，从这山到那山"，而且身体要好，动作要敏捷，必须要有过硬的身体素质，还要习惯这种特殊的生活。樱桃刚去，"老是睡不熟"，动作也迟钝，在走夜路时就跌倒在山坑里，而人家就笑他，"随后便尽我在坑里挣扎，等我爬起来，他们就走了"。樱桃说老冯很凶，满眼的血丝，会杀人，"说是上了四十岁的人便算没用，便要杀。"勤务吓他道："他们要杀

① 黄照：《读〈白旗手〉》，《大公报·文艺副刊》1935 年 9 月 20 日第 12 版。见李辉编《书评面面观》，人民日报出版社 1989 年版，第 241—242 页。

没用的饭桶，要是饭桶，年纪轻的也要杀。”后来，勤务鼓动乌狗反抗老李，乌狗说：“办法自然是有的，如老冯说，除富安贫，自由平等。”勤务说：“我总以为种田是总没有结果的，要有结果，总得跟老冯去！”紧接着，乌狗和樱桃的交谈还是讲到了老冯。勤务与老李扭打后，乌狗猜测勤务想去寻老冯，勤务说总有个日子要去寻找老冯的。乌狗也说“自然总有个日子要去的”，要他“等着机会吧！”然后又说：“在我们，一切都有跟老冯去的机会。”因天旱，面对当兵既不好，种田又不成，乌狗说除了这两件事，“起码可以讨饭，也可以做贼做强盗，不然就做共产”。显然，小说对土匪老冯的歌颂，对“共产”寄予了向往。那么，老冯是谁呢？应该是指在江西革命的红军。因为魏金枝作为一个左翼作家，此时自然知道红军在井冈山展开革命斗争，目的就是要推翻压迫人民的国民党反动派，救民众于苦难之中，对一般民众而言，革命就是干“除暴安良”的事情。

尤其是王国治这个人物，他来自老冯那里，成为后来故事情节发展的推动者。当乌狗在女人箱里偷了钞票和洋钿，逃到外边去寻老冯，老王告诉他们自己是老冯的部下，这趟来打路道，还预备来缴天上镇警察局的械，而老冯在××山。他要乌狗拿一半钱给老冯，一半却留在这里，并介绍乌狗去见老冯。后来又是在老王的引导下，勤务把失盗实情告诉了豸虫们，召集豸虫们在关帝前的天井里训话，稳定局面。当乌狗夜里回来寻勤务和老王，樱桃知道他们唯一的出路是去投老冯，为了制止他最怕的这件事，就叫来乌狗婆娘骂他们，老王毅然将乌狗婆娘和樱桃捆绑了，决定了动手时间，并要乌狗去和老冯说在××山那里接应。他又决定把小毛头留给婆娘，带领大家端了警察局。最后，老王和勤务带着队伍投奔了老冯。老王，实际上是共产党红军的代表，是共产党打入国民党军队的特工人员的隐喻；老冯，则是红军的隐喻。然而，魏金枝为了淡化其政治色彩，将他艺术地处理了一番，收到了预期的效果。

清末民初，嵊县土匪是以劫富济贫为斗争指向的。在嵊县人眼里，土匪并不是邪恶势力，而是无家可归、生活陷入绝境者的归宿。1926年北伐时期，魏金枝去策反嵊县土匪参加北伐战争。魏金枝在构思这篇小说时，嵊县土匪亚文化起了原型主导作用。如果我们不将他的隐喻性揭示出来，完全可以说，这篇小说是嵊县土匪文化原型的置换变形。这篇小说不仅情节以20年代军阀混战为背景——“算起来是卢永祥孙传芳打仗时一次，北伐军打南京时又一次，后来打张宗昌唐生智，又打孙传芳李宗仁，往后又打唐生智张发奎，又打那冯玉祥，没一次打仗不招兵，没一次招兵不上这儿来”——这正是嵊县土匪势力很大的时候，而且小说描写的故事是历史上官逼民反的草莽土匪题材故事模式的重现。同时，作为这个故事的直接诱因——分配不公、欺民占妻，也是以往落草为寇的土匪故事的套路。因此，魏金枝将小说情节确定为这一时段，显然与他自己对于嵊县土匪文化的记忆有关。

其次是“卧薪尝胆”的越文化原型的影响。吴越争霸，越国战败，越王勾践侍吴三年，获得吴王夫差的信任，返越后卧薪尝胆，立志报仇复国，经过十年生聚、十年休养，获得了成熟的时机，最后击败吴国，终于报仇雪耻。这种文化原型，在越地影响深广，成为越文化精神的内核。明代王思任所说的“吾越乃报仇雪耻之国，非藏垢纳污之区也”，就是对这种文化原型的具体阐释。《白旗手》显然受到了这种原型的影响，这主要表现在对于乌狗这个形象的塑造上。乌狗就是越王勾践这一文化原型的重现，是一个能屈能伸的大丈夫形象。他的老婆给老李霸占了，勤务要他起来反抗，他却说没有什么办法，由他去。虽然他说有一个办法，就是去投奔在山上的老冯，但他说“这个世界还没来，我们便得再种田”。因此，他一直睁着眼睛戴着一顶绿帽子，表面上甘心做乌龟和王八，其实在他内心，是充满着愤怒的，然而条件没有成熟，他在等待时机。当勤务与老李扭打后想去投老冯时，他说总有个日子要去寻找老冯，但“现在呢，只是预感到——天快要下雨般的预感到，到了时候再说吧”。因为他知道，要反抗老李，光他一个人的力量是不行的，必须联合其他受苦受难的民众。因此，他暗示勤务尽量多招收一些“乌合的难民”，以便将来联合这些无产者，共同反抗老李。他说：“最起码是我们要救救穷人，再进一步的话，那末，你可以和他们打连手，你自己可以带几个人。”而且，他又有意去结交前来当兵的难民，细心观察他们的性情，寻找突破口。当发现“红眼沿”的新兵是个黄忠似的人物，用激将法容易使他爆发反抗情绪与行动，他就用挑动性的口吻向他揭穿老李克扣新兵安家费的老底，终于激发其大骂山门，引起众新兵骚乱，打乱老李的阵脚。接着，时机到来，他就采取了釜底抽薪的办法，把老李的巨款全部偷走，去投奔老冯，使这个招兵委员霎时陷于要被治罪的困境中，巧妙地报复了他。卧薪尝胆的文化核心就是忍辱负重、吃苦耐劳、奋发图强、创造条件、抓住时机、全力一搏。这种文化原型的精义，在乌狗身上得到了集中的体现。正是这种越文化原型的附注，使乌狗看似懦弱的灰色性格显示了一种耀目的亮色，显得丰满、生动。这个人物的描写，也揭示了底层民众在愚懦中所潜存的一种智慧。

再次是越地剑侠文化原型的潜在影响。在越地，剑和侠文化都是具有悠久历史的文化原型，对后世的影响也非常深远。这篇小说也浸润着这种文化原型。这主要体现在勤务这个人物身上。勤务为人侠义、爱打抱不平的性格特征，显示了越地人文传统对他的影响。他对老李霸占乌狗婆娘十分不满，不仅常常和老李闹矛盾，怠工不做饭，而且当面指责乌狗婆娘和老李生了小丫头。因此，他几次要被发配回家；赶尖要逃去与相好的寡妇会面，被他抓回后受到老李狠毒的吊打，他感到很歉疚，夜里便放赶尖回去；当得知赶尖被寡妇的族人拿起来，寡妇求他去救人时，他满口答应，并带人前往解救。这种侠义性格不仅显示了他为人正直，还显示了他敢于担当的精神。他与老李的正面冲突，是不计后果的，是一个李逵式的行动；可是他要去救人时又想到必须带着老李的手枪去，借助一种身份去震慑。侠义与爱心是一对孪生兄弟，与庇护弱小是同义词。正是这样，他对老李和那婆娘生的小丫头始终充满爱心。虽然大人有过错，但小孩是无辜的，然而乌狗与她的这种关系，自然有时会将心里的不快发在她身上，勤务对她充满着爱怜，经常去逗她。在投奔老冯之前，还去看看她，并用枪威胁那婆娘，要她以后好好抚养她，这更显示了他的侠义性格。应该说，勤务是一个世俗社会中富于情致的鲜活人物，显示了鲜明的越文化的性格特征，具有深厚的审美意蕴。

《白旗手》是30年代左翼文艺运动中对“五四”时期突出人性的文学传统的自觉承继与独到表现。在小说中，人物关系十分明确，其身份介绍很清楚，性格描写很成功，心理揭示很深刻，显示了魏金枝描写人物的艺术功力。苏汶指出：“《白旗手》的长处是在他的写人的性格的莫大的成功。”① 读罢作品，无论是白旗手勤务，还是乌狗，是招兵委员老

① 苏汶：《现代评坛·白旗手》，《现代》1933年第4卷第2期。

李还是乌狗婆娘，是樱桃还是赶尖，是老王还是红眼沿，是卖油条的那小子还是梅生的儿子，是赶尖的相好寡妇还是熊三叔婆，等等，都十分真实，就像是从生活中呼之而来的。同时，越文化原型的影响也很强，黄照说它“来路不详，关系暧昧”的批评显然是一种先入为主的臆断。1934 年，《白旗手》被国民党当局查禁。由此，我们不仅可以看到国民党舆论控制的疯狂，还可以看出《白旗手》潜存的影响力。

魏金枝也正面描写了底层农民的暴动，写出了农民在暴动中不同的表现，反映了世俗的村野匹夫的人性真实，也显示了人性的复杂性。这集中体现在《桃色的乡村》等小说中。这篇小说完成于 1930 年 5 月 7 日，1933 年 10 月收入小说集《白旗手》。小说描写村民因为旱荒绝粮而群起到地主家去抢米，引发四处响应，最终被武力镇压下去。但作者在构思这个故事时，在暴动故事中夹杂着爱情故事。应该说，这是一篇比较典型的“革命 + 恋爱”模式的作品，充满着革命的浪漫蒂克的情调，是革命文学初期创作模式影响的结果。

小说用的是第三人称全知全能的叙述方式，仍然采取了人性的审美视角。小说以人物对话交代长生讨老婆借钱的情节后将农民暴动和爱情仇恨两个故事交织在一起，探讨了革命与人性的关系。其主要情节是：忠顺老伯向陈剥皮借了高利贷给儿子李长生娶了一个媳妇。章继祖、江老八和小猫头不时来看新娘子，李长生不高兴。忠顺老伯每天总吃酒，欠了很多陈剥皮的酒钱，小猫头就挑起了忠顺老伯对陈剥皮的不满。后来李长生因为挑私盐关在县里，十二月底讨债人在忠顺老伯家门口打盘旋。章继祖给忠顺老伯抄了五斗米，总算过了年，正月里没人向他讨债，忠顺老伯对章继祖印象很好，说如果长生不回来，定会把阿巧配给他的。李长生从牢里放出来了，听到了这些消息，一切都不愿做，向父亲发脾气，打骂阿巧。五月时，李长生和忠顺老伯、章继祖卖菜回来，在路上和章继祖打起来，被警察抓走了。阿巧赶到警察局，两人接受处罚，同船回家。接着久旱，稻子无收，旱地里种不出什么东西了，已经吃麦皮过活了，江老八提议去陈剥皮家拿米来，大家都响应。抢米的风潮在各处蔓延着，陈剥皮带着警察来抓人。江老八他们已经走了，军警包围了村子，李长生每天引着军警去搜捕。后来军警们渐渐地都走了，他还在继续搜人，陈剥皮答应给他赏钱。阿巧要他饶恕良善的人，一群一群的人浮在她心里，她想到一个人的生命不如多数人的生命重要，当她听到李长生说真的不能饶恕他们时，她就做出了一个主张，要长生去挑水，用力将他推翻到水里去。显然，这篇小说也是致力于描写个人情仇对于革命的影响。在这个意义上说，这是《白旗手》续篇。小说充分反映了个人情仇会凌驾于阶级利益之上，使革命工作受到损害，于革命具有警示作用。

这篇小说是魏金枝加入左联之后创作的，展示了阶级的对立和矛盾，表现了无产阶级对有产阶级的革命斗争，显示了左翼文学的基本特征，在当时很受欢迎。有人给予了很高的评价："普通人都以奶妈一篇作为魏氏的代表作，但我却以为这是魏氏创作中最重要的一篇。正因为他有了这一篇作品，才值得称他是中国文坛上的农民作家。这一篇可以和日本金子洋文的《地域》相比拟。这一篇写出了现实的中国农村的情形，写作殊为成功。对于农民的生活，地主的剥削，反抗事件的进展，以及篇中各个人物的描写，均甚真切生动，确是我们文坛上少有的收获。"[①] 客观地说，这篇小说成就与失误是并存的。整体上看，小说前半部分写得很成功，在描写农民饥饿的生活处境与忧郁的心理，以及青年农民章继祖、江老八、小猫头等对俊俏的阿巧的爱慕，和李长生对阿巧的怀疑与对章继祖的误解等都很真实，但后半部分在描写农民铤而走险去抢粮的情形以及忠顺老伯的革命行动和阿巧杀夫取义等都铺展得不充分，处理比较简单，其结果的出现还比较勉强。忠顺老伯的革命行动，尤其是阿巧的杀夫行动，没有充分写出其心理依据，前后在性格上的确有一种"断裂"感，"颇有'摇身一变'之概"。[②] 因此，这篇小说没有摆脱"编织"的痕迹。为什么会存在这样的缺陷呢？原因自然在于作者对于"革命+恋爱"这种创作套路不熟悉，缺乏可资想象和虚构的生活基础，写起来就不是得心应手。

相对而言，青年农民李长生写得很真实很深刻，是一个感人的艺术形象。长生貌不若人，个子很矮，很瘦小，力气也不大，但非常勤劳，

---

① 梁新桥：《带着浓厚的自然主义气味的农民作家魏金枝——作家批评之一》，《现代出版界》1932 年第 6 期。

② 杨义：《中国现代小说史》第 2 卷，人民文学出版社 1988 年版，第 305 页。

是家里的支柱，他的父亲是一个酒鬼，没钱也天天赊酒喝。他父亲借钱为他娶了一个漂亮的媳妇，实际上他是不般配的，自然对这个老婆格外不放心。而章继祖、江老八、小猫头等年轻人的确对她有一种原欲萌动，经常有事没事就到他家里来看阿巧，这使长生很戒备，对他们的到来总是不冷不热，从此他和章继祖、江老八和小猫头等人开始分化。尤其是在他坐牢回来后又听到流言蜚语，并看到章继祖对她的确比较关心，这使他更觉得他们之间有染，心里非常郁闷、痛苦，所以开始打骂阿巧，并在卖菜回来的路上与章继祖打起来。当章继祖、江老八等青年农民组织饥饿的农民抢粮时，他也赶赴现场，但关注的不是抢粮，而是要监视阿巧与章继祖的非正常的举动。当政府派来大批军警搜捕暴动者时，长生就主动充当引路的向导，试图要抓住章继祖，想方设法去搜捕他，不肯放过他。最后被阿巧推进河中淹死。杨义认为他的"堕落"，"前后性格断裂"①，其实是有很强的性格发展依据的，应该说是一致的。李长生貌不如人，力弱于人，而阿巧又是一个漂亮的媳妇，他有一种自卑感，而他又经常不在家，所以对她就非常担心。当看到那些比自己强的人来到家里，他自然不高兴。尤其是，他在坐牢时，他父亲又说他不回来的话就将阿巧许配给章继祖，这就使他更加不放心。作为一个农民，除了维护自己的利益之外，其他的道理，并不懂得多少。因此，他要守住这个妻子，就必须战胜章继祖，而他又没有过人的智慧和力量，所以军警来捉人时，他自然就做了引线。这是极其自然的事情。长生的堕落是有清晰的心路发展历程的。虽然没有突出其内心的矛盾和精神痛苦，但其性格发展是合理的、可信的。因为，像他这种人物，人格和尊严是容不得别人损害的。一旦人格和尊严遭到侵犯，其盲目报复的心理就会使他丧失理性。

小说值得称道的还有一个方面，就是那种民间情调。小说一开始写十一月章继祖和江老八喝了李长生的结婚喜酒后回家，路上说着十分放肆的话，高兴地议论着这个漂亮的新媳妇，叙说着自己的欲望。请看对话：

---

① 杨义：《中国现代小说史》第2卷，人民文学出版社1988年版，第305页。

“嘻！那新妇多好，长生这小子真有些福分！”江老八以破碎的声音说。一面吃吃地笑着，那笑声也干燥，不大自然，仿佛在哭。

“真的！多好吓！”章继祖气急地回应他。“脸孔圆圆的，多胖！呵！是的，我是说那眼睛呢，起初是蒙着的；后来，吓，一眼斜转来了，真要把人跌倒哩！”

“吓！吓！真要跌倒哩！”江老八把肩耸了两耸，“如其挟着亲个嘴，一定酥了我的，吓！吓！我的骨头吓！”

“呸！你这畜生！她是长生的老婆呢，你想，你想亲嘴了！”章继祖斥责着，一面在发笑。

“嘻！嘻！我是在说说的吓！”

“嘻！嘻！我是在说说的吓！”章继祖重述着，一面返转身，本想打江老八一下，江老八却早已躲开去，狰狞地在笑着。于是他放下手来。“我相信，如其那女人在这里，你是一定会挟着亲嘴的！”

“呵！或者呢！”江老八顿了顿，同时把手扬着，叫章继祖向前面走，然后他正经地说：“呵！我怎么不会呢，你知道，这样好的女人哩！你想想，谁都会中意呢！”

“啊吓！中意，这有什么用。”

“可是我们心里总要想吓！不想，如何做得到呢？譬如说，我们的老三吓，他讨老婆的时候我不过是个大孩子，那多有趣，可是后来，客人们都走了，我们家里仍是冷静静地，我还想到他们新房里去坐一下，然而饭一吃，太阳还没落山，他们却早已关门睡觉了。”

“是的哩！我怎么睡得着，于是，吓，我重新跑到他们房边，自己也不知为什么，我想喊：‘可恶的东西！’然而我终于只立了一下，仍旧一声不响地躺到床上去。唉！这时多难过吓！”

“所以呢，要自己讨一个才兴！”

“你知道，说说多便，要讨可难呢。像我，啊吓吓！连饭都没得吃呵！”江老八把袖子揩了揩鼻涕，说到自己的身上去了。

“喔！吃饭和讨老婆是一样要紧吓！你可知道长生么，不是也和我们一样穷，可是忠顺老伯那酒鬼，他却向陈一鹗那里借了钱讨媳妇。呵，那酒鬼，旁的虽糊涂，这事上却心里明白呢！”

“呵！明白，说起来真是可怕哩！”江老八反驳他。

“可怕，莫非他想爬灰么?”

“那倒不是，我是在说借钱呢！唉！……”

这是一段富于戏剧意义的对话。魏金枝擅长于场面描写，这个场面也写得非常鲜活，格外富于情趣，剧场性和可读性都很强。这种艺术魅力来自它的民间话语方式。他们的讨论内容，是不可在公开场合宣扬的，透露了极具隐秘性的心理。正是这样，小说一开始就产生了很强的吸引力。

《行路遇险记》实际上也是官逼民反主题的书写。与前面两篇小说描写反抗行动不同的是，《行路遇险记》则是通过民众的逃命来描写民众不甘受压迫、不同流合污、不助纣为虐的反抗行动，反映了国民党基层统治者为非作歹、称霸一方的丑恶现象，进一步展示了底层民众与国民党基层官吏的尖锐矛盾。但是，作者仍然是从人性的角度切入的，突出的是善与恶、是与非、正与邪的对立。

这篇小说连载于《知识》1935年第1卷第2号和1936年新年号，建构了一个双重反抗的文本。一天下午雷雨过后，“我”拖着疲乏的身体在泥泞的路上徒步往家里跑，在客栈里睡了一觉醒来，就被一个喝醉酒的保卫团丁带到村长老爷家里，要替他死去的父亲——被他号称“革命家”的老村长写一个呈文递给省里，以期获取一笔抚恤金。我因为听到团丁说了这个死人过去的种种劣迹，尽管村长软硬兼施，也坚决不写，所以被村长老爷以“反动”的罪名拘禁在暗房里，醉鬼团丁不顾自己的安危，偷出了村长老爷的钥匙，把“我”放走了，醉鬼团丁准备和村长决斗。显然，与其说是写主人公“我”的一次逃命经历，不如说是醉鬼保卫团丁对长期压迫他的村长的革命和反抗，于是作品形成了两个反抗的故事：一是“我”对村长的反抗，不按照村长的要求代他写呈文。“我”之所以不按照村长的要求去写呈文，是因为“我”出于正义和是非，不能为虎作伥，为他坑蒙拐骗创造条件，因此“我”坚决地回答村长：“但是我不能写，我不愿写!”即使遭到威胁也坚决回答：“我不写!”这是正义与邪恶的对立。二是醉鬼团丁对村长的反抗。村长在厅堂里挂了三张照片：一张是他父亲的，一张是总理遗像，还有一张挂在当中的，村长说是他父亲的朋友，实际上是醉鬼团丁的父亲，是村长老爷从醉鬼团丁手里买过来骗人的。醉鬼团丁的父亲早年参加辛亥革命，而村长的父亲只是他的一个当差。当团丁的父亲病逝以后，他的当差当了村长，为非作歹，又“培养”出了自己的儿子——现在的村长。在他的压迫之下，真正的革命者的儿子——醉鬼团丁则做了他的当差。这使作为革命者后代的醉鬼团丁心里常常烦闷。因此，他常常喝酒，喝得烂醉，目的是借酒消愁。可是，他心里总是有着一颗反抗的种子在发酵，平时他就将从前给他父亲的当差的老村长的种种劣迹告知别人。自然，因为力不从心，不敢贸然反抗。然而，当他知道村长老爷要加害过路客“我”时，他内心的不满和他善良的品质推动他起来反抗，偷出钥匙，将“我”放了。这种在别人危难的时候不顾自己的安危毅然出手相救的行为，实际上是他父亲革命精神教育的结果。因此，“我”在离开前，在粉白的照墙上写下四个大字：“革命世家”。这是对于醉鬼团丁的讴歌，也是一个革命者的墓志铭。由此可见，小说并不是直接简单地去描写一种反抗行动，而是与人性的描写统一在一起的。

这篇小说对国民党统治下的乡村社会的黑暗现实进行了深刻的反映。小说描写的这个村长是在什么村，作品并没有说明，只是说是在“我”回家的路上的一个乡下村庄。显然，这只是一个符号，一个隐喻，一个象征，是泛指的。这个村庄里，村长就是土皇帝，可以为所欲为。他是国民党基层恶吏的典型，是个土匪和强盗式的丑恶形象。首先，他的行事方式都是强盗和土匪的做派。他鄙视文化，擅长的是拦路抢劫。他派醉鬼团丁到客栈将“我”叫来，就如强盗的绑票。他处理事务土匪习气很重。当“我”不写呈文时，就拘禁“我”。这表明他不仅做着拦路打劫、雁过拔毛的勾当，而且以顺我者昌、逆我者亡的做派处世，显示了土匪特征。其次，他是土匪寨主，是土皇帝。当“我”说自己是一个过路人，没有代他写什么呈子的义务时，他嚣张地说：“可是，这是我的地面！”“还得听我的命令！”而且说不听他的命令就可以拘禁，而且可以送到团部去。同时，他还擅长于污蔑栽赃，扣帽子，定罪名。当“我”说不服从他的命令时，就说“我”反动。再次，他狂妄无知，目无王法。当“我”问他知不知道法律时，他却说：“在我们这里压根儿就没有这些东西！”当“我”指着墙壁上挂着的照片问他是不是连这些都不买账了时，他说：“也不管！我只知道查缉那些反动的东西。”可见他是一个典型的蛮横无理的泼皮无奈。在这一个地方，他是可以为所欲为的，没有任何东西制约他。最后，他是一个狐假虎威的招摇撞骗者。他做了村长后，一方面花钱买来醉鬼团丁父亲的照片挂在堂屋中央，并挂上总理的遗像，同时挂着他父亲的相片。不仅将为革命者当差的父亲说成是革命家，而且还将他自己也说成是革命家，以此抬高自己的社会地位，欺世盗名。这个人物，显示了国民党基层统治者的丑恶嘴脸，也反映了国民党统治集团的腐败，批判了黑暗的社会现实。

这篇小说塑造了生动传神的人物形象，具有很高的审美价值。全文三个人物，可都栩栩如生。如前所述，村长是蛮横和丑恶的，但还多疑不自信，并且有虚伪的和善一面。他约略地问了“我”的姓名籍贯以后，就时时打量着我和醉鬼，仿佛以为我们之间有什么秘密似的，显得不自信。他因为有求于“我”，就对我极尽逢迎赔笑之小伎俩，显示出他的可悲与可怜的一面。由此，我们可以看出他复杂的性格。“我”作为一个读过书的知识分子，既是一个叙述人物，也是一个主要人物。“我”的性格是不畏强权、不惧强势、讲正义、讲是非，具有威武不能屈、富贵不能淫、贫贱不能移的独立人格。但是，“我”被关进暗房后立即也产生了一种担忧。当他飞檐走壁都找不到逃出的办法时就失去了勇力，只是呆呆地骑坐在横梁上，脑子里立刻涌起一个古代小说内所说的念头，想到他们或者会将他用闷药闷倒然后拿到人肉作坊里去，这显示了“我”的恐惧感，显得非常真实。尤其是“我”也不是一个自私的人。当醉鬼团丁打开门，将“我”送走时，“我”担心他的安全，问明天查出来是他放走的怎么办。当知道他有了办法之后，“我”才在他的催促下离开了。显然，这个人物身上既传奇又真实，既崇高又平凡，是一个感人的形象。而醉鬼团丁则更是一个生动的形象。他是村长的当差，外表丑陋，生着一张扁平而宽弛的脸，配上一个杨梅般酒糟鼻，眼皮肿肿的，遮没了眼珠。在村长面前，他毕恭毕敬，然而总是被村长压迫和欺负着。他对村长怀着仇恨，但是并不轻易表现出来。村长当着“我”的面无辜地打他，他也不还手，只是用眼向“我”示意，要“我”搭救，显得非常懦弱。但是，他又是一个为了他人而不顾自己的生命安危的勇敢的英雄。当“我”被关在暗房里，他就偷出村长老爷的钥匙放了“我”，一再嘱咐“我”：“向南！向南！”他平时忍让，可关键时还是有着对付村长的办法，时刻准备着拿着他父亲的照片走了。这显示了他的忍耐力和谋划力。这个人物，与《白旗手》中的乌狗相似，平常表面平静，但内心总是燃烧着涅槃的火焰。魏金枝总是在卑微的底层民众身上展示出亮色，对傻子式的人物充满着关爱。他说："我的父亲是傻子式的农人，母亲也是，其余的邻人们都是，我不得不是他们的儿子和邻人。并且，他们也知道爱，和别人爱他们的子女和邻人一样，难道因为他们是傻子，我就不爱他们么?"[①] 在醉鬼团丁身上，显示了魏金枝的这种情感倾向力。由此可见，小说中的三个人物都非常具有审美感染力，这得益于作者精准的细节描写和方言的运用。魏金枝总是擅长通过一个个典型的细节去表现人物的精神和性格，用方言来活化人物的精神风貌。这篇作品通篇都是由细节组成的，加上浙东方言的运用，使人物一出现就显示出浙东山里人的特性，非常生动形象，富于审美韵味。正是这样，显示了魏金枝小说创作深厚的艺术功力。

这篇作品的取材无疑是嵊县近代民主革命历史故事的置换变形，显示了浙东文化的影响力。辛亥革命时期，嵊县是一个革命者聚居地。这里著名的革命家有竺绍康、王金发、裘文高、谢飞麟、尹锐志、尹维峻等。开初，竺绍康组织"平阳党"反清抗洋，王金发组织乌带党从事革命活动。1904 年，竺绍康与王金发、谢飞麟、周志由、胡士俊等数十人组织大同学社，以研究学术、砥砺德行为名开展政治活动，结纳党人，图谋举事。同年 12 月，大同学社的成员都参加光复会，后来大都加入了同盟会，对于辛亥革命都作出了重要贡献。魏金枝是嵊县人，魏金枝从小感应到了辛亥革命，对嵊县革命者和绍兴秋瑾、徐锡麟、陈伯平等革命者的英雄事迹都非常熟悉。这些革命故事，后来隐隐地影响着他的创作。从这篇作品来看，魏金枝明显运用了竺绍康的革命事迹。小说中写村长的父亲的朋友，即醉鬼团丁的父亲曾在徐先烈所办的 × ×学校里当过体操教习，后来被通缉，最后得了一种怪病去世了。这显然是竺绍康的事迹在他头脑中发酵而成的。竺绍康先应徐锡麟的邀请，率领王金发、张伯岐等 20 余名会党骨干入绍兴普通陆军中学校，这是绍兴大通学堂的前身，襄理徐锡麟。1906 年 1 月，徐锡麟去日本学习军事，竺绍康接办

---

① 魏金枝：《白旗手》自序，现代书局 1933 年版。

大通学堂。1907 年，秋瑾与徐锡麟策划皖浙起义，竺绍康担任光复军分统，奉命去嵊县组织起义队伍。皖浙起义失败后，竺绍康被通缉，辗转赴上海，1910 年 12 月在上海病逝。可见，这篇小说是对于嵊县革命英雄竺绍康故事的置换变形。正是这样，这篇作品也拥有浓郁的嵊县的地方特色。

由此可见，魏金枝在表现民众的反抗与革命行动时，总是充分地发掘人性的力量。这是一种内驱力，它与外在的影响力融合，就会形成一种强大的行动力量。而且这种内驱力的表现，就避免了概念化的弊端，显得更加有韵味，自然其审美价值更强。这是左翼革命小说中重要的实绩。

三　革命者的成长与人性的正向回归

作为一个左翼作家，魏金枝以积极的姿态融入到文学的时代共鸣中去，对革命作出自己的独特思考。革命是为了社会解放，消除社会压迫和剥削，使人民获得自由，享受平等的权利。然而，革命是靠人进行的，人决定革命的成败。人不仅在革命中发挥主体作用，而且也在革命中经受锻炼。因此，表现革命战争中的人，是许多作家倾心而为的，这也是革命文学创作的核心任务。但是，它与“五四”新文学描写普通人的传统不同。“五四”文学描写的人是以人的主体意识的觉醒为主题的，是一种个体的人。左翼文艺运动是随着革命形势的转变而兴起的，这时期的社会革命形势已经从“五四”时期的思想革命转变成为政治革命。思想革命是以个体解放为对象的启蒙运动，这是一种精英引导的社会运动。而政治革命则是以政体颠覆、政权更迭为目标的，必须借助军事斗争的手段，而军事斗争是一种以大众为基础的斗争，大众的素养决定斗争的成败。因此，描写革命斗争中的普通人，自然也成为左翼文学中的热点。魏金枝也将笔触深入到这个层面，致力于写出革命中普通人的基本面貌。在这里，《前哨兵》和《学不会的人》就是重要的代表作。作者从庸常性中写出神性的成长，致力于表现人性正向回归和主体精神的自觉，反映革命战士成长的心路历程，也留下了嵊县土匪与草莽英雄的忠义性格的文化胎记。

《前哨兵》完成于1932年3月9日，写得非常精致。小说以荒诞的笔调，用第三人称的叙事方式，讲述了一个农民在妻子与奸夫的迫害下逃出来当兵而受伤的简单故事。前哨兵原来非常胆小，大家都知道他怕鬼。一个田主夜里摸进他老婆的被窝里去了，他因为怕鬼而不敢起身，就假装睡着了，任其胡来，以后就天天受着屈辱。有一天，他发现老婆床头有一包老鼠药，怕被其毒害，就悄悄地逃进××队当兵。黑夜，他跟着队伍出发了，但×军不愿和他们队伍接触，一得风声便从西门溜走了，藏在簸箕谷，枪支都带走了。队长小老胡看情形不对，就把队伍悄悄带到东门外，然后掉转方向来到东北二门边。他便争着做了东门外并不重要的前哨兵，可他粗心放了一个间谍。他还没来得及去报告，城上城下两军就开火了，他也无意识地向城上射击，队长小老胡发出了沿城向左退的口令，他不知道向左是怎么转，还是追近去射击，把子弹打光了，肺部受重伤。战斗结束，他茫然地冲进自己的队部，睡在床上时听说败下来是因为走了风声，他马上去承担责任，将经过告诉小老胡，要求他打死自己，小老胡随手拿了支没有子弹的手枪给他，前哨兵将枪拄在太阳穴上，"咯"的一响，以为自己死了，被赦了，便委倒在地上。小老胡吩咐老卫生员将他"好好的看护起来"，于是前哨兵又活了转来。显然，作者描写了一个革命战士的成长历程，既反映了革命战士必须在革命战争中经受血的洗礼才能成长的现实，也反映了在革命战争中官兵素质决定战争胜负的主题。

这篇小说感人的艺术魅力来自对人性的深刻描写。前哨兵是一个备受压迫和欺凌的小人物，也是一个十分愚昧而怯懦的乡下"傻子"。他去当兵，并不是因为自己有什么革命理想，而是因为遭受到了前所未有的压迫和损害。他为人"灯芯那般软，灯芯那般脆，胆子呢，又比绿豆还小"，是一个非常懦弱的人，而且一个人不敢晚上去放水，说是怕鬼，是一个愚昧迷信的人。大家都知道他胆小，一些人就欺压和侮辱他。田主敢于无视他的存在，摸进他老婆的被窝里去，而且还肆无忌惮地安慰他不要气，并说自己也怕鬼，是喝醉了从这里走过而躲进来了。这种天方夜谭的故事，充分显示出前哨兵遭受到的无以复加的压迫。当然，前哨兵也并不是毫无人格尊严的人。虽然因为怕鬼而不敢起身，但他气得手脚都发抖了。本来他叫着要起来邀邻舍大家来捉奸，可是因为邻舍离他家三四里，他不敢走这么远的路，只好假装睡着了，任其胡来。他心里只有一个愿望：“不要做那宗事就好了；一直挨到明天吧，明天他会自己懊悔也说不定的。”此后，他一天一天受着屈辱。懦弱、胆怯和愚昧，都是人性的弱点，正是这种弱点使他陷于被损害的境地之中，也使压迫者更加疯狂。他的老婆和奸夫竟然想用老鼠药毒死他。然而，他胆小，也是一种生命意识的反映，因为他担心自己的生命受到损害，所以不敢与人斗，不敢走夜路。所以当他发现老婆床头有一包老鼠药，怕被其毒害，就悄悄地去当兵了。按理说，像前哨兵这样的性格和胆量的人，是不很适合当兵的。军队是作战的，要流血的，英勇无畏、意志顽强、敢于牺牲，是对从军者的基本要求。可是前哨兵这样怯弱的人跑到军队里当兵了，显然是有其先天性的不足的。然而，正是军阀混战的时候，兵员不足，前哨兵被收下来是很正常的。

小说着力描写了一个农民出身的战士参加革命队伍之后精神性格的蜕变历程，显示了魏金枝基本的审美取向。客观讲，在前哨兵的身上也还拥有从军当兵的基本素质。这就是他的老实、本分、忠诚和单纯。当队里人问他为什么逃来当兵，他就老实回答是因老婆要把他像老鼠般药死，他还会和他们兴奋地谈起老婆的情况：“啊！胖的很哩，又胖又滑，你不知道那种滑法的。那天我要抱她，好像筷子夹着芋艿啦!”当他们和他做一些小孩子常做的游戏，他就开心得躺在草地上打滚，又直着喉咙狂呼：“开心透了，我开心得要死了。”当别人故意逗他，说如有机会要再弄个更胖更好看的女人给他时，他就笑了，但他就当真，并想到老鼠药上去，因而烦恼起来。他说：“要女人做什么，真的想想那宗事情就不舒意的。”他就是这么单纯。军人必须以单纯和忠诚为前提。这正是前哨兵能够成长的前提和基础。

当兵后，他的精神性格渐渐地发生变化。在队伍里，队长小老胡总是一张死死的板脸，前哨兵最怕他；他接受了战友们的影响，渐渐地开始有了转变。当他听到部队可能要出阵了，他就不安了。他说：“我只要和和平平的，常是和和平平的就够了。”这固然有其胆小的原因，更因为和平就没有危险，民众生活可以安宁。和平不仅是他个人的期待，也是民众的愿望。在战友们的影响下，他对战争有了基本的认识。于是，战友们和他讨论开火后的情形，教他怎样做。他们告诉他，肉搏战中你不刺过去，他们就刺你，转过去又会刺我们别一个。这使他很烦恼，他想刺死我一个就算了，为什么还要刺死他的战友呢？因此，他流着泪水说："倘使他们真会把你们刺死，我也一定会刺过去的。"可见，他是一个重情义、友爱战友、敢于自我牺牲的人。当他们讨论到枪械的用法时，前哨兵也想得到一支好枪，他又快乐了。他说："我想明白了，我多高兴啊！"就是在战友们的影响下，他对军队的意义、作战的规则有了基本的认识。但是，这是建立在他的先人后己、自我牺牲的人文主义精神的前提之下的。这也是他从一个怯弱的农民向一个合格战士蜕变的一个重要的基础，也是一个重要的步骤。

一个黑夜，他随着队伍出发了，进城与×军战斗。但初次上阵，他既不懂得进军时的纪律，又不懂得两军交战的策略。队长小老胡看到×军从西门溜走，藏在簸箕谷的情形不对，把队伍悄悄带到了东门外，前哨兵本想碰碰运气，就很不舒服，一路埋怨小老胡为什么跑了四五十里来，却不追到三四里之外的簸箕谷去，说他不做那种蠢事，那种办法真不对！小老胡呵斥他不要说话，他却想到小老胡平日威严，而现在却也胆小了，心里愤愤的，嘴里也叽咕更重些。后面人叫他静一些，他就发火："你叫我不要说话么？你也胆小么？我是说得有理的，我不能受你们的运动。"这显示出他那种农民的单纯，也显示出他的无知和浅薄。当队长跑近他身边问他"那么蠢子，依你怎么样呢"时，他理直气壮地说要反转去。这既显示了农民所拥有的直爽，也显示了他自信心的恢复。

当队长带着部队来到东北二门边，他看出了队长的真实意图"是等在这边省力些"，显然表明他能够正确地判断事实。随着他的自信心的恢复，他的自尊心也恢复了。当小老胡在派东西北三门的步哨时，同伴要他听听命令，骂他："说这些空话，还是去做前哨吧！"他受不了这耻辱，立刻跑去要求担任那差使。当小老胡说当前哨就用不着他这莽夫时，他生气了，愤愤问为什么，又问："那末莽夫究竟做些什么呢？"最终使小老胡让他做了东门外并不重要的前哨。这个岗位设在一个坟堆边，那里一个个的坟堆，暴露出薄皮棺材，坟树上吊着死猫、死狗、死小鸡，还有那树叶声和鸟飞拍翅膀声，充满着阴森恐怖的气氛，通常迷信认为这种地方是有鬼的，是鬼做窝的地方，前哨兵本来就怕鬼，当初没有注意到，可后来越想越害怕了，他害怕极了。他想逃回去，但怕被人笑死，又想如果真的逃回去，那些狗仔便来了怎么办呢？因此还是等了一会儿。可见，他已经有了一种责任心。这种责任心的恢复，使他胆子大起来了。他耳际响起“蠢子，有我们吓！”的漠视性话语，他无法接受，于是他在心里应声道：“是的，我会喊起来的，于是你们便来了。”因此，他拍拍胸，挺挺腰，屹然地站住了。而且，很快他觉得喊是不对的，不仅因为别人会笑他胆小，更糟的是给城内狗仔们的间谍听到了，他们一定会从城上打下来，连同伴们都会被打死的。于是他耸耸肩，张开眼，竖起耳朵，伸长脖子，注意四周。在这里，自尊与责任意识交织在一起，显示出前哨兵的进步。前哨兵有了责任感，随之也有了一种防卫意识。当他看见一个人来了，便跟着他，记起小老胡的命令：“抓到我这里来！”在河边毫不费事地捉住了。当那人求饶时，他说：“饶你么？因为你做得好间谍么？”当那人自称是磨豆腐挑水，他正正经经呵斥道：“磨豆腐的？挑水的么？好啦，你当我蠢子吓！”当那人发誓时，他坚定地说：“我不信的！”应该说，这时前哨兵的防患意识是较强的。然而，他还有着一种同情心，这使他不辨真相。所以在那人的哭诉、求饶和利用一身豆腥味的掩盖下，他就心软了，相信他是一个磨豆腐的。他想到将他交给小老胡定会没命，想到老鼠死不闭眼，他想自己为什么要杀一个无罪的人呢？正是这种很强的同情心，使他被蒙蔽了，脑子里就没有小老胡，也没有背后的同伴以及西门外的簸箕谷，只有一个身前的无辜者，于是将他放了。可是，那人一旋转身就溜走了。于是，一种恐惧感抓住了前哨兵，他耳上响起了小老胡的话，又想到那或者真是个间谍，马上追了上去，可人已无影无踪了。他非常愤怒，只希望他不是间谍就好了。恰恰相反，这个人就是一个间谍。两军交战是你死我活的，既不能有丝毫的疏忽，也不能有些微的同情心，前哨兵恰恰因为没有摒弃正常人性中的同情心而使自己犯下了一个重大的错误。他意识到了这一点，因此心里非常紧张。实际上，这也是他进步的表现。

前哨兵急忙要去报告，还没跑到自己的队伍，第一颗子弹就从城上射下来了。城上城下两军开火了，前哨兵也无意识地向城上射击。他把子弹打光了，天也微微发亮了，城上的枪声也停了，他不知道自己的队伍向哪里去了。不仅他自己负伤了，而且一些同伴也负伤了，队伍吃了败仗。最后回到队伍中，在梦中还是继续装子弹，射击，走路，转弯，循环着，没有太阳也没有夜，他永远在挣扎。他一醒来就问谁伤了肺叶子，会不会死，又问丢了另外的人没有，还问是怎么败下来的。显然，作为一个战士，他已经走出了个人的小天地，关心的是别人，是战友的安危，是自己军队的胜败。这是一个重要的进步。当老卫生员告诉他是走了风声时，他记起以往的一切来，突然坐起来问是谁放了风。当老卫生员告诉他小老胡正在调查时，前哨兵马上从病床上跳下来，冲出寝室，大声喊道："我知道的，我知道那个人。"昂然地跑近小老胡，抓住他的肩膀喊道："打死我吧！""我放了一个间谍。"他说："我现在不再蠢了，不愿意再讲那种丢人的蠢事了。"前哨兵以死来赎罪，也是以死来承担责任的一种表现。这样，一个不怕牺牲、敢作敢为，勇于担当和负责的新型战士的形象就立体地呈现在读者跟前。同时，小说也显示了战场上不容所谓的人道主义的同情心。至此，作者塑造了一个性格十分丰富的艺术形象。他的怯弱使他受尽屈辱，也使他走进了革命队伍；他的善良使他犯了错误，也使他敢于承担责任。他的精神性格的蜕变过程，反映了许多底层民众卑怯的精神状态中所潜存的耀眼的光华，揭示了中国民魂的精神底蕴。

在中国现代文学史上，这种精神成长主题的深刻表现，以前并不多见，只有 1938 年 5 月姚雪垠在《文艺阵地》第 1 卷第 3 期上发表的《差半车麦秸》可以与它相提并论。姚雪垠在小说中塑造了一个绰号为"差半车麦秸"的农民游击队员的形象，展示了一个抗日战士的成长历程，包含着重大的历史内涵。这个人物原本目光短浅，顾恋妻儿，可是在抗日斗争中，他开始懂得"同志"的意义，感受到个人与千千万万人之间的关联。如果说"差半车麦秸"这个艺术形象显示了抗战的"集团生活给'老中国儿女'的子孙们带来了超越一户利益之上的集体意识和民族意识"①，展示了一个民族解放战争中战士精神蜕变的话，

① 钱理群、温儒敏、吴福辉：《中国现代文学三十年》（修订本），北京大学出版社 1998 年版，第 379 页。

那么前哨兵这个形象则显示了革命战争时期，你死我活的危境推动了国民精神的回归与复苏。这个形象与《白旗手》里的乌狗有些相似，都是十分怯弱的，作者充分发挥了细节描写的艺术表现力。乌狗老婆被老李霸占了，自己不敢有任何反应，只好去请教别人，别人说没有办法，他也就甘受欺辱。但前哨兵比乌狗更胆小卑怯。他发现田主摸进他老婆的被窝里，他不敢起身去干涉，想邀邻人来捉奸却又不敢走夜路，只能任其胡来，以后天天受屈辱。透过这些细节，前哨兵卑怯懦弱的性格就淋漓尽致地表现出来了。但是，当他当兵后，在一种你死我活的残酷的战争环境中，他不仅消除了自己的怯弱，而且敢于担当，敢于为自己的过失承担责任，甚至不惜牺牲自己的生命。这种蜕变，是革命战争促成的。

小说严谨的结构、绵密的叙述和细腻的心理刻画也是值得我们称道的。作者描写前哨兵发现他放走的那个人转身就溜走了，不见了，这时他的心理十分复杂。请看：

> 前哨兵茫然的在地上徘徊，他的手软了，他的身子抖了，他的心七上八落的交叉着两个念头：有时想想那生腥气使他宽心，有时想想那迅速的逃脱使他恐惧。
>
> 他几次想把自己立得直些，再把快到手的枪支，以及站在背后同伴们的友情来哄哄自己，却觉得枪支的希望越淡，那些同伴呢，也越远越模糊，并且对他避开脸孔了。于是他的背越酸，腿越软，他要立不住，他要死了，他要沉下去了……

由此，我们可知前哨兵这个人的精神特征和性格本色。小说就是以一种深刻的心理剖析和描写，出色地完成了它的创作任务。这是值得我们注意的。

与《前哨兵》一样，《学不会的人》也是写精神性格的成长历程的。如果说《前哨兵》是写革命战士的成长历程的话，那么《学不会的人》就是写普通的革命工作者的成长历程。这篇小说写于1929年12月12日，无疑也是受革命文学潮流影响而创作的。小说采取第一人称的叙述方式，讲述了“我”的隔壁的邻居，小学同学×君从什么都学不会的人转变为能够出色地胜任工作，最终作出自我牺牲，成为一个坚定的革命者的故事。这篇小说应该是作者的自传性的作品，塑造的这个英勇牺牲的革命者形象，留下了作者自己少年艰难求学引发家庭矛盾和在浙江一师时参加《曲江工潮》的编辑工作以及后来在杭州被捕的经历的影子。应该说，小说描写的这个人物是真实可信的。×君插入小学三年级学习后，家里经常发生矛盾，令其无法安心学习，他的成绩自然是不好的，所以老师说他是个"学不会的人"，同学们也笑话他。这又使他从小失去了自信。但他自小就追求坦荡，是一个敢于自我牺牲的人。他家里充满矛盾，他认为是他母亲为了给自己读书而去养私蚕、偷卖殳子而引起来的，就不升学了，要使母亲收手，使家庭和睦起来。他提出辍学后遭到家里反对，他的母亲打了他。但他还是辍学了，去参加工作了，自己养活自己。他说，如果他母亲有钱供他上大学，那么一定会设法和"我"一道去。这是他后来转变的主观基础。他小学毕业，要他去做文字工作，显然是难为他了，所以N君要他写书信，他既听不懂，也写不好。但是，他又有自强的意志，当他去交通处做文件的收发工作时，就做得非常出色。当党组织遭到破坏，他很担忧，但始终担负起自己的责任；当叛徒出卖，他被捕之后，为了营救同志们出去，他主动一个人承担政治责任，最后牺牲了自己，走完了一个革命者的人生历程。显然，这个人物是具有较强的感染力的。

"我"也是一个真实的人物形象。他自小生活在一个贫困但幸福的家庭，无忧无虑，学习很好，他也关心人，鼓励邻居×君也去参加三年级的插班考试，两人相伴而行。当他听到×君家里可能不会允许他升学时，心里十分关切，告诉母亲说可能是因为没钱。当他从母亲处得知×君家里有钱时，他马上将这个消息告诉×君。他又是一个多愁善感的人。当他知道×君家有钱时，就觉得×君在学业和家庭上的幸福比他差一点，但实际命运比他好，这就使他有了一种感伤。他同情×君不良的家庭环境，咒骂他们的家庭究竟是由一些魔鬼组织起来的。他升学两年后，家里发生了重大变故，不仅遭受水、旱、风、虫等自然灾害的搬弄，而且父母都先后去世，他成为十足的穷光蛋，就不得不辍学，开始东西南北地流离起来，从此参加了革命工作，但他对于×君还是十分怀念的。因此，当他被派到下级单位，看到×君后，对他还是充满着关心，鼓励他工作，给他信心。当×君调到上级单位任交通员，“我”又去鼓励他，并为其送行。可以说，这是一个有情有义的人物形象，讴歌了革命同志之间忠诚的友谊。

这篇小说的成功还表现在艺术技巧上。一是将写景和写人统一起来。例如小说描写“我”和×君周六下午回家时一路的景致的描写，就非常到位。请看：

> 实在说，我们这样慢慢地走着，有时也觉得非常有趣，因为在这十五里路中，山水田野的风景，到处都点缀得十分秀美，有松林，桑田，山涧，以及弯弯曲曲地走十几步路就会变换一幅景象的山啊。并且，每逢那种时候，那快要落山的太阳就发出胭脂一样的红光，把青蓝的天空渲染得非常艳美。在秋天，更整天扇着微微的凉风。我被这景致所沉醉，便不由自主的重重地喊起来，喊得那山谷也发出清晰而洪亮的回声，已忘记了后面跟着的×君，尽把手扬着，疯人似的跳得头发都竖了。

在魏金枝的小说中，很少写景，尤其是单纯的写景更少。他学习了鲁迅的艺术手法与技巧，往往是提笔就写人。这段写景清新优美，但作者不是为写景而写景，实际上这里写景是为了写人，是为了更好地表达“我”自由自在、快乐欣慰的自然心态，也反衬×君的抑郁和苦闷。二是先抑后扬叙事，增强了可读性。小说前面将他的“学不会”的缺陷充分展示，为后面写他的蜕变作了充分的铺垫。三是小说在叙述上取消人物对话的限定性标志——引号，这种形式上的创新，使小说的叙事更流畅。这种方式，在20世纪80年代的小说创作中，被作为一种新的创新手法加以运用。

这篇小说也有失败的地方。一是叙事的缺陷。小说按照时间进程顺序展开情节，显得异常平淡。尤其是小说中“我”由一个流浪者进入革命阵营中的叙述，前后明显脱节，这是很明显的不足。二是小说中明显出现了宣传口号和观念性的文字段落。如当×君被调到上级单位去时，引起了讨论，有些人认为应该以技术做目标，以为同志间如其能够服从了党的意志，而又能把应办的事情尽量先使之达成，那就是应该选取的一个办事人；有些人认为应该认着品格的，以为党员的品格是最和忠实与否有关。如此等等，这些都是概念化的。也许正是这样，有人认为这篇作品“可说是魏氏作品中最失败的一篇”。① 然而，魏金枝敏锐地抓住了革命者的成长问题，反映了历史的真实，显示了独到的艺术眼光，这是该作品重要的价值所在。所以，总起来看，瑕不掩瑜。

总之，魏金枝对于革命者的成长历程予以独特的描写，显示了他在小说艺术上的独创性。在左翼文艺运动中，成长主题是不少人涉及的一个文学母题，如叶紫就擅长于描写农民性格的成长历程，揭示农民思想觉醒的过程，取得了重要的成就。然而，以人性的视角去描写革命者的成长历程，魏金枝则是独到的贡献。在他笔下，经过蜕变的人物，都不是凌空而起，而是有其健全的人性作基础的。×君如果不是一向拥有自我牺牲的精神和敢于担责的精神，他最后不可能蜕变为一个勇于为革命而牺牲的英雄。《白旗手》的勤务，如果不是他一贯拥有鲜明的是非观念和侠义的性格，那么也不可能获得精神性格的蜕变。这样，这些小说就超越了其本身所具有的价值和意义。显然，这与作者所选取人性视角是密切相关的。

四　尊严的极端护卫与反抗的人性裂变

在黑暗社会中，底层民众往往生活在水深火热之中。统治者总是肆意实施严酷的经济剥削、政治压迫和精神奴役，无视其生存需要和基本权利，漠视其人格与自尊。在中国现代文学史上，描写统治阶级对底层民众的精神损害的，是从鲁迅先生开始的，他在《阿Q正传》等作品中揭示了底层民众在封建统治阶级的奴役下精神上的愚昧、麻木、苟且、健忘、自私、自大、凌弱、畏强等一系列的病态，提出“改造国民性”的问题。自然，鲁迅没有去发掘民众心灵深层潜存的精神之火。到40年代，胡风还提倡作家继承鲁迅所开创的“改造国民性的”文学主题，提

① 梁新桥：《带着浓厚的自然主义气味的农民作家魏金枝——作家批评之一》，《现代出版界》1932年第6期。

出作家应该看到民众的“精神要求虽然伸向着解放，但随时随地都潜伏着或扩展着几千年的精神奴役底创伤”。[①] 应该说，国民性作为一种民族的根性是潜存在国民身上负面的精神原型。然而，作为一个屹立于东方几千年的民族，民众不仅延承着这种精神负面的原型，也还潜存着一种积极的精神底蕴。我们自然要批判国民的精神劣根性，尤其是在“五四”社会转型这样的特定历史时期，批判国民精神的负面，提倡改造国民性，是非常重要的。但是我们也要看到民众精神底层的闪光之处，这种闪光点正是中华民族绵延几千年的生命之火，如果我们无视这一点，那就成为一种真正的民族虚无主义和颓废主义者。这在革命时期尤其重要。如果看不到民众精神底层的精神之火，就容易脱离民众，丧失革命的基础。魏金枝继承了鲁迅的文学传统，他也揭示民众的精神病态，但并没有重复鲁迅的文学发现与创造，而是致力于发掘民众的精神火花，并写出了民众对于人格尊严的极端性的护卫，对于统治阶级的压迫和奴役进行极端的反抗，既显示了一种深层的人性视角，也显示了对于革命的一种期待。这在《报复》和《自由在垃圾桶内》中表现得非常充分。

《报复》写于1932年4月18日，描写了一个年轻农民寡妇遭受凌辱之后出家，最后在灵肉冲突下杀死自己的亲生儿子，以实施报复和反抗的悲剧故事。这个阴冷而残酷的杀子悲剧，以极端的描写表现了对人格尊严的护卫，对人性作出了惊人的探索，无疑彰显了复仇者心灵遭受的巨大创伤，也表现了“君子复仇十年不晚”的集体无意识，充分显示了人性化审美视角所拥有的深广度。

小说采用第三人称全知全能的叙事视角，用倒叙的方式讲述了这个杀子复仇的故事，深刻地表现了统治阶级对底层民众人格尊严的损害。善才尼姑痛苦地过了20年。20年前，她死了丈夫，成了一个寡妇，只望自己也死去，和自己的男人躺在同一口棺材里，寻过各种各样的死，最后一次是她的老娘将她从套绳上救了下来，劝她，求她。她母亲也是一个寡妇，只她一个女儿，她不想母亲跟着死，才丢掉了死的念头，关在屋里纺花、织布、缝衣，用力气来养活自己。到了冬天，因为寒冷和寂

① 胡风：《置身在为民主的斗争里面》，《胡风评论集》下册，人民文学出版社1985年版，第21页。

寞，她就哼起没有字义和拍子的野歌，做着梦，按下热恋的心，但时时在吃饭时对着空位子流泪，思念着死去的丈夫。初夏的一天晚上，她照样在纺着纱哼着歌时，二十多岁的酒鬼鸦片鬼秋老板拨开她门边的竹插子进来了，他飞扬跋扈，气焰十分嚣张地高谈他的金钱万能论："看我还有做不到的事情么?"他常常吹牛皮："有天仙般的女子，我就有磨般的银子去压她；金那般硬的心，我就用火那般热的银子去烧她。"于是，他用金钱诱惑她。他在身上摸出一段纸包的洋钿来，折了一小半段说："看吓，这个你就一定喜欢了。"看到她还没有反应，就又添上大半段："还有吓，这就可以么?"当她仍没有看时，就狰狞地说："我要把洋钿放得比你的心还重。"她斜眼看了一下，使他很高兴，又再到家里去拿钱。她想到自己是个孤独的女人，没有田，没有地，也没有丈夫，倘使病了，那就一切都完了。因此，她对金钱动了念头，就想"做一次"，下次"不答应就好了"。但是，当遭到秋老板强暴时，她醒悟了，嘶喊着："不能，永远不能。"当她被奸污后，心里非常痛苦，并把那些钱丢在窗外的泥田里。从此她再不做梦了，也不再唱歌了，她预备死。但秋老板威胁她不许她求死："你想死么?你要死，我就把那件事情说出来。"她只好苟活下来，一个生命在她肚子里长成了。当母亲准备一个月后帮她打胎，在门缝里观看的秋老板又不允许，说是花了二百块钱不便宜，要她生下来，否则报官告她们杀人。因此，她只好将自己关起来，等待这小东西出生。当她屈辱地生下了这个"野种"，她母亲考虑不好怎么面对世人，想丢掉他，结果被躲在门外的秋老板打进门来抱走了。秋老板是有产者，是统治阶级的代表。在他的压迫下，她为了这个孩子，躲了一年多后出家到村边的白云庵做了善才尼姑，带发修行，每天诵读佛经，平安地种种她的园地，自己养活自己。可她总是做噩梦，慌梦，荒唐的梦。即使在白天，眼前也摇晃着许多狞恶的人影，嘲弄、讥笑、唾骂她，以致痉挛了，她就跑去念经。显然，作者执着表现的是基于社会压迫和人生屈辱而产生的一场悲剧，充分地展示了有产阶级对无产者的人身凌辱和精神损害。

当然，小说还充分显示了封建伦理道德对于底层民众的精神损害。小说描写了母女俩人生循环的双重悲剧，深刻地反映了封建伦理道德对她们的影响。母亲是一个深受封建伦理道德影响的寡妇。她只生了善才尼姑这个女儿，丈夫死后就守寡了。她只有两间屋，把两间屋给了个继承者，还做了不少苦工作，继承者才给她一点饭，但她不怨恨。她说道："我总算有个后代了，总望身后给我点血食，又给我点香火，现在苦苦有什么要紧呢?"她对封建时代的名节看得很重。当她知道女儿怀孕后，紧紧地捏着女儿的胸衣，抖着手，凶凶地问贱女儿做了什么，她说："我知道一个女人总是少有结煞的，可是这是丑的丑的丑的……"她打着自己的巴掌说："让你早死就好了。"她说自己"苦苦的守了寡"，"苦了几十年"，"到底给你加上坏名了"。她丝毫不顾女儿的委屈，使她又去寻死。然而，当她看到女儿又去寻死，她又从地上爬起来，抱着女儿足足哭了二三个钟头。她给女儿打胎，但又摇头流泪，怎样有脸去叫打胎的女人呢？当听到秋老板在门外叫，她要开门去打他。听说女儿拿了二百块钱，她气得发抖，凶凶地盯着女儿。当女儿到她那里去生产，她怕别人知道，就不允许她叫出声音来，当她听见女儿大声地喊了出来，恼怒得眼上起了血丝，差不多要用嘴咬人。当婴儿出生时呱啦呱啦叫起来，她马上用手去掩了他的嘴。然后，她又担心：怎么送出去？自己抱出去别人问来，又怎么回应？她还想到，即使养大了，人家问是谁生的儿子，别人自然会说是某某人的女儿生的野种吓！这使她感到害怕，因此就想丢掉这个小孩。在她身上，封建伦理道德已经内化为一种自觉的行为准则，成为一个封建伦理道德的维护者。

善才尼姑的人生是母亲人生的循环，但苦难更深。20 年以前，她死了丈夫，没有孩子，只给她留下了两间破屋子，和一些少数的农具。她也有封建时代从一而终的思想意识，丈夫死后，她指望自己也死去，和男人躺在一口棺材里，这就是她的心愿。虽然后来对爱情充满向往，看到秋老板的钱也动了一会儿心，被他强暴后，她很快就清醒了，她想寻死。这显示了封建伦理道德的影响力。然而，世俗社会的封建伦理道德意识对她的损害更严重。当她在纺线唱歌时，农人们就在田里议论她："看啊！小寡妇关不住了！"她看到这些农人摇头，就梦似的揩眼泪。当她被强暴后，就躲起来，以为别人会忘了，可是世俗的人们还是在议论她。有人说"她已躲在秋老板的小房里了"，有人说"她仍旧躲在自己家里，不过那男人在夜里总是钻到那里去"，有人说"不愿听那种龌龊事，让天火烧了那对狗男女"。当她生下小孩后，出门时用自己的笑脸招呼人，老太太们就简直动了气，狠狠地盯视她，然后摇着头说：“我不认识你，这位漂亮人，你是谁家的太太吓?”有的人有意凑上去说：“老人家，这位是秋太太吓。”面对这种羞辱，善才尼姑感到羞死了，巴不得钻到地里去。在这样的处境中，她已没有了自己的生路。于是，她走进了白云庵。这说明，封建伦理道德已经深深地毒害了底层民众，泛化为民众的日常行为准则和评判世俗世相的道德标准，进而对被损害者进行无情的损害。在“饿死虽小，失节事大”的非人道境遇中，善才尼姑遭到强暴，不仅没有获得大家的同情和帮助，反而遭遇到人们的鄙视和羞辱，加重了她的苦难，扩大了她心灵的阴影。因此，这个悲剧，实际上也是对封建伦理道德罪恶的批判。

然而，小说更突出的意义是表现了受损害的底层民众坚决反抗精神压迫和人格损害的巨大力量，反映了底层民众对于精神人格的看重与护卫，也显示了越文化中卧薪尝胆、报仇雪耻的文化原型的影响力。善才尼姑20年前死了丈夫之后，遭到秋老板强暴时，她的人格尊严醒悟了，也激起了她内心的仇恨。第二天、第三天，她用扫帚赶走了他；此后秋老板常来敲门，她不应；当秋老板威胁她不准她死时，她说：“我死了也要来寻着你。”当她为了母亲被迫苟活，当小东西在肚里动，她总想起那次事情，以及那个人，因此身子发抖，胸口作恶，就要呕吐。她想，等到这小东西一出肚就自由了，“一切快要完结了”，“那时候我又是个干净的人了，我不会把我自己卖了的”。她充满着对于自由、人格和尊严的期待。当这个孩子出生后，她嫌恶地挨得远一些，命令她母亲“拿开去，从此给我自在些，我不愿再看见那些东西的”。这显示了她内心的仇恨。后来她出家到白云庵，也总是做着噩梦，眼前总是摇晃着许多狞恶的人影，因此她总是将厨刀藏在床头。当20年后的一个夏天，那个“野种”寻找到山上来认她这个母亲的时候，她却把他幻觉成毁坏她的一生的鸦片烟鬼秋老板，竟然觉得自己还是一个年轻女人面对着凌辱，于是用利刃将他杀死了。她说：“我不知道时光过得这样快的，他确乎像二十年前的他的父亲。”当法官问她倘使真是他父亲，她是不是存心要杀了他时，她说：“是的，我恨他。”“他毁了我的一生，就是我杀了他，我所受的苦也比他所受的多了。”这时，两鬓的白发都竖了起来，像一只相斗的雄鸡，非常兴奋地摇起头。她说那个野种“太像他的父亲”，他跑进房里，正如他父亲20年前跑到她的家里来一样，所以她突然跳起来，就杀了他。可见，善才尼姑精神人格和尊严上遭受的损害之深，她对自己人格尊严的护卫愿望和力量的强大，充分显示了人性的威力。

这个复仇故事，在创作主体心理的深层，受到了越文化的影响，是越地文化原型的置换变形。一是越王勾践报仇复国原型的影响。越国被吴国击败，备受欺凌，越王勾践侍吴三年，回国后卧薪尝胆，忍辱负重，十年生聚，十年教训，花了20年的准备工作，最终击败了吴国，报仇雪耻了。善才尼姑被强暴后，也忍辱负重，生下小孩，并出家了，过着非人的生活，但在她心里，那种刻骨仇恨一直深藏着。20年后，当那个野种来找她时，误认为他是秋老板，便将他杀了，报了深仇大恨。对于一心想要一个儿子的秋老板来说，让他断子绝孙，是最大的惩罚。善才尼姑20年后报仇，显示了越王勾践复仇原型的影响。二是越东民间典妻文化原型的影响。典妻，是旧时代越东婚姻文化中客观存在的一种买卖婚姻的变异形式。通常是贫困的农民因无法生存而被迫将有生育能力的健康妻子出典给有钱人，而有钱人去承典别人的妻子，一般来说都是因为自己没有儿女，为了传宗接代而去承典别人的妻子。也就是说，临时用金钱去租用急需钱的人妻来为自己生育儿女，被出典的妻子的任务就是在出典期为承典者生育男孩，因此出典期间不得与原来的丈夫同居，也不能回家照看自己的孩子等。所以，典妻的本质意义就是以金钱为前提去玩弄贫困人的妻子，为自己生育后代。典妻的历史由来已久，早在《汉书·贾捐之传》就有记载："嫁妻卖子，法不能禁，义不能止。"卖妻是以妻子作为商品进行买卖，自然不是后来完整意义上的典妻，但它为后来的典妻现象作了准备。浙东地区是我国典妻风俗主要流行的区域，直到中华人民共和国成立后，典妻现象才消失。《报复》这篇小说也残留着这种典妻文化的民间原型。这一点，我们从秋老板强暴善才尼姑的前后表现和善才尼姑当时的心理活动中可以看出。在作品中，鸦片烟鬼、酒鬼秋老板是一个残害底层民众的统治阶级的恶势力的代表人物。但是，小说并没有概念化地去描写他，而是赋予了他非常丰富的性格和深厚的审美内涵，显得栩栩如生。这就是他身上所体现的时代特征和民间文化特征所产生的一种艺术效果。首先，他作为一个有产阶级，浑身充满铜臭气，以为有钱就什么都可以做，所以在下层人民面前作威作福，胡作非为，丝毫不顾人的尊严，最后实施了性侵犯，并威胁她不能寻死。自然，这是一个统治者随心所欲的丑恶行径。其次，赋予了一种典妻的文化意味。典妻虽然是以金钱来玩弄女性，但它有一个基本的特征是双方自愿。从秋老板对善才尼姑施暴前后来看，始终遵守了这一规则。秋老板对善才尼姑施暴，不同于一般人的强奸，他不是完全不顾对方的意愿而实行的强暴。小说这样描写："昨天夜里"，她照样地纺着纱、哼着歌的时候，"秋老板又来拨她门边的竹插子"进来了，这就显然告诉读者，秋老板已经不止一次拨开竹插子进来了，但以前都没有强暴她。而昨天夜里进来后又是用金钱诱惑的，先是立在纺车边耸腰骨说："求求你，我急死了！"但并没有施暴，而是不断拿出金钿来打动，直到她斜眼看了一下那些金钱，使秋老板有了机会，"使他那双厚皮眼又笑得成为一条缝，因此他走了，他再到家里去拿钱"，从而使善才尼姑当初真的为之一动，就想"做一次"。这样才实施了强暴。此后，他天天来到善才尼姑家里，并没有再次施暴，而是被赶出去或关在屋外。显然，秋老板不是那种性暴徒。而他为什么要对她实施这种性暴行呢？显然是因为两个原因：一是善才尼姑长得漂亮，他的确喜欢他。所以他每天来看她，不允许她寻死，并答应"好好的活着呢，那就算了，我罚咒不再来了"；当听到她说死了也要寻着他时，他说："好了，寻我一道去就能好了。我们就会在阴司里相会了。"后来还是常来敲门。二是他没有儿子，他希望善才尼姑为他生一个儿子。所以，当他听说女人有了孕，就乐了；后来听说她要寻死，他也有些急；再听说她们要打胎，在外面门缝里看的他敲着门框子说不允许，心急地喊道："这是我生的，我正没有儿子，无论如何要等他生下来。"他威胁着说："莫动，蠢东西，我给了二百块钱养个儿子还便宜么？听着，一定要养起来，不养起来，我就去告你们杀人。杀人，晓得么？晓得杀人是犯罪么？"而且，他得意地敲着门边说道："暂时借借你这个肚子吧！"此后，他照例天天跑来听消息，当他把鼻子拄在门缝边，听说她们要丢掉那小东西，就重重地喊道："不能，不能，快点给我吧！"然后是打进门来，老虎一般地奔到床前去，一手抓起那个破布团，一脚跨出门外去了，说了声"谢谢你！"就走了。而后，从来没有来打扰过她。可见，这就如典妻生子一样，双方愿意是其基础，约定结束了，也就互不干涉了。而对于善才尼姑而言，当初她动心，不仅仅是她对于性爱的渴望，更重要的是对金钱动了心，想到自己是个孤独的女人，没有田，没有地，也没有丈夫，倘使她病了，那就一切都完，有了点钱总是可以的。因此，她想："为什么不可以做一次呢？单单做一次，下次我不答应就好了。"因此，她将钱放在了床头下。于是，秋老板才开始实施强暴。显然，这就如同出典一样，善才尼姑为了钱而接受了人家的要求。作者这样写来，显然是受到了典妻这种民间婚姻文化原型的主导。正是这样，这篇小说摆脱了左翼文学中概念化的粗疏，赋予了更为深厚的审美意蕴。

这篇小说在叙事艺术、情节结构、艺术描写和艺术手法上都达到了很高的成就，也是值得我们关注的。几乎全盘否定《白旗手》的黄照，却罕见地肯定了这篇小说的成就，他说："简略的说，《报复》是全书中比较成功的，它取材是严肃的人生批判，人事排列和人物描绘都还适如其分。"① 那么，这篇小说的艺术成就在哪里呢？

首先，运用倒叙和穿插的交织方式讲述故事，增强了小说的审美效果。这篇小说，整个故事是倒叙的，先从20年后善才尼姑的痛苦生活写起，再回忆她20年前的悲惨命运。而在叙述她被秋老板强奸时的情景，也是采取了倒叙的方式。先写她被强奸后清晨的反应，再追溯被强奸的经过，使小说保持着浓郁的抒情诗的色彩。最后写善才尼姑亲手杀死自己的儿子，也是采取倒叙的方式展开的。同时，在追述的过程中，作者打破时空的限制，巧妙地运用了穿插，使许多情节连成一体，形成了一个逻辑严密、富于审美张力的文本。

其次是诗意性的描写增添了小说的艺术魅力。例如写善才尼姑在守寡后第一次打开窗户的情景，非常优美：

> 冬天一过去，春天又来了，田里的虾蟆们就开始格格地奏起音乐来，还有黄莺儿到她屋角的树边来唱歌，还吹着使人懒腰的和风，下总攻击般撩拨着她的心，于是她的心就痒起来，痒到四肢，痒到全身，痒到各个神经末梢上。
>
> 她涨红了脸，红得要爆出血来，一句话，她闷不住了，于是就

① 黄照：《读〈白旗手〉》，《大公报·文艺副刊》1935年9月20日第12版。

动手去打开临近田坂的那扇窗，那是她做了寡妇后的第一次，窗一开，当面就送进春天的泥土气，郁勃，迷甜，烘热，把她的脚胫儿先就软了软。展开在她眼前的田野呢，慢慢的一坂紫云英花，在绿叶上透着火焰；雨后的白太阳映在青天上，鸟类带唱带飞的，在那里织着春天的梭。她想："多快乐吓！多快乐吓！"

这一段描写，将写景和写人统一在一起，显示了浓郁的诗情画意。人因美景而活心、动心、生情，景因人生情、动心，因而更美。

这篇小说不仅是魏金枝短篇小说中的精品，也是整个左翼文学中不可多得的精品。作者始终抓住人性描写的主题，既描写了现实社会的阶级压迫，又揭示了人物的灵肉冲突，使小说产生了惊魂夺魄的艺术感染力。在一定程度上说，这篇小说显示了弗洛伊德精神分析学说的印痕，但正是在这种变态心理的残酷描写和深度剖析中，小说"深沉地揭示了社会的和人身的凌辱，给一个孤苦的农妇造成了何等浓重（的）心灵阴影，在一种'饿死事小，失节事大'的礼防文化的笼罩（下），佛也拯救不了一个失节者的心灵磨难"①，不仅显示了笔力的精细与深刻，而且显示了独特的艺术创造力。

在魏金枝笔下，对于人格尊严和精神自由的追求，反抗精神压迫和人格奴役，《自由在垃圾桶里》也作了出色的表现。这篇小说写于 1930 年 4 月 20 日，1931 年湖风书局出版的《七封书信的自传》中收录。小说通过描写 × 君的邻居苦难的人生故事，揭露了社会的不平等，反映了底层民众主体心性的深层对人格尊严的追求和对精神奴役的反抗，显示了越文化中自由精神原型的深刻影响，收到了很强的审美效果。

小说用转述的方式，描写"我"听到 × 君所讲的一个有关他的邻居的故事。× 君每天总得说几次"自由在垃圾桶里"那句话，"我"不懂而问他，于是他讲述了一个邻居的故事。这个穷邻居年轻时候天真活泼，很早没有了父亲，单跟着母亲卖油条过活。成年后，有一班从别县来的吹唱手在镇上找不到食宿地方，他便收留了他们，并把铁镬拿到吃食店里去换了些馒头给他们吃，被他母亲回来后用扫帚敲打。他的母亲亡故

---

① 杨义：《中国现代小说史》第 2 卷，人民文学出版社 1988 年版，第 306 页。

后就流荡起来，夏天里是捉捉鱼，冬天便在赌场里做桌角，成了个十足的浪子，可是镇上的人总喜欢他，原因就为了他有趣。在夏天未到时，他就在街上卖鱼，有钱人买，他就把价钱抬高了，但对方还愿买时，他就说要留着自吃而走了，却又去捉住穷人贱价卖给他，冬天便在街上踟蹰。后来，他流浪到了城里，×君正从学校里回家，突然地看见他站在垃圾桶边找寻吃的，×君把他带到家里去，给他换衣服、吃饭，想叫他去做校役，帮他脱离苦难，可他不愿意，一溜烟跑出门外去了。小说塑造了性格丰富的人物形象，无论是×君的邻居，还是他自己和他的夫人，以及转述的“我”，都突出了性格描写，非常鲜明。在这个邻居的身上，我们看到了越地历史上嵇康、徐文长等人的自由精神，显示了深厚的越文化底蕴。邻居从小失去父亲，孤儿寡母，在艰难中生长大，既有着善良的品性，轻财重义，又有着好汉和英雄的品性，他蔑视权贵，同情穷人，虽贫穷卑贱，但却追求自由和尊严。这个形象，反映了底层民众的苦难命运和可敬的人格诉求，批判了社会的黑暗和不平等。魏金枝以精巧的构思和独特的叙事艺术，赋予了比较丰富的审美意蕴。杨义说：“魏金枝作为左翼新秀，艺术上能以迅速趋于成熟和坚实，是与鲁迅文学传统的影响和鲁迅本人的直接指点分不开的。”① 这篇小说应该说显示了这一点。

由此可见，魏金枝描写底层民众对自身人格尊严的护卫，其笔力是惊人的，他采取的描写方式是极端的，显示了越文化原型的深刻影响，能够给人深厚的感染，达到了较高的艺术成就。正是这种艺术描写，使魏金枝的左翼小说又显现了独特的一面，进一步彰显了他的文学意义。

五 人性的矛盾与阶级的自觉

左翼文学运动旨在推动无产阶级革命，实现社会解放。其中一个重要的任务就是反对阶级压迫和剥削。因此，广大民众对于阶级性的自觉认识，是进行无产阶级革命的重要的思想前提。于是，表现无产阶级和有产阶级的政治对立和利益冲突，就成为左翼文学创作中的一个重要的

① 杨义：《中国现代小说史》第2卷，人民文学出版社1988年版，第304页。

时代主题。然而，当时不少作家简单运用社会分析方法来建构一种无产阶级和有产阶级二元对立的文学模式，机械地以阶级性作为划分黑白两个世界的分水岭，使作品缺乏艺术的深度。如沙汀、叶紫、吴组缃等左翼作家都习惯于用二元对立的因果关系来表现复杂的社会问题，突出阶级的分野，难免在一种黑白分明的主观构想中将社会的复杂性和人的复杂性人为地抽干了血肉，使有些作品的艺术性减弱了。魏金枝也敏锐地捕捉到了这样一种潮流，也对阶级性作了一种描写，当初也曾尝试过简单地从政治概念出发，机械地构思出鲜明的二元对立的文学世界，但后来就与之告别了，转而从生活出发，从人性入手，深刻地表现了世俗人生与生俱来的阶级差异，表现了阶级的不可选择性，也揭示了投降与变节的悲惨下场。这主要体现在《焦大哥》和《制服》等作品之中。这种艺术描写，充分显示作者对于浙东山民刚健耿直、坚忍不拔的文化性格的贴近与向往。

《焦大哥》描写了农民自觉的阶级意识。小说写于1930年4月1日，同年发表于《萌芽》月刊第1卷第5期，署名金枝。应该是写于江苏镇江，因为当时作者在镇江谋职。这篇小说描写了一个父子兄弟成仇的悲剧故事，表现了被压迫的底层民众清醒的阶级意识及其必然会自发起来反抗斗争的时代特征，也反映了家族亲情是在落后思想之外影响和制约革命斗争的一个重要因素。这篇小说，显然受到了社会剖析派小说的影响。小说的故事主要情节是这样的：焦老叔年轻时遗弃的两个儿子都已长大成人，成了死对头。二儿子已经成了财主，改名为范三；大儿子焦大哥成了抗租的第一人，和穷朋友刘光汉等在农村组织“抗租同盟会”，反对地主老财的剥削压迫，矛头直指范三。流浪外地多年的焦老叔回到家里后极力制止阿大，在调和中不自觉地将他与村民密商对付范三的消息泄露给了范三。范三也格外想把他除掉，要焦老叔密切留心阿大，乘空通知他。焦老叔发现刘光汉帮焦大哥借来了手枪，准备去枪杀范三，就偷偷地将其手枪藏在阁楼上，并向范三告密，将刘光汉捉起来送县里杀头；他试图以租种范三的田来调和兄弟二人的关系，可是焦大哥不同意，焦老叔便在争执中将给范三出主意谋害刘光汉的事告诉了焦大哥。焦大哥到阁楼上搜到手枪，打死了抱住他脚不放的父亲焦老叔，并向范三家跑去。小说描写了焦大哥鲜明的阶级立场和阶级意识，虽然范三和他是血肉同胞，但因为他被送给了地主，已经成为一个地主，完全不是一路人，因此焦大哥要带头反抗他。在这里，人与人之间完全表现为政治革命中的阶级对立，是压迫者与被压迫者之间你死我活的敌对斗争关系。在左翼文艺运动中，一种共同的叙事模式就是把故事叙述设置为压迫和被压迫的二元对立，其叙事的核心是弱势群体向强势群体的反抗行动，鲜活的人就像木乃伊似的成为阶级代表，人类发展中以血缘伦理为轴心的亲情关系已经完全被政治意义上的阶级关系所抢位，所谓的“兄弟”“父子”关系已经完全失去了意义，丧失了存在的现实土壤。在这里，焦大哥与穷朋友刘光汉的阶级结盟已经高于人类亘古绵延的亲情关系。这充分显示了左翼文学话语方式的共鸣特征。

应该说，魏金枝在构思上还是费了心思的。他没有正面描写焦大哥与范三的交锋，而是从人性的审美视角出发，以焦大哥和他父亲的冲突贯穿始终。正是在这种冲突中突出了焦大哥强烈的阶级意识和坚决的斗争意志，也凸显了作者始终坚持的革命与人性这一文学主题。在小说中，焦老叔以一个调和人的身份出现，周旋于焦大哥和范三之间，从而使革命行动纠缠在父子兄弟亲情的关系中，这就强化了小说的人性内涵。焦老叔无法养活自己的两个儿子，小儿子送给地主，遗弃大儿子，出走外地流浪，但他并没有认识到自己的不幸命运是黑暗社会造成的，是地主的剥削和压迫造成的。他不愿意看到他们兄弟相残，就极力加以制止，急于调和，有意无意地将消息在双方传递。为了保护和调和两个儿子，他将刘光汉帮焦大哥借枪的事报告给了范三，并要范三谋害刘光汉。而又将自己告密的事情告诉焦大哥，最后被焦大哥枪杀。应该说，焦老叔这个父亲形象是比较真实可信的。焦大哥听到范三要杀刘光汉，急于去找范三，可他父亲抱住他的双腿，他有意无意地枪杀了父亲，并向范三家奔去，准备杀掉作为地主的弟弟，为革命同志报仇。这个“弑父”情节的有意设置，显示了政治革命与人类血缘亲情的矛盾和对立，突出了主人公的阶级意识、政治立场和斗争意志。“弑父”是当时革命文学中经常出现的一个母题，如蒋光慈的《咆哮了的土地》（1930），最后描写李杰率领农民军去家里抓他的地主父亲，在没有抓到时，则同意农民火烧李家老楼，将与父亲生活在一起的无辜的母亲和妹妹烧死了，显示了坚定的革命意志和坚决与地主阶级出身决裂的决心，但这是违背人性真实的，自然是概念化的表现。魏金枝这个情节的设置自然也具有主题先行的概念化的痕迹，应该说是作者创作上走过的一次弯路。但是，我们也必须看到，这个设置同时使小说显示了一种悲怆的人性意蕴。

值得我们注意的是，焦大哥这个人物形象所具有的越文化原型意蕴。他 8 岁时被父亲抛弃，是自己生活长大的，不仅对父亲没有感情，而且恨他的父亲，觉得早已脱离父子关系了；虽然和范三是兄弟，但也没有一点关系，他觉得手足骨肉只是个烂草结，缚不了人心的。但是，他对于阶级弟兄却感情很深。他认为，人类只是一种在某种同一心理生理上可以互通声息的动物而已。他不满自己一切都没有的穷苦命运。他说："我们不能再生活下去了……这样狗一般地活着，受人们的压迫和轻蔑正不如死去的好。"因此，他发动抗租联盟，主张熟年也不出租，可是大家都不敢说，被范三压住了，于是他决定先对付范三。但想到政府是范三的靠山，是真正的吸血鬼，他就很难过，很愤怒。他要刘光汉去向亲戚借枪，可是刘光汉迟迟不去，使他很不满。他说："活得不舒意自然没味，几个人活得舒意尤其使人难受！"这是他进行革命的思想动力。因此，他恨范三，不饶恕范三，也不愿意像范三那样来享福。他批评刘光汉抽鸦片，偷穷人们的沙。他能倾听别人的意见，听从刘光汉亲戚的指导，想到自己没有号召力，也有些沮丧。他懂得浅显的革命道理，认为能种田的就活着，不能种田的就饿死；田不是地主天生就有的，有什么理由要出租？他耿直又重义气，当听到焦老叔给范三出主意将刘光汉送到县里去杀头时，他很痛苦，说不出话，眼前昏黑，流着泪水，萎然地倒在地上。当他清醒过来后，用力把父亲甩在地上，踏住他，要父亲把枪还给他，搜到手枪后，打死了抱住他脚的父亲，跑向范三的家里去。这种爱憎分明、毫不妥协、真诚义气的性格，实际上是浙东山区聚义起事的农民英雄性格的再现。

这篇小说，虽然描写的革命故事充满灰色情调，不像那种纯粹的概念化作品以一种宗教性笔调去描写革命的神圣特征，没有给焦大哥的阶级意识和反抗行动套上耀目的光环，显示了一定的真实性。例如，革命者刘光汉是一个败落的纨绔子弟，而焦大哥也是一个不种田的游民，根本没有号召力。但是，总的说来，人物性格具有明显的概念化特征。例如焦大哥那种粗暴、简单的革命言行，范三不让焦老叔进家里去，就是概念化的表现。同时，以时间先后顺序推进故事情节也减弱了小说叙事和文本结构的活性。

制服

在魏金枝的小说中，表现民众的阶级意识，进行革命意识启蒙的小说，最突出的是《制服》。这篇小说是通过一群小学生的描写来揭示现实社会中的阶级性，也提出了一个问题：人们必须正视自己的社会地位，不可被一时的诱惑而迷失自己，背离自己的阶级，否则就会使自己成为一个无所依傍的孤独者。应该说这是无产阶级革命文学潮流中的创作。小学生阿毛穿着升了连长的父亲寄回来的制服到学校，立刻被师生们羡慕，校长的儿子——人称小校长的便来拉拢他，把考试题目交给小阿毛，要求三结义，可小阿毛和铁牛是饮血结盟的兄弟，他把试题还了，说铁牛待他好，小校长也说会待他好，要小阿毛和铁牛“恶”了，又把试题塞在其口袋里。于是，小阿毛在教室里计划着不和铁牛分手，也不和小校长闹别扭，两面敷衍，做一个中央人，但被铁牛识破了，他说白拜了一次，并说恨小阿毛。考完小阿毛就躲在家里，连新年也不出去玩，既可以不看到铁牛气愤愤的脸，又可以听不到小校长引诱的话。但小校长来了，穿了制服，并说唐菩萨也在做一套制服，整整三套，开学以后穿了去，就像“刘关张”，并鼓动他还给铁牛套裤和背心。小阿毛听从了小校长的话，让小校长帮他去还铁牛的衣服。第二天，铁牛的弟弟送来一包东西，将铅笔段、手工纸、图画纸和几本破《西游记连环画》，连同写的一封信一并还给小阿毛，说他收到衣服后哭了，被母亲骂了。开学那天，小校长鼓动小阿毛去打铁牛，结果被铁牛摔倒，并且撕破了他的衣服，他母亲给他补好以后，小校长说补得太坏，鼓动他写信给他父亲再做一件新的，但小阿毛连写三封信去都没回音。于是，小校长便悄然地和别人玩去了，旁边的铁牛便扮扮鬼脸，叫着“阿弥陀佛”。小阿毛渐渐地孤独起来。天气热起来了，别人做起了白制服，小阿毛还是穿着那套夹制服，大家便将他忘了。而阿牛照常和没有制服的人打淘，小校长和唐菩萨那批人也打淘，只有小阿毛是孤独的。后来小阿毛父亲在前线战死了，别人都来问他，但都渐渐远离他，甚至欺负他。小阿毛一个人呆呆地哭着，觉得人们是可厌的，恨不得把他们像赶苍蝇一样赶开去。应该说，这篇小说的文本张力是不足的，其思想的意蕴比较单一，可挖掘的内涵并不丰富，但它将阶级性的揭示和人性的描写统一在一起，致力于人物描写，表现少年儿童的校园生活的描写，揭示了阶级性与生俱来的原始性本质。小说告诉我们，一个人的家庭出身如何，自然就决定了他的阶级属性，也决定了他在现实社会中的角色地位。这种原始性特征，打下了很深的人性烙印。自古以来，人以类聚，物以群分，这是对于阶级性的最朴素的认识，也是对于人性社会化的最初认识。不同的社会阶层或社会群体，总是有着一种天然的内聚力，这种内聚力是各成员之间共同的主题认同感，这恰恰就是一种人性的基本表征。

在20世纪20年代后期至30年代中期，中国的社会政治思潮急遽发展，主导着文艺的发展路向，左翼革命文学思潮以前所未有的声威影响着整个文坛，几乎所有作家都受到感染和激荡，在创作中总是充满着激进的政治情绪，显示出强烈的情绪化倾向。魏金枝作为左翼文艺阵营中的一员，他的小说则显示了不同于其他左翼作家在激进思潮主导下作浅薄的呐喊，而是扎根于现实生活，以扎实的生活基础来铸就人性化革命小说的文学景观。他说：“所谓人性，即是人的本质，有许多机械论者，他们只知物，身外的物，而不知除身外的物以外，还有个人。人固然常被身外的物所影响，但身外的物，也常受人的影响，而起相互作用。悬空地来说人性，固然很难形容，但如青红相配的成功紫，红虽不能单独成紫，同时青也不能成紫，必须相和而成，由此可知人性的存在是必然的。可是你要离开物——环境而说出单独的人性，自然也难以说得清楚的。因此，我们要发掘人性，必须借助于物——即人的环境。”① 正是这

① 魏金枝：《怎样写作》，珠林书店1939年版，第14页。

样，他对革命者的描写，总是执着于人、人类和社会的审问，以充满人道主义和理想主义的人性拷问为基础，倾力塑造人物性格，往往在心理解剖与细节雕刻中凸现人物的个性，形成了清新沉郁、缜密疏朗的风格特征，显示了很深的艺术功力。显然，魏金枝坚持了一个文学创作者应有的价值取向。

第 三 章

讽刺与批判的国难小说

20 世纪 30 年代，日寇入侵后，国难文学再次兴起[1]。日寇入侵无疑是中华民族的灾难。但是，在强敌入侵时不去抗敌或自己消解抗敌力量，也是国家的灾难。因此，笔者认为，在抗战时期的国难小说不应该仅仅指描写日寇入侵造成中国人民的巨大灾难的作品，也包括揭露批判内部消耗自身抗日力量的作品。九一八事变爆发后，不仅萧军、萧红等一批流亡到关内的东北青年作家开始用自己的笔去描写发生在东北那片黑土地上的人民英勇抗战的悲壮史诗，而且关内的作家也开始创作这一类作品，如葛琴的《总退却》[2]、张瓴的《骚动》[3]、艾芜的《咆哮的许家屯》[4] 都是描写关于"一二八"淞沪抗战及东北义勇军抗战的作品，1934 年均被鲁迅、茅盾收入短篇小说集《草鞋脚》。随着日本帝国主义侵华罪行的扩展，中华民族面临亡国灭种的空前危机，不管是著名的还是没名气的作家，几乎都创作这类作品。无论是小说、诗歌、散文，还是戏剧[5]，都涌现出大量的优秀作品。于是，宣传英勇抗战、反对投降变节与暴露社会黑暗、呼唤全民抗战，成为文学界的自觉选择，形成了国防文学和抗战文学的创作主潮。在抗日救亡的逼人情势面前，魏金枝也和其他作家一样，积极投身于抗日救亡运动。他扎根于现实生活，审视政府

---

① 本人认为，国难文学的起点起码应该从晚清时期的鸦片战争或甲午战争时期算起。

② 原载 1932 年 5 月 20 日《北斗》月刊第 2 卷第 2 期。

③ 原载 1933 年 6 月 1 日《文艺月报》创刊号。

④ 原载 1933 年 7 月 1 日《文学》月刊创刊号。

⑤ 参见刘家思《论 20 世纪 30 年代初期的广播剧》，《中国现代文学研究丛刊》2015 年第 9 期。

的现实作为与政治导向，关注民众的世俗心态与价值取向，创作国难小说，为抗战救国作出切实的思考。一方面，他努力去批判反动政府的专制统治，呼吁凝聚民心，动员全民抗战；另一方面，他讽刺和鞭挞汉奸丑行，呼唤坚守民族立场，反对投降卖国；同时，他热情歌颂抗日英雄，激发民众的抗日热情。从艺术上说，这些小说是魏金枝小说艺术的发展，从以往的悲剧性描写向幽默讽刺迈进。其讽刺小说堪与张天翼和沙汀媲美，是抗战时期小说中的精品。

一　热切地呼唤与礼赞抗日斗争

日寇入侵后，抗日救亡成为中华民族急迫的现实任务。中国人民自古以来就拥有强烈的爱国主义精神，在这种严峻的现实面前被激发和强化。然而，国民党政府当时出于一党专政的政治愿望，对于日寇的侵略并未予以重视，其急于解决的是国内矛盾，要"剿灭"中央红军。九一八事变爆发，蒋介石曾亲自写信给张学良让他不要轻举妄动，张学良也命令东北军不要抵抗。因此，对于日寇入侵，国民党政府当初并没有积极应对，无视民众的抗日呼声和抗日作用。20 世纪 30 年代初期的许多戏剧作品都对此予以了批判。① 卢沟桥事变爆发后，国民党对日寇的野心有了比较清醒的认识，才建立了全国抗日统一战线，使全民投入抗战中来。魏金枝是最早呼唤抗日的作家之一，他的小说反映了这种现实，描写了众志成城，准备与来犯之敌血战，誓死保卫家园的决心，也对国民党政府发出了抗日的呼唤，热情地讴歌了积极投入抗日战争、为国而战的坚强意志。《磨捐》和《羞明》就是这方面的代表。

《磨捐》是一篇较早的国防小说，创作于 1932 年，发表于《现代》1933 年 4 卷第 3 期。作为一篇呼唤抗日的小说，作者是费了一番心思去创造的。如前所述，当初九一八事变爆发，国民党并没有立即发出抗日的号召，反而要民众不要抵抗。如果正面描写抗日，与当时的政策相悖，会通不过国民党的审查。所以，这篇小说正面是描写民众抵抗国民

① 参见刘家思《论中国现代广播剧的审美价值》，《中国现代文学研究丛刊》2017 年第 9 期。

党多若牛毛的苛捐杂税，以日寇入侵作为背景，隐约地表达呼唤抗日的主题。

首先，揭露和批判了国民党政府对内忽视抗日宣传、消极抗日的丑恶行径。小说的背景是日寇已经侵占了东三省，并进攻了上海。这时，抗日救国是摆在中国政府和人民面前紧急而重大的现实任务，理应积极宣传，广泛调动一切力量来抗击敌人。可是国民党政府却消极抗日，并不做宣传发动。因此，在畚斗村的村民一直不知道。直到5个多月之后，悦来店老板老阿陪才在一张包香烟来的破报纸上看见东三省被入侵的消息。老阿培是畚斗村中唯一的通人，会写文契，在前次抗租时也做过领袖，但他不知道东三省有多远，更不知道日寇入侵的严重性，也不知道在抗战卫国中民众应该担负起的责任。他只知道东北很远，因为报纸上的日子已经过了5个月，如果不远，则日本人早到畚斗村来了。其实，这时日本侵略者已经进攻了上海。本来政府应该全民动员，同仇敌忾，可是连畚斗村的通人老阿培都不知道，其他人就更不知道，自然对日寇入侵的严重性更没有正确的认识。民众如此状况，虽然与其落后思想意识有关，但更重要的是与政府工作不力有关，显然是政府不积极主动做好周密的宣传工作的结果。中国是一个官本位的社会，当政的官员不对它重视，不宣传，那么老百姓就无从知道，也不会去关心。尽管如此，但当老阿培知道这个消息之后，立刻凑起他的嘴巴，放下老花眼镜，向他老婆喊“日本人打东三省了”，要她照看店面，他要把这消息告诉大家去。他一路喊了出去：“日本人来了，日本人来了！”可见，民众对于外敌入侵有着起码的认识。但是，他不仅对日本不了解，说“日本人是会飞的，他们不用脚走路的”，而且对东三省也不甚清楚，只知道“东三省吓，宣统皇帝的家里吓！”，并不知道在什么地方，只意识到离畚斗村很远，“一千里，或者两三千里”。尤其是，当一批爱国学生在镇上举行抗日游行募捐，而民众却如临大敌，街上人们不是积极募捐而是纷纷逃走。后来爱国学生来到畚斗村募捐，村民分不清事实，将学生殴打一阵，赶出村庄。这是一种消极抗日的态度使然。如果政府重视，就会向全国民众讲清楚东北的基本情况和面临的紧迫情势，号召民众起来为抗战卫国而尽力，做到有钱出钱，有力出力，众志成城，一致对外，增强老百姓的政治意识和国家观念，抵御强敌。可是，5个多月了，畚斗村还不知道日寇入侵了，后来知道了又没有政府指导，对于抗日募捐都不明白，显示了政府的不作为。因此，小说显然是对国民党政府的强烈批判。

其次，小说批判了国民党政府与人民为敌，自毁抗日长城的丑恶行径。国民党反动派不重视民生，其苛捐杂税多如牛毛，猛于老虎，使民众生活在水深火热之中，削弱了民众的国家意识。他们脑子里盘旋着的只是贪官污吏的丑恶嘴脸，个人的生存问题都把握不了，自然无暇考虑国家安危问题。没有打到自己的眼面前，自然不会去考虑对敌斗争。所以，当老阿培发布这个消息之后，也光只那些妇人急了急，男子们知道日本人一时总打不到畚斗村，还是急于在田里种作物。本来老阿培准备晚上商量一下的，可是男人们都不来。当老阿培训斥："你们不知道连国都要亡了么？你们要做亡国奴么？"时，男人们反驳："那怎么办呢？""我们就不去捐税"，"不做，有谁给我们饭吃么？"还有的说："谁拿不出租，拿不出捐，那时候就迟了，那时候，想想缚在廊树上的滋味吓！"老阿培扑了一鼻子灰，灰心极了，从此不提这件事。后来，当老阿培在镇上碰上学生募捐，被老破落户捣蛋说成是乡下"要照磨捐钱"时，急忙回村商量应对措施，立即引起了全村人的恐慌，家家都将磨藏起来。为什么村民一听说要征收磨捐就都信以为真呢？自然首先是因为老阿培说的，因为他是畚斗村唯一有知识、有见识的人，他说话村民就信。但更重要的是因为国民党的苛捐杂税名目繁多，只要想得出的，就有可能要征税纳捐。对老百姓而言，家家户户都有磨子，说要"照磨捐钱"，不是很实在的一件事情吗？哪里敢不相信这件事情是真实的呢？走过五六个省的退伍兵看到过国民党名目繁多的捐税，民众被逼得苦不堪言，无法应付。他对民众说："在别处，是纸也要捐钱的，讨新娘也要捐钱的，我都看见过。磨要捐钱，大概也是实在的事。"所以没有任何人怀疑磨捐是假的。显然，无所不及的苛捐杂税已经使民众的精神处于高度紧张之中。

苛捐杂税，肆意压迫和剥削，不仅使国民党政府失信于民，而且使民众失去了国家意识和对国家担当的责任。当老阿培魂飞魄散地回到村里报告时，当时有的村民怀疑："不是日本人已经夺了东三省？日本人是不怕多的，一定打过来，日本人打到镇上来了。"可是有的村民就说："到镇上来做什么？我们正没有饭吃，我们让他们去好了！"而有的村民则说："难道那些总司令都逃了么？那些刽子手都一气逃了么？真的日本人来了，让我们做炮灰么？"民众因为仇视腐败政府，所以爱国情感也就变薄了。当爱国学生们摇着白旗、唱着歌来畚斗村募捐时，退伍兵要妇人们赶快去藏磨，问学生说："为什么要捐吓？我们是不捐的。"听到学生说"日本人打到上海来了"后还是问为什么要捐。当听到学生说因为他们是国民时，他愤怒地告诉募捐者他们穷，要募捐者去捐别人的洋房子、姨太太、银行里的钱票、箱里的洋钱，他们什么都没有。可见，民众对于腐败社会的极其不满。正是这样，一面是以退伍兵为主体的民众，一面是以光头为主体的募捐学生展开了冲突，村民骂学生是政府的走狗，学生骂退伍兵是亡国奴，骂村民"拿了日本人的金钱了"，于是退伍兵动手打了骂人的学生，又将另一个学生丢在山涧里。老阿培把村里的青年们拖住了，学生们一边逃走，一边嘶喊："汉奸呀！汉奸呀！救命呀！"显然，这场冲突，是国民党残酷压迫和剥削带来的一个结果。民众对于募捐，总认为是腐败政府来敲诈和剥削民众的借口。因此，是国民党自毁了抗战救国的民族血肉长城。这种批判是非常有力的。

最后，小说表现了民众所具有的保卫家园的坚强的精神意志，显示了民众抗日所潜存的巨大力量。当老阿培将要按磨捐钱的消息告诉村民后，退伍兵和几个青年一开始就不同意藏磨，也不同意捐钱。后来，村民们经过商讨，同意了退伍兵的建议，要起来斗争。因此，畚斗村民在退伍兵的带领下，决定展开斗争。当学生们来募捐时，就将他们打出畚斗村。当学生被打走后，村里六七个少年已经拿起土枪站起岗来了，眼睛里闪着光。退伍兵要女人们拿出磨来用，他们守住村口，并对人们说："把剥削我们的狗东西都赶走它。"他要男人们将藏着的土枪挖出来，檀树炮也挖出来，要把那些狗仔先打死。当老阿培在山下向山上喊，财神庙里的兵吹着号向这里来时，退伍兵要大家静下来，守住村口，狗仔们是打不上来的。他要男人们拿起土枪，抬出檀树炮；要女人们磨麦，烧饭去。他们要将村子保卫起来。老阿培说："保起来看吧！"他也掉下眼泪来，"就是我们打退了官兵，日本人还是要再打过来的。那时候，我们总要死的"。于是村民们又向草堆集合。因此，全村的磨又发动了，大家感觉一种满足，和斗争给予的充实的代价。可是学生们又来收捐，官兵又来镇压抗捐者，更远的地方又有日本人在威胁着。他们准备战斗，有的配置着檀树炮的跑位，有的擦着锈了的枪筒，更有的搬动石炮，预备好从山上滚下去。退伍兵在石级上来往指挥着。老阿培本来是反对抵抗的，这时也在这儿指挥着檀树炮安放的位置。他们等着那个新的斗争。小说最后写，斗争并没有实现，却做了一次检阅。这表现了作者的创作意图：要反映民众所具有的保家卫国的坚强意志与巨大力量。如果国民党反动派能够重视民生，体会民意，充分发动民众的力量，就会筑起抗敌卫国的坚实长城。所以，小说对抗战救国发出了强烈的呼唤，隐喻着对国民党消极抗日的批判。

这篇小说的成功，主要还在于人物形象刻画得真实可信。小说中塑造的人物，无论是老阿培还是他老婆，是退伍兵还是募捐学生代表，都性格鲜明、栩栩如生。老阿培这个人物最具代表性，展示了丰富的性格，真实感人。小说对他的描写采取了先抑后扬的手法。他是悦来店老板，也是畚斗村中唯一的通人，会写文契。他有着一般人对于战争的基本知识，对日本人入侵东三省感到一种强大的危机，立即去通知全村大众。同时，他又有着一种很强的男权主义意识。当妇人们听他说日本人来了，都要去叫回男人们时，他说："喂，上不了战场的雌马，为什么就要乱了吓！我不过说，日本人在打东三省了，我们并不住东三省，东三省是很远的。我们夜里再慢慢的（地）商量好了。喂，回家去吓！"同时，他还有着奸商的个性特征。他开着这个小店，生意不好，除了农村经济萧条，农民没有购买力之外，最重要的原因在于他具有奸商的不良行为。他不仅卖过期的东西，而且还掺假。去年秋季收获时进的 50 个马蹄酥、5 升炒豆、25 包黄金牌、一箱黄酒还没卖出多少。马蹄酥是卖了一半，还有 25 个，他在过年时用面布揩了面上的乌花，又涂上些菜油，又配上些大红水，放在洋油箱内，准备再卖；那黄金牌也只正月里卖了十几包，当那霉天一来，当然也会乌花的；至于酒，他总是掺水卖的，村民们把嘴唇"绰绰"地尝了尝，觉得淡到连酒性也没有了，于是便皱皱眉，和老阿培说道："阿培叔，你把水掺得太多了，这好比用空瓶杯喝茶。"从此村民们就忘却了悦来店。自然，他也并不是完全要害人，他自己也很节俭，炒豆没有卖出去，他就把它磨了粉，当饭吃了，但吃了这东西后，每日必得放上几十个屁，连他自己也熏得没处躲身了。作为一个商人，他自然很为生意冷清担忧。当他在一张包香烟来的破报纸上看见"日本人打东三省了”的消息，自然是开心的，就急着去把这消息告诉大家，以为村民们听到后一定会跑到店里来，总得多少有点生意的，可他并未如愿。老阿培觉得那希望没有了，有些恼怒了，就训斥男人们是不是要做亡国奴。老阿培自然也比较愚昧怯弱，他到镇上遇上学生的抗日游行募捐，老破落户说是“要照磨捐钱”时，他信以为真，一回到村里就叫村民将磨藏起来。而且，惊吓得不能说话了，充分显示了他的怯弱。当人们愤怒地骂着，叫着不出捐，要跟他们拼时，他哀愁地掉下两行眼泪，喃喃地反复说：“不能再活下去了！再也难活了！”因为前次抗租被捕的经历告诉他，民众是难以与官府抗争的。当学生摇着白旗来募捐，退伍兵和他们发生冲突时，老阿培气急地跑下石级，嘶哭起来，把两方面压下去了，因为他怕把事情闹大，所以跟着学生们，想妥协地多少出一点捐，把万事平和地解决了。村民和学生们扭打起来后，他感到没有办法，只得追上去躺在地上哭喊，并拖住退伍兵，喊女人们出来帮忙。当村里六七个少年已经拿起土枪站起岗来了，守住村口，真的要展开抗争了，他感到没办法，就溜走了。当看到财神庙里的兵吹着号向这里来了，他害怕了，急忙从山下向山上喊：“糟了，要将畚斗村平为白地了！”因为，他曾因带头抗租被抓进了监狱。所以，当退伍兵带领大家要将村子保卫起来时，他无奈地说：“保起来看吧！”又掉下眼泪说：“就是我们打退了官兵，日本人还是要再打过来的。那时候，我们总要死的。”这显示他对民众力量弱小的清醒认识，也反映出了不自信和懦弱。所以，他怕全村被平为白地，就反对退伍兵要自卫反抗的主张。但是，对于自己的家乡，他是非常热爱的。当村民们在退伍兵的指挥下，有的配置着檀树炮的跑位，有的擦着锈了的枪筒，更有的搬动石炮，预备好从山上滚下去时，老阿培也来指挥着檀树炮安放的位置，接受了退伍兵的主张。应该说，这是一个鲜活的人物，深刻地反映了国民党繁重的苛捐杂税给民众带来的心理恐慌和精神变态。

魏金枝指出：“从近若干年来我国文艺作品中看来，直接指摘我们作者自己的作品固然不多，就连指摘我们所同情的阶层的作品也几乎绝无仅有。虽然同情弱者，为人类的通性，但娇养我们所同情的阶层，也并不算是顶爱护我们所爱护的人物的。"① 应该说，《磨捐》不仅"指出了含蓄在我们作者自己身上的一切劣点"，而且是一篇对"一切包围着我们的恶劣环境"进行批判的作品。② 小说最后描写畚斗村村民在拒绝募捐中殴打学生，由此担心遭到镇压，便搬出武器，奋力保护自己家园。这种近似夸张的笔调，既是对民众愚昧无知的讽刺和批判，也显示了民众反抗外族入侵的坚强决心与坚定意志，批判了国民党当局不宣传发动民众抗日的消极状态。由此，我们既可以看出其审美价值，也可以看出魏金枝的主观期待，显示了一个作家不断创新和对于社会的担当精神。作品发表后，以其较高的艺术成就获得了读者的青睐。当时的读者是很多的，并且成为白话文教学的一种范文被传播。如当时介绍写作文法的书籍就引用过其中的句子："难道那些总司令都逃了么？那些刽子手都一气逃了么？真的日本人来了，让我们做炮灰么？"③ 这些都充分显示了这一点。

与《磨捐》呼唤抗战不同，《羞明》则是正面描写抗日斗争的。小说写于 1945 年 3 月 22 日，1946 年收入魏金枝主编的《新生篇》。这篇一万余字的短篇小说，描写了父女两人前赴后继英勇抗敌的故事，讴歌了抗日英雄，表现了抗战必胜的坚定信念。

小说的成功，首先在于构思精巧，形成了双重文本。小说讲述这个故事，采取的是第一人称的双重叙事，建构了一种故事套故事的文本。父亲的抗日故事是叙事人"我"讲述的，而女儿的抗日故事是被叙述人——父亲讲述的。父亲的故事套着女儿的故事，但是以女儿的故事为主体。这是由作为被叙述人的父亲回忆的。小说第一层文本是父亲抗日的故事。在 1942 年春天，上海市区沦陷后，"我"就跑回家去，而日本鬼子却像追我似的，也就马上跟到了我的故乡。于是，游击队、义勇军和自卫团等就汹涌而起，而又大多不挂旗号，说不清楚，辨不明白，所以一些民间藏匿的财物也一扫而空。过了几个月，因为没有什么可带走了，除了日本人，那些过境的"同志"，对于普通的百姓，也似乎好多了，在一连几日的清静后，"我"就想和那些"同志"聊聊天。大概是

---

① 魏金枝：《怎样写作》，珠林书店 1939 年版，第 98 页。

② 同上。

③ 林侠子：《中国文法新编》，浩然书屋 1937 年版，第 337 页。

中元日的前几天，太阳快下山了，七八个灰色“同志”跌跌冲进屋来了，放下包袱就找宿铺。其中有一位既不背着什么，也不找寻宿铺，而是把一只手掌遮住眼，一只手用力地擦拭颈上脸上的汗，木然地站在庭心口，等了好久，别人都忙定了，才把他带进“我”家的屋里。“我”想又是一个肉票。晚饭过后，日寇又进攻了。于是我们的“同志”拔脚爬上了后山，我们也跟着爬上后山，一直被耽搁在山头上了。那位很像肉票的“同志”在墓碑上，用手掌搁在眼上，专心一志地在看，“我”走过去，问他是害了眼吧，他说是一种病，叫羞明。他说不但学着走路，也为着做人。他说：“我厌恶我那良心。他害了我的眼睛，还害了我的女儿。”于是，他讲起他的女儿来了，他自己如何误会女儿，自己的眼睛如何变瞎的。这样，小说就转入对主人公的女儿的叙述，而叙述者就是作为主人公的父亲——羞明病患者。于是，叙事人发生了转换，原来的被叙述者转换成了叙述者，而叙述者则成为听者或者读者。他女儿长大后秘密开展抗日活动，是抗战中的一个特工，也是一个学生抗日活动的领导，经常晚上出去，家里经常来一些不三不四的狐狗人物和学生，因此不断地引起他的误会。直到去年夏末秋初的一个夜里，他听到一种通常的撞门声，看见进来的是些日本兵，他当时本能地感觉到一阵寒意，同时也看见女儿并不慌张，在和一个翻译答话，和颜悦色。但不久就听见女儿哭了，日本人在咒骂了。于是他立刻觉得他想的并不正确，一把推开门，冲出自己的房间，一种清冷而坚重的东西撞击在他的秃了的头上，直等他睁开眼来，看见一个黑影挺直地站在面前，用一柄手枪拄在他的鼻尖，发出严重而讥刺的声音：“知不知道？……反动分子……反动……”被那管枪柄拄着鼻子，向后，向后，就倒在女儿的床脚跟了。等他神志清楚时，他女儿已经被日寇带走了，从此没有回来了！他说她在他身上生出一种力量，脸上渐渐露出一些笑容，并说：“不知是他们当我疯子，还是怕我家的正气？那些顽童跑开了，连那在警局里干事的小子，一见我坐在门口，他就放轻脚步，再不敢‘确落’‘确落’地示威了。”刚刚讲完女儿抗日的故事，日本人的机枪又是嗒嗒地响了起来。那群“同志”，马上被聚集拢来，预备转移，而我们这位害眼的“同志”，也就只和“我”握了握手，慌慌张张地预备走路，甚至连问问他怎样加入军队的机会也没有。“我”只得在他背后喊道：“练习练习吓！同志！”这样，这两个文本就天衣无缝地结合在一起，形成了很强的审美张力。从故事中所说的“七八个灰色‘同志’”来看，显然这是讲述着中国共产党领导的抗日队伍，具体说应该是新四军的游击队。作者是以抗战时期以四明山为根据地的新四军抗日斗争为背景的。魏金枝的家乡嵊县黄泽镇白泥坎村就在四明山脚。他1942年回到嵊县避难，应该说这或者就是作者在亲身经历的基础上经过艺术加工而成的一个抗日故事。因此这个故事具有历史的真实性。

这篇小说的成功还在于塑造了两个非常真实感人的艺术形象。

首先是小凤这个青年抗日女英雄形象，显示了英勇抗日、为国牺牲的崇高精神。小凤从小失去了母亲，由父亲养大，接受的教育是父亲给予的正统的教育。抗战爆发后，日寇入侵上海，她就和同学们秘密开展着抗日斗争。她很随和，常到弄口去，不但和娘姨们闲谈，还和男人们搭讪，有时还动手动脚。她潜入敌人内部，探听情报信息，因此她和伪保长、伪警察周旋着。见了伪保长便有说有笑，并将她父亲藏在抽屉里的一包美丽牌香烟也拿出来敬客了；当那个舞女的儿子——伪警察打着口哨叫她，她马上就出去了。因此，她总是被父亲误解，认为她身上有一种卑劣而下贱的东西在作怪，甚至连物价飞涨也认为她应该负大半责任。于是，她的抗日行动常常遭到父亲的斥骂和为难。当他们的抗日同志来到她家里，她父亲不是把门上起锁来，就是故意板起脸孔，拿起扫帚扫地，或是借名捕捉老鼠，把床铺台椅弄个满地；当他们热天到家里集会，她总是为茶、为水到屋里忙碌着，虽然她父亲很不满，故意咳出声音，但他们却毫不在意，还是团结起来开展抗日活动。她对父亲的误会并不怨恨，当父亲躲在家里不出去，她就有意地要将他从黑暗中拖出来，劝他到酒店里去吃酒；当她父亲在热天吃完晚饭就爬到床上去安息，她就劝他到门外去乘凉。她有很强的特工本领，常常夜里开展活动，当她蹩出门去，即使父亲把前后门都下了锁，她也能够一声不响地回来睡觉，酣甜地躺在床上，并无怒恼疲乏。他们积极开展为抗日将士募捐。她对同志充满情感，对叛徒非常痛恨。有一天，她的一个同学被另一个同学所出卖，被日本宪兵捉去了，她义愤填膺，有着食肉寝皮的愤怒。她是学生秘密抗日活动的领导，她家里成为学生抗日活动的重要机关，抗日学生总是经常到这里来走动，商谈事情。她遇事沉着冷静，当去年夏末秋初的一个夜里，日本宪兵突然前来捉拿她时，她并不慌张，和颜悦色地和翻译答话。当日本宪兵殴打她，她虽然痛苦地哭了，但并不妥协，而后发出充满蔑视的冷冷的笑声。当她被带走时，她倔强地没有流下一粒眼泪，绝不投降变节。最后，她英勇牺牲了，显示了崇高的爱国精神和坚强的抗日意志。可以说，小凤是在抗战烽火中为民族解放而艰苦工作、毅然献出生命的高洁的凤凰。

其次是患羞明病的“同志”。这是一个非常生动的艺术形象。他原来是一个书局里的小职员，接受过良好的教育，有知识，有修养，在抗战初期还替书局编过一部关于历代的外患史。首先，他是一个深爱着自己的女儿却又不理解她的父亲的形象。他只有一个女儿，他的妻子很早去世了，留下他们父女两个。太太咽气的时候，他捧着女儿哭了个昏天黑地，对着放进棺材的妻子发誓要好好抚养女儿。为了女儿的成长，他放弃了再婚。当时有人给他做媒续弦，可他担心如果讨了一个并不理想的续弦，就不能把女儿引向正道，还会使她受坏影响。他思想比较传统，不仅总是用传统的规范要求女儿，喜欢她端庄，有点规矩，合他的风范，而且对现代的学校教育不能正确认识，不让女儿进学校读书，“省得她在外面荒唐”。于是，他被书局裁了出来后，就没有再去工作，而是在家里教养女儿，希望以家塾教育把女儿的“恶行”有效地“矫正”过来。他对他女儿出去工作感到不满。抗战爆发后，他对女儿秘密地开展抗日工作非常不理解，误会很深，甚至认为她品性有问题，认为有一种卑劣而下贱的东西在她身上作怪，这显示了他思想中传统的局限性。他很感性，意气用事，不能冷静地去辨明真相。他不满女儿到外面活动，以致认为物价的高涨，女儿也应该负大半的责任。甚至嫉恨女儿，觉得她越来越放肆，故意作弄似的去接近他厌恶的那种逼害他的人物，认为她和这些人物臭味相投，性格上不可分别，所以把女儿和他们混在一起。他性格暴躁，斥骂女儿，不给她面子。他意志脆弱、怯弱妥协，自信心不强。当他感到自己不能教育好女儿，就心灰意冷，就在偏僻的酒店独酌消愁，感到一种空虚，以为他们把他当作一种废物；当他觉得女儿已是不可救药时，就索性让她到外面去混；当他把前后门都下了锁，而女儿顺利回家酣畅地微露着笑容，他立刻以为这微笑是对他的一种讽刺；当他以为有很多的把柄落在别人的手里时，就慌乱起来。当日本兵闯进他家捉他女儿时，他当时本能地感觉到一阵寒意。他比较仔细，但他又多疑。他从门上的粉笔画就怀疑有一些无形的东西追随在身边，有时是一群顽童用手，用眼，指着他，看着他，轻蔑他。当女儿劝他到酒店里去吃酒，他就怀疑这是叫他给别人去玩弄，是嫌憎他在家妨碍她的行动；当女儿劝他到门外去乘凉，他就以为是一个调虎离山之计，把他骗出房去，让他们在房里为所欲为；他疑惑独个儿在路上行走时有人秘密地跟在后面，有一些闲人在暗中迫害他。因为他性格古怪，所以那些顽童在弄堂里玩手球，故意把球拍在他背上，常把石子丢进他的家来，有几趟就很正确地丢中了他的额角。而别的一些成年人，有时则窃窃私议着，有时则公然不阴不阳地取笑他，或是在窗口边看他，在马路边用嘴努他。因此，他厌恶当时环境的不良，觉得世上已没有一人同情他，而全是一些坏人。为着躲避迫害，他装出一副嫌恶烦躁和怕见阳光的神气，躲在家里，并且觉得最有利的是黑暗这东西了。“因为惟有黑暗，才可以使我不至于看见那些丑恶，因而发生牢骚；也惟有黑暗，才可使我自己，不至于被人看见，而使人作为玩弄的对象。于是我就借防空演习为名，将前房的窗格，整个儿用皮纸糊了起来，而自己也就呆呆地坐在这灰暗的房子里。”他将自己的床铺移到壁后的一个黑房里去，像一只老鼠般，躲在那里。这样，他就习惯于黑暗，而怕见光明了，就患上了羞明这种病。他不相信女儿，站在她敌对的位置。当他女儿为同学出卖同学而愤怒时，他觉得可能又是一个诡计，叫他在无意之中踏入他们的圈套，把他推到他们预定的深渊里去。这种性格弱点，都是因为他对女儿的误会造成的，也是其保守思想导致的。而这种种误会里，显示的是他对女儿的深爱和期待。

同时，他也是一个是非观念明确、有一定预见能力和强烈的爱国者形象。他有明确的是非观念，瞧不起那个常到他家来倒猪泔的江北人，一打仗就去做了伪保长，也看不惯邻居舞女的儿子去做伪警察耀武扬威。他具有一定的预测能力。他早已看到，无论日本人怎样强横，总不能胜过美国。就是这一些，不断地支持了他的生命，以至于不甘自杀。他是一个豪爽的爱国主义者。当女儿的几个同学为四郊作战的士兵募捐慰劳金时，他捐出了十块钱，而且发咒说打下了日兵海军司令部就出二百元赏钱；他想在全上海，或竟是全中国，恐怕真正抗日的，并没几个大人物；他也自认为，像他那一流人才是身在曹营而心向汉的真正的爱国者。他具有很强的反省精神，且知错就改。当他看到日本兵闯进他家，殴打和咒骂女儿时，他立刻觉得他以往想的并不正确，一种久藏在心里的愤怒不自觉地暴露了出来。他就很重地一把推开门，冲出自己的房；当他女儿被日本宪兵带走了，他意识到自己对女儿的误解，他那良心害了他的眼睛，还害了他的女儿。他决心向女儿学习。于是，女儿在他心里变为一种力量。他将糊在窗格上的皮纸扯去了，要阳光了。他参加了新四军，走向抗日前线去杀敌。而且在战斗间隙，就开始练习眼睛，常常坐在前门口，要给别人看，也要看看别人。这不但为着走路，也为着做人，不仅显示了一种革命乐观主义精神，而且显示了思想的快速进步。在这个形象身上，反映了从传统文化中走过来的老一代中国民众，在抗日战争时期，如何摒弃陈旧落后的思想意识，毅然投身于抗战的心路历程。应该说，这个形象是魏金枝对前一个时期革命者成长原型的延续和发展，是抗战文学中对成长母题的独特书写。

小说值得我们关注的还有一点，就是它所显示的一种悲壮美。从艺术形态上说，这篇小说属于悲剧，但是从其审美形态上看，既不悲惨，也不悲怆，也不悲凉，而是悲壮。这种悲壮美，首先体现在诗意化的艺术描写上。小说写日本人来了，我们和七八个灰色“同志”上了后山，这并没有表现一种战争灾难意识，而是表现了一种自然、轻松、惬意的诗意感受。请看描写：

> 除开一切不说，这样的上山的夜，倒是非常有趣的。一阵闷热过后，天气马上转凉，接着便吹来一些微风。那风，吹干了我们身上的汗，又吹开了天上勃勃的淡云，而一轮明月，也就在这时从乱山的背后升了上来。于是，清凉而洁白的月亮，便如雪子般洒在我们周围，身上、树上、一切看得到的景物上，眼前展现出一片银白。同时发现我们自己，正好聚坐在山头的一个凹陷处。这里，我们之中，好似谁也都已忘记抢劫的事，而和“同志”们混杂着，妇女则另成一个世界，坐得较远些。更远些，在一块小岩石上，则孤零地坐着一个“同志”。他，用手掌搁在眼上，不知是看月还是在看山景，总之是专心一志地在看。这形象，很像我所认为是肉票的那

一位。

小说在这样一个优美的境界中推出主人公，寄予着一种美好的情感。无论是写景还是写人，其描写都是充满诗意的。在这里，没有战争的苦难感受，没有痛苦，一切都是那么宁静，凝结着美丽，显示了一种美好的心境。此外，这种诗意的描写还表现在作者摄取和提炼了诗歌意象。例如墓碑，这是富于诗意的一个意象。作者写这个主人公坐在一块墓碑上，不是一块岩石上，显然是富于意蕴的。这不仅显示出，这位同志是从别人（他的女儿）的纪念碑上走过来，也显示出走向抗战前线就坐上了碑记，纪念碑就与之长存，将会被载入历史史册。羞明也是一个意象，它“见不得光明，无论灯光，太阳光，一见了就只得闭起眼来，也就会流泪”，这是对于这位同志过去历史的一种隐喻和暗示，而他现在练习，就是要告别羞明的历史，要阳光，不仅要给别人看，也要看看别人。显然，这种书写是富于审美意味的。其次，这种悲壮美，还体现在一种革命浪漫主义的情调上。请看小说最后的描写：

> “她就此不回来了！”他哽咽着，用两手支着颐。在月光下，两颗眼泪，正晶莹地发着光亮。
>
> 想是苦痛啃噬着他的心，他颓然地沉默下来了。
>
> 我也沉默着，甚至静得可以听见自己心房的跳动。而聚坐在那里的人群，也似乎都乏了，七倒八歪地躺了下来。天上，孤零的月亮，已经走过中天，微微的（地）向着西方倾斜。小星们已淡得不能看见，只有几颗较大的，还在清冷的天上霎眼，而摸摸自己的头上，却摸下一手凉湿的露水。
>
> “可是她并没有完事。”他重又说话了。“她变为一种力量，她在我身上生出一种力量。于是我有勇气了，我将糊在窗格上的皮纸扯去了，因为我要阳光。甚至我觉得，我应该骄傲，于是我把前门也打开来，我就常常坐在前门口，我要给别人看，也要看看别人。”
>
> 在他脸上，渐渐露出一些笑容。他继续说：“呵！不知是他们当我疯子，还是怕我家的正气？那些顽童跑开了，连那在警局里干事的小子，一见我坐在门口，他就放轻脚步，再不敢‘确落’‘礁落’

地示威了。”

“那小子，那保长，不是你女儿的同志么？”我问。

“不是的，不是。”他摇摇头，他天真地笑了起来。“真是调皮的女孩呢，她知道应付这些人，这些坏人。”

我顺着他，我慨叹着：“这世界，真难，它混着一切好人，也混着一切坏人。”

“所以非开始练习了。我就这么张着眼，对着日光。”他一面说，一面又架起手掌，看着天上的月亮。月光自然还能刺痛他的眼，然而他也还是觉得，应该为自己喜悦，所以他又笑着问我：“那不会是永远见不得阳光吧！”

不知是有谁因为疲乏，想跑下山去，日本人的机枪，又是达达地响了起来。而西方的月亮，已经指示着夜深，看来这些日本人，又是固执地表示不让我们回家住宿。于是那群“同志”们，马上被聚集拢来，预备转移，而我们这位害眼的“同志”，也就只和我握了握手，慌慌张张地预备走路，甚至连问问他怎样加入军队的机会也没有。

我只得在他背后喊道：“练习练习吓！同志！”

在这里，这位患羞明病的同志，并没有因女儿的牺牲而悲伤，反而“在他脸上渐渐露出一些笑容”，“甚至我觉得，我应该骄傲”。于是，他把前门也打开来，“我就常常坐在前门口，我要给别人看，也要看看别人”。这显示了一种革命的乐观主义精神。同时，他女儿的牺牲也并不是毫无意义和影响的。相反，“她并没有完事”，“她变为一种力量，她在我身上生出一种力量”，她的牺牲，“于是我有勇气了”。这种影响是一种崇高精神的感染。显然，小说强劲地展示了一种悲壮美。

总之，对于抗战的呼唤和礼赞，是魏金枝在国防和抗战文学中一种基本的审美取向，这种创作显示了中国人民所具有的反对帝国主义的强大力量，显示了中国人民为保卫自己的家园、自己的国家所具有的坚定意志，产生了很强的审美感染力。

二 无情地批判为虎作伥的变节者

日寇入侵后，一些中华民族的渣滓，出于个人的私利和邪恶的欲念，投降变节，卖国求荣，为日本侵略者效力，搜刮钱财，抢劫粮食，侦察民情，抓捕抗战人士，进攻根据地，等等。因此，中国人民不仅要抗击疯狂残杀国民的日本侵略军，还要与为虎作伥的汉奸作斗争。对于这两大敌人，无论是国防文学还是抗战文学，鞭挞前者居多，揭露后者较少，尤其是在早期更少。魏金枝则较早地关注到了这个问题。在国防文学中，洪深创作的无线电播音剧本《开船锣》是一篇反汉奸的优秀作品，“深刻地揭露了为虎作伥的汉奸如何猖獗”的情景，“是批判国民党包庇汉奸的代表作”[①]，在当时产生了较大的影响。但这篇作品写于 1936 年 9 月 30 日，不仅晚于魏金枝的小说，而且因文体本身的限制，不如魏金枝的描写细腻而深刻。在《开船锣》问世之前，魏金枝就创作了《三老爷》《政治家》等小说作品。后来又创作了《王太太的挣扎》等作品，对附逆汉奸展开了尖锐而无情的批判，揭露了自私作恶者往往容易投敌变节的这一社会现象，是不可多得的佳作，具有重要的文学意义。尤其是，魏金枝以惊人的艺术表现，深刻地揭示了附逆者从疯狂到末路的丑态，独到地表现了与汉奸作斗争的主题。

短篇小说《三老爷》原名《想挂朝珠的三老爷》，讲述了“我”在本村当小学教员的堂弟杀死了一个被称为“三老爷”的恶霸汉奸的故事，建构了一种双重叙事文本：“我”的堂弟打死三老爷后，就急匆匆地来告诉“我”，在“我”的追求问下，他讲述了忍无可忍打死“三老爷”的原因和经过。他说三老爷现在已经改了样子了，一是由小偷变成了强盗；二是变成了汉奸，肆无忌惮；三是从偷麦穗到公然烧人房子。当时，他将村民的房子一家家烧起来，捏着那藤牌，操着烁亮的斩马刀，绕着火场乱转，见一个砍一个。当他被一根桑柴岔倒时，堂弟当头打了他一短棍，但他听说日本人的狗动不得，打了三老爷会有祸水，所以就逃到上

---

① 刘家思：《上海现代抗日广播剧文学研究》，《绍兴文理学院学报》2015 年第 5 期。《开船锣》，原载《电影戏剧月刊》1936 年第 1 卷第 2 期。

海来了。于是，小说中就有了双重叙事人。“我”是间接叙事人，堂弟变成了直接叙述人。而“我”不仅是一个听故事者，还是一个发问者，又是一个情节推进者。堂弟针对“我”的提问和感兴趣的问题一一作出了回答，小说的故事情节就不断得到发展。这样，“我”实际上扮演了一个间接叙述者的角色。应该说，问答式叙事，是日常生活中常见的。但作为小说的一种叙事方式，在现代小说中并不多见。这种一问一答的方式，用得不好，容易使小说显得单调乏味。而魏金枝在这里用问答的讲说方式赋予了故事很强的可听性和可读性，刺激了读者的阅读兴趣，显得很奇巧，显然这是精心构思的结果。小说选择的题材是独特的，其审美视角则是内在的。不仅显示了作者一向擅长的人性审问和道德评判的眼光，而且显示了魏金枝小说题材的新气息。从思想内容上看，不仅鞭挞了汉奸的丑恶本性，也对日本侵略者企图灭亡中国的罪恶与伎俩进行了揭露。

小说独特的价值首先在于塑造了三老爷这个狠毒、顽固、反动的汉奸形象。三老爷在日本人进入镇上以后，为虎作伥，肆无忌惮，大肆烧杀抢掠，无恶不作，是日本人支持的结果。他的罪恶爆发的历程，反映了日本侵略者步步逼近、不断扩大入侵范围的侵略野心及其入侵进程。因此，小说揭露了日本侵略者蚕食鲸吞中国的罪恶。然而，小说值得我们关注的是，通过塑造三老爷这个形象，深刻揭示了日本帝国主义入侵以后出现的一种社会动向：平常品行不端的人在抗日救国的大是大非面前最容易被日寇收买，沦为汉奸，去残害自己的同胞。三老爷在他阿哥死后就从寡嫂手里抢了三件宝物，显示了他狠毒而丑恶的本性。他思想极端守旧，心地非常阴暗凶险。他想把宝贝献给袁皇帝，不料袁世凯没几天就死了；张勋要抱宣统皇帝登基时又想献去，可这一趟日子更短，又没有把“宝”“献”成。这使他很失意，就做起遗民来了，“冬天，就像一只老猴子似的枯坐在门口晒太阳。其余的日子，便把自己关在洞穴里，蛰伏着”。他从不种田也不经商，等到半夜里就去偷田里的作物。“九一八”事变后，日本人来了，他就改了样子，在白天里出来了，捏着画叉子，戴着红缨帽，腰上缠着黑纹带，在村里四处巡逻了。而且，不再一点一点地偷，而是一偷就偷个够，也不再是晚上去偷，而是公然在白天明目张胆地偷割人家的麦穗，并公然挑到城里去卖，然后走进日本人卖化肥的店里去找日本人，在那里吃饱喝足之后，又公然买来斩马刀、洋油、火药等，于是就死灰复燃了。因为得到日本人的扶持，他偷了村民们的作物后，还“用竹竿、用脚，打掠、践踏”，把剩余的作物糟蹋掉，这充分显示了他的险恶。农民们看了心疼，可谁也不敢惹他，村长、区长也没有法子。村民不断遭到他的损害，他追赶农民时，“把长头发向后一甩，像只熊般倏的立了起来，带了兵器赶来”，十分狠毒。当他从城里回来，发现木柜被人撬过，他就放火烧了农民的屋子，捏着那藤牌，操着烁亮的斩马刀，绕着火场乱转，见一个砍一个。他如此丧心病狂，是因为他做了汉奸，有恃无恐。而他之所以投敌，是因为他一向为非作歹，品行恶劣。小说形象地揭露了三老爷凶残狠毒的面目，表现出了他对农民的疯狂仇恨，不仅揭示了日寇入侵之后，那些原来品行不端、心术不正、没有是非、为非作歹的民族渣滓，最容易认贼作父，被日寇收买，成为汉奸，沦为日本帝国主义走狗的这一现象，提醒人们注意这一类人，而且反映了中国社会的恶霸势力一旦投敌之后就会肆无忌惮，疯狂地残害民族同胞，昭示了反对汉奸的紧迫性和艰巨性。因此，这个艺术形象具有重要的现实意义和文学意义，丰富了现代文学的人物画廊。

小说的成功还在于创造了一个具有很强的审美张力的文本。小说以“我”的堂弟到来开始，以他讲述三老爷的恶行和被杀的过程为主体，但这都是由“我”的问话推进的，整个文本故事的推进显得十分流畅。同时，魏金枝又利用穿插补充情节，使文本显得非常严密。如“我”的堂弟说他杀死了三老爷后，小说就用插叙讲述三老爷的身世：

> 三老爷，我是知道得很详细的，是一个老光棍，但他有些古董，就因为他的大阿哥做过一任知县，他是老三，所以便就叫为三老爷。他，不但从他大阿哥的身份上得了个老爷头衔，等他阿哥一死，他还从他寡嫂手里抢了一串朝珠，一只玉如意，顶顶贵重的，还一张皇帝御笔的图画。这一来，他三老爷就不想单在兄弟面上沾点光，还动了献宝的意思，常常到城里去打路头。但正等他想把宝贝献给袁皇帝时，不想袁皇帝不几天就死了。张勋要抱宣统皇帝登基时，他也忙碌过一阵，可这一趟的日子更短，都没有把“宝”“献”成。

于是他三老爷就发起牢骚来，很有点遗民的派头，——少同人往来，不大说话，把房门关得紧紧的，连窗洞门缝都用纸头糊着，恐怕别人会抢了他的传家之宝。后来他的近亲都死光了，他还孤独的活着，每到城里去，总得穿起破长衫，保持他三老爷的身份。

这个插叙让我们明白，三老爷是一个品行恶劣、思想守旧、心地阴险、投机自私、没有操守，在黑暗中生活的人。有了这个插叙，小说故事就更完整，叙事更生动，逻辑更严密。

如果说《三老爷》描写的是乡村恶势力蜕化变节、沦落为汉奸、残害村民的话，那么《政治家》与《王太太的挣扎》则是对城市社会中世俗民众出于个人私欲而丧失民族立场，以贪图一时之利而沦为汉奸的可耻现象展开的批判。日寇入侵城市之后，有的市民沉湎于个人私利而不拔，在日寇的利益引诱之下而变节，其知密性和活动性更大，其危害性也更强。但由于城市人与人的关系疏离，个体的自由性和独立感强，以及文化层次比较高，这种变节堕落者隐蔽性强，间接危害居多，往往不容易发现，识别和清除这些汉奸有一定难度。魏金枝以敏锐的艺术眼光对此进行了扫射，揭露和批判其丑态，对国民进行启发和引导，不仅对于预防变节、肃清汉奸具有重要的指导作用，而且因其独到的艺术描写又产生了强烈的艺术感染力。

短篇小说《政治家》描写了张先生打着为了个人生活的幌子而政治上脚踏两只船，往来于上海和广州两个城市之间的故事，批判了不辨是非、丧失民族立场的堕落变节行为。在叙述上，这篇小说与《三老爷》有相似之处，也是以第一人称“我”作为叙述人，以“我”对张先生的试探作为引导，让张先生自己解释为什么会这么有钱，往返于沪粤之间是干什么，实际上是让他自我暴露。所以，小说故事的叙述，实际上隐藏着另一个叙述人“张先生”。这两个叙述人结合在一起，不仅使故事显得更加真实，可读性增强，而且使人物描写从两个方面进行，更自然、更生动，具有立体的艺术效果，尤其小说以典型的细节来表现，具有很强的艺术感染力。

小说塑造张先生这个独特的艺术形象，对那种活动能力巨大、隐蔽性极强的附逆变节者进行了揭露和批判。张先生是一个政治投机者。他与“我”是同乡，是个快乐的人，外貌很有派头。在“我”的朋友中，他是唯一在政治上运动的人，总是很神秘地在上海和广东之间奔波着，常常用××执行部，以及×××总部的信封写信，到底有什么使命，别人不清楚，问他总是打马虎眼。他也是一个没有人生准则、游戏人生的人。他常把天下大事当作无足轻重，常说：“小事体有啥?”不负责实际的政治使命。正是这样，在日寇入侵后，他的经济是个哑谜，很宽裕。他一到上海来不是住东亚旅馆，就是住新亚酒店，出门总是坐汽车，单就他粤沪之间的船费也抵得过“我”这穷教员的死薪水。实际上，他是一个汉奸，替日本侵略者搜集和传递情报，从而获得日寇的经济支持。他把卖国投敌作为攒钱的手段，说政治家都是骗人的，别人要的是地位，他要的是钱，这就是政治。他说：“我们弄政治的，和你们不同，可以今天没有一个刮痧的，明天仍旧弄他个一千八百，那真是一碗油炒饭。”又说就像一条阴沟一样，水满了会溢出来，干了会有人将洗脸水倒进来或者撒尿进来。他也知道自己投敌卖国是“没良心”，他的良心早被“有势力有钱”的人践踏了，但他说：“我们不得不生活”，“至于良心，那是一句空话”。由此可见，导致他卖国投敌的，是他个人的私欲。他是一个见风使舵的政治两面派。他说，这样的时势，一面倒是可怕的，所以他回来了，他弟弟还留在那里看风色，必要时还捣乱一下子。因此，他和他弟弟两边都不放，互相照应。如果他在那里顶不住了，一面寄钱去，一面还有一个人没有失业，还可以维持生活。显然，张先生为了生活而丢弃了自己的良心和政治立场，以身侍敌，“将本国的秘密暗送给日本人”，从而换来金钱，力求自保。他之所以这样做就是他的“生活，为生活吓!”的私欲信条主导的。

然而，张先生的堕落变节具有不自觉性和隐蔽性的特征。在日本帝国主义入侵中国之初，有的人并不是立即与敌人斗争，主动投入到抗日的烽火中，而是沉湎于个人的生活，只考虑小家庭而不顾民族的危亡，对于小恩小惠的施舍，他们是习惯性地迎上去，并不会考虑更多的因素。因此，这种堕落变节的现象发生，具有一种不自觉性。张先生正是这样，他只顾维持小家生活，被金钱收买，在政治上左右投机，典型地反映了这种现象。同时，他具有很强的隐秘性。张先生这种汉奸不直接去损害民族同胞，而且还与普通民众生活在一起，有着普通人的性情。他为人随和，常到“我”的家里来喝酒谈天，但来时把呢帽遏在眉根上，嘴柱到领口里，一蹩一蹩地从弄口里走了进来，一等酒醉，就大发牢骚，甚至眼珠上起了血丝，切齿地数骂那些有名人物，说出他们的阴私来。他对于自己的身份，十分保密。一等“我”问，他总先摸摸他的大痰袋，然后又用手指捋住羊胬髭，一面假装咳嗽，一面夹痰夹睡的，“政治上吓政治”，接着就拉拉手袖，转移话题。他行迹隐秘而神通广大，“我”几次写信试他，还是失败了，不但不知道他的政治使命，连他所属的机关也不清楚了。因为随便寄一个地点，他都收到了。而且，他为人豪爽，热情大方，“帮助”穷朋友。当“我”急需一笔款子应付，去向他借时，他答应晚上 8 点来，还没到 7 点，他就拖着手杖，把 150 块钱给我送来了，还问够了么。后来我去还钱时，他还很客气说：“小意思，有啥！我有钱。”还拿出一把钱放在他这里。这种做法，大大地增强了他的隐蔽性。而且，他那种“我们不得不生活”的人生态度，可以获得更多人的认同。

作品通过刻画张先生这个艺术形象，表现了很强的思想意义。一方面揭露和批判了因私欲膨胀而堕落成汉奸的丑恶行为，也警示人们在抗战中把握好自己的人生路向。囿于个人小天地的人生观，在时代风云激变的抗战时期，是促使主体走向歧路的内驱力。也正是这样，张先生丧失民族气节，沦为汉奸。这就警示人们：在抗战时期，是和张先生一样，为了生活就出卖自己的良心，去做汉奸呢，还是坚持自己的爱国立场，坚定不移地去抗战呢？另一方面，提醒民众在抗战时期必须擦亮眼睛，认清敌友，识别汉奸的伪面目。因为像张先生这样一些汉奸不直接去残害民族同胞，人们不能直接看到他们制造的罪恶，往往会不加提防，也不能辨识其汉奸面目，往往容易被其拉下水。因此，张先生这个艺术形象的审美价值不光在其生动形象的性格描写上，还在其强劲的现实指向上。

值得我们注意的是，这篇小说也显示了一种不与汉奸狼狈为奸的社会理想，张扬了人格独立自主、不受人钳制的精神，表现了对社会正气的呼唤与张扬。这是通过“我”这个形象表现出来的。“我”是一个教师，生活清苦。当张先生沦为汉奸后生活过得很宽裕时，曾经“劝我丢了书本子，跟他走上一道去”，但是“我”没去，始终与他保持距离。

“不错，像他那样的生活，自然比我们当穷教员的舒服得多了，可是我不相信政治那个东西的成效会比教育高明些；而且我没有和人交际的手段，根本不是政治上的人物，因此我还是一直坐我的冷板凳。但归根结底的说来，倒还是因为疑惑着他们的经济来源”。这里显示了“我”的一种政治意识和觉悟。后来，“我”向他借了150块钱，“我”还钱给他时，他不要还，“我”还是将这笔钱还给他了。这显示了“我”与他保持距离、划清界限、保持人格自守的独立意识。尤其是小说最后，张先生清醒了，他不去广东了，从汉奸的身份中逃离出来了。因为他意识到自己的良心被践踏了，他反对那种挂羊头卖狗肉的事情，一下火车写了一篇谈话，想拿到报上发表，他告诉“我”，不再到广东去了，他“不赞成那方面的行动”了。这显示了一种政治意识和民族自尊心的苏醒，显示了作者对于民族正气的呼唤。因此，小说最后没有涉及张先生被惩处的观念性、概念化的结局交代，尽管当时他没有完全清醒过来。显然，这是作者要为引导失足的汉奸改过自新开辟一条自新之路。

如果说《三老爷》运用的是一种“悲剧性”[①] 笔调，而《政治家》使用的是正剧性笔调的话，那么短篇小说《王太太的挣扎》使用的则是喜剧性笔调。全面抗战爆发以后，讽刺小说成为一种浪潮，魏金枝在这个潮流中也有出色的表现。但是，与大多数人侧重于社会批判的讽刺与暴露的指向不同，魏金枝则是将人性批判与社会批判结合在一起，在人性拷问中融入社会批判。而且，他运用的是一种幽默和揶揄式的讽刺，也迥异于别人的闹剧式和漫画夸张式的讽刺。这种独特的笔致，是魏金枝小说在40年代的新发展，也推动着40年代的讽刺文学潮流。

《王太太的挣扎》与前两篇反对汉奸的小说以汉奸本人为故事的主人公，正面描写汉奸的丑恶行径不同，它没有直接去描写汉奸的罪行，而是以汉奸家属为主人公，着力描写王先生做了汉奸之后给他的太太所带来的身心影响，从而讽刺和批判了汉奸不分是非、卖国求荣的丑恶行径，视角非常独特。小说采取的是第三人称全知全能的叙事方式，讲述了王太太在丈夫沦为汉奸以后遭遇到的人生困境。邻居王太太本来就胖，抗

---

① 参见刘家思《苦闷者的理想与期待——曹禺戏剧形态学研究》，中国戏剧出版社2003年版，第210页。

战因为丈夫买卖废钱，发了国难财，就更加胖起来，她说这是娘姨气的。她住在虹口的时候，烧饭、煮菜，甚至倒马桶，王太太都是自己做，虽然和邻居生过一些小风波，可那时王太太和气，娘姨也格外大方，而且当时王太太说是东家又像是娘姨，是娘姨，又像是东家。所以娘姨们不把她当外人，有什么消息都告诉她。但一住到滨南，王先生就发国难财，雇用起娘姨，但都不如意。第一个娘姨背后议论是非，不但偷东西，还偷王先生，他们眉来眼去，这使她不得不发作，娘姨就晚上溜回去，这使王太太更生气，只好另换娘姨。第二个娘姨和她还好，可被开除的娘姨和另外的娘姨常常骂王先生是汉奸，王太太和自家的娘姨联合对外，但她们不仅设法害她，而且还去害娘姨，致使娘姨受不了走了。第三个是精明、眼快、手快的娘姨，可她没干三天就和别的娘姨挤眉弄眼，不仅不帮王太太，而且还和别人一个鼻孔出气，将王先生的秘密弄得很清楚，对外传得更快，只得将她回了。第四个娘姨是个乡下人，是王太太从收容所里捡来的，不仅工钱低，而且也想救救穷人，做点好事，免得别人说她卖国，可是她心不通窍，喜欢和别家娘姨打淘，王太太差她不动，别人差她，就一心一意帮别人做，王太太发火，她也发火，于是叫她走了。这样，王太太的肚子就更加突起来了，行动不方便，衣服不好穿。这都是娘姨们气的，所以她发誓不用娘姨，自己去买菜做饭。可是，那些被王太太判了死刑的娘姨总出现在小菜场，不给她好脸色看，总是和同伴们有意无意地说她是什么汉奸的老婆、老母猪，等等，有的还故意直冲上去吓她。第五个娘姨是家人背着她雇来的，但只要发现娘姨落菜钱，打破碗，肚子便又大起来。她为了听医生话多运动，就押着娘姨去买菜，致使她常常怠工，甚至转包袱走路，虽然对王先生的秘密现在不说，但别的娘姨知道得很清楚，已经传得很广。每逢王太太出门，邻人们都在指指说说的，一等王太太走近，统就放下脸，背转身，用屁股来欢欢迎她。孩子们还把她王先生编成一首山歌，咿呀咿呀地唱。因为出去就受气，王太太终于决定，还是在家里沙发上躺躺，肚子要大就随它去大；就是王先生要讨小老婆，也只得随他了。可见，王先生做了汉奸之后，不仅邻居鄙视王太太，而且家里请的娘姨也很鄙视她，这使她与娘姨们矛盾频发，屡屡换人，却屡屡不如意。而且，王太太一出去就成了过街老鼠，人人喊打。这样，小说由以往是直逼汉奸本身的正面批判，转移到对汉奸家属的嘲弄。这种视角的转换，增强了对现实的警示作用。

这篇小说在生动鲜活的人物描写中展开嘲弄、揶揄和讽刺，与某些讽刺小说专注于类型化的描写迥然有别。作者透过琐碎的叙述和描写塑造了一个住在上海弄堂里的小市民形象，具有较强的艺术感染力。这种笔调，实际上是与人物的精神状态相吻合的。王太太是一个典型的上海小市民，她的人生中总是被那些日常生活琐事主导着。请看小说的描写：

> 譬如买菜，王太太本是个内行，谁也骗不了她，她自有个头寸：照时价八折，不贵；七折半，七折，王太太也弄得到。娘姨们可不然，价钱大，倒在其次，就是货品差：黄豆芽，多是断的，拣剩的。黄鱼，也和王太太自买的大不同，肚是烂的，鳃是白塌塌的；要不然，鱼身上虽然输了黄栀水，肚里却少了肚子。肚子，腻腻的，顶好吃，娘姨们可就不管这一套，十趟总有九趟买不着。不必说，定是娘姨们偷了的。会偷，凡是娘姨，都会这一套：偷小菜，偷肥皂，偷米，偷零碎铜板。一句话，什么都偷。

这一段描写显示了王太太作为上海小市民的精明、刻薄、小气、算计的性格特征，也显示了她作为一个小市民的世俗、猥琐和卑怯。这种琐碎的叙述，将王太太栩栩如生地推在读者面前，她的精神境界也就在这种琐碎的世相描写中展示出来了。王太太贪图的是个人的体面与顺心，她根本分不清大义与小利的权重，分不清民族独立与人格尊严的重要性，分不清民族国家和个人小家之间的内在联系。她不知道王先生所做的买卖，究竟犯的什么法，怎么值得娘姨们在背后指手画脚地议论。所以，她一方面毫无是非地支持王先生昧着良心买卖废钱，心安理得地和汉奸丈夫生活在一起，一方面又天天与邻居和娘姨们在一些鸡毛蒜皮的事情上纠缠，不断地闹矛盾、生冲突，饱受着王先生做汉奸所带来的痛苦，以致自己弄得很累，但又不知道劝他悔改。小说细腻地描写了她在日常小事上的处处不顺心，实际上是对现实社会某一些人的警示和讽谕，显示了作者的美好愿望。这篇讽刺小说的艺术触角，在抗战文学中显示了独特的意义。

这篇小说运用了幽默揶揄的方式。这种轻喜剧的讽刺，具有很强的艺术效果。小说一开始讲述了邻居王太太在丈夫买卖废钱、沦为汉奸以后遭遇到的人生困境，就这样写："一位邻居王太太，今年约莫四十五六了，本来生得不瘦；抗战一起，她王先生又买卖废钱，发了点国难财，雇用起娘姨，自然更加发福。但据她自己说，就因为天天淘娘姨的气，所以肚子特别拱起来了。"这样一种笔墨，将喜剧艺术惯常的艺术特征亮示出来了：主体内在的矛盾性。一个人发胖，自然既跟生活的改善有很大的关系，又与不运动、不劳动也有很大的关系，怎么会跟生气有关系呢？通常，一个人生气，心情不佳，只会使人郁闷成疾病，身体瘦弱下去，怎么"天天淘娘姨的气"，肚子还会"特别拱起来"呢？这显然是自相矛盾的。然而，就是这样一种矛盾，将一个喜剧人物的轮廓初步地呈现出来了，也产生了一种喜剧机趣，为全篇的喜剧性描写奠定了基础。于是，小说就在一种轻喜剧的幽默和揶揄的嘲弄中展开深入的描写，收到预期的艺术效果。

小说追述了王太太之所以淘娘姨们的气的发展过程。本来王太太和娘姨们的感情并不坏。住在虹口的时候，那些娘姨，虽然都有些反对东家，但王太太什么都是自己做，说是东家，倒有些像娘姨，说是娘姨，又确乎是东家，所以娘姨们不把她当外人，有什么消息都告诉她。小说在介绍完了上海娘姨的基本情形之后，接着就有这样的文字："何况王太太生就喜听故事；反正事不关己，多听个把，就多吃碗饭，真是何乐而不为。"这种揶揄的笔调，显然是对王太太的讽刺。然而，王太太一住到滨南，娘姨们先是背后指手画脚地议论，放暗箭，接着就公然反对，又偷东西，还偷王先生，王太太发脾气了，她们就向外发展，误工，甚至晚上还溜走，使她不得不解雇她们。小说这样写：

> 这等等，天天总有回把儿，王太太想不气，也不成；然而生气，肚子便会大起来。倘照比例，小肚子可以变大，小罪自然也可以变成大罪，慢慢积下去，一月就可以杀一个，不杀，她们简直会造反。然而立法院的老爷们，约模（莫）都是穷光蛋，雇不起娘姨，也没尝过娘姨们的苦，连这么天大的事也不管。没法，王太太只好自己做主，到时候，就宣布一次死刑，搜过包裹，叫她们滚蛋。但尽管

> 王太太会宣布死刑，能叫她们滚蛋，她们可不滚远，照样还在上海生活，你去我来，我去你来，虽没有重来的，可总一个样，反对王先生，反对王太太。对她们，不管，还只落落菜钱，打碎几只碗，你凶，她们就简直骂王先生是汉奸。不但如此，还会联合邻家的，一同和王太太为难。这些邻家的，似乎更凶，更泼，但她们不吃王家的饭，王太太可管不着。

这种口吻和笔调，充满着对王太太的嘲弄。作者让叙述人模拟人物自己心态进行叙述，显示了鲜明的主观批判态度。对于王太太的大肚子，作者还在小说中这样调侃：

> 大肚子，在男子是满不在乎的，还好扎台形，装了阔；但在女人，确乎是个致命伤，行动不便不必说，又穿不来旗袍，也穿不来大衣，要穿，它就往外拱，不服主人的管束。不凑巧，又偏偏拱在面前，倘能移到背后去，自己看不见，还可以眼不见为净，可就偏偏生在贴前面。除非你整天立着，它还会往下垂，要是坐坐，想歇歇力，它就向上拱，凑在王太太的贴面前，教王太太生气。仿佛对王太太示威，教她修养修养，享享现成福，她那王先生，就该有个小老婆，给王太太替力。
>
> 然而话得说回来，这也不能怪王太太的肚子，肚子还是为了娘姨们气大的。倘然娘姨们听话些，让她少生点气，肚子自然不会这么大，就算已经这么大，也还会小下去，可是一切的娘姨们，偏偏要让王太太生气，这叫王太太（有）什么办法呢！

小说模拟主人公的丑态展开叙事，在揶揄和嘲弄中展示人物内在的矛盾性，形成了一种突出的喜剧效果，对人物进行了绝妙的讽刺，具有较强的艺术感染力。其目的是告诫国人不要见利忘义，丧失民族气节，沦为汉奸，做日本侵略者的走狗。这正是作者的主观期待。

小说充分显示了民众对于汉奸的深恶痛绝。王先生没有做汉奸时，王太太与人相处和睦，娘姨们对她都好。可是王先生做了汉奸之后，他们成为民族的敌人，因此娘姨们也就反对她，仇视他们。她们利用一切可能的办法，让汉奸过得不安宁。因为都反对他们，王太太只好联合家里的娘姨对外，可是人手还是少，最后还是支不住。小说描写娘姨们对他们的反抗：

> 譬如厨房里的炉子，你总不能坐着看守的。可是你离开，他们就会给你放点水，弄黑，你查不出证据，向谁去交涉？你骂，他们嘴多，要开交涉，十成之八，还是王太太吃瘪。就是晒在竹竿上的衣服，无故飞到地上去，还是你运气，有时就飞到当铺子里去。但起初，被害的，还只是王太太家的；后来，简直还弄到他家娘姨身上去，一忽儿被上被倒上水，一忽儿放在凳上的围身不见了。王太太是东家，力大，吃得起亏，还可在废钱买卖上取值，她家的娘姨可不兴，虽然王太太挽留过，到底立不住，走了。

这段描写，充分显示了民众对于汉奸的仇恨，可以说是同仇敌忾，时时处处都在惩罚和反对这种投敌卖国的行为。因为人们仇视汉奸，所以对与汉奸有联系的娘姨也一起去惩罚，使娘姨远离他们。这是民众有意孤立汉奸的表现。当她去买菜时，她也受到娘姨们的捉弄和惩罚。小说这样写：

> 还有那些已被判过死刑的，她们又仿佛像跳蚤，虽然被王太太扑了下，但没有死，一跳一跳的，总在王太太常去的几个小菜场里跳。有的板起脸，不睬，别转头，唾一口老痰走了，有的还装鬼脸，和同伴们，有意无意的说话，什么汉奸的老婆，老母猪，总管是王太太倒霉；有的简直把头向着天，算没看见，直冲到王太太的肚上来，一等快碰到，却又侧转身走了，王太太却吓了一大跳。

可以说，王太太就是一只过街老鼠，人人喊打，无处藏身。每逢王太太出门，邻人们都在指指说说的，一等她走近，统就放下脸，背转身，用屁股来欢迎她。弄堂里的孩子们还把她王先生编成一支山歌，咿呀咿呀地唱。王太太在王先生做了汉奸之后遭遇到的千夫指、万人骂的困境，实际上是警示国人：去做汉奸，那是走上了人生的末路。在民族灾难面前，国人必须站稳自己的民族立场，坚持抗日斗争。小说对于民众思想觉悟的提高和爱国意识的增强具有重要意义。

小说艺术上有一个明显的风格特征，就是细腻。在魏金枝的创作中，细腻的描写不仅在其散文中是很突出的，在他的小说中也很突出。例如前面论述的《奶妈》《白旗手》《野火》《制服》等，都具有这种特征。但相对而言，这篇小说比以往的作品显得更为突出，无论人物描写还是环境描写，都非常细腻。请看对上海娘姨的介绍：

> 在上海，娘姨们真可比臭虫，她们没有一个角落里不到，也没一件秘密不知道。有时，她们联合起来骗东家；又有时，甚至东家的某一部分，会联合她们去隐瞒家中的另一部分人。总之，除非你不做，做，她们就准会知道。而那些东家们，可就不同，虽同住在一顶房子里，总是你猜我忌，就住十年，也有不知道间壁人家的尊姓大名的。要是娘姨，她们就不同，只须臂上挽了菜篮，天天往菜场买小菜，她们就认为同类，三言两语，谈起心来，一切就熟了。就因为这，她们在每个弄堂里，就布下了情报网，要是秘密制造者，果真把秘密造得大点儿，奇点儿，一会儿，就会散布到全上海。

这一段文字，描写上海的娘姨多，相互之间信息传播快的世俗生活特征，实际上是追叙故事发生的背景。但作者用了很细腻的笔触来铺叙，使本来抽象、枯燥的介绍文字变得十分生动和形象，增强了作品的艺术感染力。这种细腻的笔调，强化了小说的喜剧性，增强了讽刺效果。

魏金枝以自己的笔对汉奸开战，不仅体现了他强烈的社会责任感和爱国情感，而且表现了独到的文学眼光，显示很强的审美价值。《政治家》《王太太的挣扎》堪与张天翼讽刺小说《华威先生》媲美，但它们比《华威先生》意蕴深厚。《华威先生》的思想意蕴非常简单，通篇就是塑造华威这个“会”虫子形象，讽刺批判国民党在抗战时期到处争夺领导权的丑恶面目。华威实际上是一个国民党官僚主义政客的典型，民众对他百依百顺。虽然小说最后出席日本问题座谈会的两个青年和他顶了起来，但并没有形成小说的思想张力。魏金枝这两篇小说，虽然篇幅也简短，但思想意蕴没有如此简单。从讽刺风格上说，《华威先生》是一种漫画夸张的讽刺，这种讽刺是大众化的，讽刺对象非常反面，政治性很强，是一种类型化的，显示的是一种单纯的政治意念；而魏金枝笔下的《政治家》则是正剧性的讽刺批判，虽然也具有很强的政治性，但又赋予了一定的人性内涵，人物性格比较丰富，小说的意蕴也更丰富，更具韵味；《王太太的挣扎》作为一篇反汉奸的小说，自然也具有鲜明的政治性，但在审美形态上是一种轻喜剧的揶揄和嘲弄，突出的还是一种世俗情调，虽然也有一定的夸张，但它以幽默诙谐为主，而描写的人物性格也真实生动，更有文化底气和艺术韵味。而且，《华威先生》是以情节为主，在夸张式的言行中显示一种讽刺，比较明确、辛辣而直接，缺少文化的含量；而魏金枝的小说显示的是一种写意式的，没有明显的情节推进，只是在一种主观意绪的叙述中寄予讽刺，自然也不乏辛辣，但韵味比较醇厚。因此，魏金枝对于汉奸的讽刺批判，在抗战文学中具有重要的意义。

三 反对内耗与积聚力量的主观期待

日寇入侵给中华民族带来了深重的灾难，然而作为执政的国民党当初不是积极调动全国各族人民去抗战，即使在建立抗日民族统一战线之后，也不是充分调动全国力量积极抗战，而仍然实行其反动的封建独裁统治，对民众实施残酷的压迫和剥削，排挤和打击一些有生的抗日力量。这不仅激起了全国人民的不满，也激发了进步作家的愤怒批判。魏金枝以犀利的笔锋直指国民党基层官僚，讽刺和揭露其黑暗统治，文字的背后潜存着反对内部消耗、期待调动民众力量抗日的目的，显示了强烈的主观期待与愿望。这以新发现的《孤鬼们》《凑巧》为代表。

抗战时期，国民党并没有充分调动起民众的力量去抗击日本帝国主义，而是始终不忘记其专制统治，政治犯等仍然是他们不放心的。《孤鬼们》从司法现状入手对国民党的专制统治进行了揭露，批判了在紧迫的抗日任务面前自我消耗抗日力量的行为。司法作为统治阶级的专制工具，集中反映了统治集团的政治立场和政治取向。《孤鬼们》是一部三四万字的中篇小说，1937 年在《中国文艺》第 1 卷第 2—4 期连载。小说通过对一个监狱的描写，暴露了国民党搞内耗的黑暗统治。这个监狱，说是一个监狱，其实是一个拘留所，关押在里面的尽是一些未决犯。说它是拘留所，也不太妥当，因为它也有关上两三年，甚或五六年，以至于死在那里的。在这个监狱里面，西边一部分关的是违警犯，即 30 天以内的拘留犯。此外三边的房屋，隔了一层木棚，便作为未判决政治犯、盗匪犯的寄押所。因此，这里有最轻最轻的罪犯，也有最重最重的罪犯。看守倪先生作了一个界定，将那边关违警犯的地方叫为新坟；寄押政治犯的地方叫作老坟；老坟那东北角上被一株梧桐树遮着的，一间黑暗的监房叫作孤坟。之所以称为坟，是因为这里的人不会见到天日，也不大见得到亲人，仿佛死了埋在地下一样。这里如地狱里有阎王和牛头马面一样，有所长和看守老爷们。那些高傲的监狱守卫，一方面对这些囚犯用尽心机和暴力残害，对囚犯们饿饭、训斥，让犯人互殴，以致严刑惩罚、栽赃陷害和毒打致死，另一方面又对前来探亲的家属不择手段搜刮。不仅所长作弊，克扣犯人口粮，叫伙夫煮烂饭，看守们也在犯人身上想花头，用他们的饭食养起鸡鸭来，禁止囚犯将剩饭留给孤鬼，抢夺囚犯们的饭碗倒在院子里让鸡鸭吃。他们得出一个结论："凡于看守有害的，便是有利了孤鬼，同时无利于孤鬼的，也就有利于他们看守自己。"所以，他们每餐都去监察囚犯们吃饭，因此孤鬼们就饿肚子了。小说着重描写了被称为孤坟的监狱中的几个囚犯所遭受到的非人的折磨，也深刻地表现了他们相处一室的痛苦与怜悯、饥饿与死亡、欲求与绝望的矛盾，展现了他们在应对折磨时友情与亲情、理性与情感、善与恶、美与丑的冲突及其交织状态，既对人性作出了深刻的探索，又揭露了现实社会的黑暗与反动当局的罪恶。

在中国现代文学史上，从 30 年代开始，暴露国民党官僚统治政体的腐败与罪恶成为小说创作的一条主线。这篇小说也是对这种潮流的呼应，魏金枝以精细的描写，揭露了国民党反动统治者对民众的残害。这个监狱，就是国民党当局对民众设置的一个屠宰场。一个惯偷犯李阿牛无法忍受饥饿，叫喊着情愿死，于是招来了灭顶之灾。请看小说对于看守毒打李阿牛的场面描写：

立刻，一个看守拿了钥匙跑过来，打算开了号子，将他拖出去，但他也敏捷的把手从窗中伸出去，在那看守的脸上，尽力抓了一把，竟抓下来一大块肉，同时漂下血来。因此那个被抓的看守，抱了头，竟退了回去，然后叫来一大批同伙们，一个手里捏着皮鞭子，守住他，一个动手开锁，但他还是又伸出手去抓了一把，虽然被吃了一鞭子，他可并不怕，再预备来第三次，直等倪先生把一柄菜刀挡住窗洞，旁的拔出手枪对准他，方始不敢伸出手来。于是他微微侧转身，打量着身边的事物，预备拿去做抵抗的工具；同时拿刀的倪先生，已经打开门，第一个跨进门限，因此李阿牛他也就用手去拖被唐先生坐着的被褥，两手尽力一拖，把唐先生向里翻了过去，被褥就张开在李阿牛手里，顺手将冲进来的倪先生挡住，而且蒙头套上，死力抱住他，虽然旁的几个看守用拳腿打他，跌他，他可并不放手，并且打算推向门枋边去，一下撞死那个被包住的倪先生。可是他的脚，已被另一个看守拖住，于是他和倪先生就同时跌倒在地板上。但他也敏捷地放弃了倪先生，用手往后，将脚向前，背就贴在地板上，这样四面舞弄起来，抵抗着多方面向他进攻来的敌人。约莫过了五六分钟，倪先生已经透过气来，才一刀削落了他的半只手掌，后来又一刀柄敲伤他的一块脚蹬骨，然后别的一个看守，也用他李阿牛用被去裹人的办法，将他包住，裹扎起来，抬向一间特设的审问室里去。

在那里，有一个现成的十字架，就把李阿牛绑在上面，五六根皮鞭子同时向他身上打去。那个被李阿牛抓了一把的看守，照样还了两把之后，还给他几十倍利钱，在他小肚子上跌落两脚，但这时的李阿牛，反而咬住牙根，闭上眼，一声不响，尽由他们去磨难了。这是一个法门，叫做吃闷棍，对于打手们是顶顶不高兴的。——一句话，本应该喊皇天，喊大老爷，叫得打手们法官们的心舒服了，鞭子的分量就得轻一点。这法门，李阿牛并不是不知道，而且常在未动手以前，就震天价喊起来；这回，他却真的愿意死，所以他不响，而且闭上了眼，看了这样子，打手们自然得再来几下子。可是自己的手酸了，李阿牛的尿屎也撒下来了，再打下去自己固然吃了点亏，李阿牛也就大解脱，达到了他的目的了，所以也就住手了。

这里，监狱看守们如此疯狂、狠毒地对一个手无寸铁的惯犯进行肆无忌惮的殴打，充分显示了这座监狱的黑暗和残忍。虽然没有指明国民党监狱，但从治安犯到政治犯，以及监狱的设置来看，描写的就是国民党监狱的血腥罪行。这充分暴露了国民党反动政权的腐败和黑暗。

这篇小说的深刻之处尤其在于揭示了狱警的残酷虐待和残害造成囚徒们人性的异化，尖锐地揭露了国民党反动统治的罪恶。魏金枝的创作总是将社会批判与人性拷问紧密结合在一起，以谋求艺术表现的深度与力度。魏金枝先后两次下狱，对监狱生活有着深切的体会，对入狱者的心理十分了解，比起其他作家来说，描写狱中生活，有着得天独厚的优势。他的作品对监狱的描写，在20年代的成名作《七封书信的自传》中就有突出表现，但就其描写狱中囚徒人性善恶的深度来讲，《孤鬼们》是前所未有的。这个监狱关押的全部是未决犯，从在小街小巷收晒晾的、人行道上掷铜钱宝的、打架的醉鬼、硬讨的叫花子、给旅客们拉马的茶房、在马路上撒尿的乡下佬等30天以内的最轻的拘留犯，到最重的政治犯、盗匪犯，都一应俱全。小说描写了囚徒们在狱中被虐待后人性的裂变："现在轮到享受饿肚滋味的，瘦下去的，当然是孤鬼们了。他们起首只是忍耐着，咽着唾涎，让过剩的胃酸在肚子里咆哮作怪；但后来就渐渐的不老实了，照鸡鸭们的老样子，嫉妒，憎愤，往往为着争一点别人的饼屑，或者因为争送一只便桶而生出竞夺，以去奉迎一位有钱的囚伴，最后则连偷窃的事也在十三号笼子里发生了。"饥饿是生命危急的第一信号，求生的意志总是会被饥饿主导着，健康人性往往因此被异化和扭曲，小说所显示的就是这种人性的主题。十三号笼子里六个孤鬼，是几个性格迥异的囚徒。盗匪犯王阿二和查无实据的政治犯富堂已经关了两三年。平时，他们将别人剩下的饼屑和菜脚公平分享。可是后来监狱上下克扣粮食，饥饿难忍，在看守们监督吃饭以后，富堂就一个人包揽了剩下的饼屑和菜脚，不平分了。饥饿难忍的王阿二去讨，先是给一点，后来也不给了，就是抢也不让他了。于是，王阿二在饥饿的驱使之下，就去偷他铺边的囚伴的猪油，后又去偷人家的饼干，结果被富堂捉住，两人打起来，被一群看守拖了出去，各打一顿，并加了手铐。出身少爷的唐先生和他学校里的茶房阿四是一起捉来的。阿四总是把老婆来看他带来的东西拣好的送给唐先生，唐先生虽觉得难为情，但因为饿还是接受了。后来，唐先生用饼屑捏成牌九，32张大饼一副卖给囚徒们，做了一笔很好的生意，攒了很多大饼，还积存了一点钱。不久，全国治也做牌九，而且做得比唐先生好，只要25张大饼，全部抢了他的生意。唐先生忍无可忍，冲出去打全国治，并打了劝架的茶房阿四。于是，他被看守们绑起来毒打。他不为此忏悔，也不念阿四一向对他的好。当阿四跟着挨打时，他不仅不为他求情，而且还要看守倪先生打重一些。这充分表明，囚徒们在遭受虐待后，人性深层自私和狭隘的负面因素就压倒了他们本性的善良，这就更深刻地揭露了国民党反动统治的罪恶。

这篇小说塑造了生动真实的人物形象。无论是监狱的所长、巡长还是看守倪先生，无论是盗匪犯王阿二、查无实据的政治犯富堂，还是政治犯唐先生、茶房阿四和全国治，或者是小偷惯犯李阿牛，都是性格丰富、真实生动的艺术形象。

看守倪先生是国民党反动统治的爪牙，是一个罪恶的典型。他不仅凶残地履行他的看守职责，而且阴险狠毒地为统治者出谋划策。他向监狱提议建立孤坟，对囚徒百般虐待，无所不用其极，为人极其险恶。他用暴力将囚犯打入孤坟，无论对小偷惯犯李阿牛还是对唐先生，他都心狠手辣，尽下杀手，带领看守将李阿牛活活打死。这是一个毫无人性的刽子手，是国民党反动统治的屠夫。

囚犯全国治是一个感人的艺术形象。他是个政治犯，死了的大儿子是北伐时代的革命军，因小儿子去投了××党而被抓来，在这里住了四五个年头了。他阅历丰富，为人机智。当法官审问他为什么小儿子去当××党时，他回答："我的大儿子去当革命军时，我也不大清楚的。"当法官问为什么要留小儿子在家里过夜时，他冷静而机智地应对说："那时孙传芳要捉拿国民党时，我也留过大儿子在家里过夜的。"这显示了他的机智和冷静，也显示了他的父爱。他为人宽厚大度，能够忍耐。当做牌九将唐先生得罪，唐先生前来打他时，他不动手。他的牌九是25张大饼一副，比唐先生少7张，他说闲着也是闲着。他慈善而细心。当李阿牛被打得鲜血直流，奄奄一息，唐先生给他灌菜汤时，他主动去帮忙。当富堂去搬动一下李阿牛时，他打开了富堂的手，要富堂不要动，一是因为一动就血流出了，会死得更快，二是一移动，将血迹弄到自己身上，万一李阿牛死了，监狱容易栽赃陷害。因为看守并不能随意打死一个人。他具有领导才能。后来看到李阿牛不行了，为了不使大家受陷害，马上就要大家想办法去报告，阿四便去向监狱警察呼救。但是，他也有些极端化私心，当监狱里没有吃的，大家饥饿得难受时，他就要大家向家里弄点钱或想点办法，并说为了肚子，就是卖了老婆也不见得有什么，最后弄得茶房阿四真的叫老婆去出嫁弄钱来。总之，这是一个血肉丰满的形象。

茶房阿四是唐先生学校里的茶房，常替唐先生传递秘密文件。他是和唐先生一道开会时被一起捉来的，是一个有情有义也敢于担当的人。每当老婆来看他、责备他、哭着时，他总是笑着安慰她。每当收到老婆的东西，他就拣好的送给唐先生，坏的留给自己。他明是非，讲道理。当唐先生为了做牌九与全国治发生冲突时，他立即去规劝，并受连累挨打。他有侠义精神，敢担当。当李阿牛被打得奄奄一息，快不行了，都不敢叫人时，他则一次次对着窗洞里叫人，即使被监狱警察倪先生打，也坚持叫。他有大义，敢于自我牺牲。当全国治提出卖老婆救饥荒时，他知道全国治是在说他，很痛苦，既舍不得，又很担心两岁的孩子没人照顾，但为了能够让大家多活几天，最后还是要他老婆出嫁了。

唐先生也是一个生动丰满的艺术形象。首先，他是一个有爱心和是非观念的人。当李阿牛被毒打送回来时，他就用自己的一碗菜汤去救他。李阿牛死后，他也常常梦见李阿牛。当全国治主张大家卖老婆来救自己时，他第一个反对。他说："我不愿意吃别人的血，我不主张牺牲别人的性命，来保全自己的。"当阿四要他帮忙写信给老婆时，他担心阿四要卖老婆，就拒绝了。当阿四叫来了老婆，要她嫁人弄些钱来，唐先生拖着他的衣领责斥他，并愤怒地骂全国治。后来，阿四老婆按照浙东习俗——典妻的形式，将自己出租给别人，寄了20块大洋来，唐先生知道后，又瞪着大眼睛骂茶房阿四："二十块，二十块就用不完了么？"这充分地显示了他正直无私、为他人着想的精神境界。然而，他也是一个心胸比较狭隘而性格急躁粗暴的人。当全国治做牌九夺了他的生意，他气得向他唾痰，后来又冲出去打他，并将劝架的茶房阿四打了；当他看到全国治制止富堂翻李阿牛的身体时，还没弄清楚怎么回事就骂他。他也很脆弱。当听到全国治说李阿牛死后，说不定看守们会说是他们打死的时候，他就抱头痛哭起来。同时，他也有着知识分子居高临下和自负的心理。当茶房阿四劝他不要去打全国治时，他说全国治是汉奸，并把剩下的大饼一把放进便桶里面，以示自己没有错误。这些都显示了他性格的真实。此外，富堂、王阿二等人的性格也十分鲜明。这些人物的描写，显示了人性善恶的被扭曲状态，也反映了小说的艺术成就。

在这篇小说中，作者巧妙地运用了讽刺手法，获得了成功。魏金枝善于运用挖苦、嘲弄、揶揄的手法来寄予自己的主观批判。例如："但在这里，多一个囚犯就多一件事，他们偷窃的偷窃，争夺的争夺，虽然皮鞭子可以驾驭他们，可也还是麻烦的，譬如看守倪先生，只打了唐先生和茶房阿四，用力过度，捏皮鞭子的手上，便立时长出两个大水泡。这就是说，打人这件事，既不能把别人的苦痛，像人参一样，灌注到自己身上去，使它长出气力来，倒反要赔一点儿小资本。再说，看守先生们是大抵都有肝气病的，有几个还有胃痛病，郎中先生每在收了诊金以后，细心的对他们说：'要保重自己呀！少要生气呀！'但事实上不能不使他们生气，偷窃呀，打架呀，他们不能不管。不管，看守所长又会打了他们的饭碗的。管呢，自然增加毛病，毛病一增加，肝气也就越重，打人也更加用力，水泡也便长得越大，毛病也增加得越重。仿佛一片鱼犀，旋呀旋的越旋越深。除非不干这差使，不然是几乎没有办法的。"显然，这是一种挖苦，是作者对丑恶人物和黑暗统治者的一种强烈的讽刺和批判。同时，小说也运用这种叙事策略，不仅使人物描写形成了一种强烈的对照效应，而且使小说一开始就能抓住读者。

这篇小说还显示了越文化的影响力。首先是绍兴戏剧之乡的文化背景的影响。小说中的盗匪犯王阿二，是一个戏迷，抛弃自己的老婆，跟着一个乡下的草台班，去挑戏箱子，走过许多码头，也学了一些小曲子；李阿牛是一个小偷惯犯，在号子里，他不安分，他要唱戏、骂人。尤其是小说将人物置于特定的场域情势中，集中展现其精神品格和个性特征，更显示了戏剧的影响。这与魏金枝从小看戏有关系，是戏剧中聚焦和场面的描写手段对他的影响。其次是浙东山区民众忠义的个性特征的影响。小说中几个囚犯虽然有矛盾、有冲突，但他们身上都体现了一种不离不弃的忠义性格，但又有一种粗野的性格。即使是唐先生这种知识分子，都没有脱离这种粗野的个性。可以说，这是嵊县山民文化性格的原型置换。

如果说《孤鬼们》是用正剧的笔调批判了国民党反动统治的罪恶的

话，那么《凑巧》则是用喜剧的笔调对国民党的腐败进行了无情的讽刺。这篇小说发表于《新文丛》1941年8月第3期，用说书人的口吻讲述了一个国民党基层统治者搬起石头砸自己的脚的故事。王家宅的王德昌是悦来杂货店的大老板。他和乡长是同学，乡长到他店里喝了一次酒，就叫他做了王家宅第二保的保长。他当保长第五天，就下来第三次抽壮丁令，他先是抽签决定，后又以360块钱，将反对他的浪荡神抓壮丁了。第四次招壮丁的命令下来后，他用不到100元的价钱买到了一个替身。接着，征发义役，修村边道路，他兴冲冲地奔走着，指挥着，不揩油，还肯赔点油水，于是获得了乡长的好评。乡长说自己高升区长了，那么王德昌也必然高升。但是因为他毁坏别人形象来抬高自己，使两个保长很不高兴，别人都恨他，说他揩油、报功等，有的人还公然说他做保长凑巧一年了，该改选了，使他恐慌起来了。这使他想有好表现，改变印象。当他到市上听说三个从上海逃到内地的大学生被卖了壮丁，他也希望碰上这样的人，捉住送到县里去卖壮丁，不仅可免第二保的壮丁费，使村民感激他，而且能获得上级好评，就真能升乡长。正当××失陷的时候，他将一个到他店里讨灯笼的难民——理发师捉住，当作壮丁送到县里去顶壮丁，可这理发师是兵役科长的同乡。过两天，县里兵役科差人送来传票，说第三次送去的壮丁穿了军衣逃走了，兵役科长要他送回500块安家费去。经乡长大人求情，花了16块钱将那个差人打发走了，要他五天内自己去了结这个案子，不然不仅他的保长做不成了，连他的同学乡长也做不成了。这天夜里，他上吊自杀了。显然，小说通过描写悦来杂货店老板王德昌几次买卖壮丁的喜剧人生，暴露了统治者趁机营私舞弊、贪污腐败的丑恶行径，揭露了国民党兵役制度的腐败，批判了国民党抓壮丁的强迫手段在抗战中的负面性。自然，不积极进行抗日宣传，不去激发民众的抗日热情，民众不是主动地投身抗战，靠抓壮丁强迫应征，反而打击了民众抗日的积极性。

魏金枝的《凑巧》与沙汀的《在其香居茶馆里》（载《抗战文艺》1940年第2—4期）构成了抗战时期批判国民党兵役制度的讽刺小说双璧，但它比沙汀的《在其香居茶馆里》思想意蕴要丰富。《在其香居茶馆里》侧重点是社会批判和政治讽刺，笔锋所指是旧社会制度的丑恶本质和它的日益腐烂，因此其思想意蕴比较集中。而《凑巧》则将社会批判与人性拷问结合起来，在人性的描写中融进深刻的社会批判，与其说是一种社会批判，不如说是一种人性善恶的拷问，因此它摆脱了单纯的社会批判所显露出来的思想意蕴浅薄的不足，而显得更加丰富。王德昌做了保长之后，一心想升迁。他为了维护自己的权威而排除异己。在第三次招壮丁抽签时做假不得逞后又用花钱买替身的方式，让反对他的“浪荡神”去当了壮丁。他想往上爬，想获得民众的拥护，所以第四次抽壮丁时又用100元不到去买了替身，使全二保人从恐慌中摆脱出来。他还展开政治投资，在修村边的那条道路时，不光兴冲冲地奔走着、指挥着，而且还贴出钱来，获得乡长的印象，使悦来店成为王家宅的总机关，乡长也在此落脚。这更使他看到了升迁的希望，于是更加私欲膨胀。本来他一向随便惯了，可这时又学会了敬礼，在全乡15个保长中无人能学，使乡长很高兴，说自己高升区长了，那么王德昌也必然高升，这使他很有劲头。可是，当时有规定，做乡长的条件是，要么高中毕业，要么有中等资产，可他两条都没有，但乡长当着他的面骂王家宅另两个保长，这使他看到了希望，就得意忘形，将乡长骂两个保长的事讲给来店的坐客听，使两个保长很不高兴，于是招来了一些诬陷和议论，事情变得很坏。不仅做乡长没有希望，就是保长的位子也保不住。因此他不择手段，试图赢得声誉，改变舆论。当他听到三个上海的大学生被抓去卖了壮丁时，他也时时想抓住这种机遇。于是，当××失陷的时候，一个逃难回家的理发师到悦来店来讨灯笼时，他认为机会来了，就叫老婆招待他，自己则到乡长处报告，乡长派来四个警察将理发师又打又拖地带走了，送到县里去了，可他不仅没有得到村民的佩服，也没有得到乡长和县里的赏识，而且被送来了传票，被索要500块安家费，还花了16块钱打发差人，并被勒令五天以内自己去了结这个案子，最后被逼得吊死在横梁上。显然，小说在批判国民党兵役制度之外，又充分表现了动机与结果、理想与现实之间的矛盾，而且深刻地揭示了一个人生哲理：私欲不仅是损害人的毒箭，也是葬送自己的坟墓。这就使作品具有更丰富的审美价值。

在审美形式上，魏金枝采取的是轻喜剧的反讽方式，与沙汀的闹剧形式也不同。沙汀的《在其香居茶馆里》是以外在的冲突为主的。方治国与邢幺吵吵在茶馆里狗咬狗地争斗着，弄得相互之间大打出手，洋相出尽，丑态毕现，让大家看戏，自然寄予着作者辛辣的讽刺和无情的批判。魏金枝的《凑巧》则淡化了人物之间的性格冲突，而是重点表现人物内在的心理欲望和自主行动，因此它没有激烈的场景描写，而只有轻喜剧的揶揄与嘲弄。小说以全知全能的第三人称叙事视角，叙述人以一种揶揄的方式讲述着这个故事，富于轻喜剧的情调。请看：

> 照他王德昌的经历看，要是说他不巧，那也未免有点儿吹毛求疵。譬如，这么重要的非常时期，要派捐，要抽壮丁，要编查户口，正用得保长的时候，那个第二保的老保长偏偏会跷了辫子，这已可算是凑巧了。其次，这么大的一个第二保里，论财力，有钱的很多，没钱的也不少，他王德昌只能算是个中通的；论人才，中学毕业的就有十多个，不识字的更多，至少也会上百，他王德昌也只好算是中通的。可是，有资格有钱的，他们忙于管家私，谁愿做这没出息的勾当；就算愿意做，也会同行嫉妒，譬如派捐，自己少了，就得往别人的头上去推，你要往别人头上去推，别人就会把你推下来，让你做不成保长。至于没钱没资格的，有钱的怕他会揩油，或者卷了款逃走。只有他王德昌，说他没资格，他也读过几年书。说他没财产，也有这么一爿杂货店，至于揩油，他王德昌没有这本事，说逃走，他王德昌断不会去寻这烦恼。为了这，他王德昌虽没转过做保长的念头，却偏偏做上了。这岂非又是"凑巧"吗？

在这里，因为使用第三人称全知全能的叙事策略，叙述人深入到了人物的内心世界，将他的思想和心理全盘表现出来。实际上，这就将第一人称自述的方式融进了第三人称的描述之中，形成了一种幽默、揶揄和嘲弄的情调，产生了一种轻喜剧的效果。于是，作者的批判锋芒就在这种貌似轻松的叙述口吻中显露出来。这种艺术表现增强了小说的审美性。

暴露现实社会的黑暗与罪恶，也是抗战文学中一种重要的潮流。魏金枝以强劲的笔力深刻地揭露了国民党官僚政体的黑暗和腐败，不仅显示了强烈的社会责任感与鲜明的时代性，也显示了他在艺术上的不懈追求与独创性。在中国现代文学史上，对于乡村基层官僚的批判是一个比较热门的母题，涌现出一批有成就的作家，以往学术界仅仅注意到了沙汀等人的成就，对于魏金枝这方面的成就关注不够。其实，在反映乡村基层官僚时，魏金枝可与沙汀媲美。

抗战时期，魏金枝的小说获得了发展：不仅在内容上政治倾向更强，着眼于国难主题，对抗战中存在的现实问题作出了独特的思考和反映，而且在审美形态和叙事风格上有了变化，呈现了悲剧式、正剧式和喜剧式三种审美形态共存的多元性取向。尤其值得重视的是，他的喜剧式讽刺艺术显示了鲜明的特色。魏金枝认为讽刺是一面镜子，具有重要的现实意义。他说："讽刺别人，固非美德，然而顶要紧的，还在于被讽刺者自己，不造作可以使人讽刺的事实。进而言之，倘使造作了矛盾丑恶的事实，而致值得别人加以讽刺，则讽刺者虽然似欠忠厚，但为着矫正矛盾，或者祛除丑恶，于人与社会，似乎都有其必要。"① 魏金枝的讽刺呈现了鲜明的特点：一是与大多数人侧重于社会批判的讽刺指向不同，他将人性批判与社会批判结合在一起，在人性拷问中融入社会批判；二是与别人的闹剧式和漫画夸张式的讽刺不同，他运用的是一种幽默和揶揄的批判。这是魏金枝40年文学创作的独特之处，也是他创作的新进展。全面抗战爆发以后，讽刺小说成为一种浪潮，魏金枝的出色表现，无疑起了推波助澜的作用。

① 魏金枝：《讽刺是一面镜子》，《海风》1946年第21期。

第四章

讽喻与鞭挞的新写实小说

抗战胜利后，国民党无视国家亟待重建、社会事业百废待兴的艰巨任务，无视民众盼望过上和平幸福生活的心愿，而将一党利益置于国家与人民的利益之上，为了维护一党独裁的政治利益，又发起与中国共产党的内战。因此，呼唤和平、争取民主就成为新形势下文学创作的时代主题。魏金枝积极呼应这种潮流，致力于新写实，对新的形势下的社会做出独到的表现。新写实是20世纪20年代初期涌入中国的一种创作思潮，但不同的人对此有不同的理解。“新写实主义”概念是1923年苏联学者沃隆斯基提出来的，是指“写实主义同浪漫主义精神的独特结合”，但其中“写实主义依然处于主导的地位”①，引入中国后又有不同的解释。1924年，沈雁冰在《俄国的新写实主义及其他》中认为是指那种篇幅极其短小，不用心理描写的电报式的奇特文风。但魏金枝在阅读苏联的作品后对此有了不同的理解。他说：“所谓新写实主义，乃是说，具有自根本上去了解社会，分析社会的见地，而又附以对人情世故的精确的观察，两者合而为一，于是而有新的理想，也有了新的信心，所以在他们的作品当中，看不出有什么颓唐的气分（氛）。这种情形，在高尔基的《二十六男和一女》以及《一个人的出生》中，可以看得非常明白。但也并非绝对的把所有的无产阶级的特点，都隐藏起来，《鹰的歌》里的‘草蛇’，不是指一切阶层里的一切不知奋斗的人么？由此可知，所谓新写实主义的精神，乃在一切渣滓之中发现人性，并且为这渣滓中发现的人性而喜

① ［苏］斯·舍舒科夫：《苏联20年代文学斗争史实》，冯玉律译，上海译文出版社1994年版，第56页。

悦，觉得人世是有为的。反之，对于饱食暖衣，行尸走肉的分子，自然也予以轻蔑，而预知其离没落之期不远了。所以，在事实上，这种具有新理想新勇气的新写实主义，也并非是回到浪漫主义的幻想时代去，那是从更精确的观察中，看出人类的曙光来；也并非捏造典型，而是祛除了偏见，以及不必要的颓唐气分（氛），以积极的精神处世，以积极的态度来写他们的作品就是了。”① 正是在这种新写实主义的指引下，魏金枝抗战胜利后的创作呈现了新面貌。一方面，他借助历史文化的颠覆性的描写，对现实人生进行讽喻，进而展开社会批判，寄予着主观理想与期待；另一方面，他不仅对乡村基层统治者丑恶面目进行描写，进一步暴露了国民党反动统治的罪恶，而且描写了战争苦难，展现了旧社会将人变成鬼的悲惨情景。同时，他又描写了黑暗现实中受压迫的底层民众的人性之光。但是，在国民党到处实行白色恐怖的日子中，“一不小心，便有‘子弹从鼻梁上穿过’的危险”，因此他像大多数作家一样，很讲究“说话的艺术”②，多用戏谑、讽喻等笔法。尽管这些小说数量不多，但在艺术上有了新发展。

一　文化戏谑与现实讽喻

国民党从 1942 年起，对于进步文艺工作进行了更加露骨的限制，到 1944 年就明确反对写作自由，对进步文艺作品的审查更加严格。1945 年，在遭到进步作家的集体反对之后，国民党更加疯狂地迫害进步作家。面对暴虐的文化统制与压迫，魏金枝反对作家“忘记了我们的地位和时代”，“忽略一切包围着我们的恶劣环境”，“为当前黑暗的社会所吓昏”③，采取多种手段与黑暗环境斗争，展开政治批判，呼唤民主与和平。或者通过对历史人物的解构来寄予，或者通过对文学原型的变形来进行，或者通过对现实人生的描写来表现，戏谑历史文化，讽喻现实人生，形成了丰富而深刻的审美意味。这以《苏秦之死》《喜悦》《独乐乐》为代

① 魏金枝：《怎样写作》，珠林书店 1939 年版，第 96 页。

② 魏金枝《自序》，《时代的回响》，新文艺出版社 1957 年版。

③ 魏金枝：《怎样写作》，珠林书店 1939 年版，第 98 页。

表。这是魏金枝小说创作的新发展，也是他40年代小说的一个特色。

魏金枝通过解构历史人物对现实人生给予讽喻，以《苏秦之死》最典型。这篇小说写于日本帝国主义投降前夕的1945年7月25日，发表于《文坛月报》1946年1月20日第1期，是一篇以历史讽喻现实的佳作。苏秦是战国时期与张仪齐名的纵横家，以一己之力促成山东六国合纵，佩六国相印，迫使强秦废帝号，秦兵不敢窥函谷关者15年，令后世敬仰。后纵约为张仪所破，遂至齐为客卿，时秦相魏冉约齐伐赵，苏秦以伐赵不如伐宋再次离间齐、秦关系，至燕将乐毅联合五国大举攻齐，他的反间活动暴露，被车裂而死。小说通过对苏秦谑释及谐述式的描写，进行颠覆性的解构，有力地讽刺了他出于个人私欲而自以为是、为所欲为的神经质式的人生方式与取向，从而寄予对当下政治人物的批判。

在作品中，苏秦是一个以自我为中心、横冲直撞、不顾一切的人物。他师从鬼谷先生，学习“弓道”即人生之术。他从猫捉老鼠的情形中发现了弓道的构成原理，并且悟出了其中蕴含的人生之术：人必须像猫一样紧张地盯住对手，或是像弓一样被弦绷紧，才有力量。他先是发现“那猫不但会玩弄动物，譬如扑蝴蝶、黄雀，以及苍蝇之类，还会和一切并无生命的东西游戏，会用自己的爪子，使它们活动起来，然后当它真有意识和动力似的，作为一个对手，毫不厌烦地玩弄着”。他觉得，紧紧用弦扣住两端的弓，就代表着整个生命。生命是弓身，而衣食住行就是弦，没有弦，生命就不会紧张，不能发挥它的作用。所以，鬼谷先生给每人都给一张弓。后来，他又发现猫捉老鼠时捉了又放，放了又捉，把它玩弄得从生到死，而又从死到生，结果是使它筋疲力尽，不能重生，也不能再死了的种种表现，使他认为，倘然人们必须依照“弓道”来处世，这无理由的残忍性是可贵的，但必须有了它，人们才能有勇气，有了勇气，于是他取下弓来，把它抛在地上。把弓投掷得重些，弓就反拨得高些，轻些呢，也就反拨得低些。这样，他进一步明确了弓道之术：力是从他的手出来的，意念是从他的心里出来的，所谓勇气的主人，原来就是他苏秦所自力的“我”。因此，他不仅认识到猫和弓的力量来源于它们的对手老鼠和弦，而且认识到人生之术要“以‘我’为主”。“我”就是弓身，生活是有形的弦，而那无形的弦，便是想象。在他看来，因为要生活，所以要把人生弄得紧张起来，而人的力量来自他的敌人，这个敌人包括一切阻挡他的东西。人可以在与一切敌人的对抗中，获得无穷的力量，并反过来战胜一切。当他将自己的认识告诉老师鬼谷子之后，不顾老师的批评，扬长而去了。自然，在这样的认识的支配之下，苏秦也干成了许多大事，但这一切都是为了满足自己的欲望。至此，作者完成了苏秦作为一个私欲化身的形象塑造。

小说凸显了苏秦的强力与意志。作者弱写了他“不通‘横’，再来一个‘纵’”的过程，花了不少笔墨写他在燕国和齐国的反间工作，将他的私欲上升为一种主体的生存意志。虽然都按照他的意愿实现了既定目标，但他从不松懈，总是不停地运动脑筋。他“需要日新月异的种种问题，去阻碍他，梗塞他，磨折他，然后他可以以此为目标，去思想，推论，断定，打出一条通路来。也唯有这样永远活动他的脑筋，生命才具有意义；不然，便会觉得烦闷，空虚，甚至脑筋会发锈，人生也就萎靡下去”。为了满足个人的私欲，他始终处于一种亢奋状态，显示了一个意志型英雄强大的主体驱力。他只为自己的前途努力，没有前途，他就不能生活。最后，他在临淄被刺客重创，他努力用自己生命意志的主体强力来控制一切局面，装得特别镇静，努力克制住自己的愤怒、疼痛，以便想个更恶毒、残忍的方法，去还给他所认为雠对的冤家。他想苏张两家永远成为一个整体，世世代代不失富贵，就拾起那张躺在地上的弓，匆迫地在右端刻上一个“苏”字，左端刻了个“张”字，然后随手递给贾舍人。一面指指西方，一面挥着手，叫他送给张仪去。因为齐王捉拿凶手一直没有结果，苏秦就叫齐王戮他自己的尸，斩、剐、车裂、脔分，说他犯了罪，那个刺客可以论功得赏，终于因此抓住了凶手，死后还自己报了仇。显然，苏秦超常的意志力，不仅来自他对生存的渴望，更来自他那种以我为主、永不服输的膨胀的私欲。

然而，作者赋予了小说强烈的讽刺意义。当他遭到刺杀，伤口扩大，表面很顽强的他也“不觉地唤呼了一声”；当医生不能救治他的创伤，凶手也未曾缉获时，他很痛苦，很愤怒。他觉得这情形之下，弦，固已拉在别人手上，而弓身也被控制，丝毫没有自动的可能。这简直就像那只被攫在白猫爪下的老鼠，这使他苏秦的自尊受了伤。他也知道，倘使创伤这么加剧，就算他不拉紧那根无形的弦，那创伤，也会毁灭了他，以致使天下所有的人都耻笑他，这是更难忍的！显然，他再顽强也敌不过一把匕首。这对苏秦是绝妙的讽刺。这告诉人们，人再强，他可以战胜像张仪这样的对手，却也不可战胜自然，自然的威力是强大的，而人的意志在自然面前则是多么的脆弱。最后，苏秦还是被死亡吞噬了。当死亡战胜了他，让他感到无比恐惧："死，在苏秦看来，它是个无边无底的深渊，它用黑暗孤寂，包围着他的四周。而他却堕入其中，没有一个可亲的人，一个厮养，甚至连一根可以扶手的杖，一个可以作为对手的敌人也没有，这使他在恐怖之外，加了一种沉寂之感。而沉寂，又就是他苏秦所最恐惧的。"面对死亡，他流下了人生的第一滴泪，这也具有很强的讽刺意义。因为苏秦受过"很多的，很重大的磨折，他却从未下过泪，现在，却为'死'而下泪了"。恐惧死亡，是人类的一种普遍心理。然而死亡又是每个人都必须面对的，不可战胜的。一个人无论有多大的主体强力，有多顽强的生命意志，不管多么矫健和刚强，无论怎么都无法战胜死亡。通常，英雄大都能视死如归，坦然地面对死亡。而苏秦在面对死亡时如此恐惧，可见他也是一个平庸的人，其精神本质也是渺小的。毋庸置疑，作者在这里是对私欲极强的个人英雄主义和意志型领袖的讽刺与批判。作者为什么要这样描写呢？自然是借助对苏秦的颠覆性的诠释，对蒋介石等人予以讽喻。

在对历史人物的解构中讽喻现实，是这时魏金枝小说的一大特色，也是他小说创作的新发展。在40年代的历史小说中，《苏秦之死》具有重要的意义。首先是具有超现实主义的色彩。作品中不乏荒诞、怪异的描述手法，将人物予以夸张和变形，从而更深刻地描绘出某种人物的精神状况，显示了后现代主义的印痕，一些地方还具有魔化现实主义的影子。例如描写苏秦从猫折磨老鼠中得出"残忍性是可贵的"结论，又从掷弓于地、弓作反弹当中悟出"以'我'为主，而又附以想象的自由，那就是创造勇气的唯一方单"，等等，都充满着超现实的因素。而小说的主人公的精神基质，实际上就是唐·吉珂德在中国的置换变形。其次，叙事艺术圆润。如前所述，魏金枝是非常具有小说文体意识的作家，这篇小说叙事非常绵密，浑然一体，突出地反映了这一点，显示了小说叙事技巧的娴熟。作者采取第三人称全知全能的叙事视角，将关于苏秦故事的讲述置于一个自足性的文本中，浓缩于他到齐国做反间谍的一瞬间：他在临淄城里驱车运动脑筋，结果被刺身亡。小说采取回忆和追述的方式，但是不留任何痕迹，故事十分完整。20 世纪 80 年代，先锋实验性小说出现后，一度风靡。其实，这种潮流在现代文学史上就已经开始，最初是鲁迅小说，其次是魏金枝的小说。这篇小说显示了鲁迅《故事新编》的传统，但更显示了魏金枝的特色。

在魏金枝笔下，对现实的描写也通常赋予了符号化的意义，也具有很强的讽喻意味。其中以《骗子》《喜悦》《报复》为代表。《喜悦》具有很强的符号化意义，既揭示了人生哲学观念，也蕴含着较强的政治意味，还张扬了坚定的人生态度，反映了浙东文人的气节。如果说，《苏秦之死》更多的是对政治权势人物的讽喻的话，那么《喜悦》则既是对普通人生的警示，也是对政治的讽喻。这篇小说发表于 1947 年 12 月 21 日的《时代日报》。小说以第一人称“我”来回忆，讲述自己和同学“船”30 年来的关系，描写了 30 多年来社会生活的沧桑巨变，揭示了社会底层民众始终不失心志的生存状态，暴露了人性中本来存在的欺弱心理，对世俗人生进行了温和的讽喻。

一是四肢健全的人不一定会拥有自足性的完美人生，身体残疾的人也可以自己创造快乐的人生。小说用对比度手法表现了这一点。“我”和“船”是 30 多年前他那镇里的乡立高小的校友，我进去时，他已经毕业，因他的腿是跷的，常到学校来闲荡，和我们混熟了，后来成为朋友。“船”为人热情，人生态度积极，不甘寂寞，当初常和我们凑在一起玩，不管我们板脸不睬，甚至给他白眼，他都不灰心，想方设法捉弄他也不退避。后来他到糠行做账房，没人跟他玩了，他就学习练字和画画，但因为它们不能说话，缺乏一种心灵的交流，他就学起拉二胡，与二胡声进行心灵的对话和交流。于是，他将二胡当成了宝贝。糠行里嘈杂的市声，他也将它当成自己的琴声，而散市以后，人声也散了，他很想听人声，就拉二胡，将二胡声当作人声。这时，他工作自如，身体也胖了。后来糠行衰落下去了，“船”还是只要有空就拉二胡。但“船”一直没有放弃“我”，他又一次看到“我”从他糠行的店门口冲过去，就追出来叫着“我”，30 年后还常常到“我”家里来探问“我”。最后他中风，在最下第二个梯级上一冲就断气了。“船”在几十年中不失心志，不断追求，在自我创造的以胡琴为伴的境遇中快乐地度过了一生。而相比之下，“我”是身体健全的，毕业以后留在学校里面，因学校里工作不多，也学习他练字和画画，但一两个月之后，去请教他，他却拉二胡了。后来学校里的生活使“我”难以忍受，“我”又去找“船”，看到他自如地工作，没有力量去接近他。后来有一次从他店门口冲过去，他看到了“我”就追出来，他追了一段就回去了。于是，“我”一气之下就到外面去流浪了。在外面，“我”受了很多苦。后来“我”又失业了，回到了家里，郁闷不堪，痛苦很多。应该说，“我”的人生过得并不舒坦，充满痛苦。这就赋予了作品的讽喻意义，对世俗人生进行告诫和启示。

二是对世俗人生中的“玩弄与被玩弄”的讽喻。这是这篇小说最具有人生指导意义的哲学意蕴。“船”和我们熟起来后，起初我们都很厌恶他，他走起路来摇摇摆摆，仿佛摇船，我们就将他叫作“船”。他好走动和交友，只要有机会就凑上来，不给他白眼，他都不灰心。但我们觉得他要来凑热闹，是要侮辱我们，人生有这样的同学真是不幸。于是，我们就想出种种方法来折磨他。最凶的是疲劳战术，骗他到外面去走走，但又故意走得老远。回来时，把手上的物件、衣服都拿给他，而在前面走得更快些，催他快点跟上来，甚至拣小路走。到他快要追上了时，我们又开步走，让他没有歇息的机会。即使这样，他总是很高兴的。他似乎知道我们的心意似的，不但没有哭，而且还一手抱住衣服，一手抹抹头上的汗，缓慢而悠闲的，抱定自力更生的决心，索性慢条斯理地缓步当车了。于是，我们倒反急起来，为着自己的衣服，总得等他。而天晚了，停止奔跑，汗水一干，身上便不免发寒。而他仍是心安理得地一拐一拐地摇，最后笑面迎了上来，看见我们真的在发抖，他倒真的抱歉起来。显然，看似我们在捉弄他，实际上他也在作弄我们。再看，小说写姑娘们也喜欢拿“船”来娱乐自己，当我们的“船”摇过大街小巷，姑娘们就会跑出来看，我们就在他背上或用粉笔画乌龟，用草结套在他的冒顶上，引来哄笑。他明知道背上、头上做的标志，去装作一本正经，严肃地一摇一摆地摇了过去。显然，他知道被别人玩弄，也顺着去玩弄别人。后来，“船”到一家糠行中当了账房，“我”去找他，他看见“我”很激动，狂欢地叫了起来，热情地握住“我”的手，真诚地说他不喜欢寂寞，不能靠剥指甲过活，所以就练字画画。当“我”也学着他练字画画时，他却改拉二胡了。因此，“我”就对过往的人生有了一种深深的自嘲和醒悟：凡他以往的行径，我们虽然把他当作消遣的玩具，而他却也把我们当为他的二胡，他就是拉二胡的人。他殷勤地招待“我”，但却使“我”觉得有一种刺人肌肤的寒冷，只觉得我们的“船”，已在改变他的人生观——因为受了别人——也许就是“我”——的玩弄，现在他预备玩弄别人了。而“我”虽然曾经玩弄过他，但现在却几乎是“我”自己被挤到他的眼前，去给他玩弄了。后来“我”拣了最热闹的时候去找我们的“船”了，他更胖些了，泰然地坐在账桌上，搁起他的跷脚，自如地工作着，那种嗡嗡的市声，蒙蒙的糠灰，他没有感觉似的。有一次他在店堂里拉二胡，“我”快速冲过他的店前，他就追出来，一面叫“我”的名字，“我”跑过两条小巷停下来再去看他，他却一摇一摆地返回去了，“我”又似乎对他撒了娇，怨怪他不再追上来。本来是自己跑，让别人追不到而失望地回去了，可是他的回去又使自己失望，而产生怨怪。这种人生感触，深深地刻印在“我”的心中。小说深挚地回忆了“我”和我们的“船”30多年来的交往，在深刻地忏悔自己对他的捉弄和误解的同时，对世俗社会寄予了一种强劲的讽喻：在世俗人生中，你玩弄别人，常常也是被玩弄者；你欺骗别人，常常也是被欺骗者；你让别人失望，常常你自己也会失望。

这篇小说显示了比较丰富的思想意蕴。除了上述两种意义之外，文本的深层显然还对30年来一日不如一日的社会现实寄予着批判，对人性本身潜存的欺弱心理展开了批判。但它最重要的意义，还是对于世俗人生的讽喻。应该说，在国民党欺骗和玩弄人民，肆意发动内战的历史时期，这种讽喻又具有一定的政治批判的意义。如果我们做一点过度的分析和阐释的话，那么小说中那种“我”与“船”的二元关系，时而对立疏离、时而统一交织的符号原型，在一定意义上，可以看作国民党与共产党关系的异质同构的符号隐喻。这种捉弄与被捉弄的循环，实际上隐喻着国民党愚弄人民，反过来也会被人民愚弄的政治寓意。因为作品的隐喻存在多种可能性，因此形成了很强的艺术张力。

这种在现实描写中寄予政治讽喻的创作，《报复》应该是更有力度的。这篇小说写于1948年11月，发表于《文讯》1948年11月第5期，后收入人民文学出版社出版的《魏金枝短篇小说选集》。小说通过一对相差20多岁的小地主兄弟中秋节去离家四五里的街上买东西的经过的描写，以典型细节和自我暴露的方式，讽刺批判了地主阶级不劳而获、只会享受的腐朽品性。这两兄弟积怨很深，性格各异，两家不往来，不说话。哥哥抄小路到了街尾，买了一点东西就在一家南货店里歇下来聊天。当他坐下来，就看见弟弟早已坐在斜对面的羊肉店里吃着羊肉，喝着酒，还吃了两块月饼。因此，他们互相看着对方的动静，哥哥看着弟弟吃羊肉的形态，弟弟看着哥哥在杂货店里顺手拿东西的丑行。很快就到中午了，南货店已经开始吃饭，羊肉店却还没动静，这时弟弟觉得自己的败落已经不可挽救，而他的哥哥比他强。所以，他招呼也不打，急匆匆地抄街后的小路马上出了小镇。但是想起哥哥的种种缺德，他觉得自己不吃别人的白食，正是大丈夫应有的态度。可他想到自食其力，也就记起了篮里的18个月饼，于是一路上在心里寻找种种理由，将20个月饼吃掉12个。但他还不满意，一是亏待了老婆和孩子，二是委屈了自己。自己在早前，一次能够吃一筒半，整整15个月饼，现在只吃了12个，而且是当饭吃的。更不满意的是，月饼的分量越来越轻了，内容也越来越不像样了，细沙的固然不甜，连白糖的也完全是面粉。总之，人心不古了，一切都变了样，因之一切都得校正一下。像他的哥，羊肉店的老板，只是奸诈、刻薄，而不讲人情，天理都该杀净杀绝。他这样想着，就更加勇敢起来，预备把整个世界一起吃进自己的嘴里，嚼它，而且消化它。小说构思精密、结构严谨，人物生动形象，不仅揭露了封建地主阶级内部激烈的利益冲突，而且讽刺、批判了地主阶级腐朽贪婪、奸诈自私、不劳而获、只会享受的本性，预示着以封建地主阶级为基础的反动统治阶级必将走向灭亡的趋势。

此外，通过对文学原型的变形来进行讽喻，也是魏金枝一种独特的艺术取向。这以《独乐乐》为代表。如果说《喜悦》《报复》在人生观照中融入政治讽喻还不明显，其微言大义还比较隐晦的话，那么《独乐乐》中的二元对立的原型模式所包含的政治讽喻就鲜明而直接了。小说写于日本投降后的1945年9月9日，发表在《文章》1946年1月刊，2002年6月收入40年代上海短篇小说选第三辑《迷楼》。这是参考《三国演义》第五十三回写的，是一篇典型的将小说人物原型予以变形置换的讽喻小说。小说的情节非常简单，是由两种军事政治力量构成的二元对立的故事架构：关羽领军攻打长沙遇挫，已在长沙城郊猛烈地持续打了两天，没有拿下长沙，却不着急，只是叫士兵们睡，第一个命令是睡，第二个命令还是睡，第三个命令仍是睡，将士们反而焦急万分。将兵来问他，只说“等着”，便又不以为意地去看他的《春秋》了；而长沙城里的守军将领本为韩玄，这时其部将魏延杀了韩玄，请黄忠做主，黄忠不肯允，守军将士也是焦急万分，黄忠只是要大家安静，一个安静，又是一个安静，无数个安静，而自己却闭门不出，在屋里睡觉，城里的市民们也很焦急。于是，是战是和，人心惶惶。然而，第二天，黄忠一觉醒来，他就把昨夜已经写好的一张红纸条高高地贴在寝门上，而且只有两个字：“开城。”城开了，黄忠又在床上午睡了。显然，这篇小说表现的是一个要求和平的主题，实际上是对现实政治的讽喻。日寇投降后，国共两党两军是和是战扑朔迷离，关羽和黄忠的表现实际上是国共两党的隐喻，显然表达了人民对于民主与和平的呼唤，显示了作者的理想与期待。

这种文学原型的艺术变形，显示了独特的艺术价值。《三国演义》的文学故事妇孺皆知，作者选择其中的情节进行艺术的变形和转换，在审美接受上具有了良好的基础，艺术感召力强，有利于小说发挥应有的艺术功能。《独乐乐》在艺术上也颇有特点。首先是文本结构上的“二元对立”式。小说采取人像展览的结构形式，一个人物一个人物接着写，形成珠链式的文本架构。这是以往魏金枝小说创作中不曾出现的。小说先主要描写了守城主将黄忠及城中将士百姓的思想情绪，接着简略地描写前来攻城的关羽及其将士的思想情绪。这样依次写来，有利于表现双方的行动抉择情景，更加有效地传达作者的主观意图。这样的文本结构，在短篇小说中使用，通常容易留下松散的弊端。然而，这篇小说并没有这种嫌疑。作者用了一个总的悬念来统摄文本的思想与精神逻辑，抓紧读者的审美情绪与心理，收到了强烈的艺术效果。其次是塑造了一个个鲜活的人物形象，小说不仅塑造了关羽和黄忠这两个作战双方主将的独特的精神性格，而且魏延等部将的性格也有很强的艺术感染力，就是黄忠那位美丽的继室的性格也非常鲜明。最后是主观化的小说叙事，形成了较强的艺术感染力。也许是受当时文艺注重从民间文学艺术中吸取养分的潮流的影响，这篇小说在叙述上形成了一种主观性很强的说书人叙述方式，以说书人的口气与视角来叙述故事，实际上是一种第三人称的全知全能的叙事方式，也是一种居高临下的审视者的言说方式。置于故事之外的说书人以自己的主观态度和情绪去影响读者，将一个故事讲述得有声有色。这种叙述方式，在以往的作品中不多见。

在40年代的小说创作中，讽刺和暴露成为文坛主潮。既然这样，那么为什么魏金枝还要创作这种比较平和的讽喻作品呢？一是如前所述的，因为国民党加紧了审查，明确的政治批判通不过，会招惹麻烦。二是作者对艺术的追求。因为这种讽喻性，将政治批判寄予在文本的深层，能够增强小说的艺术韵味。如果是直接的政治讽刺和暴露，不仅会因火药味太浓，引发审查者的注意，而且会削弱艺术韵味。三是越文化原型的影响力。周作人在《地方与文艺》中指出，浙江在近300年的文艺界里呈现了飘逸与深刻的两种潮流，“第一种如名士清谈，庄谐杂出，或清丽，或幽玄，或奔放，不必定含妙理而自觉可喜。第二种如老吏断狱，下笔辛辣，其特色不在词华，在其着眼的洞彻与措语的犀利”，“在明末时这种情形很是显露”，“不幸被清代的古学潮流压倒了”。① 这就是说，在越文化中存在一种“清谈”的飘逸文化原型。魏金枝这种戏谑与讽喻的审美取向，显示了这种文化原型潜在的影响。名士清谈，文风飘逸，不是取近喻远、由此及彼，就是由远而近、言彼即此。徐渭、王思任、张岱就是当时清谈名士的代表。他们作文理事，总是充满智慧，庄谐杂出，幽玄奔放，借此喻彼。在徐渭的戏剧《四声猿》中，《狂鼓史育秧三弄》就是通过阴间的祢衡之口骂尽天下奸雄，《玉禅师翠乡一梦》以佛教轮回说来嘲弄玉明的虚伪，这都是典型代表。魏金枝这种审美取向，显示了越文化原型在其主体心灵中的自然承继状态。正是这样，他在创作中能够不自觉地予以置换变形，显示自己的魅力。

二 “保长”存照与现实鞭挞

抗战胜利后，在国统区文学中，对国民党官僚体系的批判成为现实鞭挞的一个基本视角，这主要反映在小说和戏剧创作中。在戏剧中，陈白尘《升官图》和曹禺的《桥》将这一主题表现得淋漓尽致。前者对国

---

① 周作人：《地方与文艺》，张明高、范桥编《周作人散文》第2集，中国广播电视出版社1992年版，第213页。

民党的官僚行政体系进行了空前的讽刺和鞭挞；后者对作为官僚体系的附庸——官僚资本家进行了深刻的暴露和批判。与戏剧对上层官僚的整体批判不同，小说则多着眼于基层官僚罪恶的揭露和批判，沙汀和魏金枝则是代表作家。与沙汀侧重勾画出四川农村下层官僚的丑恶嘴脸，侧重反映统治者之间的矛盾冲突不同，魏金枝主要对浙东乡村社会国民党基层统治者予以“立此存照”，侧重表现的是乡村统治者对民众的欺压和损害。这主要体现在《将死的人》《竹节命》《死灰》等“保长系列小说”中。魏金枝的保长系列小说，应该说是以《凑巧》起步的，此时的保长系列小说无疑是它的延续与发展。这些小说描写了国民党基层统治者的残忍无道，展现了旧社会将人变成鬼的黑暗现实，表现了浙东民众的硬气与韧性，反映了作者在暴露国民党黑暗统治上的深刻用心，也显示了越文化的潜在影响。

魏金枝悲愤地揭露国民党反动派肆意残害民众，将人变成鬼的滔天罪恶。《将死的人》就深刻地反映了这一主题。这篇小说写于 1947 年 2 月，发表于《水准》1947 年第 1 期，1954 年收入《魏金枝短篇小说选集》时作了一些修改，改名为《不想死的人》。小说用全知全能的第三人称视角，以说书人的口吻讲述了一个叫敲瘪锁的保民遭到保长老爷及其走狗保丁王长胜残害，在要被活埋时用力反抗而觉得无路可走的故事，深刻地揭露了作为国民党的基层领导者保长的血腥罪行。保长要将保民塞进棺材活埋，这就触目惊心地表现了国民党反动统治者无故杀人、肆意残害人民的罪恶。

与《凑巧》正面描写保长老爷不同，这篇小说没有对保长老爷进行描写，但是又时时在描写保长老爷。孤身的保民敲瘪锁在运送军粮时被保队部踢下山，伤势很重，这是保长老爷责任范围之内的事情，本来应该追究责任，去医治好他的伤病。可是，保长老爷既没有追查责任者，又没有给他医治，而是以为他会死，想贪图他那点可怜的财产。因为他是孤身，有一亩二分七厘田、一间茅屋和一些农具杂物。所以，保长老爷就叫保丁王长胜去照顾他，看看他有没有断气，同时照料他的东西，连稻草芯也不准少去一根，充分地暴露了保长的贪婪与罪恶，连保丁也埋怨他黑心。保长对他肆意压迫，他一亩三分七厘田，被派了整整 50 斤军粮，他很生气，但他不能不出，否则保长、王长胜会到蔑笼里自己去搬。保长老爷为人恶毒而有心计，有手段，虚伪得很。当敲瘪锁将 50 斤军粮送到保办事处时，保长老爷就眯眯地朝他打招呼，还用手在他的肩膀上拍拍，跷跷大拇指称赞他，便派他做送粮的夫子；当敲瘪锁还没死时，就要王长胜去买棺材，要他死。王长胜就是保长老爷恶毒的外在表现，他之所以敢于如此对待敲瘪锁，就是因为有保长老爷的授意。当他买棺材回来，看见敲瘪锁活过来了，就气急败坏地跑过来用拳头威吓着他，大声喊着："你为什么不死?""你以为还会活么?"并直言："我现在只好烊了你。"于是，他抱住敲瘪锁就往棺材里塞，这自然是保长老爷的意思。当敲瘪锁说要去告诉保长时，王长胜告诉他："很好，他正要你死。"这就将保长老爷的天机泄漏出来了。可以说，保长老爷是一个欺压和残害保民、贪婪成性的恶魔。所以，王长胜又说："可是你这死猪，你活下去做什么，你有后代么？你多活几年，无非给他多挣点家私，多出一点捐。"小说的最后，王长胜说："再打他十六圈，我再来收拾你。"这充分暴露了保长老爷肆无忌惮地作恶地方、残害保民的凶恶，暴露了国民党要将人变成鬼的血腥罪行。这篇小说直接展示国民党基层统治者要将一个活人活活害死的暴行，既揭示了统治者阴暗险恶的心理，又将人性之恶作了极致的表现，其意义可与歌剧《白毛女》媲美。

小说表现了浙东民众的硬气与韧性。

一是表现在敲瘪锁这个人物的性格上。敲瘪锁是善良、硬气与坚韧的人，小说浓缩了他悲惨一生。他基本的人生理想和追求目标就是要有自己的田。他花了 45 年的岁月，忍饥挨饿，拒绝了几次讨女人的机会，积存 235 块钱，最后用比别人贵的价钱买了一亩三分七厘田，成为一个有田人。他也是一个思想单纯、心地善良而又要面子的中国农民。本来，他被派 50 斤军粮很生气，可被保长老爷假惺惺地称赞一下，派他送军粮，他就很高兴，身上穿的甲袄破了就外加一件半新的棉背心，还用了那根铁锒头搡拄，以显示自己有田地。他既是勤劳本分的农民，也是一个老实承担义务的人，还是一个自信和乐观的人。他花高价买了田，因为他相信自己的能力，比别人更勤力，预备收五担。当他被推下山，从昏迷中醒来，就记起了两麻袋谷不知是否挑到了县里，而且想"倘使还要谷，五十斤还是有的，大不了自己搭吃点杂粮，少吃点"。他乏力地靠在门枋边，看到野外都在耕田，觉得自己应该耕田了，坚信自己过几天

“会下田的”。他有坚韧的生命力，也有很强的意志力。当他被保队部踢下山，后脑勺和太阳穴的位置跌出两个大洞，右脚也断了，他还挣扎起来，仍想把谷挑到县里去；他伤势很重，可还要自己走回去；当他被抬回来昏迷了三天，保长以为他死了，他却在第四天醒过来了，这充分地显示了他生命的坚韧。他也有中国农民的软弱和自卑，但性格开朗。他知道给他派50斤军粮不合理，但还是自己送过去；当牛头山人要用轿送他回家时，他想：“我怎么配坐轿呵！”他受伤后，觉得已经跌破了，是没有法子想的，只好慢慢地自己痊愈了。他很忠厚，很感恩。当他被牛头山下的人救醒后抬着走时，他想到不能叫人家白出力，应该负抬力，而一想到不能拿什么给人当点心时，就在半路上两次从轿里爬下来了；当他昏睡三天醒来后，就觉得好人还是多，兴奋地嘲笑自己愚蠢，而且很长时间都记得他们，他想牛軛坵那丘田一定要种出五担谷来，应该自己省点，去报答那两个好人。但是，他具有很强的抗恶能力，不向恶势力妥协。当王长胜要害死他，当初他还以为只是要把他摔在地上，就毫不反抗。当他明白王长胜是要谋杀他时，他就用力反抗，将王长胜压在下面，质问王长胜为什么要害他，表示放王长胜起来，但要求王长胜不能再害他，并想要去告诉保长；当王长胜告诉他，是保长要他死时，他虽然呆了半天，觉得无路可走，但他真的生气了，顺手推倒那口棺材，回家关上门，紧紧地捏住扁担，准备自卫，绝不妥协，更不求饶，全力搏击。这充分显示了浙东民众的硬气和坚韧的精神个性与文化品格。

二是表现在牛头山下两个救他的陌生人的侠义与善举上。牛头山下的人并不认识他，却把他救醒，用门脚灰、香灰掩住伤口，用破裤子包了他的头，帮他止血，将他包扎，用轿子抬他回去。他们将伤势告诉他，不顾他要自己走回去，就把他揿进眠轿，很快地抬了就走。当他从轿子上爬下来，一个警告他不能挣扎，否则是要死的，一个急忙将他死命一抱塞进眠轿，解下腰带捆住他的手。当他后来慢慢地解了结，预备第二次爬出来时，一个在他手上重重地敲了一拳，吓唬说：“再爬，我就一拳打死你！”另一个问：“你凭什么道理一定不要我们抬？”当他们知道他是担心他们要抬力时，一个性子急躁的气得跳脚了，受了冤枉，就预备真的不抬了。另一个则劝着同伴和病人，将他抬回来了。他们把他抬上床，水都没喝一口就回家去了。这充分显示了浙东民众的侠义与硬气，反映了淳朴的民情风俗。

魏金枝还揭露了国民党地方统治者将下属当家奴，怂恿其为非作歹、残害民众、明偷暗抢，疯狂地为自己捞取不义之财的嚣张罪恶，暴露了国民党反动统治的腐败。这在小说《死灰》《竹节命》中得到了集中显示。这一类小说充满着匪气，具有传奇色彩，也是魏金枝小说创作的发展。《死灰》通过塑造保丁老方的形象，揭露了国民党官匪一体的政治构架及其基层统治者对民众为非作歹、行凶作恶的罪恶。在叙事上，魏金枝恢复了一贯擅长的第一人称限制性叙事视角。小说以抗战为背景，写“我”为了避难，常常整星期躲在几个陌生的山场里。在这里，日本人、土匪都还不曾麻烦过“我”，倒是我们那位保长老爷，却常常打发他那唯一的保丁老方来找“我”，不是写一封上乡长的信，就是拟一张收租谷的临时收据，如此等等。老方曾是这个乡里的土匪，年老了就在这里做保丁，自然对保长很有利，对“我”却是最大的麻烦。“我”无论怎样逃避，只要不跨出他所熟悉的一二十里的方圆以内，他就总会有方法寻到“我”。他告诉“我”：他是这里的土地，倘使他要那一颗蚂蚁，他也就会把那一颗蚂蚁寻着的。他在保长老爷跟前时就很委靡，有一天“我”看到他被保长老爷从床上掼了下来，夺下了那支白朗林，教训了他一顿，一脚把他送出去了。五天后，他又在山顶弯曲的路上出现了，说保长请“我”过去，他柔和地求着“我”，说误了事老保会怪他。他向“我”吐露了自己的酸苦，居然哭了，说他常做噩梦，“我”说那只是心境不好的缘故。于是，他就问“我”怎样才能使他心境好起来。“我”摇摇头，他也无可奈何地摇摇头。小说构思非常精密，虽然没有连贯的情节，只是以“我”的见闻组织成篇，但结构非常严谨，可以说是一气呵成，是一篇优秀的散文化小说。

与《将死的人》一样，这篇小说也没有正面描写保长老爷，但又时时在描写保长老爷。小说主要描写保丁老方的喜剧人生，但实际上都在描写保长老爷。在老方的身上，总是显出保长老爷的影子。可以说，影子描写，是魏金枝对于旧社会乡镇基层统治者保长（甚至乡长）描写的一个基本特点。在小说中，作者始终在对保丁老方的描写中融进对保长老爷的描写。老方年轻的时候在这个乡里做过土匪，在这里几个山头整整地消磨了大半世。然而，他做土匪作恶，也是由保长老爷教唆的，他被保长老爷收编做保丁，这对保长老爷确有莫大的便利。他说自己“并不是好人”，“要别人的钱”，但“只是这么想想，却不晓得怎么做”。可是，“有些人，就教我们了，又把枪租给我们，于是我们就做起来了”。这样，他们为保长老爷去谋取横财，最后罪名落在他们的头上。老方年老后，没有体力做杀人越货的土匪营生了，保长老爷一方面利用他的凶恶和狠毒去威胁与吓唬乡民，另一方面又利用他熟悉乡里地形和民情来为自己服务。保长老爷是一个玩猴子的老手，他在收编老方以后，就将老方当奴才使用，颐指气使，用一些日常琐事去折磨他们，没有一刻安静，使得他们筋疲力尽，在他跟前时最萎靡。有一天，“我”被请去做点小事情，保长老爷叫老方倒茶，半天无回音，原来他在床上睡着了，于是保长老爷对他又打又骂，把他从床上掼了下来，夺下他那支插在身边的白朗林，随手甩在地上，然后一脚把他送出去了。可以说，保长老爷并没有将老方当人看，他只是将他当作家奴，利用老方为自己干罪恶的勾当。这样，小说就深刻地批判了国民党反动统治的黑暗与腐败。

当然，小说的成就还体现在对保丁老方这个形象的塑造上。老方无疑是越东乡村世界中反动统治者的走狗，是一个丑恶的典型。他是一个没有思想、谄上欺下、欺软怕硬的可怜虫。年轻的时候，是一个没有人生见解和坚持的混混，在保长老爷的教唆下做起土匪来，作恶于乡里。因为在这里几个山头上消磨了大半世，所以他对乡里情况了如指掌，“连这个山厂有几张床，几个可以藏谷麦的木筒都知道”，“那个山厂的女人，有几条布裙，布裙上有几只袋，他也知道得清清楚楚”。至于寻人，“总是十九成功的”。几十年的土匪生涯，使他形成了特有的习惯，不仅一双圆而狡猾的眼睛会一停不停地打量着别人，而且总是将头发剃得精光，脑门骨上常常发出光亮，形成了肆无忌惮的作恶品性。他曾经无缘无故地一刀戳穿过他老婆的大腿，也真的杀了好几个同伴，还曾恬不知耻地讲起他以往作恶的“光荣”的史迹：把尖刀戳进一个仇人的胸口，就异想天开地把刀绞了两绞，于是对手的热血，就汩汩地流过他的手腕，一直流进了臂膊。他一讲到过去作恶的历史时就激动和兴奋，就变得年轻。不但用枪代刀，还跳跃起来，一纵一跳的，做出当时的步法来，丝毫没有愧疚和忏悔感。他当保丁后，被保长老爷狂暴地蹂躏着，但仍然作恶乡里，常常把保长老爷买来的那支勃朗宁手枪插在身边，到山厂里去吓人。有时找不到“我”，就拣中一个山里人，把勃朗宁拄在那人的肚子上，威吓着说，倘使不把“我”找出来，他就要一枪打穿那人的肚子，使乡民都来求情。然而，他也是一个被捉弄受损害的可怜虫。不仅先前被保长教唆做土匪，为其抢劫财物，自己承担罪责，而且现在又被保长老爷当奴隶使用，常用一些日常琐事把他拨到东、拨到西，弄得他们筋疲力尽，而且还经常受到保长的打骂。他被保长老爷打骂后的第五天，又来找“我”，就把那家主人着实恐吓了一顿，把“我”逼走。在路上，他怕“我”会逃走似的，用手臂箍住“我”的腰，像缠住一个爱人跳舞一样，把“我”推向前走，哀求“我”可怜可怜他。而且，他也有自知之明，也有不满情绪。他知道自己不是好人，被教唆做了坏事，因此常做噩梦，竟然在“我”前面伤心地哭了起来。这种自我认识，显示了精神性格的丰富性。显然，小说通过塑造老方这个形象，揭露、批判了国民党反动统治者逼良为娼、残害乡里的血腥罪恶，也表现了人性中的善恶冲突。

小说值得我们关注的是越文化原型的作用力。这篇小说除了与嵊县土匪文化有一些潜在的联系——人物的生活习惯——老方喜欢喝黄酒，一次可以喝一二斤，常常脸红红的——与越文化有一些关联性之外，还有更重要的一点就是浙东民众的硬气。这主要体现在“我”这个人物身上。“我”为了避难，常常整星期地躲在几个陌生的山厂里，保长老爷常常打发保丁来找“我”写信、拟收据等，总是要巴结“我”。但“我”并不以此为乐。为了逃避麻烦，“我”曾换过几个山厂。对保长老爷从不卑躬屈膝，更不惧怕保丁老方。例如，当他来找“我”时，“我”却一直装睡着，不去理他，使他柔和地请求“我”。当老方说误了事，老保又会怪他时，“我”就说：“你是老保的手下，我又不是他的手下呀!”“我”怒恼地回答他，“今天我是不去了”。这显示了一种浙东人不侍权贵、不为权贵而折腰的硬气。在路上，当老方用手臂箍住“我”的腰，把“我”推向前走，“我”就发恼，一把甩开他的手，两手叉腰，板起脸，站在一个路边的草坪上。即使他伸手去摸摸腰边的手枪，“我”也不退缩。当他说是保长要请时，“我”还是不肯走，说：“就是保长，他又关我什么呢?”这无疑显示了“我”不畏恶势力的强暴，绝不妥协的个性以及“我”鲜明的是非观念和不与恶势力为伍的正义品格。小说最后老方问

“我”怎样才能使心境好起来，“我”只是摇摇头，并不作回答，因为“真的让他的心境好起来，那么，就会使更多的人的心境，要恶劣得多”。这种精神性格，显示了越东民众所具有的硬气，反映了越文化原型在作者主体心灵中的主导作用。

魏金枝的“保长系列小说”后来有所拓展。《竹节命》发表于《中国作家》1949年第2期，可以看作魏金枝“保长系列小说”的拓展。与《死灰》描写保长将保丁当奴隶使用，唆使他当土匪，而后收其为保丁，为自己随意差遣不同，这篇小说描写了乡长将保卫团的团丁视为家奴，任意玩弄和宰割，使其成为自己谋利工具的丑恶行径。虽然由原来的鞭挞保长转变为鞭挞乡长，由谴责保丁转变为描写团丁，人物身份提高了一级，但总的来说，其思想意蕴与描写保长的作品没有什么差别。小说以第三人称全知全能的叙事视角，讲述了一个叫佘来的乡民的悲惨命运。主人公佘来自己说他的命是竹节命，但在幼年的十几个年头里，他还不知道自己是这个命，一直忍受着无可补偿的烦恼与痛苦，为他的父兄的懦弱而惋惜，也为他母亲无理由的泼悍而愤怒，但都无法改变，感到非常绝望，简直想自杀。但有一天夜里，一班土匪要强奸他母亲时，他不顾父亲拉住，冲出灶间救了他母亲，但天亮时被土匪带走了，从此就在土匪队伍里过了十多年顺利的生活。他以为做人就是向前冲，唯其冲得越快越有力，便越能冲倒拦在他面前的阻碍。因此，他横冲直撞地生活过，也放过火、杀过人。后来，在一次与县保安队交火时，他受伤被俘了，被放在大粪箕里抬到了县城，但又被乡长、乡保卫团团长用一顿酒饭和四千块法币救了，变成了正式的团丁。于是，在保安团里，他放胆作为，拣别人不愿意做的去做。打匪就领头冲锋，绑票就敢看票取款，派捐就会卷被服器具，打架就在人家大腿上戳几十个大洞。因此，他的同伴们怕他、嫉恨他，有意作弄他，要他去服侍阎王乡长，但他很快就熟悉并且喜爱阎王的脾气，成为最能理解和欣赏主人理论的人，还成为了乡长太太的知音，爱上了这个女人。当一个秋天的夜里，他在公馆里听到乡长太太要他去讨人，而乡长坚决反对，就卸去了勤务的职务，回到了团部。为着自己的前途，他再次带人去绑票，但因营救了财神的女儿而被乡长暴打，被绑了手脚关在柴间里。当他用牙齿啃咬手上的绳子时，乡长一枪将他打死了，并用他的尸体去换取了奖赏。显然，小说充分显示了国民党基层统治者的凶恶和残忍，暴露了国民党的血腥罪恶。

小说虽然主要倾力于描写汆来的悲惨人生，但总是没有忘记对丑恶的乡长进行描写，揭露了他将乡保卫团当作自己的家奴，唆使他们为非作歹、大肆绑票、抢劫财物的丑恶行径，深刻地暴露了国民党统治下官匪勾结、横行乡里、残害民众的血腥罪恶。乡长不仅和县里的上上下下都混得很熟，而且一向和土匪内外勾结，对顽强的强盗有一种癖好。所以，当他看到汆来勇猛、不怕死，是从事土匪绑票、劫财抢物的好手时，就买了他来做乡团丁。在众团丁眼里，最苦的工作就是服侍乡长，一致认为他是不可理解的神经病。他为人恶毒，常常随意打人，无缘无故撩团丁的耳光，"踢你几腿，捶你几拳，而且不许你反抗"，还得叫被打人认错、认败。在他眼里，团丁就是自己的家奴，为他去抢夺钱财。通常，保卫团去绑票抢劫时，他总是将它分为两半，一半化装成强盗去绑票，另一半则装作闻警而来的警察，给财主家去追赶一下强盗。因为团丁都是他掠夺财物的工具，所以他想方设法去玩弄和安抚他们。但是，他的言行充满矛盾，总是喜欢说假话欺骗人、笼络人。当他发了脾气，打了团丁之后，只要团丁不反抗，他会马上给团丁酒钱、香烟，诚诚恳恳地教训一顿，叫团丁一起躺下来抽烟，一面揉烟，一面细细地谈起家常，甚至还留心到团丁的脚酸，柔和体贴地谈话，以磨平团丁心里还未消散的疙瘩；当汆来赌博输掉全部积蓄后，他进行了严厉的管教，但出来后又亲亲热热地教他躺在烟床上教他原谅自己的过火，进行安抚。他情趣下流，道德败坏。自己有很多姘头，也常常教唆部下淫乱和胡调，而且暗示他主张女人这东西不妨大家玩玩。对于太太，他没有真情，只有利用，只把她当作一个家政工具对待，只有碰上了为难事，要请太太到几个娘家侄子面前求援时才会讲几句话。他不愿意将一个独生子交给太太管教，担心她会把儿子教成像她一样的女人；而对于家务，却非常喜欢自己的太太亲历，万事非要她监督不可。他极端自私，对团丁，他只有利用、压迫和剥削，没有任何感情，不负任何责任。他常常控制部下的人生走向，反对未结婚的部下结婚，担心部下一结婚，就给女人累死，没有气力去给他去绑票、抢劫。因此，当他太太主张给汆来去讨女人时，他坚决反对，因为汆来有一点血性，是为他谋利的干将。当汆来做了他的勤务之后，将汆来作为家奴，任意打骂和关押。当汆来为其去绑票财神出事后，就毫不犹豫地将他打死，送到县城里请赏。报告上写：一个团丁因为奋勇冲进山厂而为公捐躯，而另一个强盗则是为了抗拒而被格杀的。由此，国民党基层统治者的腐败和罪恶被暴露得触目惊心。

这篇小说值得注意的还有一点，就是浓厚的越文化氛围。一是迷信的观念。小说描写主人公佘来自称是竹节命，这是一种迷信思想在主导他。二是嵊县土匪文化。小说主人公佘来在土匪窝里过了很长时间，后来被主子利用，还是以杀人越货、打家劫舍的土匪生活为主导；而乡保安团又为非作歹，与土匪勾结在一起，从事绑票和抢劫，佘来则是保安团里最有血性、不怕死的人；三是小说人物比较硬气的精神性格。小说写土匪到佘来家里来歇脚，却企图强奸他的母亲，他虽然被父亲拉住了，但还是冲出灶间，乱咬他所看见的土匪，就是用枪顶着他的脖子也不害怕，结果镇住了土匪，救了他母亲，显示了浙东民众的硬气：

> 于是积聚了多年的愤怒，怨怪，一齐爆发出来，一边大声的嘶叫，一边顺口向他父亲的两手乱咬，这样，他就跳出了灶前，一直向他母亲的身边跑去。他的母亲，正好被按在床上，而另外的两个在拉她的裤子。她呢，也正好曲住两脚，不使自己的裤子扯下，同时擦出一只手来，乱抓那些男人的头脸。正因为大家集中注意于一场胜负的搏击，他就乘机用口乱咬他所看见的每一个土匪。吆喝无用之后，土匪们不得不用枪口拄他的胸口，吓他，然而他也并不畏惧，因为他本是老早就预备跳下岩石去自杀的，打死他，正可省得他自己去跳岩。于是土匪们倒真的被他这个出其不意的突击，暂时骇住了。
>
> 等大家清醒转来，佘来的母亲，早已溜个不见踪影，剩下的便只是一个把拳头握得紧紧的佘来，他还是坚定的僵立在他们的面前。

结果，他被土匪带走了，从此在土匪队伍里过了十多年。一个十多岁的少年，如此毫不畏惧地勇斗土匪，这是以浙东民众的忠义与硬气为精神底座的。小说还很有深味地描写了主人公在十多年的土匪生涯中横冲直撞的生活感悟，这也是从浙东那些撑树簰的山里人那里得来的，更加表现了越文化的影响：

因此，他蓄意效仿那些撑树簰的山里人，把自己的生命，当作山里人的树簰。那些山里人是，总把自己身上的短裤也脱去，一切绕在头顶上，然后光赤的跨上树簰，让它横冲直撞的顺着大水，把自己一淘带去。这样，自然有时会被河上的木桥水碓棚棚之类拦住，然而十之八九，总还是树簰得了胜，把那些拦它的阻碍物，一齐带走。就是不幸把自己撞落在水里，大不了在水里溷个浴照样可以毫无所损的跨上木簰去的。所以那些顿在树簰上的山里人，老是粗犷的吆喝着树簰，树簰的阻碍物，以及在河边走路，洗汰的妇女们，使他们前奔，或是赶快躲避开去。于是余下的时间，便是呼啸，歌唱，尽量的发泄他们向来堆积在心里的郁闷。

他汆来，就这样地闯了十来个年头，他以为，他就只要这样的冲去，便将永无尽头，也永无休止的时候的。

他以为做人就是向前冲，唯其冲得越快越有力，便越能冲倒拦在他面前的阻碍。因此，他把自己的生命，当作山里人的树簰，向前冲去。显然，小说在这里深刻地表现了主人公汆来的精神性格与越东文化内在的关联性。自然，作为他精神性格中的内核——硬气，也是浙东文化的表征。在汆来的身上，始终保持了这种性格特征。当他与县保安队交火负伤后被绑了起来，放在口对口的大粪箕里，像猪仔一样抬到了县城里时，他并不慌乱，他愤怒地咒骂，使兵老爷和抬他的乡下人也骂他，用脚踢，用竹杠和枪柄触他。他虽然无力反抗，可并不屈服，用咒骂、谈吐、愤怒的眼光，以及几乎爆裂出来的血气，作为战斗的工具。同时，他还想惹恼他们，使他们光火痛快地杀了他。当遭到围攻时，他并不颓丧，而且忍痛笑起来了。他在做土匪时，总是阻止同伴们强奸妇女，他不愿意听主人对于女人的谈片，他有时不满意他的主人，而绝对同情乡长太太，为她愤恨、落泪，把乡长的秘密一齐报告出来。他绑票事发时，也不准备逃走，并不打算推卸责任，愿意将所有的罪名一人来承担。这充分反映了浙东民众的文化性格。

“保长”（乡长）系列小说，是魏金枝对中国现代文学的一个重要贡献。在旧中国，保长是国民党的基层统治者，反映了国民党的政治状况。

但是，在现代文学史上，没有哪个作家对此进行了长时间的描写。魏金枝对保长展开描写，是对国民党反动统治的切实揭露和深刻批判。如前所述，沙汀对国民党的基层统治者也进行了尖锐的批判，但他多表现统治集团既得利益者之间的你争我夺、尔虞我诈的斗争，而魏金枝是切实地表现保长（乡长）对底层民众的损害，更深刻地表现了国民党统治者的反动性。必须指出的是，魏金枝对保长的描写，并不只限于上述几篇小说，后面将要论述的《坟亲》中也写到了保长（乡长）。该小说叙事人“我”的弟弟后来就做了保长（乡长）。中华人民共和国成立后，魏金枝发表的第一篇小说《活路》，也是描写旧社会的保长的，这篇小说我们也要在后面论述。如此状况，反映了魏金枝主体创作心理的深层对丑恶的保长（乡长）形成了一种很强的情结。正是这种主体情结推动他创作了这一类小说。自然，这是以魏金枝出身于越东山村的生活为基础的。

三　全景书写苦难与短篇体制的突破

深刻地表现底层人民的苦难，揭露批判黑暗的现实，是魏金枝小说始终坚持的一条主线。无论是在20年代的乡土文学中还是在30年代的左翼文学中以及在国难文学中都一以贯之，不仅显示了很强的底层意识和人道主义情怀，更加显示了他与底层民众息息相通的深厚感情以及强烈的社会责任感。底层民众是社会发展的基础，也是苦难的承受者，一个社会的好坏，底层民众的人生状况就是一面镜子，也是试金石。这时期，魏金枝对普通民众的苦难史展开了更为深刻的描写。与以往不同，魏金枝这时期对乡村民众苦难的描写既呈现了全景式、史诗性的特征，又呈现了电影蒙太奇和特写的特征，揭示了战争、自然灾害和社会动荡等造成民众苦难的三大根源，溢于言表的是呼唤社会和平、反对战争和期待社会安定，从而对统治者发出了现实警示。《坟亲》就是这方面的代表作。

《坟亲》是一部4万余字的中篇小说，写于1946年10月，连载于《文艺春秋》1946年第5期和第6期。1954年收入《魏金枝短篇小说选》时，除了作了一些文字上的修改之外，还删除和修改了一些段落。这是魏金枝40年代重要的代表性作品之一，史诗性地描写了农民遭受人祸的苦难，是对社会现实的一种强烈警示，显示了魏金枝小说创作的发展。杨义指出：“魏金枝是一个深沉地解剖民族心理，而又坚执地探寻社会出路的作家，他的创作意识是汲取进步的社会思潮而与时俱进的。”[①] 这是很到位的评价。这种与时俱进的创作意识，显示了魏金枝创作上不断进取的艺术精神。在中国现代文学史上，有的作家很有名，影响力很大，他的创作总是会呈现出自己的创作视域，呈现自己的鲜明特色，但同时也不自觉地长时间地沉湎于停滞性的套路中。比如沈从文的湘西世界及其呈现出的翠翠套路，虽然感人，但客观上多少呈现出了明显的自足性的停滞状态。有一些作家，如鲁迅虽然多取材于绍兴，但其创作是始终在发展的，呈现了不断追求的轨迹；曹禺也是这样，每一部作品都是一个新的境界、新的状态。应该说魏金枝属于后者之列，这是值得我们注意的。《坟亲》是最典型的代表。

《坟亲》开拓了中国现代文学的题材领域。小说讲述的是一个长达50年的故事，描写了旧社会中最悲惨的一类人——坟亲的苦难命运。在江浙一带，有一种人专门给人看守坟墓、管理坟山事务，被称作坟亲。这些人整天生活在坟山上，与坟墓打交道，以死人为邻。应该说，他们是最卑贱的一个社会阶层。魏金枝是中国现代文学史上第一个深刻描写这一个阶层苦难人生的作家。故事用第一人称讲述，增加了真实感。阿乜比“我”大两三岁，从小就跟着他父亲老坟亲给“我”们看坟墓，管理山场事务。在“我”的记忆中，他们不像父子，更像祖孙，老坟亲很宠爱他，到“我”家来总是带着他。阿乜童年时活泼天真，总是和“我”讲一些山里发生的事情，“我”对他丰富的见识感到钦佩，因此我七八岁时就顶喜欢坟亲。辛亥革命时期，“我”跟家里的女人们到阿乜家去避难，阿乜总是高兴地做“我”的领导人，使“我”发现了各种不同的事物，并充满向往，回家后也常在后园对山静坐，连灵魂也飞到山上去了。老坟亲死后，祖母把他收下来看牛，他从此变成了一个老成、知礼、懂世故的小大人，“我”们之间却出现一条间隔的堤陇了。他挑不了大稻捆，踩不动空水车，父亲不满意。家里吃酒冲鸡蛋时，弟弟吵着要吃，说他“挑不动、车不动、做不动”，他就笑着将鸡蛋推给弟弟，后来却躲

① 杨义：《中国现代小说史》第2卷，人民文学出版社1988年版，第301页。

在屋里哭起来。在祖母的保护下，父亲待他也不薄，但他大了一些就默默地另找雇主了。一个大热天，他借看戏来看“我”们，告诉“我”在别人家并不好。以后，凡是“我”家有什么婚丧喜庆，他也一准赶来帮忙。一年年地过去，“我”总觉得他心理上的麻木更厉害。祖母去世后他来了，母亲遵照祖母遗嘱跟他说了成家的事。他二十五六岁时，大旱闹灾荒，母亲给他选了堂兄家一个逃荒女人，可结婚一年后反目了，因为“我”的本家们到山上种地了，把他家当作堂子。五年后，母亲有病，“我”回家时到山上找他，他们夫妻不吵闹了，他说那也没有什么趣味了。县里沦陷以后，土匪上山了，他们欺负他的女人不成就把她打死了。从此，他整天惧怕兵匪，唯一怀恋的是“我”的祖母，睡在她的坟堂上。又过了五六年，父亲去世，“我”回家时又去找他，但他以为兵匪又来了，像一具僵尸躲在坟堂间，成了山间的鬼影，可他盼望世道太平，听到“我”说会太平时，高兴地说他能够过这个冬，因为他还藏着一点番薯。阿乜童年时聪明、活泼与欢快，少年时孤独、勤快与忧伤，青年时世故、老道与悲苦，中年时卑怯、无助与凄惨，晚年则怯弱、坚忍与阴冷，他 50 多年的悲惨人生演变历程，深刻地揭示了黑暗社会底层民众的血泪史，完全“可以作为老中国下层儿女浸透血泪的民国生活史来读”①，具有史诗的震撼力。

然而，小说的意义还在于它揭示了造成底层民众苦难的深层原因。阿乜的苦难可以说是与生俱来的。他很小就失去了母亲，与父亲相依为命。可是，老坟亲结婚生子时已经是一个有了灰白胡须的老汉，而不久就失去了老婆，所以他们父子更像祖孙。由于老坟亲体质羸弱的遗传，使阿乜的体质也有了先天的病态。加上贫寒之家始终只能依靠一点山货生活，营养不良，身体自然发育不健全。并且，他从小就在山场中生活，日曝夜露，四季不是气湿地潮，就是阴风淫雨，或者天蒸地热，或者天寒地冻，一直没有很好地成长，瘦小乏力，脚踝先天病变，身体畸形。这就给阿乜的人生打下了先天性的悲惨底色。而之所以会这样，就是因为社会不平等。如果阿乜出身不是这么贫贱，连正常的生存空间都没有，也不至于身体发育不良，更不会出现了病变也还黯然无知。显然，社会

---

① 杨义：《中国现代小说史》第 2 卷，人民文学出版社 1988 年版，第 300 页。

不平等是他苦难人生的根源。同时，他的苦难也是社会动荡、经济衰败带来的道德失范造成的。阿乜当初无论是在“我”家放牛、下田，还是后来到别人家做雇佣，都还勉强度日，而“我”母亲给他择配了一个健壮的逃荒女人成家后，人生进入了正常状态。然而一年之后就夫妻反目了，其原因是他老婆与上山垦地的人有了关系。社会动乱带来经济衰败，导致民众疾苦不堪，正常的生产已经无法生存。“我”的本家们也没有办法就到山上来开垦种地，叫阿乜夫妇搬走，不是“我”弟弟说话，他们夫妇连住的地方都没有了。但是有了住的，这些本家却把他家当堂子，倘女的不从，就叫他们走。为了生活，阿乜低头了，也不吵了，但他的苦难并没有到头。日寇入侵造成了他更大的苦难。县里沦陷以后，土匪、强盗和游击队都在山上落脚。一天，几个强盗要强奸他的女人，她不肯，就被打死了，“我”母亲帮忙给了一块墓地葬了她。正是日寇的入侵造了成兵匪横行，阿乜整天笼罩在恐惧中，成了山间的鬼影，一有人来就躲在坟堂间，眼睛看着天空，像一具僵尸。应该说，阿乜最悲惨的一幕，是日寇发动的侵略战争是强加给他的。显然，小说既充分显示了底层民众善良、朴实、忠厚的优良品质，反映了他们无力自保、无援无助、任人宰割的卑怯状态，更揭示了造成民众苦难的深层原因，谴责战争是造成民众苦难的首恶。可见，小说对现实的批判是非常尖锐而深刻的。

这篇小说的艺术成就还体现在人物描写上。在小说中，每个人物都性格鲜明、血肉丰满、栩栩如生。不仅塑造了阿乜这个诚朴善良、瘦弱勤奋、怯弱感恩而又有自尊心的真实生动的主要人物形象，还塑造了包括“我”在内的多个人物，丰富了中国现代文学的人物画廊。阿乜是一个从小饱经忧患、饱尝苦难而又诚恳勤劳、本分老实、自尊心很强的农民形象。他小时候聪明活泼而开朗，虽然身材瘦小，总是裸露着四肢，很像特意制成的小木棍，分不出粗细，分不出皮肉，但他一动作起来却非常灵活；虽然有些羞涩，有成人似的矜持，但是他又会和“我”谈着他自己的遭遇与见识，总是滔滔不绝地叙述着他们山上的故事。他告诉“我”在茅柴棚里去寻松蕈，应该怎样用麻绳甩上石子从树上敲下橡子，怎样去捕捉顿倒了头孵蛋的雉鸡，以及追赶兔子应该从山上追赶到山下。他待人热情诚恳，“我”避难到山上，他总是高兴地做我的领导人，像老鼠一般尽情地在山上跳跃，从树林、柴蓬、岩石、坟墓、山涧里钻来钻去。他也有自己的志趣，愿做天空中的飞鸟老鹰，用自己的翅膀去飞。这时的阿乜是淳朴的、独立的、自由的、快乐的。可是，苦难的压迫，生活的折磨，损毁了他，他的整个精神都变了。他父亲去世后，来“我”家求祖母收留时，直到跨上大门的阶石，才猛然发现了“我”，却只是对“我”淡淡地一笑，就跑到祖母那里去了；到“我”家来做帮佣后，他竟不大睬“我”，不和“我”玩耍了，而是对着每个人都笑，尤其是对“我”父亲，简直不像以往的阿乜，而像一个老年人。可以说，是苦难的命运使他从一个快乐少年变成了一个忧郁的早熟少年。从此，他试着去学习他父亲的习惯，从祖母的暗房边走过，起初唉一声，然后坐在那暗房的门槛上，已经没有了以前的天真幻想。但他有很强的自尊心，不愿给人造成什么都做不了、只能吃白食的错觉，因而做事时十分卖力，挑不起也多挑一些；而且极想强壮起来，遵照我父亲吃油拌饭，然后做事就格外卖力；当觉得强壮无望后，就另找主顾，离开了“我”家。他很知道感恩，在“我”家受了委屈，总是自己一个人哭，从不怨恨人，离开“我”家后，马上又来拜年，而且不时来看“我”们，“我”家有婚丧喜庆时总是来帮忙。但是，生活在改造他。当他离开我家后回来时，就变得很世故、老道，讨人喜欢，以致大家都说他有出息。然而，就是这样一个老实诚恳、踏踏实实的人，却始终沉落在悲惨的深渊中。黑暗的社会使他由一个有人格自尊的人逐渐转变成了一个委顿卑怯而懦弱的人。他遵照我母亲的择配，讨了一个逃荒的女人做老婆，可后来被游手好闲的弟弟插足，虽然闹起了矛盾，但他认为她不容易，很快也就不计较了。社会动荡造成民不聊生，族人们上山种地时将他家做堂子，他却不怨恨他们，觉得大家都不容易。生存的艰难，将人的自尊给消磨了。后来，日寇入侵，兵匪因强奸不成而把他的女人给枪杀了，但他不做任何反抗。然而，他是一个生存意志很坚忍的人，不管遭遇什么不幸，都顽强地活下来。兵匪猖獗时，他在自己灶房后挖洞以便迅速逃生，并将番薯用土埋起来。尽管如此，他将枪杀女人的仇恨记在心里，牢牢记住她被枪杀的地点，对社会怀着期待，希望世道太平，期望度过苦难的冬天。这个形象，反映了中国农民的思想情感、精神品格以及悲惨的苦难命运。他的精神蜕变的历程，深刻地揭露了封建社会的黑暗，鞭挞了反动政府的无能，谴责了日本帝国主义的罪恶。

“父亲”这个形象非常真实。他是在老坟亲去世时才亮相的。他遵照其母亲的吩咐主持料理了老坟亲的丧事。“父亲”回来后就向祖母汇报，“我”在旁问有铜锣没有，他说哪有铜锣，连砖都没有。这显示出他的同情心。怜悯与同情心是人性的基本内涵。对弱者是否有同情心，是一个人道德上和人性上健全与否的试金石。只有具有同情心的人才善良、诚恳。“父亲”的身份有两个方面：首先是个孝子，其次是一家之主。因此，在家政上，他时时听他母亲的；而在劳务上，他则事事说了算。同时，作为一家之主，他承担着养家糊口的责任。但他的行为，对外是争得口碑、形成社会影响的关键。因此，当祖母收留阿乜放牛时，他不想要，和他母亲争执，试图说服她。他说，宁愿在可能的范围之内帮他一点，却不愿意收留他来看牛。他认为，阿乜“颗粒既小，又是那么瘦弱，只配在散淡的人家里过活，断不配到我家里来做工”。正是在对待阿乜的态度上，展现了他强健、性急而又慈心的性格特征。阿乜刚来，他就当着“我”们的面，将他拉到自己面前，先用手在他细小的肩上轻轻一揿，使他的脚肱像藤做的软手杖一样弯成一个弓势；又用脚趾叉叉他的脚肱说：“你看，你看，这样的脚吓，还挑得起担么?”使阿乜脸色发白，伤心地掉眼泪。但他马上又感到自己的举动鲁莽，又拆开大嘴装笑来替自己解嘲。当冒雨抢收稻草，阿乜因挑得过重而跌倒伤了脚时，他担心别人说他虐待阿乜，又对他母亲说一定不要他，说：“我又没有叫他挑这么多的，他却偏要挑得这么多。……别人却还会这样说：‘要一个小伙子挑这样重的担，还要在后面推，自然就要跌倒了’。”吃鸡蛋时，弟弟也争着要吃，说阿乜什么都做不动，抢了阿乜的鸡蛋，他竟把弟弟打了两下。虽然父亲觉得难办，因为弟弟说的话不是没有道理，而家里的规矩是不能下田坂的不能吃鸡蛋。但以后吃鸡蛋时还是给他吃，只是叫他在屋里吃。而且，为了使阿乜能养得胖起来，他还要阿乜每次吃饭时拌两调羹熟油，说吃了就会胖起来。他担心别人说没给阿乜吃饱饭，所以还问他吃没吃饱饭。有一个冷天，父亲以为阿乜生病了，就叫他在家里休息。阿乜到我家时，父亲因他并没有少受祖母的责备，可他待阿乜还是不薄。但是，阿乜还是另找了雇主，这使父亲受冤挨骂，很生气，于是阿乜来拜年时，他避而不见。但当阿乜找到他，给他作揖后说明到处找他，是真心来拜年时，又热情款待阿乜，就像款待一位难得的客人一样。可以说，“父亲”是一个做事能力强、要求高，又明事理、同情人、待人好的真正的父亲形象。这个形象，在中国现代文学史上是很独特的，显示了中国农民的精神性格，有着重要的审美价值和文化价值。

此外，小说中还写了老坟亲、阿乜的女人、祖母、母亲、弟弟以及“我”等几个形象，都性格丰满、生动真实。“我”是一个有着很深的人道主义情怀的知识分子形象，自然不必多说。而祖母和母亲都是慈母的形象，不同的是前者是一个家庭权威和偶像，后者则是一个勤劳、朴实、热情而又具有很强自省力的形象。这两个形象都反映了越地女性在家庭中的地位，显示了一种女权意识。阿乜的女人是逃荒来的，虽然只有侧面描写，但性格很鲜明。她的命运比阿乜更加悲惨。她在故乡无法生存，背井离乡，逃荒出来。为了生存，与阿乜结合了。但是，她对爱情也应该有自己的预期和希望。阿乜是个身材瘦小、毫无男人气的人，而她自己则是十分健壮的人，两人本来就不配。因此，接触高大强壮的“我”弟弟后，很快有了关系，这应该是情致所动，因此他们夫妻吵架。当然，她也是一个忍辱负重的苟活者。为了生存，她被迫接受族人们的蹂躏。但是，她是有自尊的，不是那种生活放荡的女人。当兵匪要强暴她时，坚决不从，最后被枪杀，用自己的生命捍卫了自己的尊严。虽然着笔不多，但她是一个有性格深度的形象。

魏金枝的小说始终都是写人。在他笔下，几乎没有意念化的人物，更没有类型化的人物。这篇小说充分反映了这一点。正是因为描写了个性化的人物，所以这篇作品具有很强的艺术感染力。

这篇小说的审美价值还体现在艺术上。文学是一种艺术，必须经过作者的精心构思和有意味的加工创造，才能呈现出艺术的美感，产生一种打动人的审美力量，发挥文学应有的作用。魏金枝的创作质朴深挚，但并不粗糙，而是精心创作的，不断追求的。这篇小说在艺术上显示了新的面貌。首先是叙事结构非常精致严谨。小说的叙事人是第一人称“我”，以“我”的回忆构成全篇，前后呼应，浑然一体。有意味的是，小说是以“我”的成长历程来写阿乜的人生历程，不仅用“我”的眼光来观察阿乜的人生状况，而且也构成了一种潜在的对比效应，使小说增强了艺术的感染力。因此，小说有两条线索：一条是阿乜的人生进程；一条是我的成长历程。这两条线索交织在一起，构成了一个结构严密的文本。因为是“我”对往事的回忆，所以小说有一个成人的叙述视角，这是小说最主要的艺术视角。但是，因为小说从“我”的成长经历来写阿乜的苦难人生，所以又一度存在一个天真诚挚的儿童视角，这主要体现在小说的上半部。在这一部分中，以儿童视角为主，成人视角为辅，主要通过“我”避难进山和阿乜收留在“我”家的生活情状的描写，表现阿乜从童年的聪明、活泼向少年以致青年的世故、老道转变的苦难人生历程。这是一个天真无邪的孩子在讲述自己看到的故事，充满着童真气息，并用纯真的眼光来看待世俗世界，对不平等的世道予以了批判。但成人视角与儿童视角往往交织在一起，儿童叙述者和成人叙述者时而并存着，这就显示出艺术的张力。小说的成人视角集中在下半部分。这一部分“我”从青年走向了成年，以成人视角讲述阿乜结婚以后的苦难命运，展示了他从委琐走向悲惨的人生历程。这主要描写了“我”四次与阿乜相见的情形。第一次是祖母去世，阿乜来帮忙，母亲遵照祖母遗嘱，与他谈起为他择配的问题。第二次是阿乜二十五六岁大旱荒年，“我”在外面混得厌倦，回到家里，母亲要将堂叔家的一个逃荒女人择配给他，“我”觉得这事应该阿乜自己同意，在母亲尚未跟他说之前，先上山跟他说一下，叫他有个准备。第三次是五年之后，母亲有病，“我”回家了。因为知道他跟他的女人闹了矛盾，而母亲又只是怪那女人害了阿乜，还带坏了弟弟，就上山去看看他的生活。这时，他已由以前的委琐者变成了一个卑怯苟活者。第四次又是五六年之后，父亲去世了，“我”听说他的女人被强盗打死了，就上山去看看他。这时，他已变成了惊恐兵匪、躲在坟堂里的一个鬼影、一具僵尸。这样，小说就将万恶的社会，如何一步一步将一个活人变成死鬼的罪恶历程展示了出来。与众不同的是，小说不描写阿乜与外在世界的激烈冲突，也没有描写周围人对阿乜像未庄人对阿 Q 那样的冷漠，而是描写了始终还有关心他的“我”和“我”家。然而，即使这样，他的命运还是如此悲惨。因此，作品就更深刻地揭露了社会的罪恶。

其次，小说在艺术上还有一点值得注意，就是诗意的叙述与描写，这是新发展。魏金枝擅长于将叙述与描写紧密结合，形成一个浏亮的文本。这篇小说也拥有这种特征，但更突出诗意的叙述和描写。纵观全篇，小说笼罩在浓烈的抒情气氛之中，诗意非常浓郁。作者提炼一些诗性的意象予以反复描写。例如祖母和暗房，就是富于诗性张力的艺术意象。祖母住的地方虽然是个黑暗的地方，但祖母信佛，对老坟亲和阿乜关怀备至，是普度众生、救苦救难的观世音再世。她就是黑暗中温暖人的心魂、燃起人生希望、照亮人生路途的明灯。因此，无论是老坟亲还是阿乜，在苦难时总是坐在暗房的门槛上。因为，只有在这里，他们的心魂才有灵光照亮，才有度过艰难的力量。正是这样，她具有至高无上的绝对权威性。而阿乜离开“我”家第二次来看“我”们时的洁白的新毛巾，也是一个赋予了诗意的意象，既显示了阿乜的生存状态，也显示了他纯洁的心魂。然而，小说的诗性美更体现在叙述和描写上。小说是由一个具有深挚的人道主义情怀的抒情主人公形象“我”来叙述的，充满着主观情绪，蕴蓄了很强的情感张力，显示了诗性品质。请看：

> 提到祖母，我就真的倒了兴了。因为我也明白，祖母是断不会放我上山的。然而在这样的引逗之下，在我的头脑里，早已充满了对于山的好感。在我那时想来，山那个东西，确乎是个无所不有，取之不尽的宝藏。在那里有奇怪的生物，又有美丽可口的超人工的食物，而云也自那里飞来，鸟也自那里飞来。尤其是它的屹立不动的形象，无论暴风，无论骤雨，它也总是巨人般地站着，永不改变它的姿态。因之，有时候就一个人溜进后园，静静地坐在池边的那株橘树下，从竹林的空隙间，去看阿乜告诉我的他所居住的那个山头。远远地望去，在岗上伞样张着的松树下，透出竹丛的尖端，在那里，就是阿乜的家。时常飘起炊烟，袅袅地盘绕着松树，然后升上淡青色的天空。这时候，我就想入非非，连魂灵也飞到山上去了。

这一段既有叙述，又有描写，是叙述与描写交织在一起的典范。首先，这一段文字是在儿童和成人双重视角审视的结果，即这里存在一个童年的“我”和成年的“我”的交织现象。这里的“在我那时想来，山那个东西，确乎是个无所不有，取之不尽的宝藏。在那里有奇怪的生物，又有美丽可口的超人工的食物，而云也自那里飞来，鸟也自那里飞来。尤其是它的屹立不动的形象，无论暴风，无论骤雨，它也总是巨人般地站着，永不改变它的姿态”就是一个成年的“我”的介入。而“远远地望去，在岗上伞样张着的松树下，透出竹丛的尖端，在那里，就是阿乜的家”这是典型的儿童视角。这两种视角交织，使小说的叙述富有变化，更加生动，有张力。其次，这里还呈现了小说另一个非常鲜明的艺术特点，就是叙述与描写充满诗意。叙述人对于山上充满着向往和期待，不仅使其浸润着强烈的主观情绪和深挚的纯真情感，而且语言非常优美，充满诗性魅力，创造了诗的意境。我们可以看到，这里的山是如此之美，充满着诗情画意，其境界深邃、清幽而开阔。可以说，情景交融，富于韵味。

《坟亲》通过对“我”的坟亲阿乜苦难命运的描写，深刻地揭露了国民党统治的黑暗社会将人变成鬼，明目张胆杀人的昭彰罪恶，既表达了对于社会和平安定的主观期望，又给予了对底层民众悲惨命运的深切同情，同时还对他们坚韧的生存意志予以了礼赞。其对叙事的讲究，对诗意的追求，增强了小说的审美价值。它开拓了现代文学的题材领域，深化了时代主题，丰富了现代文学风景，显示了执着的艺术追求，是魏金枝小说创作艺术上的一个新发展。值得注意的是，现代短篇小说通常都是生活片段的集中描写，缺乏清晰的时间长度，更加不注重故事有头有尾，没有恢宏的架构，因此虽然如《阿 Q 正传》在整个未庄风云中描写阿 Q 的悲惨命运，《月牙儿》《边城》写了两三代人的生活，但只是集中对一个人的阶段性生活作出描写，并没有全景式的视野与史诗性的特征，《坟亲》以阿乜悲惨的命运历程，展示了中国底层社会 50 年的沧桑巨变，呈现了宏阔的视野，全景式的描写和史诗性的特征，显然是对短篇小说体制的突破，具有重要的文学价值。

四　现实的恶劣与人情的美善

世俗社会是复杂的，总是变幻莫测，充斥着各种物质形态，也包容着各种各色的人。因此，没有绝对的标尺将其权衡为绝对的黑白好坏，也不可能有人敢说自己的人生始终一帆风顺，无忧无虑，更不可能说所有生物都走向一致，人类都趋同一致。主体的自我存在感与客体不以人的意志而转移的强势感，总是在世俗社会的主体——人的身上呈现出缤纷的色彩。在任何时代、任何环境中，总是正负现象犬牙交错在一起。

魏金枝这时期的新写实小说，就充分地注意到了这一点，不仅暴露了现实环境的恶劣，而且还注意展示恶劣环境中的人性之光和人情之美，显示了对社会的美好期待。在这里，《客气》和《蜒蚰》等小说就充分反映了这一点。

对于人类而言，环境就是一把尖刀，时时横在人的脖子上。不管顺逆、宽松、好坏，每个人都得面对。然而，对人类最具有挑战性的是恶劣的环境和人生的苦难。人类是否在恶劣的环境中不迷失精神路向，保持主体正态位的存在状态，正确面对和处置它，对于人类社会来说，是非常重要的。魏金枝的小说《客气》就对此作出了出色的探讨和表现，歌颂了底层民众坚韧地面对苦难的精神，显示了强烈的主观愿望。这篇小说写于 1947 年 12 月 28 日，1948 年 2 月 15 日发表于《文艺春秋》第 2 期，列小说中第一篇，描写民众遭遇的灾难不是来自反动统治者的“人祸”，而是来自“天灾”——大旱。小说没有集中笔墨去正面描写旱灾情况，而用侧面烘托的方式，展现大旱的程度，主要是写大旱给农村带来巨大的生存困难。旱灾只是作为故事的一个背景和由头。“我”回家顺路去看望多年不见的老友，顺便打扰他一顿中饭。“我”们是小学、中学八年的同学，中学毕业后，又一同跟着戏班子漂流了两个月。他的太太就是在那时候弄来的，难道还会计较一顿小小的中饭么？这位老友是个豪爽的人，现在是村校里的校长，照例是一个村里场面上的代表人物，倘使“我”正好是吃饭的时候闯去，吃饭自然是不成问题的。然而，这时正遇上大旱，溪江干成死白的沙滩，很难寻得一个喝水的水孔了，田里坼裂得可以伸下脚去，作物枯黄卷缩，青山也不见了。看到这情形，“我”觉得中饭大抵也有些把握不定了。一踏进那个村子，“我”就迟疑起来；走近校门，这里死样的沉寂，当“我”踌躇的时候，老友就站在“我”的面前了。当他把“我”带到他自己的卧房里去，“我”觉得他走得很快很慌张。在祠堂后进右首的神龛下是一个教室，坐着十几个学生，他差遣学生出去拿茶和拿毛巾，但好久还没来。因为待的时间太久了，他又跑出去差遣学生去安排饭食。当“我”起身要走了，他死死拉住“我”，这时第一次差出去的学生拿了一大钵子青蒿茶来了，接着毛巾也来了。这时老友很高兴了，有些恢复他以往的故态了。他告诉“我”，太太要节约，要骗一骗她了，说县里的督学来了。于是，“我”就只好承情，享受他的一顿中饭了。等“我”告别的时光，已经是太阳斜西了。“我”匆匆地走出村口。在那里看到厕所旁砖墙上贴着一张合村公议的不留饭的公约。小说没有曲折的情节，只有一个叨光老友一顿中饭的片段，一气呵成，人物生动感人，思想意蕴丰富，显示了深厚的艺术底蕴。

显然，小说采取了避重就轻的写法。应该说，这里的民众饱受旱灾的肆虐。因为酷旱，不仅溪江干了，田里坼裂了，而且作物枯死，青山光秃，使人看了难受。“于是，路上就没有树荫，没有鸣鸟，没有跳水的田鸡，甚至连害稻的蚱蜢，也难得看见一只”。因为大旱，人们尽量减少户外活动：“就是人，大抵也对老天绝望了，所以路上，自然是没有，田野里也没有，凉亭路廊里，也没有乘凉的，摆摊的，歇力的，连施茶的茶桶，也是空的。人家自然是有的，但有的是静静的关着门。开着的，也见不到怎样活动的人，有的把手支在下巴上，有的在打盹。于是，这个世界上，仿佛上面就只是一个猛烈的太阳，而下面呢，也就只是死白的一大片的地皮，我，大概就是其中唯一活动的生物了。”但是，作者只是将旱灾作为叨光这顿中饭的一个背景，说明这顿中饭来之不易，显示了旱灾对民众生活的影响。一是缺水。老友差遣去拿茶的学生很久都没有回来。二是少粮食。因为老友当初并没有安排饭食，只是因为待的时间太久了，他又跑出去差遣学生，骗着太太安排了饭食。等我吃完饭告别时，已经是太阳斜西了。三是没菜。这顿饭吃的什么呢？小说写：“有腌肉、咸蛋，一壶老酒，以及我向来中意的干菜汤。”然而，那“腌肉有些发酵，咸蛋有点儿臭”，没有新鲜的菜吃。在这种灾荒中，民众过着忍饥挨饿的日子。正是这样，当我们吃饭时，“我的老友吃得更开心”，他不仅“给我夹菜，又给他自己夹菜”，而且“比我吃得更多一点”，最后是一扫而光。为什么这样呢？因为这样的饭食，他已经久违了。这都是大旱造成的结果。因此，小说虽然表面上没有写灾荒，实际上却是时时在写灾荒，始终没有离开这个中心。

小说首先值得我们关注的是，写出了浙东民众在应对这场旱灾时坚忍不拔的意志和忍受苦难的耐力。如前所述，魏金枝的小说创作广泛地多视角地描写了底层民众的苦难，既有统治阶级的压迫剥削，也有来自不可阻挡的自然灾害，民众在应对这种苦难时，往往各显神通。这篇小说反映了大旱给农村带来的灾荒和贫苦，但又不同于《做肚仙的人》去描写灾民搞歪门邪道，而是描写灾民理性地去应对这场灾难，表现了民众坚忍不拔的精神，讴歌了乡村社会淳朴的民风。他们采取全村合议公约来客“不留饭”，共同应对这场灾难：“年荒世乱，生活为难；无论亲友，概不留饭；如有违反，罚米一担；出于无奈，原谅为盼。”这份公约是我那老友的亲笔，在村头村尾厕所旁砖墙上各贴一张，告诫世人。这是公约，村民都要遵守，参与合议的人更加要带头遵守，亲笔书写合议的人更是要模范遵守。因此，当我突然造访，老友把我带到他自己的卧房里去时，他走得很快很慌张。而当我到他房里时，很久后才想到要安排饭食。但这是违反公约的，是令他很为难的，“使我的老友着急了半天”。因此，为了招待同学，竟然不得不撒谎骗自己的太太。因为极度穷困，为了渡过难关，老友的太太就很节约，腌肉留着发酵了，咸蛋留到发臭了，也舍不得吃，自然不会同意留客吃饭，不会因轻易招待客人而给自己招来惩罚。因此，老友撒谎，说是县督学来了，骗她来招待客人。县督学是上级领导，学校的顶头上司，学校是不能得罪的，否则校长的饭碗恐怕都难保。这样，老友的太太就放开了，将久存的腌肉和咸蛋都拿出来了，使我的老友吃得更开心，“请吓请吓”地给我夹菜，又给他自己夹菜。老友既是小学校长，还是这个乡保的保办事员，是一个身兼数职的要人，可他家也过得如此艰难，那么一般的村民家里自然更加困苦。尽管如此困苦，但村里并无乱象，可见村民应对这场灾难的坚忍。

然而，值得我们关注的还有，小说通过对老同学招待“我”的描写，讴歌了浙东乡村世界民众的淳朴和热情，歌颂了越东乡村人性的优美和人情的醇厚。小说一开始就通过对社戏风俗的描写，展现了越东乡村桃花源似的美好境界。主人公“我”中学毕业的暑假后不久的阴历八月底边，又在一个社戏台下碰上了同学八年之久的同学，一起跟着戏班子到处乱漂，从这村到那村，从这庙到那庙，吃，喝，看戏，快乐地一同漂流了两个多月。“我”这样叙述当时的情形：

> 那真是狂欢，真是胡天胡地的狂欢呵！在那种时节，一切都不用自备，但决不该忘记自己的嘴巴，眼睛，以及一个好的胃口。带了这些，你就去站在戏台下好了。难道在几千人的戏台下，就没有一个你认得的么？倘使有那么一个，自然也不必怎样熟悉，要是他

就是这村子里的，他就必然会拉了你去，你不去，那就是你不给他面子，他的饭桌上空了一个座客。即使他也是做客的，难道他也没有一个熟人么？要是他和你招呼，你当然就是他的朋友，倘使他被他的亲戚朋友拉去了，那你就决不能幸免于被拉的。就是在全个戏台下，没有一个你认得的，你不是也可以向任凭那个讨颗火么？那样，他就可以和你攀谈起来，到了那个阶段，你问他的贵村也好，他问你的尊姓也好，但总之，一排起来，总不免有点纠纠缠缠的关系。而那时又正是聚亲会友的时节，还会不被客客气气的（地）拉走么？

自然，这样的故事也是有的；譬如，偶而有个老伯伯没被拉去，于是他只好独个儿踽踽凉凉的了，他就不得不莽撞的（地）去拍一个年轻本地人的肩头，告诉他，自己曾和他的父亲交好过，可是现在……那也无需再说下去，不是这个年轻人生得太晚，就是他太不好客就是。为了补救这些缺憾，这位老伯伯，就该被拉去做（作）为坐上之客才对。即使他父亲还是健在，而且还是不认得这位老友，那也要怪他自己的记性太钝，忘了曾在某个村子里讨过一杯茶，点过一×（此字左边金字旁，右边上面文字头，下面类似一个载字）烟。再不然，也作兴会有一次曾在某个路廊里，和那对偶而谈得很投机，可是却一点都记不得了。但这也是人生的因缘，决不该自己加以否认的。再何况，自己有的是白米饭，腌猪腿，土做的煎豆腐，既然自以为超群拔类的，就得借别人的嘴巴，来评品评品，称扬称扬。于是烟吓，酒吓，粽子吓，年糕吓，嫩花生吓，柿子石榴吓，凡是家里有的，就得全都搬了出来，作为评品称扬以后的酬劳。至于饭菜，更不必说，上碗比下碗还满，尽你狼吞虎咽，也是扫它不光的。

可见，浙东乡村民风的淳朴敦厚和情谊友善。虽然这篇小说描写的风物没有沈从文笔下的湘西世界那么优美，但这里展示的人性和人情，却完全可与沈从文笔下的湘西世界媲美。

当然，我们更要注意的是，小说在一种隐隐的忧伤中，对这种现实进行了警示。虽然民众如此坚忍地面对苦难，但是作为回乡路过的“我”

目睹此情此景，心里是格外难受的。因此，他说他叨光了同学的一顿中饭，而这顿中饭，也就是他平生所最难消化的一顿。这既显示了他对灾民的深切同情，也隐含着对统治阶级无视民众苦难、不积极进行救援的批判。

魏金枝不仅表现了底层民众坚忍地面对苦难，而且歌颂了他们面对苦难时忠义侠气、舍己为人的品格。《蜒蚰》就是这样一篇小说。[①] 这篇小说运用归来——离去的结构模式，将社会贫富悬殊、统治阶级的残酷压迫、家庭伦理情分与民族危难环境交织在一起，描写了抗日战争期间，一个叫蜒蚰的农民，先前被捉去卖了壮丁，逃回家后为帮助别人又主动去争取卖壮丁的悲剧故事，不仅深刻揭露了国民党统治造成民众走投无路的深重灾难与罪恶，而且表现了普通民众从平庸怯懦向英雄侠义转变的心路历程，对国民精神的正能量予以了礼赞。五年前，乡丁占有了蜒蚰的老婆夜叉后，又将蜒蚰捉去送了壮丁。抗战胜利后，他跟着两个同乡的同营兄弟老袁和老李开小差逃回家。因为以前在家乡大家对他并不好，所以回到家乡后他用不冷不热的态度来对待村人，用军人的威风镇住老婆夜叉，说自己是荣誉军人，使乡公所给了他一笔小小的款子。然而，这种假象很快就被识破了，不仅夜叉又埋怨他、讽刺他、咒骂他，乡公所答应分期付出的款子也拖延不付了，那个乡丁又到他家里来了，蜒蚰只好躲在家中打草鞋度日。几天后，老袁和老李迫于生活来找他帮忙，希望重新被抽丁到军队里去，让家里人吃几顿饱饭。蜒蚰帮他们向乡丁求情不成，就决定自己去当壮丁，把卖身的钱分给老袁和老李。这是一种逼上梁山式的人生选择，深刻地揭露了国民党统治下的民众已经走投无路的人生状况，这就充分昭示了黑暗社会的罪恶。

这篇小说值得我们注意的重要意义在于它歌颂了主人公牺牲自我、救赎众生的英雄主义气概。当老袁和老李迫于生活希望重新被抽丁不成，蜒蚰就决定自己去当壮丁，把卖身的钱分给老袁和老李，这充分显示了一种勇于自我牺牲、毅然去拯救苦难同胞的侠义精神。本来，在蜒蚰回家散布的谎言和树立的假象被识破之后，一切又恢复了他没有去当兵以前的状况了，他也不想去当兵，而是像蜗牛一样躲在家里打柴、做草鞋。

① 《蜒蚰》写于1947年10月，发表于《文艺春秋》1947年第5期。

当时，几个为了肚子饱，很想去当兵的后生前来请教他的意见时，他也直截了当说还是留在家里挨饿吧，因为当兵并不比在家里吃得更饱。可是，当老袁、老李为了孩子要求再去当兵而不成时，他就决定自己去。他要了10担谷钱，将卖自己的钱分给他们，还嘱咐乡丁照顾他的女人。当乡公所给他们饯行那天，他第一个去赴席，第一个领安家费，第一个吃得最多最饱最醉。他把钱分成四份，分别给了老袁、老李、老婆夜叉和自己。这种义举感天动地，这种精神惊魂动魄。显然，小说对这种英雄主义精神予以了热情的赞颂。

小说在表现主人公悲壮的选择时，也对黑暗的社会寄予了悲愤的批判。当蜒蚰听见后面的噪乱、哭泣，以及斥责声时，他竖起一只手，拼命地摇着，团了舌头大声地喊："我们去呵！我们冲上去呵！哭什么呵！"这种悲愤的呐喊，是对黑暗现实的强烈声讨。小说最后写道："他不晓得他喊的是什么，终究冲上什么地方去，也不知道他所愤恨的是谁，他只觉得他有许多对头，他要去拿到一枝枪，打他们。他肚里有着一股无名的怨火，却又寻不出怨恨的对象。只觉得他的对象，并不在他的身后和他的身边左右，而在前面，所以他只向前冲去。"无疑，小说批判了国民党反动统治的黑暗。

这篇小说描写了栩栩如生的鲜活人物。魏金枝精心设置具体情境，充分表现人物精神性格的成长因素，写出其性格的原始起点，然后突出其转变的缘由，既彰显人物性格的丰富性，又显示人物描写的真实性。不仅蜒蚰、夜叉、乡丁很真实生动，就是老袁、老李的性格特征也很传神。

40年代后期，随着抗日战争的胜利，中国社会的主要矛盾从民族矛盾转换为阶级矛盾和政党矛盾。政治批判成为一种共鸣性时代指向。魏金枝此时的小说自然也显示了这种特征，但又保持了他自己的艺术取向，显示了艺术上的发展与进步。对于这一阶段的创作，魏金枝是在怎样的处境中开始的呢？他说："很有几个朋友，已经认为我的写作，已经不及早期有力，甚至有人想把我以前在觉悟上登载的诗篇收成集子，可是我反对这些意见。这并不是我有悔于少作，却因为我还不肯自认已经快到要死的地步。虽然我看见邵力子先生的头上，已有许多白发，而自己头上的白发也并不少，可是一放下镜子，我又自认为青年了。因为我每餐还是能够吃三碗饭，自己的孩子，也和新毕业的学生的孩子一般大，我就把老忘记了。而且，亲眼看见过许多人慷慨激昂的（地）倒下去，而一些显赫的，也不免无声无息的（地）倒下去，反正得倒下去，也就不大扰乱自己的心曲了。那末在未倒之前，何不跳跳蹦蹦，活得舒畅一些，写得舒畅一些?”因此，他“决不迷恋往昔的”，“自己不肯认输”。[①]正是这种倔强顽强、永远前进的精神性格和不断创新、自我超越的艺术追求及主体驱力，使魏金枝这时期的小说创作呈现了新的面貌。

① 魏金枝：《我与觉悟》，《自由谈》1947年第2期。

第五章

歌颂与向往的当代小说

中华人民共和国成立后，文坛被政治意识主导，歌颂新中国、新制度、新事物，成为一种潮流，公式化、概念化流行，政治标语式的创作泛滥。魏金枝是十七年中自觉寻求艺术与政治和谐统一的作家。他的小说创作自觉地追随着时代，呼应着文学主潮，但又明确反对公式化、概念化。他说："创作是不应该有什么'清规戒律'的，有'清规戒律'的就不是创作，而是'教条'。创作是不应该有一定格式的，有一定格式的就不是创作，而是公式。生活永远不会遵照'清规戒律'而发展，也决不依照什么一定格式而行进；人们总是依照客观的实际，各自采取他自己所认为最合适的方式而进行而发展；有时，甚至连人们自己也不预知为什么要这样做，然而确实必须要这样地去做。对于这些情况，作家只能用最科学最敏锐最深刻的观察研究，才能得出结论来，决不能用教条和公式来代替它。"因此，他批评新中国文艺创作中的公式化、概念化弊端，尖锐地指出："目前存在在创作中最大的毛病，就是公式化概念化。所谓公式化，普通是指作品的千篇一律的形式而言的，所谓概念化，普通是指作品的千篇一律的内容而言的，假使两者联在一起说，那就是从形式到内容，都从教条和公式出发，而不是从生活的实际出发，所以它就不能不成为千篇一律，成为人云亦云。"① 因此，他始终坚持着自己的艺术追求，努力寻求政治与文学的切合点，保证作品应有的艺术价值。综观魏金枝这时期的小说，总是以民俗风情融入创作中，以民间情调和

---

① 魏金枝：《反对教条主义和公式主义》，《文艺随谈》，新文艺出版社 1957 年版，第 39—53 页。

地方色彩来冲淡作品的政治色彩，强化作品的艺术感染力。

一　政治选择的书写与地域色彩的作用

面对一个新社会的到来，进步文艺工作者满怀期待，以前所未有的激情和主人翁的姿态，毫无疑虑地紧跟着时代前进的步伐，创作出与时代政治要求相吻合的作品，为新中国而歌唱，自觉地担负起时代赋予的责任。中华人民共和国成立后，跟着中国共产党，走社会主义道路，是一个总的时代主题。作为一个农民出身的作家，魏金枝衷心热爱中国共产党，热爱毛主席，他敏锐地把握着这种时代主流，也用自己的笔去书写着时代的呼声，自觉地担负起了引导民众跟着毛主席和中国共产党走社会主义道路的时代重任。《活路》《跟着他走》《一个危险的计划》都表现了这种时代主题。然而，他是"五四"第一代作家，深知任何文学作品尽管都或强或弱地显示出一定的政治色彩，但如果文学作品一味被政治色彩主导、笼罩或控制，也就失去了文学本身的品质。因此，魏金枝想方设法来增强其艺术性，自觉追求政治大旗高悬时代的文学自身应该尽力保持的艺术品格。其中，将地域色彩引入作品中，就是他一个重要的艺术手段，也取得了比较好的成效。

魏金枝表现跟着中国共产党走向新社会的主题，最早的作品是《活路》。这是中华人民共和国成立之初不可多得的佳作。小说采用倒叙的方式，讲述一个伪保长追到上海去抓村里逃避夏征的殷户，试图立功赎罪的故事。但故事的主体是以第一人称告白的方式叙述的，由唐氏自述做伪保长后的遭遇，展示了旧体制中的基层管理者走向新社会时复杂的心路历程。唐保长是在老婆、殷户、乡长阎罗王，尤其白无常等人的极力怂恿下去做伪保长的。但他当保长后，白无常总是操纵在其中。他派捐、派柴、派米，抽壮丁，总是被弄得内外不是，上下三等都成仇家。有一次壮丁抽签，因白无常说他造假，乡长也这样骂他，逼他认错，只好出一些铜钱将乡丁老王捉到的过路人送到县里，可此人入伍后想逃而给一枪打死了。后来白无常想当保长，乡长阎罗王就叫白无常做，唐氏做名义上的保长。可白无常几天之后，就打起麻将来，弄得保里欠了很多债，在派民夫时又将唐氏逃回娘家的老婆打得遍体鳞伤。解放军进城后，白无常又压迫殷户，唐氏就将他打死，塞进了千人塔。因此，他手上有两条人命，心里很不踏实。他还听说解放军一来，当过乡长、保长、甲长的都要惩处，心里更紧张。有一天，一个解放军来了，要他把过去的事统统再讲一遍，他们听了后说他还老实，虽然买壮丁，也打死了白无常，还可以功罪相抵，要紧的是看他要不要做人。解放军走后，他想命是解放军给的，不跟解放军就是忘恩负义，便入了农会，要死里逃生。于是，夏征时就跑到上海来抓逃避夏征的殷户，以表现自己重新做人的决心，减轻以往罪责。小说用告白的方式叙述，就等于向人倾诉，增强了故事的真实性，使读者听来十分亲切，大大地冲淡了小说鲜明的政治意味。

小说采取的叙事策略无疑强化了艺术性。一是小说由第一人称“我”——伪保长的自述来构思全篇，推进故事，犹如人物面对面地与读者交心，这种叙事方式在增强艺术感染力方面具有明显的优势。因为整个故事讲述的都是“我”的亲身经历，“我”不只是局内人，而且是当事者，“我”向人叙述自己的所作所为，显得真实可信，更容易感染人。这是那种“我”作为转述人的故事文本所不可比的。而且，“我”心里的所有想法，只要是“我”要讲、愿讲的，都可以说出来，比起“我”作为次要人物去揣摩主要人物的心理后转述出来的方式更加生动、深刻。正是这样，在《活路》中，伪保长深情地向上海的表哥叙述自己做伪保长的经过，剖析自己的内心世界，显然要比“五四”以来流行的以次要人物“我”来叙述小说故事，“我”在小说中时而出现时而隐没，要真实可信得多。二是故事讲述突出了人物命运的时间线，重在展示一种历时性的变化，而不做现时性的点和面的集中描叙，强化了文学性。通常，小说以自述的第一人称完整地叙述故事，其有头有尾和绘声绘色的讲述，就像是一个人对另一个人的倾诉，具有很强的感染力。倾诉“从本质上讲是将私人领域的话题公开化，是生命深处本能欲望的宣泄与主体私密性话语的暴露，展示出说话人的鲜为人知的人生遭遇及其真实的思想情感和内在的心理状态”①，因此在描写人物方面，第一人称叙事方式不仅比第三人称叙事方式显得更加真实亲切，而且更加深刻，感染力更强。在《活路》中，90%的篇幅是伪保长不厌其烦地向表哥讲述自己过去为

---

① 刘家思：《曹禺戏剧的剧场性研究》，中国社会科学出版社 2010 年版，第 248 页。

什么做保长和做保长之后的不幸遭遇，展示自己的命运进程，10%的篇幅讲到解放军到来后的事情，涉及现时政治的内容很少，而且始终显示了人物的思想情感和性格心理，从而稀释了政治色彩。这样，整个故事笼罩在一种类似于替人受难的强烈的悲剧性之中，确保了作品的艺术感染力。

无疑，这篇小说显示了作者主动适应新时代要求而作出的努力。1949年7月，中华人民共和国成立之前，在党的领导下，全国文艺界召开了第一次文代会，确立了新中国的文艺路线，歌颂型的作品便如雨后春笋般地冒出来。魏金枝亲自参加了第一次文代会，对新中国充满着向往和喜悦，对大会确立的路线十分拥护，意气风发地开始了他歌颂新生活新社会的创作之旅。《活路》是开步之作。然而，值得我们注意的是，这篇小说虽然反映了魏金枝在主动适应新的创作潮流，但是也显示了他坚守创作自由和执着的艺术追求，保持独立自主的创作姿态，与新中国文化语境下的文艺主流既吻合又疏离。从总体上说，这篇小说的思想主题和当时主流的文学想象与要求是一致的。从故事文本的表面看，小说提出了一个很现实的问题，就是中华人民共和国成立之后，国家如何对待像伪保长这样一类旧社会的灰色人物？他们的人生出路在哪里？这似乎与“五四”时期盛行的问题小说十分相似。实际上，这篇小说是此前创作的《凑巧》《将死的人》等“保长系列”的一个结尾，但它与前面两篇作品表现的主题——“旧社会将人变成鬼”不同。这篇小说反映的是，在新中国，人们如何主动地去融入新社会，而新社会又是如何改造人，使一些有可能成为敌人的灰色人物转变到人民一边来，所表现的是“新社会将鬼转变为人”的主题，实际上是对新中国的歌颂和礼赞。但是，它不是通过正面描写直接反映出来的，而是要通过描写伪保长这个艺术符号表现的，是从它所创设的内基域中透视出来的，并不是在文本表面就可获得这种感受。

小说深刻地表现了人物深层的思想与心理。唐氏做伪保长，原因有两个方面：一是个人原因，受权力引诱：一来抽不着丁，二来派不着工，三来我也有点面子，省得人家欺负。就是白无常也成为他的保民，我要他长就长、短就短。此外，他想利用手中的权力保护亲戚。因为他妻子一家长期受人欺负，他想帮帮他们，没有权帮不上。一旦当了保长，这几个村堂是会服服帖帖的，哪敢动他们一根毫毛。显然，这种心理欲望的暴露和表现，使人物形象生动地活在读者面前。二是外在原因，被人推上去的。这是主要原因。虽然他曾经被权力诱惑，但考虑到要派丁、要抽捐，他还是不想当。可是，他的处境是："我不要做，却偏要我做。"不仅内眷、白无常、殷户们要他做，而且严阿四阎罗王乡长也要他做。最后，他怯于乡长的压迫，"只好点头答应"。这些人要他去做，都有各自的打算。内眷是因为要为娘家撑腰；白无常是一个大烟鬼、赌徒、痞子，好吃懒做，白衣白食，看见铜钱，就像苍蝇见血，他推唐氏是想背后操控唐氏，获取私利，"暗中帮点"他；而殷户们要他当保长是想他保护他们的利益；严阿四阎罗王乡长要他做，也是要他为自己谋私利。唐氏做了保长后，处处不讨好，上下三等都成仇家，利益没有得到利益，有时还不得不自己掏腰包，补上一些摊派任务的缺，自己挨打受骂，妻子也被打得遍体鳞伤，动不得。他公平抽签去抽丁，结果被白无常诬陷造假，连阎罗王乡长也这样骂他，逼得他只好认错，花钱把一个过路的软硬兼施地送到县里当壮丁，可那人入伍逃跑时给一枪打死了，使他做了几夜的噩梦。可以说，是黑暗的社会逼迫他去作恶。然而，不同的是，解放军不是这样。尽管白无常曾经说，解放军一到，唐氏和他都是死路一条，谣言说"解放军一到，凡是做过乡长、保长格，都要杀，做过甲长，也要杀"，唐氏想到自己已有两条人命在身，便躲藏起来。事实上，解放军和一些穷人来到他们家，不是像国民党来抓人那样，带了武器来，也不像国民党匪兵那样，又骂又打后缚一根绳子牵走要捉的人，而是坐在前门里过了半天才叫他去，要他把过去的事统统再讲一遍后，认为可以功罪相抵，不仅不杀他，反而要他入农会，要他妻子入妇女会，使唐氏由衷地佩服和感激，感到不跟解放军走眼前的活路，就是忘恩负义。因此，他入了农会，要死里逃生。不仅要悔过自新，而且要立功，要重新做人！于是，他跑到上海来带公安局警察去捉拿逃避夏征的殷户。显然，这是对共产党的歌颂，政治色彩自然非常鲜明的。但是，因为这是性格化的动作，有充分的心理依据，非常真实，因此并没有那种宣传政治的疙疙瘩瘩的概念化的弊端。

魏金枝一向反对文学作品沦为政治革命的工具和传声筒。从创作这篇小说时的心境来说，他衷心热爱新中国，拥护中国共产党，喜欢人民做主的新社会，目的自然很明确——要讴歌新中国，赞颂共产党，要去描写新社会的崭新面貌。但是，他对文学本质有深刻理解，不能将文学创作当成标语口号来写，也不能像商品生产一样自己去贴上标签。因此，他在小说中没有概念化地给唐保长贴上好坏的标签，而是致力写出了其走向新社会的心路历程，揭示其灵魂的本质，彰显人性的复杂性。于是，魏金枝摆脱了一般作家将政治热情简单化地移入自己笔下的缺陷，没有盲目地、假大空地、标语口号式地表现时代主题，而是坚持他一贯的艺术路向：从自己熟悉的乡村生活入手，调动积淀多年的生活体验、观察心得和写作经验，以灵魂的剖析为指向，在人们歌颂领袖、描写英雄、反映新风貌的直接路向之外另开一个路径：以灰色的人生状态的描写去表现对新中国的讴歌。因此，这篇小说别具一格，富于艺术感染力。

这篇小说浓郁的浙东地域色彩也强化了艺术性。这篇作品之所以有鲜明的政治立场，但又不给人以概念化、公式化的政治宣传的嫌疑，就在于它浓郁的地域色彩，其中最突出的就是方言的运用。小说一开头就写：

> 是吓！我做过保长！
>
> 问我为啥做保长么？告诉侬，是我自家，是我格内眷，是那班殷户，还有乡长严罗王，顶重要是那个白无常，是伊害了我。
>
> 那！就是那个白无常，侬也晓得吓，三老爷格尾巴头，那个乌烟鬼。

小说一开始就借助方言的运用，绘声绘色地推出了一个独特的艺术形象，使小说立即产生了一种陌生化的审美效果，激发读者的审美兴趣。魏金枝是从嵊县走出来的作家，虽久离家乡，但一直“乡音无改”，对家乡有执着的感情。这篇小说全部采用自己家乡话——绍兴嵊县方言来写，与人物身份十分吻合，也更适合自述的形式。伪保长是一个没有文化的人，由他自述，自然只能用他自己的母语叙述，才显得更加流畅，更加真实可信。请看其他人物的语言，也是方言口语：

> 那个解放军讲：“好，你还老实。你虽然买壮丁，你也扑死了白

无常，你还可以将功罪相抵。不过对于你格事体，到底那介办，我们还要商量商量。顶要紧的，看你自己要不要做人。”

解放军走了以后，我格内眷立刻去问陪解放军来格村里人。伊拉话：“那介做？现在不能再帮殷户啦，要帮我拉穷人。看乃弄杀子白无常，还有功劳，乃男格就来入农会，侬女格来入妇女会好啦！”

在这里，虽然解放军本身不一定是讲嵊县方言的，但因为是经过唐氏转述的，所以也是用嵊县方言。但他的方言中并不是纯正的嵊县方言，有普通话的痕迹。例如：“好，你还老实”“我们还要商量商量”等。这是因为人物要模拟，而学不准，所以走调。而村里人回答唐保长妻子的话，则是原汁原味的嵊县方言。因为是村里人，讲村里话，自然是很纯正的。这种方言的使用，将鲜明的政治色彩融入浓郁的方言话语中，本来居主导地位的政治性就在一种艺术的声色中自然稀释了。因此，我们并不觉得有很浓重的政治宣传色彩。

客观地说，《活路》是中华人民共和国成立当年出现的一篇比较优秀的小说。因其题材独特和主题直逼现实，引起了较大反响。1949 年 12 月，许杰发表《魏金枝的〈活路〉》①，对《活路》提出批评，认为有四个不足：一是主题问题。许杰认为，这个伪保长是个社会渣滓，不是什么时代英雄人物，作者应当有“分明的政治认识”，要对其进行表扬，他的资格不够，要对时代渣滓进行批判或打击，作者又似乎不忍心，因此作品在主题的鲜明性上打了折扣。二是结构问题。许杰认为这个小说的高潮，也就是这个保长的转变理由，似乎有些不够硬朗。三是作品的语言问题。许杰认为作者运用家乡语言，虽然生动，但是代表了旧社会，表达上也受到了一定的限制。四是叙事时间问题。他说这篇小说是用第一人称的形式述说的，这是过去的一种追叙的形式，和现在时的进行式当然有所不同。如果是追叙的形式，小说开头的时间，就应该接在结尾的时间后面。如果是现在时的进行式，总是一步一步地发展。可是，作者还是一步一步地叙述，没有回到当时的场景中去。显然，许杰的批评是从简单的政治视角出发的，他操持的批评话语都是政治标准，忽视了

① 参见许杰《魏金枝的〈活路〉》，《小说》1949 年第 3 期。

艺术标准，并不符合审美原则，自然与魏金枝的追求有一些疏离，对他的艺术处理有一些不理解。我们应该看到，许杰的批评，反映了当时中国文艺界的基本走向，这对魏金枝来说，自然也产生了不小的影响。

短篇小说《跟着他走》（《我们那时候》断片之一）也表现了跟着党走的主题，具有很强的艺术魅力，是60年代魏金枝较有艺术成就的作品之一，也是当时小说界具有较高艺术成就的作品之一。这篇小说写于1962年冬至日，发表于《上海文学》1963年第1期，从小说的副标题来看，当时魏金枝可能是想以《我们那时候》为总题写系列短篇小说或一个长篇小说；从主题表现上说，是《活路》的深化。小说将中华人民共和国成立前中国共产党在上海领导的工人运动和嵊县土匪杀富济贫亚文化原型结合在一起，进行艺术构思与变形，消释了感应时代要求的公式化、概念化的政治性病痕。庞大海在宁波乡下绑了他舅父杜重山的票，拿到了四分之一的500块钱，正带了钱回上海去。庞大海绑票的目的，是为了营救他夜校老师老李的老婆。她在一次爱国运动中被捕了，弄得老李家里儿啼女号，无法安生，老李也就没法来校上课了，夜校的许多同学都在设法营救。庞大海在夜校得到了老李的特别关心，他觉得对此不能一无作为。因此，他就偷偷地当了被头，把当来的两块钱作为路费，乘船回到宁波，找以前克扣他工钱的舅父杜重山算账去，就实施了绑票。回到上海，他高兴地将500块钱交给老李。可是老李不要，愤然地走了。于是，庞大海决定跟着他走。这种劫富济贫的精神残留着魏金枝从小在嵊县耳闻目睹的土匪行为的历史记忆，产生了较高的艺术价值，显示了作者对艺术审美和文学本质的不懈追求。

作品全面地、系统地对嵊县土匪这一独特的亚文化景观的基本精神作了深刻的阐释，可以说是对嵊县土匪“劫富济贫”人生的独特书写和精神追忆，是对土匪文学原型的置换变形。社会动乱是英雄辈出和土匪横行的土壤。造成社会动荡的原因无外乎天灾人祸，而人祸却是其主要原因。社会不公，统治者贪得无厌，对民众残酷压迫和剥削，常常迫使民众铤而走险；或者是，外敌入侵或统治阶级为私欲而混战，使民众陷入战争灾难之中，无以为生，只有自发起来，力图自保。嵊州土匪的出现，其原因二者兼具。庞大海的行动，是土匪劫富济贫的行动模式在革命年代的置换变形，而其行为方式更是土匪行动的历史写照，二者之间具有惊人的一致性。

首先是行动的保密与身手的敏捷。庞大海从上海潜回宁波乡下，一路上极其小心，坐船时坐在角落里，尽量不被熟人撞见，回到宁波，则更加注意保密。请看小说的细节描写：

> 庞大海到现在还一直很清楚地记得，他就是为了老李，为了免得乡下的熟人碰见他，他一走上开往宁波的轮船，就拣了一个最黑暗的舱角坐了下来，没有敢随便到走廊上，去透透气，也没有和别人搭讪，整整一个航程里，他这个最喜欢哇啦哇啦的庞大海，就是没有讲过一句话。

任何土匪实施抢劫，事先都不是张扬的。20世纪30年代，嵊县土匪在上海的抢劫行为事先都是保密的。庞大海在这里充分显示了历史残留物的心理印记。其实，这种一致性，更体现在庞大海身手的敏捷上。请看他回到家里，进门之前，作者是这样描写的："他上了岸，也没有直往家里跑，他在一家偏僻的小茶馆里，坐了老半天，直到天黑了，才摸回自己的家。"而到了家，又是这样："可是他没有一推门就进去，他还在门外仔细地听听屋里的动静，算定屋里没有别人，他庞大海才轻轻地推开自家的门，一脚跨了进去，然后马上又轻轻地把门掩上。这在庞大海想来，真是谨慎又谨慎，小心又小心的了，可是却把他母亲吓了一大跳。他母亲原来坐在油灯下补衣服，一抬眼突然看到两年不见的庞大海不声不响地回家，已经有点意外，更意外的是，粗心大胆的庞大海，居然做出那种鬼鬼祟祟的样子，就以为外面一定有人追捕庞大海了，她马上就想把嘴巴凑近油灯，一口吹灭它，好让后面追捕的人，看不见庞大海，然后庞大海就可以从后门溜走。"显然，这种非凡的身手，不是一般的乡民所具有的。

其次，内奸联手抢劫勒赎的行为结构形态，也是土匪行动模式的置换。在旧中国，土匪实施抢劫，英雄要劫富济贫，其行为指向都是定向的，是具有明确的对象的。其对象通常是邪恶不正的，甚至是结怨于社会的。而其行为结构通常不是内外结合，就是先摸清了行为对象的具体情况和准确信息。庞大海绑票杜重山的行为，就呈现出这种形态。一是利用他和表姐的特殊关系，第一次进入杜家。他来到杜家，已经大门紧锁，他就让表姐丑八怪给他开了门。这个表姐因为嫁不出去，而常常对他用心，使他很厌。但为了老李，他不得不用这个法子。他叫起了舅父，说是如不给他工钱，他就要绑票，可是老奸巨猾的杜重山一看是庞大海一个人来的，死不肯认账。在老婆女儿的劝说下，才给了庞大海一部分工钱。在这里，他的表妹成为一个“内奸”似的人物。这次事情的不如意，为他实施绑票揭开了序幕。然而，他实施绑票更大的一个内奸是长工老王。老王了解了庞大海回来不是自己等钱用，而是要劫富济贫，就把绑架杜重山的口风透露出来，叫他等在家里，自然会有人来和他商量的。第二天夜里，一个陌生人来敲庞大海家的门，把他带到村外的树林子里告诉他，绑票的事不要庞大海动手，庞大海只担任讲票的工作，这样就可分到四分之一的钱。最低的票价是两千元，越多当然越好。庞大海一口答应了，只是提出要亲自参加绑架的工作。于是，一个细雨天的夜晚，庞大海和四个陌生人来到杜家，在老王的床底下找到了杜重山，实施了绑票，庞大海得到了500块钱，就回上海了。这是一起典型的由内奸相助而完成的绑票行动，显示了土匪行动的原始形态。

《跟着他走》描写的是一个沉淀在作者心灵深处的土匪故事，但它不是礼赞这种行为，而是借这个故事的讲述来歌颂共产党。庞大海回到上海后，出乎他的意料，老李坚决不要他绑票得来的钱。老李是夜校的老师，实际上是一个隐蔽的共产党员，是工人运动幕后的发动者和组织者。因此，他老婆参加了爱国运动。共产党领导群众开展革命活动，与土匪和豪侠的劫富济贫不同。因此，尽管庞大海的行为是一种“侠义”行为，老李也绝不赞成。作为一个共产党员，老李讲究的是与土豪劣绅斗争的革命方式、方法，是斗争的方针和策略。这使庞大海佩服和感动：“因为他连可以救命的钱也不要，我佩服！这样的人，我要跟着他走！”显然，在这部小说中，虽然作者心里也包含着对侠义的赞赏，但更重要的是要凸显共产党人光明磊落的情怀，实际上对狭隘的侠义行为进行了批判，溢于言表的，是对中国共产党的歌颂。在中国现当代文学史上，对土匪题材的描写，总是凸显土匪与革命英雄的联系，或者是将土匪生涯与反抗现实联系在一起，凸显其正义与无奈，对他们的生存方式不是礼赞就是同情。正如有的论者所说：“50年代，土匪题材小说也纳入了政治意识形态的轨道，成为解说阶级斗争的工具，土匪则被打上了政治性的印痕，《林海雪原》即为典型的一例。"[①] 而魏金枝的作品却完全不同，他在这里不是停留在对行侠仗义的土匪行为予以歌颂，而是对它的否定，只是以其做外壳，其目的是要颂扬中国共产党，显然是对这一题材的独特处理。

这篇小说通过对嵊县土匪"劫富济贫"的故事的重构，既呼应了建国十七年文学的主流，又突破了当时文学体制对作家创作自由的限制，取得了较高的艺术成就。魏金枝忠于党，忠于毛主席，对新中国充满理想与激情，面对中华人民共和国成立初年一系列的举措，无论正确与否，他都遵照执行，在创作中也是服从主流体制的要求的。1960 年，他在出席上海市人民代表大会时就与罗南稷和柯灵一起作了题为《努力创造无愧于我们时代的文学》的发言，充分肯定迎合主流的创作以及文学体制的领导作用："这两年来，我们上海的作家，已经写出了不少为政治服务、为生产服务的好作品，有的在国内广泛流传，有的已被翻译到世界各国去。这些成绩的取得，都应该归于毛主席的工农兵文艺方向的正确，和上海市委的坚强领导。"显然，和当时所有作家一样，适应文学体制的需要是魏金枝必需的文学选择，但他又对文学的艺术价值有着深深的追求。在当时的环境中，如何才能摆脱政治性对文学的影响，坚守文学的艺术品质，是摆在他前面的一个重要问题。能不能灵活摆脱文学体制的钳制，也是一个作家艺术素养高低的反映。应该说，中华人民共和国成立以后魏金枝的创作，在这方面都作出了自己的努力，也收到了比较好的艺术效果。在这里，《跟着他走》是突出的代表。小说最后显然蕴含着歌颂共产党的指向，但作品始终描写的是一个充满传奇色彩的劫富济贫的英雄侠义的故事，而且将文本故事讲述得曲折生动，避免了直接歌颂的政治口号式的概念化、工具化弊端，与当时一味歌颂的作品相比，更含蓄、更真实，文学价值更高。

在文学的评价上，著名诗人、文学史家刘大白提倡文学揽胜，他主张"用鉴赏的态度来审视中国文学发展的历史"，"每讲到一个文学时代，必须指明这一时代的主潮；讲到一种文体，必须说明它的演变和起源；

---

① 阎秋红：《人性与民族性的参照》，《文艺评论》2002 年第 5 期。

讲到一个作家，必须考明他的风格的来龙去脉及其对后世的影响”。[1] 魏金枝对刘大白的这种观念非常赞赏，认为刘大白撰写的《中国文学史》是“今日所有文学史中最为出色的一部”[2]，我们由此可以看出魏金枝的文学观，也可以看出这篇小说的艺术价值。从题材处理上说，《跟着他走》的描写既异于同时代的作家，也不同于之后的同类创作。如前所述，同时代的人总是凸显土匪与革命英雄的联系，或者是凸显反抗现实的意蕴。之后，尤其是在20世纪90年代，人们描写土匪题材则更多地把土匪当作一种野性来加以描写，凸显多层面的政治、文化和人性的审思。[3] 魏金枝在这里不是对这种题材展开正面描写，而是通过老李的否定来对绑票的“土匪”展开批判，直接歌颂老李，曲折地歌颂共产党，丰富和发展了该题材的艺术表现。这种叙事，在建国十七年的文学中，是一种大胆的探索和创新，这在20世纪八九十年代的先锋小说中得到了传承。因此，小说《跟着他走》在建国十七年的小说创作中是值得重视的。

二 社会新气象的表现与民间情调的运用

中华人民共和国与国民党执政的中华民国完全不同，其根本点就在于以人民民主专政取代了地主、资本家专政。因此，中华人民共和国的成立，就标志着中华民族一个伟大时代的开始。新的社会制度，对人民形成了一种强大的感召力。因此，表现社会主义新中国的新气象，反映和歌颂人民群众的生活与情感，成为文学创作又一个重要的主题。在文学创作高度规范的前提之下，魏金枝作为上海作协的副主席、《文艺月报》的副主编，自然必须描写社会新气象、新风貌，担负起讴歌新中国的时代重任，自觉地服务于政治和现实生活。因此，他主动去反映新中国新的道德取向，表现社会主义新人的成长，展示社会主义新型的人际关系，突出政治取向，彰显文学的社会功能。但是，魏金枝从“五四”新文学阵营中走过来，“原有的文学经验并没有、也不会全部消失，它仍

---

① 刘家思：《刘大白评传》，中国社会科学出版社2013年版，第335、339页。

② 转引自刘家思《刘大白评传》，中国社会科学出版社2013年版，第339页。

③ 参见罗维《论杨争光匪类小说的多重文化意蕴》，《武陵学刊》2011年第7期。

以不同的形式在新时代里延续”[1]，并没有放弃艺术创造的自主性和独立性，将文学沦落为政治的奴隶，而是设法维持文学的品质。如果说，魏金枝在中华人民共和国成立前精心于描写老一代中国人的精神状态的话，那么此时，魏金枝则倾心于描写年轻一代中国人的精神风貌，展示新中国的勃勃生机与活力。这以《老牯和小牯》《两个小青年》和《礼物》等作品为代表。在这些小说中，魏金枝十分用心地运用民间情调来激活文本的艺术性，收到了强烈的效果。

《老牯和小牯》表现了社会主义新人崭新的精神风貌，具有鲜明的时代特征。1954 年 6 月 15 日，这篇小说发表于《文艺月报》1954 年第 6 期，突出地表现了新与旧的矛盾冲突，是文学成长母题在当代的独特表现。小说以第一人称“我”为叙述者，“我”从都市来到了四明山脚下，凑巧有人要“我”去参观一下那里的蓄水池工程，朋友介绍“我”到山场的他的朋友家住，主人是一个壮健、豪爽而又好客的老汉，外号叫作老牯，并交给了“我”一个任务，即老牯的女人曾带信来说这老汉生过病了，叫“我”有空不妨去了解一下。“我”翻山越岭到了老牯家，看不出他生过什么病，思想上也似乎没有病，可是“我”相信朋友没有说谎，就暗中问了一下老牯的女人。老牯曾经躺在床上好几天，一个劲闷闷不响，患了这么奇怪的病。老牯造房子，弄得肥料没钱买了，互助组 100 多个工地工钱付不了，别人提他儿子小牯——互助组长的意见，因而小牯不同意他一次进行房子内部的装修，并要他不要喝酒吃零食，将零碎吃的东西卖掉一些，把互助组的工钱还上。可是老牯不高兴，认为吃的东西是自己种的，有什么不可，造房子钱不够可以贷款。后来，贷不到款就发牢骚，说他是革命过的，这点儿也不照顾。就因为付不出互助组的工钱，他觉得不好意思了，就在床上躺了几天。而且，老牯觉得天下是年轻人的了而不高兴，说小牯给他戴大帽子，不满小牯说喝酒是落后分子，留点零食吃也是落后分子。“我”问他小牯有什么地方不对，他说小牯没有缺点，比他年轻时不知好了多少。回到家里，“我”告诉老牯的女人，老牯并没有病，只是心里有点儿不痛快，再过些时候会好的！小说

---

① 孟繁华、程光炜：《中国当代文学发展史》（修订版），北京大学出版社 2011 年版，第 76 页。

一改过去对老一代农民的愚昧性和落后性的描写，写出了新一代青年农民的思想觉悟和蓬勃生机，昭示了快乐、开放、进取的精神状态，显示了新中国崭新的精神风貌。小牯年轻有为，有思想，虽然只有 18 岁，但却做了互助组长和村干部，显得成熟稳重，习惯于少言多思；他有很强的集体意识和大公无私的思想，不谋私利，以互助组的利益为重，平时又爱学习，积极要求进步。在这里，年青一代所想的，不仅是要自己过上更好的生活，而且想到整个集体的利益，走的是有益于集体发展的道路。在这样的环境中，由旧社会转变过来的老一代农民，其旧的思想必然被新的思想所替代。小说通过社会主义新人形象的描写，展示了新中国的喜人景象，反映了在总路线指导下新中国翻天覆地的变化，无疑是紧贴政治形势的。

值得我们注意的是，这篇小说虽然有很强的政治功利目的，但并没有流于公式化和概念化。在小说中，作者描写了新社会使原来贫穷苦难的农民过上了美满生活，其艺术手段是通过新旧房子的对比来说明的，将政治观念性融入一种抒情性的艺术描写之中："走出茅屋，我把茅屋和瓦房端详了一下。一面是灰败、低陋，仿佛就要塌下去似的，而另一面呢，内部装修，虽然还没完工，却已昂然的抬起了头，青瓦白墙，鲜明的嵌在苍翠的松杉之间。我明白了老牯的用意，于是我又特地对他庆贺了一番。"这就淡化了其政治功利目的。虽然也写到了总路线这种政治概念，但它是放在人物的主观愿望中描写的："于是话又转到总路线上，他说他准备要在今年给国家多种些油茶，让油茶出口，给民主国家的人民，吃到这种难得的东西。由于我鼓励了他，他还说出了许多我所从不知道的山货，预备提意见给政府，统统送到土产交流大会上去。"因为是放在人物描写中，而这个人物又不是一个时代政治的典型代表，于是其概念化的色彩就被遮蔽了。老牯虽然比小牯思想落后一些，但他是一个要面子、不服输的人，对于如何在众人前面显示自己的存在价值，心里是很清楚的——说说合乎时宜的理想和打算是能够引起共鸣和赞赏的。因此，这种话语就很好地诠释了他的性格。所以，当小牯说他是落后分子时，他当然不服气。而当他还不上互助组的工钱时，他也不好意思。他对儿子的先进暗自欣赏，可又不甘心自己落后，虽然说自己"是放过的爆仗了"，似乎有一种自卑感，但他还是很自信。他说："别小看我，我还是有一套的。”正是这种潜存在他骨子里的进取心，使之在时代情势中战胜了思想弱点而与时俱进。因此，即使小说中出现了观念性话语，但在他身上有很强的性格依据，其本来的政治概念也就弱化了。显然，小说立足于人物性格描写，使其政治功利目标得到了控制。

然而，小说之所以有明确的政治意图，却又没有陷于公式化、概念化的窠臼，还有一个重要的原因就是民间情调对于政治的销蚀力所获得的效果。魏金枝对于这篇小说进行了精心的构思，采取了一种重要的叙事策略，就是以个体私密性生活与深潜式心理表现去承载时代共鸣式的话语，这就形成了一个独特的文本。整个文本是由叙事人引导的对于个体自在生活和隐秘心理的窥视及探寻所构成的，也就是由老牯患了什么病这样一个追问式话语构成全篇的内核，以“我”的探寻作为基本架构，于是形成了一个以揭秘式为基本形态的私人隐秘性文本。这种文本与政治有明显的距离。小说一开始就写“我”从都市来到了四明山脚下，去参观那里的蓄水池工程，朋友介绍“我”到他在山场的朋友家住了好多天。“我”的朋友打游击时，就常常在他家里落脚。这就涉及一种私密性了：山场人家的生活怎样？人又怎样？这就会激起读者的兴趣，留下一个悬念。“我”的入住，无疑会使之逐步显露出来。然而，作者如果仅仅停留在这里的话，那么隐秘性的强度还不够，小说还是会难以摆脱时代主潮的政治化特征。但作者采取了一种双重私密性揭露的方式，不仅从整体上对这家人的生活状况进行揭秘，而且更重要的是对这家主人的私密性心理予以揭示和探寻。这就是“我”的朋友最后交给了“我”一个任务，要“我”弄清这家主人（朋友的朋友）到底生了什么病，于是对于私密性的探寻与揭示就形成了文本的基本架构。因此，小说就写“我”到了老牯的家，先是观察老牯本人，然后是暗中询问老牯的女人，再从小牯身上入手调查，一步一步揭示了老牯的“病情”，“我”察看后告诉老牯的女人，老牯并没有病，只是心里有点儿不痛快，再过些时候会好的！这样，这种私密性探寻的主体行为结束了，文本至此也完形了。对于个体人生私密性的探寻，是一种亘古绵延的民间心态，而对于这种探寻历程的展示也是一种民间情调。这样，蕴含着集群性和时代特征的政治性在这里就被稀释，小说就保持了较强的艺术性。

当然，这篇小说之所以保持了艺术性，还与它浓郁的四明山特色有密切关系。小说对四明山优美的景色和世俗化人生展开了真切的描写，富于生活质感。一是四明山人的性格特征的描写。小说描写“我”跑了二十多里，寻到了老牯的家时，老牯的质朴、热情和诚恳立即表现出来了：“老牯这老头果然很豪爽，一听是他朋友介绍来的，就眯起双大眼睛，摸着胡子，一径对我笑着。还未等我说述完来意，就连串的说了十几个‘好’，张开一只大手，把我的被卷一把拎进了屋里。一面叫老婆烧点心，一面吩咐儿子到七八里外的小镇上去扮下饭。接着便扫开地，给我搭上铺板，叫我和他同住在楼上的东房里。据他的说法，这样，他可以照顾我，而且可以和我经常聊天。”他一坐下来便和我东南西北地漫谈起来：天气、作物、收成、新瓦房。老牯对于三间新瓦房，特别感觉兴奋。他热情地陪着“我”参观了他的新瓦房和原住的两间茅屋。这是地道的山里人的精神和性格展示。四明山曾经是嵊县贫苦百姓落草为寇、沦为土匪的巢穴，也是革命战争年代浙东新四军打游击的根据地，这里的人大都既有不得已的为匪经历，也有光荣的革命经历，身体非常健壮，性格耿直豪爽、朴实固执。这正是中华人民共和国成立初年四明山的老年人共同的身份与经验。老牯就是这样的：不仅曾经搞过绑票，还支持和参加过革命，“我”的朋友打游击的时候，就常常在他家落脚。他的性格不仅豪爽、热情、慷慨、好客、忠义、侠气，而且质朴、诚挚、固执、自信，又不认输、不服气、要面子，以及按意气行事的莽撞粗心的性格和定计划不管能不能执行的好大心理。这是典型的四明山人独有的性格。二是描写了四明山区的生产和生活情况。老牯逃到四明山来做的工作，就是给别人烧炭。烧木炭，是旧时代四明山人基本的生产活动。这里的农作物就是花生、番薯、玉米等，经济作物有油茶等。他们生活朴素，经济意识不强，种出的物产，总是以自己吃为主，认为自己种的就自己吃，或者是招待客人，并不会想到要将它换成钱。老牯的生活方式就很典型。他来了客，就要做点心招待，工休时间也要吃点心，他自己也喜欢吃。他总是说，自己种的，有得吃就应该吃。来了客人，没有点心吃，他觉得难看。因此，小牯要卖掉一点零碎吃的，以解决手头紧的问题，他却不同意。吃了晚饭以后，不是很早睡觉，就是互相之间聊天。这些都是山里人基本的生存状态。三是描写了四明山的优美风光。小说对四明山的景色描写明朗优美，清新惬意，不仅渲染气氛，而且以景托情。

请看：

> 从都市来到农村，正像在三四月里温暖的阳光下，脱去了沉重的大衣，和紧身的卫生衫，觉得轻松而舒适。特别在这四明山区里，山啊，真像敏感的美女，雨过天晴，便明媚得迎人微笑，一阴霾，便又沉默发愁了，你也就得为她分担一些心事。而且你对于她，真也无计回避的，一开门，一推窗，她就又站在你面前招引你。

这段景物描写不仅写出了山区气候变化大，而且写出了四明山醉人的形色，使久住都市的叙述人感到非常的舒适、愉悦，不仅为小说的故事作了铺垫，而且创设了一种沁人心脾的艺术氛围，收到了强烈的艺术效果。小说描写四明山的景色，更多地采取了移步换景的手法。请看：

> 我对准了四明山的主峰，穿过茂密的松林，爬过五六个小山顶，跑了二十多里。越走，四明山就越高，像一个坐着的巨人似的渐渐立起身来，最后就简直俯瞰着我，我也就寻到了老牯的家。

显然，在巍峨的四明山中，不同的高度和位置，所能看到的景色是不同的，给人的感受也是不同的。在作者笔下，山形月色、苍松翠杉、游鱼飞碟等的描写，显示了这种特点。小说以浓郁的四明山地域色彩遮蔽了当时流行的公式化、概念化弊端，形成了艺术感染力。

应该说，《老牯和小牯》显示了一个老作家对于艺术的坚持。在正面歌颂新社会的文学潮流中，这是一篇比较成功的作品，也是中华人民共和国成立后魏金枝比较重要的作品。50年代的小说创作，倡导写时代英雄人物，突出阶级性，因此文艺界流行着概念化、公式化的弊端，艺术成就普遍不高。但魏金枝没有像一般人那样简单而机械地去理解文艺与政治的关系，把文艺为社会服务的功能等同于直接服务于政治，这篇小说就显示了他的主体审美取向，不仅没有描写英雄人物，也没有描写英雄壮举，而是描写农民的日常生活和普通的情感心理，突出的是在新中国的一个老革命者思想上由先前的革命斗志蜕变为只沉迷于经营个体家庭生活的落后状态，显然这是从生活实际出发的，更加深刻地反映了当时的社会现实。1954 年 12 月，在华东作协理事会扩大会议上，有人批评《老牯和小牯》，其着眼点正是政治性与时代要求，显然是时代的局限所致，是不客观的。

魏金枝描写新中国青年崭新的精神风貌和蓬勃的生机的作品，《两个小青年》也是重要的一篇。这篇小说被认为是当代儿童文学的重要作品，发表于《人民文学》1959 年第 4 期，实际上是一篇介于成人和儿童之间的小说，“少年儿童可以读，成年人也未尝不可以阅读”。[①] 小说描写在福建前线的少年郑仔梅做了好事不要表扬的故事。在紧张的炮战中，他冒着危险跑进解放军的伙房，将烧着饭锅的柴火退了，避免了饭被烧焦。不仅描写了郑仔梅关心解放军做好事，更主要的是反映新中国少年的优秀品质和他们团结友爱的风貌，为儿童们树立了学习的好榜样，有利于教育引导青少年从小树立大公无私、毫不利己、专门利人的共产主义思想。因此，这篇小说一发表就受到社会好评。评论者认为：“发表在《人民文学》4 月号上的小说《两个小青年》（魏金枝作）是一篇精练又耐人寻味的儿童文学作品。它在短短的三千多字的篇幅里反映了正在青少年一代身上蓬勃增长的共产主义的思想品质，写出了两个可爱的少年形象。”[②] 小说自然是歌颂时代的，但并没有给人留下公式化、概念化的弊端。

这篇小说的成功，首先在于它构思的精巧。其篇幅极其短小，可以称得上是微型小说，但具有诱人的艺术魅力。一是巧妙地设置了悬念，使故事情节引人入胜。作者一开始就写会议结束了，乡支书则说了另一件事：昨天半夜里，二连的炊事员上炮阵地送茶水去了，便帮助激战中的战士搬炮弹，忘记锅上的饭了，以为饭烧焦了，但跑回来一看，却是一锅喷香的白米饭。锅下退出来的柴，还放在灶边，已经用水泼息了，连队指导员要把这个人找出来，预备表扬他。这件事到底是谁做的呢？这就设置了一个总的悬念。然后，围绕着这个悬念展开故事情节，就产生了引人入胜的艺术效果。二是用戏剧中的误会手法穿插，使小说情节产生曲折。正当大家在猜想是谁搞的玩意儿时，在会场的左角有两个小

---

① 《人民文学》4 月号编后记。

② 丁子人：《〈两个小青年〉的艺术构思》，《文艺报》1959 年第 10 期。

青年争执起来了。郑仔梅却悄悄地说："这么点小事，还值得表扬？"他这句话首先遭到了柯亚男的反对。柯亚男站了起来报告支书，请支书批评他一顿。于是，引起了众人的误会，人们的目光全集中在郑仔梅身上，害得他涨红了脸。有的说他"妒忌别人立功"，有的要他"检讨"，尖锐的矛盾展开了。也就是在这种矛盾冲突中，郑仔梅的性格逐渐丰满起来，又制造了一定的悬念，让人们一步步去猜想。最后，在陈支书的一再要求下，郑仔梅不得不说就是他做的。他讲了事情经过，谜底最后解开。主人公做好事不张扬，连好朋友都没有告诉，使人们更加觉得他的可敬可爱，好朋友也为他骄傲。如果小说按照时间顺序的方式写，平铺直叙，不仅故事没有吸引力，而且人物的性格出不来，小说的主题也不能得到很好的表现。

这篇小说的成功，还有一点就是民间情调的描写。作者在民间情调的表现中突出人物描写和主题表现。首先小说设置的矛盾就是民间行为心理与政治意识和现实意义的疏离。在民间，举手之劳的互相帮助是经常发生的，不会有希望得到表扬或感谢的想法。所以，小青年郑仔梅往前沿阵地送木料时，看到伙房里的饭锅煮的饭已经熟了，就退出柴火，使之不要烧了，在他看来，这是极平常的事情，自然没有什么可说的，更不值得表扬。可是，对于坚守前沿阵地的炮兵连队来说，冒着炮火轰炸的危险保护了一锅白米饭不被烧掉，就是对战士们的爱，就是对解放军的支援，具有很强的政治意义。因此，表扬是自然必要的，有利于搞好军民关系，意义重大。因此，连指导员第二天就要乡支书把这个做好事者调查出来，以便表扬。因为在场的小青年郑仔梅反对，就有了矛盾和冲突，小说也就有了生机与活力。其次是民间的议事方式的描写，形成了浓郁的生活气氛，强化了小说的生活质感。例如，乡支书老陈问是谁使一锅米饭保存下来了，他绘声绘色地说，二连的炊事员上炮阵地送茶水，参加搬炮弹，忘记了锅上的饭了。当他说到炊事员"跑回来一看，好家伙！——"时话还没说完，许多人就一齐说："变成乌炭了！"当听到老陈说："不！同志们！一锅喷香的白米饭。"他并且告诉大家锅下退出来的柴，还放在灶边，已经用水泼息了，还在那里冒热气。这时，许多人又一齐问："那是谁搞的玩意儿？"当老陈说他也不知道，连的指导员要他把这个人找出来，他们预备表扬时，大家一齐问："到底是谁呢？"

当老陈一面说“我就要问你们呢!”“到底是谁，你们自己能说吧?”一面眼睛向会场的人群里四面探看时，“人们活动起来了。坐在前面的转身往后看，后面的向前看。说着，问着，笑着，一片嘈杂，连散会也忘记了”。这是一种民间议事方式，不是官方的讨论方式。民间议事，没有拘束，不分身份等级，也没有先后主次，总是一齐说。而官方议事是讲究秩序的。正是这种民间议事方式，使小说富于生活情趣，其政治意味就大大地弱化了。

在表现新中国崭新的精神风貌时，《礼物》这篇小说显示了重要的价值。这篇小说 1962 年 4 月 1 日完成于北京，发表于《人民文学》1962 年第 5 期，描写两名载誉回国的乒坛名将把一份珍贵的礼物请人带给体育馆把门的工友的曲折故事，使人难以忘怀。在国际比赛得胜回国的国家乒乓球队原班人马分头在全国各大城市作汇报表演，上海体育馆里明天将有这样一场精彩的乒乓球表演赛，勤务工人老头卜正阳，把他所管辖的乒乓球场地打扮得一尘不染，到华东区来表演的领队陈东平队长给他带来了一份礼物：一个金光阳亮的烟盒子，和不知什么国家的两盒香烟，另外是一张装上美丽镜框的六寸头照片，照片里是送给他礼物的两个人。卜正阳看到照片，说自己不认识他们，在北京没有朋友。陈东平鼓励他把相片仔细地认认，这使他想到了八年前一个夜里，两个孩子因想看一场精彩的乒乓赛而偷偷地躲进了乒乓场边的一个壁橱里，被他发现后，便与他玩起猫捉老鼠的游戏，最终他们的机敏、好学精神感动了卜正阳，他想出办法来了，给他们弄了个招待员的名额，让他们站着看了这场精彩比赛。这两个人就是曾经躲在壁橱里的吕家荣和章国栋。小说开头用了许多铺叙，交代故事细节，记叙中的对话形式饶有风趣，写出了在国外获誉的乒乓球健将吕家荣和章国栋少年时的机灵可爱，给读者留下了深刻印象。这篇小说应该是魏金枝应《人民文学》的约稿而写的。据当时在《人民文学》做编辑的涂光群回忆说：“1961 年初，我重回小说组工作，那时国家正处困难时期，领导重申文艺界要贯彻双百方针。我们做了多方面努力，其中就包括向老作家组稿。下半年，魏老赐给我们短篇小说《礼物》。这是一篇构思巧妙、一瞬间集中了生活，写得非常圆熟的小说艺术品。……作者写儿童心理妙趣横生，小说引人入胜，留下回味，我们及时将它刊出。那时我们颇想送魏老八个字：童心未泯，宝刀不老。这篇佳作后来编入《建国三十年短篇小说选》。”①

这篇小说描写了社会主义新型的人物关系，展示了社会主义新中国的崭新气象。在新中国建设中，应该建立一种怎样的人际关系，树立一种怎样的道德风尚，是很重要的一个问题。小说描写了两个刚从世界乒乓球比赛中得胜归来的年轻运动员送给体育场的老清洁工精美的礼物，礼物虽小，但时代意义重大，政治性很强，是与新中国实行的无产阶级专政，工农兵是国家的主人这个时代特征一致的。但是，这篇小说并没有流于政治传声筒，克服了公式化、概念化的弊端。小说的成功之处，首先在于它“以小见大”。两名乒坛名将，在八年前还是两个调皮的乒乓球迷，为要看一场国际乒乓球球星比赛，提前一天藏在已关闭的体育场内空着的壁橱里，被发现后还不愿被逐出场，竟然机智地与看场子的工人玩起捉迷藏的游戏来，最终感化了老工人，得到他的帮助，看上了精彩的球赛，成为他们走向世界兵乓球冠军的一个重要的经历。因此，他们八年后取得了成就，人们都仰慕他们的时候，仍然没有忘记这位在体育馆把门的工友，要把自己最珍贵的礼物送给他。这种感恩的心，非常难得，也反映了他们对工人阶级的尊重。作者以精巧的构思，通过这件小事来反映伟大的社会主义祖国人与人之间的平等和谐关系，充分显示了新中国的新风尚。这种新型的人与人之间的关系，不仅是值得称赞的，也是值得张扬的。而且，小说还彰显了一种知恩图报的道德感。当卜正阳又歉然地说无功受禄时，陈东平说：“譬如说，有个人口渴得要命，你给他一杯水，这不是功吗？这个功不小啦，这样的功还是永世不会忘记的！”显然，这是中国传统的“滴水之恩，当涌泉相报”“吃水不忘挖井人”的道德母题的独特表现。因此，它的意义并不单薄。

这篇小说的成功，不仅得益于精妙的构思以及艺术手法圆熟，而且还得益于作者对于民间情调的艺术提炼与独特描写，使之富于艺术情趣，韵味隽永。在小说中，作者并没有采取平铺直叙的方法，也没有用正面描写的方法，而是运用倒叙、铺陈、悬念以及侧面描写的方式展开描写，不仅使情节悬念迭起、引人入胜、回味无穷，而且使人物形象塑造性格丰富、栩栩如生。小说既写出了在国外获誉的乒乓球健将少年时期机灵

① 涂光群：《上海老作家们——十位上海老作家侧记》，《新文学史料》2004 年第 1 期。

可爱、青年时期诚恳深挚的精神性格，给读者留下了深刻印象，又刻画了老工友兢兢业业、认真负责而又富有爱心的性格特征，形成了感人的艺术魅力。这篇小说的成功，作者觉得很重要的一点就是民间情调带来的巨大艺术效果。首先，小说描写送礼，就是一种民间的行为。送礼是民间人际交往的做法，要么是感谢人或有求于人的时候，要么是朋友、亲戚之间有大事的时候，都是表示一种主观心意。小说以民间送礼的日常举动来构成全篇，弱化了政治意味，彰显了生活气息，强化了艺术韵味。其次小说在描写人物中也充分利用民间情调的艺术功能来写活人物。如卜正阳在将他专管的乒乓球场舒齐了的时候，到居民委员会的食堂拿来了饭菜，搁在煤气炉上热了热，再拿进自己的房里去，准备吃饭时，他想喝酒，作者写道："他已经拿起筷子了，可忽然想起来要喝酒。但是他又忽然呆了呆，没有把手伸到床底下去拿酒瓶。他问他自己：'酒剩得不多了，为什么要在今夜喝呢？'可是他没有拦住自己，而且马上举出来许多今夜应该喝酒的理由：一是，欢迎光荣的国家队的到来；二是，今天，他把乒乓场打扮得特别漂亮；三是……他没有想完，就把酒瓶从床底下摸出来了。他一手拿瓶，一手拿杯，颤抖抖地把瓶口凑近杯口，让红色的五加皮，像一根红线一样，慢慢地流入到杯里。"在中国经济生活还不富裕的历史时代里，除了酒鬼之外，人民喝酒通常是在具有纪念或喜庆意义以至于有重大行动的时候，否则是没有可能的。卜正阳这里想喝酒，自己找理由，这是一种民间心理。这种描写，就将人物写活了，艺术感就强化了。当然，更重要的是小说中描写少年吕家荣和章国栋与卜正阳的冲突时，将它处理为一种民间通常玩的猫捉老鼠的游戏：首先采取"走为上策"的方法。当卜正阳"催他们站起来，乖乖地自己走出去。可一不防，他们一个从我右面，另一个从左面，倏地一下窜了出来，这就不见了"。其

老年魏金枝

次，采取“声东击西”的方法。他们一个东，一个西，让卜正阳无法去捉。再次采取“围魏救赵”的方法。当卜正阳提出条件要他们站一起时，他们一个过来讲话，掩护另一个跑过去使两人并排站到一起。然后采取“明修栈道，暗度陈仓”的方法。当卜正阳把布坐囤扔到前面挡路时，他们却一下子爬上了栏杆，让卜正阳捉他们的计划落空。最后是采取“苦肉计”的方法。当卜正阳实施苦肉计时，他们亦用之，使卜正阳感到了他们的可爱，也为他们的执着所动心，便帮他们想了一个明天当招待员看球赛的好办法。正是在这场游戏中，三个人物的性格刻画得很鲜明。两个小家伙，他们既善良又有同情心、既聪敏机智而又诚恳、既调皮又有感恩心。当工友运用“苦肉计”时，他们以为他流泪了，出于同情，移到他身边，也想征得卜正阳的同意。当卜正阳要对他们父母告发时，他们又是感谢，又是要帮他掩地，还表示要好好读书。这是一种刻骨铭心的人生经历。所以，当八年后，他们取得了成就，成为世界冠军的时候，人们都对他们仰慕的时候，他们仍然没有忘记一个工友的嘱咐“不要说谎”，把自己最珍贵的礼物送给了他。这种感恩的心，非常可贵，展示了社会主义新中国青少年优良的道德品质。卜正阳是一个工作认真负责、一丝不苟的新中国工人形象。他敬业爱岗，每逢有比赛，都把场地打扫得干干净净，连一个脚印都没有，而且认真检查，当发现有小孩在场子里时，他绝不含糊地要赶他们出去，用尽了各种方法。他为人正直善良，工作耐心，有爱心，乐于助人。当发现两个孩子执着热爱乒乓球时，他就想出了让他们观看比赛的办法，而且教育他们不要说谎，要好好读书。当两位冠军送他照片时，他尽管非常喜欢，但表示不认识他们，不接受礼物；当确定送礼物的就是当年与他在场子里捉迷藏的小鬼时，他既高兴而又歉然，认为自己是无功受禄。这一切，都表现出卜正阳是值得大家尊重的工人形象。可以说，小说描写人物，就是依托这种民间情调而表现出来的。

描写新中国人民的精神面貌，是魏金枝小说创作感应时代、追赶时代、反映时代的表现。在这些小说中，作者总是将眼光放在年轻一代身上；而且常常构建青少年与成年人既矛盾又融合的文本模式，表现成年的新中国公民在年轻一代的新鲜血液推动和影响下不断前进的时代情势，显示了步入老年的魏金枝寄希望于年轻一代，甘愿扶植青年的一种主体心态。因此，这些小说仍然保持了作者一定的主体性和独立性，显示了较高的艺术价值。

三 党的英明领导与浙东社戏的狂欢叙事

深情地歌颂中国共产党，歌颂敬爱的毛主席，是建国十七年文学一条不断的红线，许多作家都在创作中直接表现这种主题，当然也不可否认诞生了一些有一定艺术价值的作品，然而当今文学界和评论界有一种现象，就是一味简单化地对待这一类作品，而不是从特定历史时期的时代要求和民族既往的思想情绪与情感心理来审视这些作品，也不从作者当时创作的主观状态去把握它，而是粗暴地“一刀切”地予以否定。这是不尊重历史的表现。其实，歌颂党、歌颂革命领袖、歌颂新社会新制度的创作，早在“五四”时期就被作家们敏锐地表现了，并不是到新中国才开始的，自然不是中国当代文学中独特的存在。“刘大白是中国第一个歌颂红色革命的诗人”，他的《红色的新年》是中国现代文学史上最早的政治抒情诗，歌颂了共产党和新的社会制度，开拓了对共产党进行歌颂的创作路向。[①] 而后，这种路向被中国共产党的作家发扬光大，在革命文学潮流中掀起了第一次高潮，在40年代的解放区文学中得到发展。当代文学的这种路向，应该说是对现代文学的继承和发展。纵观中国现当代文学史，无论哪种文体，歌颂党、歌颂毛主席的作品都非常多。但许多作品艺术价值不高，以往总是归结为主题先行的恶果。其实，作品艺术价值的高低与题材和主题并不成正比，客观事实证明，它与作者的艺术处理状况关系密切。众所周知，老舍的《茶馆》是公认的经典之作，但这部作品也是歌颂新中国的，其成功就得益于作家精心的艺术处理。魏金枝也创作了这一类作品，但他也不是直接去喊口号，而是以自己对于艺术的理解和追求，进行了独特的艺术处理。在这里，《义演》就是突出的代表。

《义演》写于1963年3月20日，发表于《上海文学》1963年第4期。这时正是中国当代文坛政治性统摄一切的时期，歌颂党、歌颂毛主

---

① 刘家思：《刘大白评传》，中国社会科学出版社2013年版，第239—240页。

席是基本底线。魏金枝的小说自然不能偏离这一点。但是，他进行了精心的构思和独到的艺术处理。小说描写浙东山区梁家庄大队腊月“做戏”的故事，产生了较强的感染力。梁家庄大队文教委员梁国标几次向支书梁经生提议“做戏”，都被老支书给推掉了，到了腊月还没做上戏，县里有名的戏班子都让人家给订走了，村里人都怪他，他闷闷不乐很久。一天，他正在沙地上垦地种蚕豆时，他母亲梁老太跑来叫他赶快回去，说村里正要做戏。梁国标回到村里一看，真的是准备做戏。学校的丁老师、大队团支书丁铁刚正在发表反对浪费、提倡节约的演说，梁国栋挤进人群，丁铁刚转告他，梁支书要他打扫戏台、准备茶水、安排被铺。四喜婆婆的小孙子梁小牛一一介绍请到的演员：越剧老生马小娣、袁派小旦朱剑秋、小生黄牡丹等。村民们都非常高兴，抢着让演员回自己的家住。最后四喜婆婆又带着她的几个朋友出场，道出了机密：大队文教员订不到戏的第二天，支书梁经生和她商量凑班退休老艺人演戏，因此她就写信和马大姐商量，还到县越剧团去联系，得到支持，县越剧团的党领导就派来了人，送来一部分戏装。她说：“这不是毛主席叫他们来，是谁叫他们来的！所以，你们要谢谢我们的支书，更要谢谢我们的毛主席！”于是，人们将“谢谢梁书记！”“谢谢毛主席！”喊得震天价响，小说却戛然而止。显然，这篇小说是直接歌颂党、歌颂毛主席的。群众都想看戏，而文教员梁国栋又订不到戏，党支书梁经生想方设法让人民看上戏，这充分显示了党对人民生活的关心。而县剧团的党领导一听说退休老艺人要给梁家庄演戏，不仅派来了人，还送来戏装，自然也是党和毛主席派来的，显示了党和毛主席对人民的关爱。

这篇小说主题明确，但是并没有给人公式化、概念化的枯燥无味的印象。之所以这样，是因为魏金枝以民间艺术活动的狂欢性冲淡了政治意义原本的说教性和枯燥性。魏金枝很清楚，政治歌颂并不是文学，政治歌颂只是宣传，文学并不能等同于政治歌颂。作为一个老作家，自然不能将自己的创作当成政治宣传品来对待。但是，如何保持其艺术性呢？如何实现自己的创作意图呢？他从越地自古以来的社戏风俗着眼，将自己的创作意图在一种民俗狂欢中传达出来。社戏源于农村春秋两季祭祀社神（土地神）习俗，本来是社日演戏的简称，在越地由来已久。南宋时，陆游有诗云：“太平处处是优场，社日儿童喜欲狂。”这充分显示了南宋时期绍兴社日演戏的盛行和狂欢景象。当初，春社演戏为祈求五谷丰登，秋社演戏为庆贺一年丰收，后来发展为以演戏酬神祈福，于是春秋两季都要演戏。再后来就沿袭成为越地风行的民间文化娱乐活动。在《义演》中，梁家庄大队的文教委员梁国标，也是按照越地民俗，在临近秋收季节提议的。庄稼还未收割，他就提醒大队支书梁经生，因为春上没有做戏，秋收以后就应该做戏了。梁经生主张等收完晚稻再做。可是，这里是个山区，气候冷一点，收割迟一点，等到这里种完麦，县里的两个县剧团早给近城的村子两夜三夜地订走了，一直订到腊八天，梁国标在收完晚稻后去县城也没有订到戏班子，村里人都怪他、埋怨他，说他这个文教委员是怎么当的，使得他很难受。因为社戏是一种习俗，是大家心里盼望的。既然没有订到戏，支书梁经生自然不可懈怠，否则群众会有意见。因此，他就想办法，与村里的老艺人四喜婆婆商量，想请退休的老艺人来演出，得到她的支持，并得到县剧团的支持。于是，梁家庄大队就演戏了。梁家庄大队本来演戏无望了，突然要演戏了，大家格外惊喜，那种狂欢的情形就更加明显。绍兴是戏剧之乡，嵊县又是越剧的诞生地，名家辈出，流派纷呈，哪些人来演戏，演什么戏，大家很关注。因此，当四喜婆婆的小孙子对大家报告演员时，每个人都很兴奋，一片欢腾。因为这是支书秘密筹办的，使大家看戏的希望失而复得，因此大家感谢支书；而县越剧团的党领导派来了人，送来一部分戏装，在当时个人崇拜突出的时代，大家都感觉这是毛主席叫他们来的！因此大家在狂欢中自觉不自觉地高呼着“谢谢梁支书”“谢谢毛主席”的口号。显然，通过对组织社戏演出的描写，歌颂了党在社会主义事业中的核心作用。这样，一曲明确的政治颂歌就在这种狂欢中得到了表现，并不让读者觉得乏味。

应该说，魏金枝为了使这篇小说不降低艺术性，是经过了精心构思的。小说还用民间对于恋爱双方的关心来激活故事情节，也利用调皮又单纯的少年儿童来泄露演戏的格局，增添这篇小说的艺术活力。同时，这篇小说充分发挥了魏金枝擅长于场面描写的优势，将村民前来看戏的场面作了精彩的描写和展示，收到了意外的效果。显然，这是《留下镇上的黄昏》精彩场面的延续和发展。

应该说，魏金枝在当代小说创作上体现出的艺术取向，总体上看是紧跟时代潮流的，但是他又保持了一定的创作上的独立性与自主性，追求小说的艺术价值。这些小说致力于写出普通人物的崭新的精神面貌，没有轰轰烈烈的革命英雄，而是普通人，是中间角色，是青少年，是基层的党员和干部，文字的背后自然也包含着对党的礼赞，但又不是简单而肤浅地对党、对毛主席、对新中国进行直接、正面的歌颂与礼赞，而是运用了与老舍《茶馆》一致的艺术思维与技巧，采取“醉翁之意不在酒而在山水之间也”的艺术策略，回避正面描写，避免落入政治工具的窠臼，以强劲的民间情调来冲淡政治意味，增强了作品的艺术感染力。值得指出的是，当魏金枝对艺术有自觉追求，保持了一定的创作自主性的时候，这些作品就具有了较高的艺术成就。当他完全按照政治要求来创作，压制自己的主体性的时候，他的创作也就流于时弊，政治性、概念化、公式化缺陷突出，《一个危险的计划》《海盗的烦恼》就是突出的例子。因此，在魏金枝不多的当代小说创作中，我们能够发现文学创作的一种基本规律：创作的自由与主体性原则，是文艺工作中必须始终坚持的。

第六章

继承与发展：魏金枝小说的艺术渊源

任何作家的成长和成功，都是在学习中成长并成熟起来的。他只有在广泛吸收文学营养的基础上才能逐步走向成熟。魏金枝成为一个现代知名作家，一方面是以深厚的原生活以及对于文学的敏锐感悟能力为基础的，一方面又是以学习借鉴前人的经验为路径的。他的小说创作，在艺术上始终坚持"五四"新文学传统，但又不墨守成规，而是坚持现实主义多样化的创作路向，广泛吸取中外文学艺术的营养，在艺术上不断追求，积极进取，创新开拓，从而取得了较高的艺术成就，在中国现当代文学史上独树一帜，创造了不凡的实绩，产生了一定的影响。

一　外国文学艺术的影响

20世纪是中国走向世界的世纪，中国现代文学就是吸收西方近代文学的营养而诞生的。鲁迅就明确说过他的小说创作是吸收了外国文学的营养的。虽然我们至今没有发现魏金枝自己明确说过，他的小说受到过谁的影响，但是从他自己的创作和他的小说评论的文章中，我们可以看出，他的小说创作受到了一些西方文学大师的影响。例如从他小说中的人物来看，明显受到雨果小说的影响。如他笔下一些外表丑陋的人物形象，却有着善良而美好的心灵，有着一种非凡的精神品格，这与雨果小说《巴黎圣母院》中的人物形象加西莫多十分相似。但是，相对来说，魏金枝的小说创作受契诃夫等作家的影响更加明显。

契诃夫对于中国文学艺术的影响是很广泛的。中国现代文学中的许多作家都接受了他的影响，魏金枝也接受了他的影响。他认为契诃夫、莫泊桑是“最有名的短篇小说作家”，尽管也有粗糙的作品，但许多短篇小说都是精湛的。从《编余丛谈》可以看出，魏金枝对契诃夫非常推崇。他不仅对契诃夫的《套中人》《小公务员的死》等小说评价很高，而且对于契诃夫的文学主张也有深刻的理解和认同。他这样评价契诃夫的小说《套中人》：“举例来说，契诃夫的《套中人》里所表现的毕里科夫的典型意义，仍能和屠格涅夫所表现的《罗亭》，相提并论。……从复杂的现实生活中抽取出当时旧俄时代的贵族和小资产阶级的典型性格这一点上，却有同样重要的意义。”[①] 对于契诃夫的《小公务员的死》，魏金枝这样说：

> 在这篇作品里，契诃夫没有写到一点当时旧俄官场中的黑暗环境，甚至还应该说，即使在卜里斯哈诺夫的身上，也几乎没有写到他的作恶，然而由切尔维亚可夫的那些多疑胆小脆弱的行动中，我们仍能很清楚地看出黑暗统治的痕迹。这就不能不使我们想到孔子的两句话：“唯女子与小人为难养焉，近之则不逊，远之则怨。”所谓“不逊”与“怨”，实际上只是被封建统治者歪曲的结果，不应由“女子”与“小人”负责，却应由封建统治者——“君子”来承担责任。[②]

在这一段评价中，魏金枝认识到了契诃夫小说善于在典型性格的描写中泄露出典型环境的基本特征，实际上是对他的肯定和认同。因此，他教育引导青年作家：“在一般的原理上讲，人物的环境和性格，两者有着不可分隔的关系，所以有‘典型环境中的典型性格’的话。也就是说，环境譬如机件的模子，在机件上固然可以看到模子的形状，在模子上，也同样可以看到机件的形状。因此在习惯上，我们往往只取其中之一，

① 魏金枝：《编余丛谈》，作家出版社 1963 年版，第 37 页。

② 魏金枝：《漫谈短篇小说中的若干问题》，载《编余丛谈》，作家出版社 1962 年版，第 51 页。

并不需要两者都写。照这个道理推论，那么，从投影上看到人身，从水波上看到风向，从儿子的身上看到父母的教育，从风俗上看到国家的政治，从舆论上看人物的价值，从现在看见过去，从现在看见未来，要是所根据的材料正确，都一定可能由此而见彼。这里，就要看我们是否找到了本质的东西，假使找到的就是典型的代表本质的东西，那就譬如登高一呼，而群山响应；卑谦自处，而百流齐汇。”[①] 他认为契诃夫短篇小说“趋向于朴素无华”，劝初学写作的，“恐怕先走契诃夫”那一路，比较稳健。对于契诃夫在给一个青年作者的信里对短篇小说的严格要求，他有深刻的认识和理解，就将契诃夫这封信里的如下一些话拿出来教育引导文学青年：“第二，在第一章里你忙着描写人物的脸——这又是老一套，这样的描写是可以省掉的。五张描写得很详细的脸，会使读者的注意力疲劳，结果就失去它们的注意力了。剃光胡子的脸，是彼此很相象（像）的，就跟天主教的神父一样，任凭你怎样下细的写，也还是很象（像）。第三，你在描写醉汉的时候，粗鄙的话语你用得太多了。”他还将契诃夫如何写人的主张教育引导文学青年：“人应当写简单的东西。彼得·塞缪诺维奇怎样和玛丽亚·伊凡诺芙娜结了婚，完了。还有为什么要那些花样——什么心理学的研究啦，世态啦，奇怪美啦，所有这些，全是装腔作势。题名呢，起得越平常越好——随便起个什么题目，写上去就是——不必多费心思。至于括弧啦，斜体字啦，横线啦，也要尽量少用。那全是形式主义。”魏金枝对这段话作出了自己的理解和阐释：“他这样说，决不是叫我们简单化，却是叫我们抓到故事的典型情节，人物的典型性格，活动的典型意义，抓到了这些，也就抓到了作品的生命。”[②] 这些都显示了契诃夫的文学观念对他的影响。

其实，魏金枝自己的创作就是这样，自觉地接受了契诃夫作品的影响。例如契诃夫的很多短篇小说，故事性都并不是很强，魏金枝的许多小说也是这样。同时，魏金枝小说中的人物以小人物为主，与契诃夫笔下的小人物也有某种相似性，我们从《校役老刘》等小说中就可以看出

---

① 魏金枝：《漫谈短篇小说中的若干问题》，载《编余丛谈》，作家出版社 1962 年版，第 49 页。

② 同上书，第 46 页。

这一点。而对于人物形象的描写，魏金枝的描写也与契诃夫的要求是惊人的一致，很严格地达到了契诃夫的要求。无论他的哪一篇中、短篇小说，没有一篇是集中将人物的外貌描写相似完毕的，而都是在人物的言行进程中不断地描写完成的，我们都可以看到与契诃夫人物外貌描写相似的艺术追求。对于校役老刘这个人物的描写，契诃夫小说的影响非常明显。老刘是个十足的没有见过世面的乡下人，在黑暗的旧中国，社会十分冷酷，没有妻室儿女的他，人生十分凄凉，心里十分孤独而寂寞。他为着不挨饿便从故乡里流浪出来，在这高深而神秘的学校里做校役，但他在学校里地位卑微，很少有人和他说会儿话，而他又想和人交流。因此，他常常只能对着那些替学生管理的农具倾吐心声：

> 譬如那柄子长的，就叫做老长，那短的自然是老短了。有时老长的柄子给学生们弄碎了，于是他衔着烟管走近去，微点着头说道："老长，本来你的柄子是太长了，现在又已破碎，我看不如截了些吧！"老刘是和平地征求它的同意，它——那老长是比老刘还要孤独还要和平，立刻同意了。

老刘的这种生命状态，与契诃夫小说《苦恼》中的老马夫姚纳极为相似。在《苦恼》中，姚纳刚刚死去了儿子，心里非常痛若，没有谁能够倾听他的心声，所以只能对着他的小母马诉说自己的痛苦。可以说，校役老刘是契诃夫笔下的老马夫姚纳的原型置换变形。在魏金枝的小说创作中，对于典型环境和典型性格的艺术处理，也和他所论述的《小公务员的死》的方式是一样的。我们去读魏金枝的许多小说，都可以发现，他批判现实社会，并不正面去写环境的黑暗和丑恶，而是通过人物的性格去反映。在《奶妈》中，通过民众对于女革命者的误会和曲解，表现了民众对于革命的隔膜；在《坟亲》中，通过阿乜的鬼影，反映了黑暗社会的罪恶；在《死灰》中，通过保丁对"我"的态度，可以看到保长老爷的凶残；在《客气》中，通过"我"被招待一顿中饭的描写，反映了农村遭受的旱灾之重。如此等等，我们可以看出，契诃夫的小说给予了魏金枝小说创作丰富的艺术营养。

二　国内"五四"新文学的影响

魏金枝是从"五四"时期走向文坛的，他的文学道路也是"五四"新文学开创的。魏金枝小说创作萌芽于1920年，这时中国白话小说刚刚诞生两年。但是，中国现代中短篇小说艺术起点很高，在鲁迅笔下一诞生就走向了成熟。然而，"五四"小说很快形成了两种创作路向：一是以鲁迅为代表的现实主义创作路向，致力于描写底层民众的生存状态，表现乡土中国的世俗人生及其精神状态，问题小说和乡土小说从此盛行；二是以郁达夫为代表的浪漫主义创作路向，致力于表现自我，侧重于主观抒情，自叙传抒情小说和主观型叙述小说也立即勃兴。但这两种创作路向在反对封建的艺术指向上是殊途同归的，都执着于现实批判，成为"五四"小说的双峰。魏金枝步入文坛后主要创作新诗，直到1924年开始，才集中精力去创作小说。之所以这样，是因为他觉得小说更便于表现自己的思想。但他一开始创作小说就接受了"五四"小说的影响，不仅受到了为人生的乡土写实小说的影响，也受到了自叙传主观抒情小说的影响，形成了现实主义与浪漫主义相结合的创作特征。

以郁达夫的《沉沦》为代表的创造社自叙传小说对魏金枝小说创作的影响是很明显的。"自叙传"抒情小说是现代抒情小说的最初体式。这种体式是由郁达夫的《沉沦》开创的，后来郭沫若的小说也具有了《沉沦》所显示的文体特点。这种小说的特点就是突出小说的主观性和抒情性，通常以作者自己的遭遇与经历为构思的依据，小说中跃动的是一个具有很强主体意识的忧郁的抒情主人公形象，充满着悲愤的情绪与深挚的情感，小说不追求情节的曲折与完整，更不以情节取胜，也不追求构思的周密，而是致力于营造一种以心绪和情感为内核的主观结构。主人公多作自我暴露，向读者展示个人私生活中的灵肉冲突和变态心理，展示一种病态性欲的描写，以外在的颓废显示对社会的批判，在一种感伤美、病态美中寄予着时代的悲愤。在形式上，这些小说以书信体、回忆体、日记体为主，是主人公向读者的倾诉或独白。因此，这些小说总是以浓郁的情绪形成艺术感染力。这种文体的形成，受到了日本私小说的影响。

在魏金枝笔下，早期的乡土小说中自叙传式的主观抒情非常突出，赋予了小说很浓的浪漫主义色彩；后来他的小说也始终笼罩着一层浪漫的抒情气氛，显示出一定的唯美性特征。这种审美取向，与郁达夫开创的自叙传抒情小说的影响有关系。魏金枝最初的乡土小说，不同于当时一般的乡土小说纯写实，又以农民叙事为主，而是以反映封建乡村沉滞之气、腐朽之气以及乡村底层知识分子的命运书写和心灵解剖为中心，都是乡村最底层的知识分子向人们倾诉自己的亲历见闻和悲惨命运，显示了非常浓郁的主观抒情色彩。

这些小说与自叙传抒情小说的体式极其相似，大多数都是以第一人称“我”来展开叙事，“我”不光是一个叙事人，也是一个主人公。《七封书信的自传》《祭日致函》《裴君遗函》《沉郁的乡思》《小狗的问题》《香袋》《留下镇上的黄昏》等都是第一人称叙事，这些叙述者都是主人公，通过主人公自述自己的遭遇和见闻，充分展现了越地山区村镇沉滞、沉郁、沉寂的死相，反映了越东乡土社会的现实罪恶和底层民众的苦难人生与悲惨命运，刻印着作者对封建落后的浙东乡土社会沉郁的心灵印记，显示出悲愤的情绪。《留下镇上的黄昏》是主人公重读自己的日记的结果：

> 来此古西溪边，已是梅花落后，满山杜鹃花映红的时节，心胸烦愁，天天吃活虾过去，正像活了好几个世纪般，自己觉得自己是苍老了！第一原因为着无事可做，第二原因也为着不愿去做，因之疏散放闲，行尸般踱来踱去，立起坐倒，天天过着一样刻板的生活。生命浸在污腐的潦水中，于是永古不会伸出手来，只用恶毒眼睛，向四周以残酷的瞭望，寻求人吃的老虎般，在找些弱者来消遣我的爪牙。今天重读下面这点记录，不觉自己也寒悚起来了！

可以说，一打开小说，迎面就有一股强劲的主观情绪袭来，抒情意味和诗性特征都很浓。《七封书信的自传》虽然是由“我”转述的彬哥给他的几封信，但小说的主体都是彬哥向转述人“我”叙述自己的不幸遭遇和悲惨命运。实际上，彬哥的自述还是第一人称。而这些小说描写的主人公几乎可以看成是作者自己的化身，可以看到作者的影子。《七封书信的自传》可以说是对自己求学时的家庭境况的反讽式的记忆。而有一些小说是直接取材于作者自己的人生经历和遭遇。《留下镇上的黄昏》可以说是作者在留下镇工作环境的一种叙述，《祭日致辞》则是直接描写自己不幸的婚姻悲剧的，《裴君遗函》也是直接描写自己的人生遭遇的，《沉郁的乡思》可以说是对自己在乡镇教书生涯的记忆。这些小说都有作者自己的影子，显示了他的生活状态和人生轨迹，自叙传的特征比较明显。

尤其是，这些小说都笼罩着沉重的心理和忧郁的情绪，主观色彩和抒情气氛很浓。《裴君遗函》这样开头："我在此没有写过信，也没有写过一句诗，因为你说时在念我，但不要我时时念你哟。可是我在此屡屡忧愁无聊，跑到田野去缓步低吟，而天公老是无语，路是长漫没尽处，我行不到三里五里脚便酸了，坐下来啼哭又没这们脸皮，想告诉又没有谁肯相信，怎教我不纪念知我的你?"这种忧郁、愁闷、孤独的心绪与处境，与郁达夫的《沉沦》十分相似。在《祭日致辞》中，作者一提笔就这样倾诉："霉意湿了柱下的磉子，回忆使我的心里酸楚!"一股浓烈的忧伤情绪猛烈袭来。接着又写道："至于我呢，你将伤痕嵌在我心上了，教我怎样抹去它呢！现在我已没有家，也没有熟人，一个人漂泊在世上，正如浮萍那样，红锅里的蚂蚁那般，由不得自己的主张，听着命运安排我的去处。在这种情形之下，你总知道的，我不愤怒么，我不发狂么?但是问着谁呵！我坐在孤寂的室内，觉得有件什么东西，它是贴在我身边，似乎使我坐得更固定些，但是什么呀，我四周都看过，没有什么!长而黑暗的夜间，我觉着，简直躺在独木桥上，没有依靠，也没有护侍，这么已经二个年头了！失眠，神经错乱，最后总是疲乏，于是抽烟，抽得变成不是虚火上升，就是湿热中烧，呵！我的胸膈好像常是热热的呵!"主人公的这种孤寂、苦闷、忧伤，也与《沉沦》中的主人公十分相似。这种浓烈的主观情绪，显示了一个"五四"知识分子精神的苦闷，也显示了一种时代的悲愤，同时又在清新的笔调中显示了一种忧伤的浪漫情调，抒情性很强。

郁达夫之后，"五四"小说形成了一种不弱的主观型叙述小说的创作潮流，与自叙传抒情小说的影响关系密切。王以仁的《孤雁》是由六篇书信组成的抒情体小说，郁达夫在1927年2月26日的日记中称他为自己小说风格的“直系的传代者”。[①] 其实，魏金枝的小说受其影响也很深，只是郁达夫当时没有注意。在魏金枝的小说中，这些第一人称叙事，这种近于独白式的自述，这些主观性极强的书信体，这些忧郁的情绪和悲愤的情感，这种鲜明的抒情主人公形象和抒情色彩，都与郁达夫的自叙传抒情小说非常接近。魏金枝正是因为接受了郁达夫的影响，所以他当初的小说呈现出浓郁浪漫主义抒情色彩。

然而，值得我们指出的是，魏金枝的小说与郁达夫的自叙传小说又有一些不同。

首先是魏金枝小说没有郁达夫小说的病态美。在小说中，魏金枝不像郁达夫那样，对主人公进行病态性欲暴露和变态心理描写，更不做那种自甘堕落的行为表现，而是充分展示环境的恶劣对主人公心性的摧残和命运的损害，暴露黑暗现实和统治者的险恶，写出人物的忧伤与悲愤。这与魏金枝强烈的社会责任感有关系。魏金枝曾经发表过一篇杂文《〈沉沦〉中的〈沉沦〉》，批评郁达夫的《沉沦》：

> 《沉沦》小说集里有小说三篇，即是《沉沦》、《银灰之死》和《南迁》。首篇《沉沦》在意想和艺术上，还有点可商榷的地方；但因为著者自已认（为）是失败的作品，我们就不必详细去批评了。
>
> 《沉沦》出现强烈的黑色，些微美妙的青，热烈的红，混合成了一片更可怕的污秽的色彩，在有脓的伤口里，带了点生活的血和肉，只是格外可怕。但许这就有人算是《沉沦》的好处。
>
> 这是不愿被读第二次的作品。但在读第一次的当中，我们应该时时记起自已来。在国里自命是文人的格外要加点意。我本来不想说得罪人的说话，但在过去的事实里，令我伤心地道出来了。[②]

这篇杂文署名枝荣，这是根据他的原名魏义荣和后来改的名字魏金枝的最后一个字命名的，而且这篇文章行文的笔调和句法都与魏金枝前

---

① 郁达夫：《新生日记》，《郁达夫文集》9卷，花城出版社1984年版，第83页。
② 枝荣：《〈沉沦〉中的〈沉沦〉》，《民国日报·觉悟》1922年3月13日。

后的作品具有一致性，无疑是魏金枝的评论。这篇文章所批评的就是《沉沦》中的那种病态美。因为这种病态描写，对心智不健全的读者具有一定的负面影响。教育引导民众，是文学工作者的责任和义务，因此他不仅提醒读者“在读第一次的当中，我们应该时时记起自己来”，也提醒作家在创作上注意社会影响：“在国里自命是文人的格外要加点意。”郁达夫对于主人公病态的描写，一方面“是对虚伪的封建道德以及国人矫饰习气的一种挑战”，“具有惊世骇俗的作用”[①]，但另一方面，也的确对读者健康情趣存在负面影响力，因此也一直遭到人们的非议。应该说，当时魏金枝的批评是比较准确的。因此，他的创作中避免了这种局限性。他笔下的主人公，有愁绪但不妥协，有忧伤但不愤世，有悲愤但不绝望，有痛苦但不沉沦，有怯弱但不堕落，都有自己的人生境界和坚持。因此，这些小说真实而感人，给人以启发和引导。

其次是浓郁的诗意。如前所述，魏金枝最初是诗人，他的小说创作总是不乏诗情，饱含着浓郁的诗意。这种鲜明的特点与自叙传抒情小说突出主观性和抒情性，忽视诗意是不同的。这首先与魏金枝是一个“五四”诗人有关系。魏金枝是从新诗创作走向文坛的，“五四”时期主要创作诗歌。[②] 他自己这样说：“我也是一开头就写诗的。当时上海有个民国日报，这张报纸的副刊叫做‘觉悟’，我就常在这上面投稿，而最多的就是诗。”[③] 到他转向小说创作时，他已经有了五年的诗歌创作经历，对诗歌不自觉地形成了一种深深的情结，自然也就影响到他的小说创作。同时也与魏金枝的文学观念和艺术取向有密切关系。魏金枝认为：“一切文学形式的作品，都应该有诗意，这就是文学的美学原则。”这种文学观念，也成为魏金枝小说创作基本的审美立场。因此，他的小说总是或强或弱地笼罩着一种诗的情绪，创造出浓郁的诗意，显示了富于感染力的抒情气氛。这不仅体现在他的乡土小说、左翼小说中，也体现在他的国难小说和新写实小说中，就是歌颂型小说中有时也还显示出这种特点。

---

① 钱理群、温儒敏、吴福辉：《中国现代文学三十年》（修订本），北京大学出版社1998年版，第58页。

② 参见刘家思《论魏金枝“五四”时期的新诗创作》，《宁夏大学学报》（人文社会科学版）2015年第5期。

③ 魏金枝：《写诗随谈》，载《文艺随谈》，新文艺出版社1957年版，第71页。

请看《野火》的艺术描写：

> 火点着了，我把全条阔线上都点了起来，我是仿佛以一种报复的意识点起火来的。于是火就旺了起来，自然比儿子所放的要猛要大得多了！
>
> 火是喜悦的，生命也是喜悦的，我和儿子自然也是喜悦了。看看那黑的烟里的火，那煽动火的风，又有炸裂的种种声音，以及草根炙焦了的气味，凡是这些，都表示出世界在生动中的韵律。我用手作势欢送，而儿子是经火边的路上跑过去又跑来，昂起他和火相仿的红的脸，又呼喝又狂笑着。
>
> 真愿把世界也这样放火来烧了。而让新的世界再生吧！①

这简直就是一首抒情诗。这里以火和人为核心意象，由声、光、色构成了一个优美的境界，呈现了一种深厚的意蕴，表达了强烈的主观理想，增强了小说的艺术韵味，感染力很强。而且，它巧妙地寄予和传达着时代的情绪。我们也从这里感受到了作者悲愤的情绪、忧伤的心理以及强烈的社会理想。这是“五四”激进青年普遍的情绪。

“五四”小说对魏金枝的影响更大的是鲁迅的现实主义小说。众所周知，中国现代小说是鲁迅揭幕的，又是在鲁迅手里成熟的，鲁迅奠定了中国现代文学的艺术基础与发展路向，不仅影响了一代一代的现代中国人，而且为中国现当代作家提供了丰富的艺术营养和文学资源，哺育了一代一代的作家。然而，在中国现代文学史上，作为鲁迅最忠实的艺术信徒，恐怕非魏金枝莫属。真正可以看成是鲁迅小说的“直系的传代者”的作家，在中国现代文学史上，首屈一指的应该是魏金枝。虽然魏金枝在1929年才第一次与鲁迅见面，但鲁迅小说在魏金枝的小说创作走向成熟的过程中产生了决定性的作用，而且影响深广，时间持久。魏金枝始终将鲁迅小说作为一种艺术的经典和范式加以承传。尽管后来二者之间发生过笔战，但魏金枝始终维护鲁迅的威望，敬佩和感激鲁迅，弘扬鲁迅精神，传播鲁迅文学，而创作上也始终以鲁迅作为学习

---

① 魏金枝：《七封书信的自传》，湖风书局1931年版，第215—216页。

的榜样。[①] 后来，魏金枝出版了文艺论著《编余丛谈》，鲁迅的小说成为他论述中典型的范例，被大量引用，支撑着他的文艺观与创作观。魏金枝的小说创作，不仅自觉地接受了鲁迅的艺术影响，真正继承了鲁迅文学精神，而且发扬了鲁迅的艺术传统，在鲁迅确立的艺术路向上开拓前进。

鲁迅对魏金枝的影响，首先体现在国民性批判与人的价值关怀的主题上。鲁迅的思想核心就是“立人”，主张国人必须思想独立而人格健全，呼唤人的价值与尊严。因此，批判国民的精神病态是鲁迅小说创作的一个基本主题。如前所述，鲁迅的小说主要描写了以鉴湖流域的绍兴城及其郊区为原型的未庄和鲁镇的落后状况，展示了浙东小城镇居民以及逃往城市讨生活的流民的精神病态，他总是在庸常自在的世俗生活中揭示国民的劣根性。《阿 Q 正传》集中体现了这一点。鲁迅自己明确说创作这部小说，就是要画出“沉默的国民的魂灵来”。[②] 在小说中，鲁迅是以思想启蒙者的姿态来反省国民性弱点的，这主要通过塑造阿 Q 这个艺术形象来完成这个既定的创作任务的。在鲁迅笔下，阿 Q 是国民性弱点的化身，这集中体现在他的“精神胜利法”上。阿 Q 的精神胜利法，是在长期的封建专制统治下形成的。他是未庄的雇农，到未庄赵太爷家打工。[③] 他在未庄的悲惨人生，显示了他的精神病态。他妄自尊大，沉迷于没有根据的自负之中，显示出奴隶式的盲目乐观和脱离实际的想入非非。这是一种安于奴隶地位的高等级欲望；他自轻自贱，自譬自解，甘居落后，以虚幻的胜利稀释现实的失败和屈辱，显示出自欺欺人的心理；他麻木健忘，浑浑噩噩，不能正视自己被侮辱与被损害的悲惨命运；他欺软怕硬，欺弱凌小，既受到世俗的损害，又世俗地去损害别人；他思想守旧，封建愚昧，沉醉于一种封闭的未庄意识之中；他缺乏独立自主意识，有着很强的依附心理，不能自己开拓人生，总是在盲从中遭受更大的损害；他自私狭隘，目光短浅，简单粗鄙，行为短期，只能沦落于想

---

① 参见刘桂萍、刘家思、周桂华《魏金枝传》，中国社会科学出版社 2016 年版，第 99、102 页。

② 鲁迅：《俄文译本〈阿 Q 正传〉序》，《鲁迅全集》第 7 卷，人民文学出版社 1981 年版，第 82 页。

③ 文学史上通常说阿 Q 是农民，这是不准确的说法，与他的真实身份不相符。

做奴隶而不能的悲惨处境中。阿Q形象的精神胜利法具有极强的典型意义，是普遍存在于中华民族各阶层的国民性弱点，表现了极其深广的社会历史内容，显示了很强的社会启蒙意义。这不仅反映了在封建专制时代底层民众备受精神损害的不幸命运，也反映了民族精神改造的紧迫性。阿Q形象的影响力是深广的，鲁迅这里显示出的国民性批判的主题，成为中国现代文学一个强大的母题。

魏金枝的小说创作很明显地受了鲁迅的影响。魏金枝致力于描写浙东山区乡村世界的世俗人生，展示底层民众卑微凄惨的人生境况，揭示普通民众的思想性格，反映底层世界的精神面貌。这是通过他塑造的一系列的山区乡村世界中近于傻子的形象来完成的。魏金枝在《白旗手·自序》中明确表示被收集而且描写在这里的都是一些傻子式的人物，他说，“如有人再问：‘你也爱这些傻子式的人物么？’那当然，我的父亲是傻子式的农人，母亲也是，其余的邻人们都是，我不得不是他们的儿子和邻人。”这是因为魏金枝对中国底层农民十分熟悉的表现：“因为我自己也生长在他们生长的地方，而被社会环境所决定了的。”自然，这也是以他对农民深挚的情感为基础的。在他笔下，《校役老刘》中的老刘、《白旗手》中的乌狗、《做肚仙的人》中的洪焕叔、《山地》中的茂才叔、《前哨兵》中的前哨兵、《磨捐》中的老阿培、《坟亲》中的阿乜、《蜒蚰》中的蜒蚰等，都是一些具有国民性弱点的艺术形象。身份卑微的校役老刘在奉尊损卑的世俗社会中受尽了侮辱和损害。那些穿长衫和西装的上层“文明”人，根本无视他的尊严与人格，任意损害，就像阿Q在未庄的处境一样。在这种社会中，他的憨厚和朴实总是成为人们的笑料与被捉弄的把柄。然而，他很愚昧，也很蠢拙；很卑微怯懦，很落后而守旧，也麻木而自得。可以说，老刘与阿Q颇有一些相似性，他的这些性格特征和精神状态，也具有了精神胜利法的基本特征。阿乜具有较强的国民性弱点。虽然童年时活泼天真，但他父亲死后，就变成老成、知礼、懂世故的小大人。成年后就变得怯弱苟且、麻木容忍起来。当别人把他的家当作“堂子”，经过一番夫妻反目之后，他只好认命，“并不见怪哪一个”；当县城沦陷，他老婆被奸污未遂的强盗杀死，房屋也被烧毁了，他也不敢起来反抗，而且惊恐万分，变成了山间鬼影，只是任人宰割。这种精神面貌也是国民性的突出显示。《白旗手》中的乌狗，具有惊人的忍耐力，将国民那种苟且偷生的精神病态展示得淋漓尽致。他的老婆被征兵委员老李霸占了，不仅经常当着他的面眉来眼去，还明目张胆地一起饮食起居，如入无人之境，根本无视他的存在。别人说没有办法，他也就苟安了。当为他抱不平的白旗手（勤务）来找他，他还说自己总不能不种地，总不能不吃饭。这种怯懦是中国底层民众苟且偷生、妥协顺从的精神病态的深刻反映。《前哨兵》中的同名主人公，是一个乡下“傻子”的典型代表。他愚昧怯懦，为人有若“灯芯那般软，灯芯那般脆，胆子呢，又比绿豆还小”，当田主摸进他老婆的被窝里，他不敢起身去干涉，想邀邻人捉奸，但他又怕鬼，不敢走夜路，终至装作睡着了，只希望他们不要干那事。从此天天受屈辱。直到有一天，他发现老婆床头有一包老鼠药，担心被老婆害死，才慌忙跑去当兵了。这种愚昧、迷信、怯懦、妥协、苟且、屈辱和忍让，显示了中国民众基本的精神病态。《蜒蚰》中一个绰号叫蜒蚰的农民，他的老婆夜叉与乡丁经常在一起苟合，他就自动睡在灶间，最后又被乡丁捉去送了壮丁。回来后不久，乡丁又与夜叉常来常往，如入无人之境，他也视而不见。这种怯懦，也是民众中比较典型的表现，显示了国民没有人格、不顾尊严的忍让和妥协。可以说，魏金枝和鲁迅一样，也以自己的笔展示了20世纪前半期中国现代社会的封建、沉滞和落后，揭示了国民精神的病态。

鲁迅对于国民性的批判是极其深刻的，对魏金枝的影响也是深广的。但是，我们还应该看到鲁迅与魏金枝在艺术表现上的不同。魏金枝继承了鲁迅的传统，展示了浙东山区乡村民众的思想状态，但他主要描写的是以四明山麓的黄泽镇及其村落为原型的浙东乡村世界的沉滞状态，与鲁迅主要描写鉴湖流域的民众不同。这二者结合，恰恰表现了整个越地民众的基本性格和精神状态。然而，最大的区别还在于二者在艺术描写中存在的主体审美心态与艺术视角上。鲁迅是以其悲哀的心态去展示国民的精神状态的。因此，他的作品通常持夸张和廓大的取向，放大了民众精神病态的一面，而遮蔽了民众思想深层潜存的闪光点，缺乏一种亮色。这集中体现在《阿Q正传》中，鲁迅所看到的几乎都是阿Q的负面，阿Q身上基本上没有值得肯定的地方，完全是一个喜剧式的人物，对其精神与性格表现出一种彻底的讽刺和批判的态度。这是一个“五四”

启蒙者那种对社会绝望的心态的反映。而魏金枝则不同，他继承了鲁迅批判国民性的传统，但是又发展了鲁迅这个传统。应该说，魏金枝的小说也十分深刻地描写了国民的精神弱点，但他总是在淋漓尽致的描写中强力展示人物主体精神的发展演变历程，在以极致的笔力描写出人物病态的精神之后，又合理地写出其恢复的精神亮色，也就是在细腻地描写出庸常的病态性之后又会点化出人物的神性，呈现出一种精神的光辉。这恰恰更符合世俗社会的生活真实。无论是《七封书信的自传》《小狗的问题》，还是《校役老刘》《白旗手》，或者是《磨捐》《前哨兵》等，都是这样。阿乜虽然怯弱，但是他怀有主观期待，有着不沉落的心态。尽管遭受非人的磨难，但他还盼望世道太平，而且还埋藏着一些番薯，准备迎接更大的磨难。当听到“我”说，天下会太平时，他就坚信能度过这个冬天，并且要用番薯招待“我”。这显示了底层民众坚忍不拔的生存意志。《校役老刘》不仅深刻地揭示了校役老刘“不知道为什么要活下去，只是在活下去而已”的麻木心灵，而且还极力挖掘出他宽厚的人类同情心和慈善心。为了报复那些偷瓜的恶作剧者，他受怂恿在西瓜上装进蜈蚣粉，下药后却整夜做噩梦，赶忙准备好“解药”。尽管不少学生把他视为丑类，他还诚心诚意地劝一个因失恋成痨病的学生吃草药，并在校园里寻来药草，煎好，调上赤糖，送去。这个学生甘愿病死，把药倾进痰盂，他不避传染，给他收尸。当他帮忙敲钟竟然使敲钟老人受罚，他主动要去承担责任。当他看到学生自治会的公子少爷为一个小女人而分派倾轧，感到他们“比野兽还坏”。尤其是作品还描写了他主体意识的觉醒。当校长为整饬校风开除他，学生们想借挽留他而闹风潮的时候，他看清了他们的真面目后，就不与污浊的社会合流，毅然地离去。可以说，“作品沉实而深至地描绘了这样一个独特而复杂的性格，这样一种忍从蹂躏而孤独辛酸的人生，但他并没有因这种性格和人生失去自信力”①，而是尽力发掘人物精神性格的闪光点。在他笔下，底层民众虽然具有深重的国民性病痕，但都拥有各自的亮色，能够给人以兴奋和激动。乌狗的釜底抽薪式的反抗、前哨兵的主动要求处罚、蜒蚰的侠义救难等，都显示了一种精神的亮色。这是魏金枝与底层民众息息相通的真实反映，

① 杨义：《中国现代小说史》第2册，人民文学出版社1988年版，第300页。

是对底层民众的客观描写与充分尊重。可以说，魏金枝这种描写显得更加真实，是对国民性批判主题的一种深化和发展。

鲁迅对魏金枝的影响，还体现在人性的探索与表现的深切上。鲁迅的小说，以表现的深刻而影响深广。这里有一个重要的切入点就是描写人的灵魂，注重人性深层的探索与表现。从《狂人日记》到《孔乙己》，从《离婚》到《风波》，从《祝福》到《伤逝》，都开掘了人性的深层意蕴，“逼迫与他小说的人物，连同作家自己，正视人心、人性的卑污，承受精神的苦刑，在灵魂的搅动中发生精神的变化”①，深切地表现了自己的思想，显示了很强的艺术感染力。在这里，无论是乡绅官吏，还是苦难的农民，或者是旧式知识分子，以及迂腐的现代文人，都显露了他们灵魂深处的真实。《狂人日记》中的狂人在生病时胡言乱语反对封建，但病愈后就去某地候补；虽然时时担心被吃，但同时也吃过人。《孔乙己》中的主人公孔乙己熟读圣贤书又始终不能中举，脸面丧尽，深受封建道德教化而又去偷书，被人耻笑却只能哼着“窃书不能算偷”的声调自欺欺人地维护自尊。《离婚》中的道德权威七大人貌似威严，令人肃然敬惧，可他不仅尽心玩弄着“屁塞”，而且对满怀幻想的被损害的农妇肆意践踏。《祝福》中的鲁四老爷平常总是伪善地应对世俗社会，对祥林嫂实施从物质到精神的全方位压迫。《肥皂》中的四铭看到乞丐女而生异常举动，显示了内心的男盗女娼。《高老夫子》中的因景仰高尔基而改名高尔础的主人公高于亭赴女子学校执教，却只为了“去看看女学生”。《风波》中的赵七爷习惯式的幸灾乐祸，对七斤的恐吓，显示出人性的阴毒与险恶。可以说，鲁迅在作品中致力于展示人性的丑恶和负面，显示了世俗社会中庸常人生对人性的扭曲与异化。

魏金枝继承了鲁迅开创的这种传统。他是左翼文坛中始终坚持人性描写的作家，这使他与左翼文艺运动中的其他作家有着显著的不同。也正是这种人性的描写，使魏金枝的小说创作具有了强劲的艺术魅力。从《奶妈》到《颤悚》，从《前哨兵》到《蜒蚰》，从《白旗手》到《坟亲》，从《报复》到《苏秦之死》等都写出了人性的复杂性，显示了一

---

① 钱理群、温儒敏、吴福辉：《中国现代文学三十年》（修订本），北京大学出版社 1998 年版，第 59 页。

种艺术描写的深度与力度，赋予了小说感人的艺术魅力。《白旗手》中的勤务和老李，都是在深刻的人性揭示中而显示其艺术魅力的。勤务当了五六年兵，一直没有升级，反而丢了缺，他就跟把兄弟老李来招兵，按理应该感谢老李。可是，勤务随老李第十次来到天上镇后，就与老李之间起了冲突，最后竟走向了反抗老李的道路，发起一场士兵哗变，带领他们去投劫富济贫的老冯了。勤务为什么会这样呢？作者深刻地揭示了其人性依据。一是钱少，心里很委屈。他帮老李去招兵，当勤务，打茶打水，烧饭挑水，每月只有 9 块钱的饷。而老李攒了很多钱，却不分一点给他，每次都推下一次。二是基于性爱需求的嫉妒。勤务随招兵委员老李到天上镇招兵，驻扎在镇末梢上的白塔寺里，农民乌狗家住在隔壁，老李和乌狗婆娘发生了关系，他对老李霸占乌狗婆娘十分不满，看到乌狗那种软弱相，心里有些不服气，也为乌狗打抱不平。这种不满，主要基于他对那婆娘也产生了一种原始的性的冲动与欲望，但老李贴在婆娘的身边寸步不离，而那婆娘又总是躲避他，这使他难堪，有些觉得悲哀，使他很苦恼。这是他反抗老李最主要的原因。性爱是人的一种原始本能，爱情是世俗人生中主体最大的内驱力，由爱而恨的行动力是强大的。作为世俗社会的主体的人，他们不是因爱而获得幸福，就是因爱而招致不幸。勤务对乌狗那婆娘的欲望是一个人正常的生理欲望，就像阿 Q 想和吴妈困觉一样是无可非议的；他被那婆娘拒绝，也与阿 Q 被吴妈拒绝一样，是爱情不可强求的反映。然而，与阿 Q 从此招致人生的悲剧不同，勤务则因此走向了一种报复之路，使情敌走向了末路。勤务反抗老李，因为是基于爱的不可得而产生的恨与嫉妒，进而导致这种行动，所以没有丝毫的妥协性。这种人性描写非常深刻。可以说，正是这种人性的内涵，使小说显得非常感人。正是这种人性的视角与艺术描写使魏金枝这篇小说获得了成功。

鲁迅树立的人性描写的艺术传统，拓深了文学创作的路向，给魏金枝的影响是很深的。可以说，在左翼作家中，始终坚持鲁迅开创的“五四”人性描写的艺术传统的，就是魏金枝。自然，在左翼作家中，柔石也是坚持这种人性描写的艺术路向的左翼青年作家，本来他与魏金枝可以成为左翼文艺运动中坚持人性描写路向、疏离左翼文艺政治中心的双峰，可惜的是他早早地牺牲了，这是中国现代文学的重大损失，也使鲁迅文学传统失去了一位忠实的继承人。自然，无论是魏金枝还是柔石，他们的人性描写与鲁迅亦有所不同。就魏金枝来说，他与鲁迅的不同就在于对人性的复杂性的把握以及对个体人性的蜕变历程的展示上。客观说，鲁迅写出了人性的深度，尤其是对人性的某一侧面作出了力透纸背的深刻揭示，但对人性的复杂性则用力不够。我们去读鲁迅的小说就会发现，无论是《阿Q正传》还是《风波》，是《祝福》还是《肥皂》，是《孔乙己》还是《高老夫子》，是《药》还是《离婚》，总是致力于描写人物魂灵的主要特征，都是在展示人物心性和灵魂的某一侧面上显示尖锐的笔锋与卓越的深度。《风波》中的赵七爷就是这样的典型代表。他知道皇帝坐了龙庭一定须有辫子，而曾经骂过他是“贱胎”的七斤被剪了辫子，一定是非常危险，就习惯性地穿起他的竹布长衫一路走来。这件竹布长衫，三年来只在与他怄气的麻子阿四病了和曾经砸烂他酒店的鲁大爷死了的时候穿过两次。现在是第三次了，大家都知道一定是与他的仇家有殃了。他一径走到七斤家的桌旁，站在七斤的后面七斤嫂的对面，一面细细地研究他们的饭菜，有意说：“好香的干菜，——听到了风声了么？”他狠毒地提示着，并声色忽然严厉起来，回答七斤嫂大赦的询问，“但是你家七斤的辫子呢，辫子？这倒是要紧的事。你们知道：长毛时候，留发不留头，留头不留发……”当七斤嫂吓得自言自语“这怎么好呢？这样的一班老小，都靠他养活的人”时，他还火上浇油地摇头道：“那也没法。没有辫子，该当何罪，书上都一条一条明明白白写着的。不管他家里有些什么人。”这种恐吓，极力进行他的报复，充分显示了他的阴险与狠毒。鲁迅在这里致力显示的就是灵魂深处膨胀的恶性，从而形成一种强烈的艺术效果。相比之下，魏金枝与鲁迅习惯于从人物活动的横切面中展示其心性的静态面不同，他擅长于将人物置于动态的人生历程中展开描写，不仅对人性的某一侧面予以深度挖掘，而且注重写出人性的复杂性，从而突出了人性的完整展示。读魏金枝的小说，无论是《校役老刘》还是《磨捐》，是《奶妈》还是《前哨兵》，是《白旗手》还是《报复》，是《父子》还是《坟亲》，都是在一种人生的动态进程中，展示出人性的复杂性，显示艺术描写的深度与力度，赋予了小说感人的艺术魅力。例如，奶妈是一个共产党员，为了革命，夫妻两人协议将自己孩子送给育婴堂，来到鹏飞先生家做奶妈，养他的孩子，秘密进行革命活动，以后就一直没有看见过自己的孩子，这充分显示了革命者的自我牺牲精神。在鹏飞先生家里，虽然她非常爱护他的孩子，尽心养育，尽一个奶妈的职责。然而，为了革命工作，她又不得不随时找借口出去活动，这使鹏飞先生总是把她看作一个下流的不贞的女人，以为她的行为是可耻的。可是，她并没有失去一个母亲的品性。她被捕了，要被国民党处决了，她感到“现在是一切都已完了”的时候，她最不能放下的是她的孩子。于是，她要看看她养过的孩子，当警察叫鹏飞先生抱着孩子来到法堂上时，她将孩子接了去，亲他吻他。她说她要他们来到法堂上，并不是要让他们知道她是个共产党员，不是一个下流、不贞的女人，而是要见见孩子。她悲伤地说：“为的是，我自已也有过一个孩子，然而为着工作的便利起见，夫妻两人协议将孩子送给育婴堂，我们以后一直没有看见那孩子了。为着事实上的便利起见，我来养你们的孩子。现在是一切都已完了！……我的工作……我从心底里想起了那失落在人间的孩子，再也没有象这样的时候，我心痛我的孩子得利害……我们为着要救被压迫的人们……现在是一切都已完了……”她的眼泪不断地滚了下来，滴在那孩子的身上，一边不停地吻着孩子，一边又说：“为的是，我要见见这孩子。”她的声音啜泣了。显然，这就将一个母亲对于自己孩子的思念表现得淋漓尽致，将奶妈灵魂深处的人性真实完整地展示出来了。作为一个革命者，为了救起受苦受难的民众，而勇于作出自我牺牲，有着宗教式泛爱精神，显得崇高而伟大；作为一个母亲，她又惦记着自己的孩子，看不到自己的孩子，就将满腔的母爱献给了鹏飞先生的孩子，在临刑前还要看看这孩子。显然，奶妈不仅仅是一个崇高英勇的革命者，也是一个慈爱的母亲。因此，这个形象具有很强的艺术感染力。魏金枝的小说创作，不管时势如何变化，总是坚持抓牢人性这个文学的中轴，始终不断地拓展和深化，从而取得了较高的成就。可以说，魏金枝小说创作，擅长于在人生的进程中，不断地显示人物心灵的多元性，并使之完形，正是对鲁迅开创的人性母题的一种光大，是对鲁迅开创的文学传统的发展。

鲁迅对魏金枝的影响还体现在艺术上，尤其是体现在小说文体的创新与探索上。鲁迅具有很强的文体意识，是中国现代小说文体的开创者。中国现代中短篇小说文体在鲁迅手中诞生，也在鲁迅手中成熟。这是卓越的贡献，也是为新文学的奠基。他的小说每一篇都是一种自足性的文本，显示了很强的先锋性文体特征。对此，鲁迅以“格式的特别”作出了概括。打开《呐喊》《彷徨》和《故事新编》三本小说集，从外在的形式看，有《狂人日记》所代表的日记体、《阿Q正传》代表的传记体、《兔和猫》代表的寓言体、《鸭的喜剧》代表的抒情散文体、《补天》所代表的神话体、《起死》为代表的戏剧体等。这些小说，虽然运用的大都是中国传统文人都很娴熟的体裁，但鲁迅赋予了这种旧的体式以全新的意义。例如，《狂人日记》和《伤逝——涓生的手记》都是运用中国传统文人很擅长的日记（手记也应该是日记的一种形式）体，但鲁迅并没有按照一般的日记以时间顺序来结构文本，而是按照主人公的心理活动和意识的流动来组织安排，打乱了时序，也削弱了情节的连贯性，冲破了中国传统小说讲究有头有尾、环环相扣、情节完整的套路。实际上，这种日记体不是演变成了心理小说，就是演变为现代抒情小说。传记、寓言、神话都是中国历代文人所习见的一种文体，然而鲁迅让旧瓶装上新酒，并予以精心的构思，成为一种完形的小说，《阿Q正传》成为世界经典小说，影响深广。正如有学者指出：“《狂人日记》使鲁迅声名鹊起，此后一发而不可收，8年时间连续做成25篇，而且几乎一篇一个样式，在内容形式两方面为中国现代小说奠定了坚实的基础。”① 鲁迅这种创新和探索的精神，深刻地影响了现代作家。魏金枝在创作中就出色地继承了鲁迅不断探索和创造的艺术传统与艺术精神，精心构思其小说文本，具有很强的文体意识，可以说是成了一个文体家。纵观魏金枝的小说创作，不仅有《留下镇上的黄昏》这样的日记体小说，也有《七封书信的自传》这样的书信体小说、《小狗的问题》这样的对话体小说，还有《祭日致辞》这样的回忆体小说。然而，魏金枝的小说跨文体特征突出，许多篇目既可看作小说，又可看作散文。《祭日致辞》原载1924年5月7日《民国日报·妇女周报》，后来在《小说月报》刊载时是作为散文，与周作人的散文《苍蝇》放在一个“选录”栏目中，但是魏金枝自己后来却将它收在自己的小说集《七封书信的自传》中。他的小说《客气》《死灰》当初都是以小说发表的，但后来他又将它们作为散文收录在《时

---

① 程光炜、刘勇等：《中国现代文学史》（第3版），北京大学出版社2011年版，第57页。

代的回响》中，显然是这些小说兼具有小说和散文的特征。其实，魏金枝小说中的许多篇目都有这种特征。如《骗子》《赌》《竹节命》等都有这种特点。这无疑说明了魏金枝小说在文体上的先锋性，也显示了魏金枝的文学创造力。

鲁迅小说文体对魏金枝的影响，主要的还不是这种表面形式，而是小说情节结构的叙事模式。鲁迅的小说非常讲究叙事艺术，他总是在一种精巧的叙事结构中形成艺术的张力，显示突出的文学意义。鲁迅的小说叙事，在情节结构上通常呈现出“看/被看”与“离去——归来——再离去”两种模式[①]，魏金枝的小说也包含着这两种模式。《校役老刘》的叙事结构就包含着“看与被看”的叙事结构。在小说中，老刘时时都处在被看的地位。在学校里，老刘没有任何地位，时时都被人看笑话，被人任意欺辱；同时，他也在看别人，也在用他的眼睛去看别人，去审视这个世界。最后，他看清了这些人的丑恶面目，认清了自己的位置，因此毅然离开这个学校，不与这些人同流合污。《自由在垃圾桶里》的情节结构也是一种“看与被看”的关系。小说讲述了主人公×君邻居的故事及其与邻居关系的故事。于是，×君与邻居构成了“看与被看”的叙事模式。《蜒蚰》的叙事情节就典型地包含着“离去——归来——再离去”的情节模式。抗战时期，蜒蚰因为老婆夜叉与乡丁经常在一起苟合，被乡丁捉去送了壮丁。抗战胜利之后，他跟随两个同乡的同营兄弟老李和老袁一起逃回了家。但是不久，因为老李和老袁想重新去当兵不成，他就自己去当兵，用自己卖身的钱去救济老李老袁的家属。于是，其情节构成了一种典型的“离去——归来——再离去”的模式。鲁迅的小说既有象征和隐喻文本，又包含着隐含作者与叙述者疏离的反讽文本。魏金枝的小说中也存在着这样的文本。《骗子》《喜悦》《苏秦之死》的叙事文本就是隐含着隐喻与反讽的文本。《苏秦之死》通过描写以个人私欲的满足为基本行动指向的意志型英雄苏秦在临淄被刺，隐喻一个人再强大也不可战胜自然，一个人无论多么具有力量，但总是敌不过群众的力量。在小说中，临淄城里那个“不声不响的刺客”，就是民众力量的隐喻。当

① 钱理群、温儒敏、吴福辉：《中国现代文学史》（修订本），北京大学出版社 1998 年版，第 40 页。

民众起来反抗了，任何意志型的英雄人物都是要失败的。同时，这篇小说还蕴含着反讽式的文本。通常，英雄大都能视死如归，坦然地面对死亡，而苏秦在死亡来临时，他感到无比恐惧，流下了人生的第一淌泪，可见他也是一个平庸的人，其精神本质也是渺小的。这不仅是对世俗人生中那种自以为是、为所欲为、私欲极强的神经质式人物的讽喻和批判，更是基于现实社会境况和政治情势而对私欲极强的专制型英雄与意志型领袖的深刻批判。从发表的时间看，自然更是对玩弄权术的反动派蒋介石的讽刺和批判，是对其命运的象征和隐喻。这种隐喻与反讽使小说形成了隽永的艺术韵味。

鲁迅小说文体对魏金枝的影响，更突出的还体现在叙事策略与多重文本的建构上。鲁迅对于小说艺术有高度自觉，十分讲究小说的叙事策略，往往建构多重文本。他习惯于用第一人称展开小说叙事，并有意在隐含作者与叙述者之间设置距离，从而充分显示了小说叙事的艺术张力。《狂人日记》采用第一人称和自我独白的形式来开展故事，是中国小说现代叙事艺术的先锋。但小说中的叙述者“余”与隐含作者明显是疏离的。也就是说，小说中的“余”并不就是小说隐含的作者。然而，正是这种缝隙使《狂人日记》这篇小说的文本显得十分复杂，形成了三重文本。首先，“余”叙述的狂人的故事，是狂人的哥哥告诉“余”的基本情状——一个迫害狂者生病时的情状。如此，“余”和狂人的哥哥的立场是基本一致的，这就构成了小说的一个文本。其次，“余”转述的故事就是狂人“发狂”时记下的日记，是狂人发病中看待外在世界的结果。于是，小说就形成了第二个文本。这两个文本的立场是完全对立的。这就使小说形成了一种思想张力。然而，到底如何来看待这一场纷争呢？这就是小说中隐含作者的态度。于是，小说就拥有了三重文本。读者可以根据自己的理解进入这三个文本之中。这种先锋性的叙事策略与文本创造方式，给魏金枝以很大的影响。他的小说不仅讲究叙事策略，而且巧妙地创造出了多重文本。从《七封书信的自传》到《自由垃圾桶》，从《留下镇上的黄昏》到《校役老刘》，从《奶妈》到《颤悚》，从《政治家》到《坟亲》，魏金枝都精心选择叙述人，创设精巧的文本。如前所述，《奶妈》是一篇构思极其精巧的小说，采用了第三人称的全知全能的开放性叙事视角与第一人称的限制性叙事视角相结合的故事套故事的叙事方式，从而形成了一个三重文本共存的先锋性的文本系列建构。小说的核心文本是讲述奶妈故事的文本。对于这个文本，作者采取的是第三人称的全知全能的开放性叙事视角讲述的，故事的叙述人是作品中的人物鹏飞先生。小说的全文本是讲述的小客栈里所有人故事的文本。这个文本是由小说的全篇构成，它包含了小说的核心文本。作者采取的也是第三人称全知全能的开放性叙事视角，讲述这个故事的就是小说预设的叙述人。而将核心文本和全文本联系起来的是“中介文本”，它讲述的是鹏飞先生与奶妈的故事，这个故事是住客观察到的，由鹏飞先生自己讲述的。因此核心文本就和全文本发生了联系，也就产生了形而上的意味。这三个文本互相映衬，形成了一种复调效果，使作品产生了艺术张力，丰富了小说的思想意蕴。《颤慄》也创造了一个故事套故事的双重文本。第一个故事，是由第一人称“我”给读者讲述的故事。“我”们革命时期的一个叫近视先生的同志为抵抗女性的性诱惑，以保持自己的革命灵魂和意志而要求调到别处工作的故事。在这个故事中又套着两个故事：一个是近视先生父亲的故事，一个是近视先生自己如何逃脱小娼妇引诱的故事。这两个故事都是近视先生给我讲述的，是循环与超越的关系。他的父亲整天嫖赌，不管琐碎而繁杂的家务，并遭到女人的遗弃，很快家里破产了。这个故事衍生了近视先生与小娼妇的故事。近视先生讲述的故事突出的是人的原始的欲望以及由此导致的人抵抗原欲的乏力，也就是个体生命中对于性的一种渴望以及被其主导的迷茫状态。“我”讲述的近视先生的故事突出的是革命者在被女色诱惑的时候，如何自觉抵制这种干扰，以保持革命的本色与意志，自然就是通过组织的规约等制度措施。可以说，小说用文学的形式为中国革命者如何抗腐拒变开出了一剂良方。这两个文本相辅相成，使它摆脱了当时革命文学中流行的公式化、概念化和简单化的缺陷。由此可见，魏金枝的小说文本具有很强的先锋性的形式意味。正是这种形式意味赋予了小说比较丰富的审美意蕴，显示了很强的艺术魅力。

值得我们注意的是，魏金枝接受鲁迅的影响，学习他的叙事艺术与建构多重文本的经验，但并不是生吞活剥、泥古不化的，而是以充分的独立性和自主性将鲁迅文学艺术内化为自我生长的营养，拓展了鲁迅开创的文学路向。魏金枝的小说也习惯于用第一人称叙事，但这个第一人称的叙事者，通常是作品中的主人公，并不像鲁迅笔下的第一人称叙事者一样，是局外人和次要者。这就显示了自己的特色。从《七封书信的自传》到《裴君遗函》，从《祭日致辞》到《自由在垃圾桶里》，从《死灰》到《客气》，从《政治家》到《坟亲》等，都是第一人称叙事。如前所述，《自由在垃圾桶里》的故事是由“我”转述的，构成了一种双重三层次的“看/被看”。这个“我”既是作品中的人物，也是一个叙述人，既是小说文本的组织者，又是推动者，也是主体文本的创造者。当“我”听到×君讲到邻居将卖油条的钱抛在地上让小朋友争拾时，“我”却说：“那也不过是些孩子的玩意儿呢！”这就激起了×君讲他第二件事情——将一班从别县来的吹唱手领回家，并把灶上那口铁镬拿到吃食店里去换了些馒头给他们吃，以致被其母亲打的故事。“我”又追问他后来的情况，×君又讲述了他在母亲去世后成为十足的流浪者的情形。最后“我”告诉读者，后来×君又摇着头决然地说，“吓，决不，我决不再给他们一滴同情的眼泪的：他们是一些只够在穷人淘里哄哄自己的骗子。”这样，小说的主体文本凸显了×君的邻居故事的典型性，表现了对他的理解和同情，揭示了社会的罪恶，当然批判了以×君为代表的小资产阶级知识分子。他们误解底层民众，对其缺乏深厚的情感。而这一切都是“我”转述完成的。可以说，这篇小说与《祝福》中的“我”有一定的相似性，但又有所不同。如果说从文本中“看/被看”的关系来说，这个“我”，实际是在带领读者看×君与其邻居的一个主导者，是一个与×君对话的主要人物。正是因为这个“我”的存在，赋予了这个文本的艺术张力。因为通过“我”来看，这篇小说就有了更丰富的意蕴。在《死灰》中，也是以第一人称“我”来叙事的。“我”不仅是个叙事者，更是故事中的一个主要人物。小说通过“我”对保丁老方的观察，揭露了国民党基层统治者对民众为非作歹、行凶作恶的罪恶。为了避难，“我”常常整星期地躲在几个陌生的山场里，日本人、土匪都不曾麻烦过“我”，倒是我们那位保长老爷，却常常打发他那唯一的保丁老方来找“我”。于是，“我”与保丁老方就经常接触，“我”讲述了保丁老方来找“我”的情形以及老方向“我”吐露的心声，从而使小说叙事显得非常圆润，浑然一体。同时，也使老方这个人物形象更加生动，反映的问题非常深刻，小说的思想意蕴也表现得更加丰富。在这里，“我”既是一个看人者，也是一个体验者，是小说的两个主要人物之一。《坟亲》也是通过第一人称“我”来叙事的，“我”与坟亲阿乜从小就是朋友，关系非常亲密，小时候对他很崇拜和羡慕，一直到祖母去世。后来“我”到外地工作了，回家总是听父母兄弟说起他的事情，“我”每次回家都去看他。小说就是通过“我”的讲述，将坟亲阿乜悲惨的一生展示在读者面前，塑造了鲜活的人物，表现了丰富的思想和深刻的主题，史诗性地展示了中国20世纪前半个世纪的沧桑巨变，形成了很强的审美价值。这种叙事者，在鲁迅的小说《故乡》中的“我”有相似之处，但其丰富性与主人公的地位，是《故乡》中没有的。可以说，魏金枝小说中的第一人称叙事，已经突破了形式意味，更具有审美价值。魏金枝的小说也采用第三人称叙事，从《奶妈》到《白旗手》，从《校役老刘》到《山地》，从《凑巧》到《父子》等都是第三人称叙事。值得我们注意的是，在魏金枝的笔下，即使是第三人称叙事，往往也是隐含着一个居高临下的第一人称叙述者——作者。例如《白旗手》是以第三人称叙事的，但在小说中时时都可感觉到一个站得远远的叙事者“我”的存在，“我”对于这场哗变的兴趣与看法。《校役老刘》中也始终隐现着一个第一人称叙事者，这个“我”也始终在远远地看着老刘及其周围的人。正是作品中隐现的“我”的存在，引导着读者去思索，使小说具有了更大的思想张力。总之，魏金枝的小说体式多样，展现了很强的文体建构意义，体现了执着于艺术创新的主体状态。

魏金枝接受了鲁迅小说的深刻影响，称得上是鲁迅文学的忠实信徒。但他并不是套用和照搬鲁迅小说的思想与艺术，而是将它融进自己独特的艺术创造中，用自己的主体书写，表现“对生活的独特感受与发现”，传达“真切的情感与思想”①，显示了很强的独创性，既赋予了小说以先锋性的艺术品格，又使小说生成了比较丰厚的审美价值。

① 刘家思：《刘大白评传》，中国社会科学出版社2013年版，第339页。

结　　语

从沉郁激愤走向激情高歌

当我们对魏金枝的小说创作进行了系统研读和审视，对他的小说成就有了比较深入的认识和把握之后，就觉得，对于这位曾经被鲁迅、苏汶、施蛰存等许多人高度评价，又始终学习鲁迅、坚持鲁迅文学传统的“五四”作家的创作，是不应该被文学史遗忘的，尤其是不应该被区域文学史或文学专门史遗忘。笔者非常认同杨义先生的《中国现代小说史》对他作出的客观而深刻的论述。我们认为，魏金枝的小说创作，有几点能够给我们深思和启示。

一　扎根生活，书写现实，创造独特的文学世界

文学来源于生活，社会生活的千姿百态为文学提供了丰富的素材。时代不同，生活会发生变化。因此说，一时代有一时代的文学。但是不管怎么变，有一条不变，就是作家必须扎根于生活，创造属于自己的文学世界，这才有立足之地。魏金枝的小说创作历时近50年，他以浙东山区村镇的社会生活为取材视阈，执着于现实主义的书写不放松，以与时俱进的主体姿态，深刻地描写了20世纪中国浙东山区乡镇的人情风貌和山区民众的悲惨人生，反映了20世纪中国前近70年的历史进程与沧桑巨变，创造了“浙东山区世界”的文学家园，从而使他的创作呈现出鲜明的特色，显示了他在文学史上的独特意义。在中国现代文学史上，始终执着于浙东山区乡村叙事，做长镜头的全景书写的作家，无人出其右。他的作品情感深挚、情绪浓烈、笔调沉郁，不仅对不合理的社会制度给

予强烈的批判，也对民主平等的新中国进行真挚的礼赞，显示美好的主观理想，具有很强的审美价值。因为有了魏金枝的小说，现代浙江小说史便形成了以鲁迅的鉴湖流域的市镇人生的书写为代表的浙江水乡叙事、以茅盾的浙沪现代产业经营的书写为代表的浙西市镇工农业状况叙事和以魏金枝的浙东山区乡村的民生描写为代表的浙江山区风情叙事的立体多面的文学风景，从而与老舍笔下的“北京城根世界”、沈从文笔下的“湘西世界”、师陀笔下的“果园城世界”、废名笔下的“桃园世界”、沙汀笔下的“四川乡镇世界”、萧红笔下的东北“生死场”叙事等，构成了20世纪乡土中国色彩斑斓的文学大世界，反映了从传统走向现代的艰难曲折的进程。

二　瞄准人性，逼视灵魂，坚守文学的艺术品质

20世纪是新旧交替的世纪，也是中国文学自觉意识形态化和体制化的世纪。从“五四”的启蒙文学到“文革”文学，中国文学被持续高涨的政治性不断挤压。应该说，任何文学都是特定时代的文学，都摆脱不了政治性，但政治性不是文学的品质特征，将文学创作等同于政治宣传，只能是文学的末路。因此，在中国现当代文学史上，政治性追求一时成就了许多作家，但一味地单纯地追求政治宣传也毁了不少作家，至少是毁了不少作品。魏金枝则不同，他虽然始终跟着时代前进，呼应时代潮流，关注现实，有鲜明的阶级立场和政治取向，但是，不管在什么境遇下，他对文学都拥有神圣的情结，执着追求文学的艺术品质不懈怠，始终探寻一种政治与艺术融合的创作路径，从而使他对小说具有较强的艺术感染力。他始终坚持写人，瞄准人性的复杂状态，逼视灵魂不偏移，充分掘析了民族心灵的现代70年的演进历程，并以民间色彩与民间情调催活文学性，弱化了时代政治的主导力，保持了创作的独立性和自由性，从而淡化了政治色彩，强化文学的艺术性，取得了较高的艺术成就。他不管文艺环境如何变化，始终能够保持稳定的较高的艺术水准，为广大读者提供了优秀的精神食粮。值得注意的是，如今有不少人纯粹简单化地反主流，或者打着追

求艺术的旗号，一味排斥文学不可消灭的政治性，或者以张扬文学审美价值为幌子，一味否定文学应有的政治性。这种简单化的背后，实际上可能是自己在政治上站偏了队，恐怕不是政治无知，就是政治投机。因为在文学中站在什么立场上说话，用什么方式说话和说什么话，都显示出作者的政治取向。

三　立足底层，关注民众，扎牢文学的人道护栏

文学是为人生的，责任在于批判社会的黑暗，在于为弱势群体代言，这是文学的担当。因此，人道主义是文学最基本的创作指向。这是超越时代、超越疆域的世界文学永恒的轴心。任何一个作家，都是民众的作家，是人类的作家，必须对人对人类怀有深厚的情感，目光注视着底层，审视人类。魏金枝出身于农民，深刻地理解这一点，他对民众十分关切，对民众不幸的命运充满同情。因此，他的小说始终立足于社会底层不动摇，深切关注底层民众的人生状态，描写他们的苦难，反映他们悲惨的命运，为他们发出强烈的呐喊。在他的笔下，描写的对象都是最底层的民众，主人公几乎都是饱受辛酸和磨难的民众。他几乎不让丑恶人物成为主人公，更不让权势人物成为主人公。这显示了他的文学良心。任何一个社会，底层民众的生存状态都是社会状况的晴雨表，只有底层人的命运遭际才能真实地照出社会的原型。魏金枝的小说，尽管也写了基层统治者，但他们大都没有出场，只是作为一种背景的描写而存在。有一两个出场的，都不是十恶不赦的人物。文学创作必须以人道主义情怀，眼光向下。只有立足底层，关注民众的痛苦，才能触及社会的真实，才能触及深层问题，才能促进社会的进步。我们自然不反对描写上层社会，关注高、大、上的阶层，但是写作时也必须目光盯住底层，关注他们与底层贫苦民众之间的关联度。魏金枝继承鲁迅文学传统，始终以人道主义情怀去描写底层社会，因而非常真实生动。魏金枝的创作再一次验证了鲁迅文学道路的正确性。

四 关注精神，呈现亮色，筑起文学的理想高地

文学是建构人类的精神家园，为人类精神虚拟一个理想的精神栖息之所，因此必须筑起一个人类精神的理想高地，保护精神高台不受污染。文学在任何时候都必须有一种精神之光，注入一种理想，引导世俗人生，促进社会进步。因此，文学来源于生活，但不是机械地照搬生活，必须反映生活的主观真实；文学描写世俗人生，但又不能沉沦世俗，也不能迎合世俗，而必须在精神上予以提升；文学要反映民众疾苦，但又不能在民生疾苦中纠缠不清，必须给民众一定的精神启示。魏金枝作为文学家承担了这种重任，他的创作以扎实的生活为基础，但是又高于生活，他执着于人性的探寻，展示人性的复杂性，写出人性的本质真实。他在红色人生中写出人性真实的灰色，在普通人生书写中展示其丰富性，但又不是去展示人性的负面，而是注重表现人性正态的回归，揭示普通的主体的人正态的爱恨情仇。他写人性的病态和负面，但是他绝对不丢弃任何一个主体的普通人的精神底线，更不是以猎奇人性的负面为快，而是在灰色形象中发掘其亮堂的底色，总是在凡庸中写出绝不坠落的亮色。他描写底层民众的疾苦，展示阴冷悲凉的气氛，揭示人物忧郁悲愤的时代情绪，但他总是在悲愤中写出期待，在苦难中写出一种向往，客观地展示底层民众精神永不消失的坚韧，揭示中华民族生生不息的精神支撑力。这是值得我们高度重视的。人类绝对的假丑恶，绝对的高大上，绝对的真善美，在普通人生中是罕见的。人总是会有一种精神。值得注意的是，当下不少作家总是没有坚持，不是媚俗就是纵俗。他们打着写出人性的复杂与深度的旗帜，实际上不是沦落到了歌丑颂恶，就是沉沦为扬伪赞假。往往将描述劣迹当描写深度，将展示罪恶当艺术真实，实际上是摧毁了文学的精神家园，玷污了文学的理想高台。这是文学精神的堕落。

五 奋力创新，不断超越，展现文学的丰富魅力

一个优秀的作家，总是会保持与时俱进的精神，处理好继承与发展的关系，锐意创新，奋力开拓，不断超越自我，展示自己不竭的创造力，保持创作的可持续发展。中外文学史告诉我们，一个有成就的作家，总是不重复自己，在不断创新中建构独特的文学大厦。从托尔斯泰到鲁迅，都是这样。魏金枝的创作也呈现了这种精神状态，他广泛吸取中外文学艺术的营养，既借鉴继承，又奋力创新，不断超越自我，持续发展，展现了文学的丰富魅力。从前面的论述不难看出，魏金枝的创作经历了从沉郁激愤的书写到激奋深挚的高歌的发展历程，总体上形成了清新质朴、深沉刚健的艺术风格。杨义先生在《中国现代小说史》中将他的小说创作概括为"曹娥江的忧郁"，尽管魏金枝的描写题材不是曹娥江流域，而是四明山脉的山村小镇的民生，但他用"忧郁"概括其特征，无疑抓住了魏金枝小说风格的一个方面。魏金枝的小说创作呈现了鲜明的发展特征，创造了多彩的文学世界。从主题上说，经历了从批判旧社会到歌颂新中国的转变；从描写主体上说，经历了从乡村底层知识分子凄苦人生的书写到底层农民的苦难命运与革命斗争的书写，再到表现农业生产状况和农民精神风貌的转变；从创作手法上说，现实主义、浪漫主义和现代主义交相辉映；从美学形态上说，经历了从悲剧走向正剧和喜剧的转变，并且文体创新意识很强，体式不断变化。这种创新发展的态势，显示了比较旺盛的创造力。

魏金枝的小说以出色的书写反映了中国现代社会历史巨变和民族心理发展历程，是中国 20 世纪文学家园中比较优秀的作品，丰富了中国现当代文学的实绩，为文学创作者和学习者提供了启示，是我们不应该忘记的。

参考文献

陈继会：《中国乡土小说史》，安徽教育出版社 1999 年版。

程光炜、刘勇等：《中国现代文学史》（第 3 版），北京大学出版社 2011 年版。

丁帆：《中国乡土小说史》，北京大学出版社 2007 年版。

丁子人：《〈两个小青年〉的艺术构思》，《文艺报》1959 年第 10 期。

[法] 列维·布留尔：《原始思维》，丁由译，商务印书馆 1981 年版。

冯雪峰：《冯雪峰选集·论文编》，人民文学出版社 2003 年版。

胡风：《胡风评论集》下册，人民文学出版社 1985 年版。

黄献文：《论新感觉派》，武汉出版社 2000 年版。

黄照：《读〈白旗手〉》，《大公报·文艺副刊》1935 年 9 月 20 日。

乐华编辑部编：《当代小说选本》下册，上海乐华图书公司 1932 年版。

梁新桥：《带着浓厚的自然主义气味的农民作家魏金枝——作家批评之一》，《现代出版界》1932 年第 6 期。

林侠子编著：《中国文法新编》，浩然书屋 1937 年版。

刘桂萍、刘家思、周桂华：《魏金枝传》，中国社会科学出版社 2016 年版。

刘家思：《曹禺戏剧的剧场性研究》，中国社会科学出版社 2010 年版。

刘家思：《苦闷者的理想与期待——曹禺戏剧形态学研究》，中国戏剧出版社 2003 年版。

刘家思、刘璨：《左翼文学中的“另类”风景——魏金枝短篇小说〈奶妈〉的文本解读》，《绍兴文理学院学报》2015 年第 2 期。

刘家思：《刘大白评传》，中国社会科学出版社 2013 年版。

刘勇：《现代文学讲演录》，广西师范大学出版社 2009 年版。
鲁迅：《鲁迅全集》第 6 卷，人民文学出版社 1981 年版。
鲁迅：《鲁迅全集》第 7 卷，人民文学出版社 1981 年版。
鲁迅：《鲁迅全集》第 4 卷，人民文学出版社 1981 年版。
罗维：《论杨争光匪类小说的多重文化意蕴》，《武陵学刊》2011 年第 7 期。
马克思：《资本论》第 1、3 卷，人民出版社 1975 年版。
钱公侠、施瑛：《小说二》，启明书局 1936 年版。
钱理群、温儒敏、吴福辉：《中国现代文学三十年》（修订本），北京大学出版社 1998 年版。
上海社会科学院文学研究所：《上海市哲学社会科学“六五”期间重点项目·三十年代在上海的“左联”作家》（上），上海社会科学院出版社 1987 年版。
寿永明、裘士雄编：《鲁迅与社戏》，江西人民出版社 2005 年版。
［苏］斯·舍舒科夫：《苏联 20 年代文学斗争史实》，冯玉律译，上海译文出版社 1994 年版。
苏汶：《读〈三人行〉》，《现代》1932 年 5 月 1 日创刊号。
苏汶：《现代评坛·白旗手》，《现代》1933 年第 4 卷第 2 期。
孙琴安：《毛泽东与中国文学》，重庆出版社 2000 年版。
唐弢：《唐弢文集 9 文学评论卷》，社会科学文献出版社 1995 年版。
涂光群：《上海老作家们——十位上海老作家侧记》，《新文学史料》2004 年第 1 期。
汪乔英、汪雅梅编选：《金丁文集：我仿佛在梦中》，中国文联出版社 2003 年版。
王桧林主编：《中国现代史（上）》，高等教育出版社 1997 年版。
王嘉良：《地域视阈的文学话语》，中国文史出版社 2007 年版。
魏金枝：《白旗手》，现代书局 1933 年版。
魏金枝：《报复》，《文讯》1948 年第 5 期。
魏金枝：《编余丛谈》，作家出版社 1962 年版。
魏金枝：《潮海老伯那一辈》，《文艺画报》1935 年第 1 卷第 3 期。
魏金枝：《凑巧》，《新文丛》1941 年第 3 期。

魏金枝:《独乐乐》,《文章》1946 年 1 月刊。
魏金枝:《非战文学的原理与革命》,《民国日报·觉悟》1924 年 9 月 21 日。
魏金枝:《跟着他走》(《我们那时候》断片之一),《上海文学》1963 年第 1 期。
魏金枝:《孤鬼们》,《中国文艺》1937 年第 1 卷第 2—4 期连载。
魏金枝:《故乡风光》,《芒种》1935 年第 3 期。
魏金枝:《活路——伪保长的自述》,《小说》1949 年第 3 卷第 2 期。
魏金枝:《客气》,《文艺春秋》1948 年第 2 期。
魏金枝:《老牯和小牯》,《文艺月报》1954 年第 6 期。
魏金枝:《礼物》,《人民文学》1962 年第 5 期。
魏金枝:《两个小青年》,《人民文学》1959 年第 4 期。
魏金枝:《奶妈》,现代书局 1932 年版。
魏金枝:《七封书信的自传》,湖风书局 1931 年版。
魏金枝:《七封书信的自传》,人间书店 1928 年版。
魏金枝:《山地》,《现代》1934 年第 5 卷第 1—3 期。
魏金枝:《时代的回响》,新文艺出版社 1957 年版。
魏金枝:《王太太的挣扎》,《鲁迅风》1939 年第 14 期。
魏金枝:《魏金枝短篇小说选集》,人民文学出版 1954 年版。
魏金枝:《文艺随谈》,新文艺出版社 1957 年版。
魏金枝:《喜悦》,《时代日报》1947 年 12 月 21 日。
魏金枝:《蜒蚰》,《文艺春秋》1947 年第 5 期。
魏金枝:《怎样写作》,上海珠林书店 1937 年版。
魏金枝:《政治家》,《今日文艺》1936 年第 2 期。
魏金枝:《制服》,天马书店 1935 年版。
魏金枝主编:《新生篇》,中国文化投资公司 1946 年版。
许志英、邹恬主编:《中国现代文学主潮》上册,福建教育出版社 2001 年版。
杨义:《中国现代小说史》第 2 卷,人民文学出版社 1988 年版。
杨之华:《中国现代的小说及其演变》,《文艺论丛》,太平书局 1944 年版。

郁达夫:《郁达夫文集》9卷，花城出版社1984年版。

枝荣:《〈沉沦〉中的〈沉沦〉》,《民国日报·觉悟》1922年3月13日。

周成华主编:《现代文学观止》，吉林大学出版社2010年版。

周恩来:《在文艺工作座谈会和故事片剧作会议上的讲话》，载中共中央书记处研究室编《党和国家领导人论文艺》，文化艺术出版社1982年版。

周而复:《周而复文集》第21卷，文化艺术出版社2004年版。

周作人:《周作人散文》第2集，张明高、范桥编，中国广播电视出版社1992年版。

后　记

魏金枝小说创作研究是浙江省省级出版资助项目，也是浙江哲学社会科学规划重大项目的子项目，也是学术界第一本关于魏金枝小说研究的专著。因为被杂务缠身，直到今天才基本完成，拟交出版社编辑斧正，算是了却我早想完成的一桩心事。

魏金枝研究是我十多年前确立的课题。尽管一些现成的文学史给他着墨不多，但我始终认为他具有研究价值。一是因为他是中国第一个成功的农民作家。二是因为他是中国现代文学史上被鲁迅发现，得到鲁迅充分肯定和指教的左翼青年作家。并且，他还因为自己的一篇小说导致了跟鲁迅的笔战。在中国现当代文学史上，这样的作家并不多见。三是在“五四”第一代作家中，其创作贯穿整个中国现代文学史和建国十七年文学史的并不多，而魏金枝就是这不多的作家中的一位。而且，魏金枝始终以自己的创作——主要是小说创作，呼应着不同时代的文学潮流，他的创作完全可以作为文学史来读，以点及面，可以把握中国现代文学和建国十七年文学的历史进程。最起码，读他的小说，可以触摸 20 世纪前 50 年的小说演变史和社会发展史。四是他的创作显示了独特的创作路向，展示了人性描写的深度，也彰显了浓郁的民族特征，具有较高的审美价值。五是与魏金枝齐名的一些现代乡土作家或左翼作家，都研究得很充分，早就有他们的研究专著，可魏金枝一直没有谁去系统深入地研究并写出专著，显然与他在中国现代文学史上的地位与成就不相称。因此，我设计了几个魏金枝研究的课题，而魏金枝小说研究就是其中重要的一个。

关于魏金枝的小说研究，开始于 20 世纪 30 年代。1930 年 4 月，鲁迅称魏金枝的《七封书信的自传》“是优秀之作”；1932 年 11 月，梁新桥发表《带着浓厚的自然主义气味的农民作家魏金枝》，对《奶妈》等作品予以肯定；1933 年 12 月，苏汶发表《现代评坛·白旗手》，对《白旗手》展开了研究，肯定其人物性格描写的成功；1935 年 9 月，黄照发表《读〈白旗手〉》，肯定了《报复》等作品；同年，鲁迅在《中国新文学大系·小说二集》序中又特别肯定了《留下镇上的黄昏》。这是第一批魏金枝研究成果，对本课题研究具有重要的参考价值，但遗憾的是都不系统、不深入，更没有探讨其创作与越文化的关系。此后 15 年，魏金枝研究是空白。

1949 年 12 月，许杰对《活路》提出批评，但简单地从阶级论出发，并不客观。此后 30 年，魏金枝研究又是空白。“文化大革命”结束后，魏金枝研究才重新开始，但多为回忆其生平事迹的文章。王西彦、秦瘦鸥、王若望、赵自、魏德平、徐开垒、艾以、胡万春、沈虎根、任章祥、欧阳翠、左泥、张惠达、王艾村等都对他的生平事迹做了研究，自然都涉及一点他的小说创作，有一定的参考价值，但很零碎，更没有进行越文化视角的探讨。

20 世纪 80 年代，王尔龄的《魏金枝乡土小说概观》是一项不可多得的成果，他从题材和思想取向上对其乡土小说作了简略的探讨。紧接着，杨义在《中国现代小说史》第 2 卷中以一节的篇幅对魏金枝的左翼小说展开了研究，对其思想艺术进行了深入的分析和精辟的论述，具有划时代的意义。21 世纪初以来，除了本课题组成员自己的研究成果之外，在一些研究论文和专著中对他的某一些小说作品有所涉及。如张直心先生《民初文学教育考论——以浙江省立第一师范学校为考察中心》中对魏金枝小说《校役老刘》的文化指向和思想情绪的分析别具一格。这些成果给人很强的启示。尽管如此，但是这些成果，或者是因为收集资料的不全面，或者是因为论题本身确定的研究范围所限，都还不够全面或深入。

总之，至今对于魏金枝小说的研究还是局部的，只着眼于某一类或某几篇小说，系统、全面而深入的研究还没有，而且都是视角单一的常规研究。不仅没有涉及其发展历程，而且没有展示其艺术手法与风格的多样性，更没有探索其艺术渊源，就是全面揭示其思想文化意蕴、艺术价值也还不够。这一切都有待更全面、系统而深入的研究。

鉴于魏金枝小说研究的现状，因此本课题在研究中突出了如下几个方面。

一是系统性。以往，学术界多关注他的左翼小说，多数忽视其他小说，不少成果重复已有的观点，对其缺乏系统全面的把握。我们打破了这种局限，对魏金枝的小说展开了比较系统、全面而深入精细的文本解读，既弥补了整体研究不足的缺失，更避免了以往因为对其小说文本研读不深所导致的偏失，刷新了对魏金枝的小说艺术的认识。

二是发掘新资料。以往对魏金枝缺乏系统深入的资料发掘整理，对于他的小说，《七封书信的自传》《奶妈》《白旗手》《制服》等小说集出版之后，直到1954年才出版了《魏金枝短篇小说选集》，而后1997年出版了《魏金枝选集》，涉及的作品非常少，大量的作品还散落在报刊中。正是这样，以往的魏金枝小说研究多从一些常见的作品来立论，局限也很明显。我们改变了这种做法，是在收集了魏金枝散落于原始报刊中的一批小说作品后，系统地展开研究的，不仅使小说家魏金枝的形象得以确立，而且使我们对他的小说创作的思想艺术价值和文学成就有了更加深入全面的认识。

三是新视角。我们改变了以往庸俗政治学主导和以流派社团来框定作者创作的研究方式，同时又改变了以往就魏金枝而论魏金枝以及局限于单篇作品的静态研究的方式，而是按照作者的人生发展轨迹，联系整个中国现当代文坛的发展状况，采取系统研究的方式，辅之以文化视角，又运用比较研究法，对其近50年的小说创作展开研究，从而把握其审美特征、文学价值及其文学史地位。

为了更好地服务于读者，本著作紧紧扣住小说文本内容展开论证，不作过多的理论概括和阐释，一切立论从文本中得来，不管深浅，都是以文本为依据，这样便于读者了解小说，也有利于读者去阅读小说。值得说明的，虽然我们设定了这个意图，是否能够较好地适应读者的要求，诚挚地恭请读者批评。但要告罪的是，因为本人水平有限，书中粗疏之处难免，请大家批评指正。

在研究中，我们得到了许多学界前辈和朋友的大力支持，相关章节已经被《中国现代文学研究丛刊》《鲁迅研究月刊》等一批报刊发表，多篇并被中国人民大学复印报刊资料《中国现代、当代文学研究》全文转载，被《浙江文坛》评价，被读者转摘、引用和评价，在此我们致以诚挚的谢意！

在研究后期，本课题得到了浙江省社科联的大力支持，2015 年被立项为浙江省省级学术著作出版资助项目，解决了出版经费，在此致以我们诚挚的谢意。

在我们的研究之中，一直大力支持和指导的领导与师友很多，尤其是吴福辉、刘勇、程光炜、商金林、黄乔生、吴秀明、王嘉良、王建华、张直心、王三炼、陈扬军、朱文斌等师友不吝赐教、指导和帮助，在此，致以我们深深的谢意！尤其是教育部特聘长江学者、中国现代文学研究会副会长、博士生导师刘勇教授，中国茅盾研究会副会长、浙江省现代文学研究会前会长、浙江师范大学学术委员会副主任、博士生导师王嘉良教授，不顾繁重的工作，拨冗认真审读拙稿，给予精到的指教，并撰写了精美的序文，对他们的厚爱，我们感激不尽！

魏金枝的女儿魏平对我们的研究也十分关心和支持，在此致以诚挚的谢意。

魏金枝的同事，已故学者、作家、编辑家艾以，生前也对我们的研究给予了大力支持，充满着期待。遗憾的是，本书尚未完成，他就驾鹤而去，在此谨以此书告慰他“不研究魏老不公平”的在天之灵。

课题组的几位同志刘桂萍、刘璨、周桂华、周一楠也辛勤付出，都撰写了部分章节的初稿，在此也表示我衷心的感谢！

刘家思于越声苑

2017 年 8 月 16 日